Julia K. Stein

Café au Love

Ein Sommer in den Hamptons

Julia K. Stein ist im Ruhrgebiet geboren und hat in Kalifornien und an der amerikanischen Ostküste studiert. Viele ihrer Romane spielen in den USA. Mit all den altmodischen Buchläden und Menschen unterschiedlichster Herkunft ist New York für sie die romantischste Stadt der Welt. Da im Sommer viele New Yorker ihren Wohnsitz in die Hamptons verlegen, war dies der perfekte Anlass, einen Roman vor der atemberaubenden Kulisse der Hamptons zu schreiben – mit glamourösen Sommergästen, viel wilder Natur und einem nostalgischen Café.

Eins

»Ich habe mir so oft gewünscht, dass alles wieder so wird, wie es war.«

Meine Freundin Jen und ich lagen auf den weichen Matratzen am Pool vor dem Haus meines Vaters. Der Sommerhimmel über Long Island war riesig, hellblau und so hell, dass er schimmerte. Er erschien höher als in Deutschland, auch wenn das natürlich unmöglich war. Wir blickten in diesen perfekten Himmel und hörten eine Playlist mit dem Namen *Simply Love.* Der Sommer breitete sich so endlos vor uns aus wie das Meer, das nicht weit hinter dem Garten lag. Ich würde wohl nie verstehen, warum meine Mutter das alles zurückgelassen hatte. Okay, das Haus hatte es damals noch nicht gegeben, aber trotzdem.

»Ich freue mich auch mega, dass du zurück bist, Emma«, seufzte Jen und knabberte an ihrem Strohhalm, der in einem Erdbeer-Milchshake steckte, den sie auf dem Weg gekauft hatte. Mir hatte sie einen Mango-Shake mitgebracht. Es machte mich total glücklich, dass sie sich daran erinnert hatte, dass ich Mangos liebte.

»Aber ich bin ziemlich froh, dass sich ein paar Dinge verändert haben. Meine Oberweite zum Beispiel. Ich dachte damals schon, da passiert nie etwas«, sagte Jen.

Ich kicherte. »Die Angst war wohl überflüssig«, erwiderte ich mit

Blick auf ihren zwar nicht großen, aber vorhandenen Busen, der bei unserem letzten Treffen definitiv noch nicht da gewesen war.

Ich fischte einen Eiswürfel aus meinem Shake und ließ ihn in meinem Mund schmelzen. Vielleicht würde mich das zumindest innerlich abkühlen. In den Hamptons gab es seit einer Woche eine Hitzewelle. Kein Tag unter dreißig Grad.

»Die letzten Jahre in Deutschland waren … nicht so gut.«

»Was macht man denn so in Düsseldorf?«, fragte Jen und sprach *Düsseldorf* dabei ziemlich verunstaltet aus.

Ich zuckte mit den Schultern. »Ich wohne ja noch nicht mal in Düsseldorf. Ich wohne in einer Kleinstadt außerhalb. Meine Mutter arbeitet da an der Schule. Den Ort würdest du ohnehin nicht kennen. Gibt's glaube ich noch nicht mal auf einer Landkarte.« Das war übertrieben. Ratingen stand auf einer Landkarte. Jedenfalls auf einer mit großem Maßstab.

»Und was macht man dort am Wochenende?« Jen stellte den Shake ab und knotete ihre blond gesträhnten Haare auf dem Oberkopf zusammen. Dann griff sie nach der Sonnencreme und malte schwungvoll eine weiße Spur auf ihren Bauch und die schmalen Oberschenkel.

»Ich war oft auf Taekwondo-Wettkämpfen«, wich ich aus. Sie meinte natürlich das Partyleben, aber dazu konnte ich wenig sagen.

Jen hielt beim Verteilen der Creme inne. »Echt? Du hast Taekwondo weitergemacht?« Ihre grauen Augen waren vor Überraschung aufgerissen. »Weiter als der gelbe Gürtel von damals?«

»Sogar bis zum schwarzen Gürtel. Wobei es da ja verschiedene Stufen gibt. Hört sich nach mehr an, als es ist«, erklärte ich. Es war mir ein wenig unangenehm, wie besessen ich trainiert hatte.

»Wahnsinn. Ich habe sofort aufgehört, als du weggegangen bist. Das Training war mir alleine zu anstrengend. Und für die College-Bewerbungen war Tennis auch in Ordnung. Aber Respekt! Schwarzer Gürtel ist beeindruckend, du bist echt zu bescheiden. Daher hast du die Bauchmuskeln. Und deine Arme sehen auch trainiert aus.« Sie verglich ihren Arm mit meinem. Ihr Arm war in der Tat sehr schmal, sogar der linke, mit dem sie als Linkshänderin Tennis spielte.

»Dafür hätte ich auch gerne weiter Tennis gespielt.« Leider wären Tennisstunden viel zu teuer gewesen. Der Taekwondo-Verein hatte viel weniger gekostet. Außerdem mochte ich die Ordnung und Disziplin bei dem Sport. Zumindest dort gab es klare Verhältnisse.

»Und wie war's so zum Ausgehen in Deutschland?«

»Es gibt eine Bar, wo alle am Wochenende hingehen und sich treffen.« Ich konnte sie dabei nicht anschauen, denn schließlich war ich nur selten mitgegangen. Meistens hatte ich in einer Pizzeria in der Nähe gearbeitet oder war beim Training gewesen.

»Man läuft durch die Stadt. Geht in die Eisdiele, ins Kino und danach zu McDonalds. Man freundet sich mit jemandem an, der Führerschein und Auto hat, um am Wochenende nach Düsseldorf zu fahren.« Ich nahm noch einen Eiswürfel. Ich wollte nicht, dass sie mich für einen totalen Loser hielt. Aber es gab wirklich kaum etwas zu berichten. Vor allem nicht jemandem, der seine Jugend an der Upper East Side in New York verbracht hatte. Ansonsten hatte ich noch fürs Abi gelernt, um am College in den USA angenommen zu werden. Das war mein Leben.

»McDonalds? Das ist nicht dein Ernst«, fragte Jen entgeistert. »Gott, man könnte behaupten, dass wir dich vor der sozialen Verwahrlosung retten müssen.«

»Das könnte man behaupten«, nuschelte ich mit vollem Mund. Der Eiswürfel verursachte ein scharfes Ziehen hinter meiner Stirn. Ich unterdrückte die Bemerkung, dass McDonalds in Deutschland schöner war als in Amerika. In den USA waren viele Filialen ziemlich heruntergekommen. Aber nach Jens Maßstäben wäre auch eine deutsche McDonalds-Filiale heruntergekommen. Sie konnte sich mein Leben gar nicht vorstellen.

»Mein Leben war ein bisschen weniger glamourös, wir hatten ja auch kein Geld mehr.«

»Klar, sorry, Emma, ich wollte nicht total unsensibel rüberkommen.«

»Quatsch«, erwiderte ich. Mitleid wollte ich auch nicht. Und wie hätte sie es sich auch vorstellen können. Jens Leben war so weitergegangen wie damals: Geburtstagsfeiern mit Hüpfburgen und extra angelieferten Ponys. Am Wochenende Mary-Poppins-Musicals am Broadway, Friseure, bei denen man auf niedlichen Elefanten saß und Tierfilme schaute. Und in den letzten Jahren zunehmend aufwendige Privatpartys, wie ich herausgehört hatte. Früher hatte ich mich in New York so zu Hause gefühlt. Ich wäre gar nicht auf die Idee gekommen, dass ich irgendwann nicht mehr dazugehören könnte.

»Weißt du noch, wie wir *Ken hat eine Affäre* mit den alten Barbies von deiner Mutter gespielt haben?«

»O Gott, ja«, sagte Jen und prustete beinahe ihren Shake auf die Terrasse.

»Ich habe erst später verstanden, dass wir deine Eltern nachgespielt haben.«

Jen zuckte mit den Schultern. »Oder das Leben der meisten Eltern hier.« Sie klang nicht traurig, eher sachlich. Hatte ich eigentlich geglaubt, dass ich zurückkomme, Jen anrufe, wir unsere Barbies auspacken und da weitermachten, wo wir aufgehört hatten? Das Leben von Zwölfjährigen unterschied sich stark von dem von Siebzehnjährigen. Sie war mir genauso vertraut, wie sie mir plötzlich fremd war.

»Vermisst deine Mutter ihr Leben hier gar nicht? Ich habe nie verstanden, warum sie deinen Vater eigentlich verlassen hat«, sagte Jen. Sie hatte eine kleine Flasche ausgepackt und verteilte jetzt ein teuer aussehendes Produkt auf ihrem Kopf, das ihre Haare glänzender machen würde, wenn es getrocknet war. »Ich erinnere mich noch, dass sie krass gut aussah. Sie war selbst eine Art dunkelhaarige Barbie.«

Ich warf ihr einen prüfenden Blick zu, aber ihre Augen waren hinter der Sonnenbrille nicht zu erkennen. Wahrscheinlich wusste sie wirklich nichts Genaues von meiner Mutter. Mums schlimmste depressive Phasen waren ja erst später gekommen. Die kannte nicht einmal mein Vater. Und meine Mutter konnte sich in ihrem Tablettendelirium später selbst kaum erinnern. Eigentlich war ich die Einzige, die alles noch genau wusste, die sich mit dem klaren Geist einer Dreizehnjährigen jeden dahingeworfenen Satz zu Herzen genommen hatte. »Sie sagt immer, sie hätten sich auseinandergelebt und mein Vater hätte eben andere Ideale. Ihm ginge es nur um Karriere und ihr hätte das irgendwann nicht mehr so viel bedeutet. Sie tut alles, um New York zu vergessen, hat auch zu niemandem mehr Kontakt. Am liebsten würde sie mich in Deutschland behalten. Du würdest sie nicht wiedererkennen. Sie sagt, dass sich hier alles nur um Geld dreht, um Besitz und um Äußerlichkeiten.« Mom meinte natürlich eigentlich nicht nur New York, sondern vor allem meinen Vater.

Jen blickte zu mir. »Sie ist klug. Genauso ist es. Das ist ja das Gute daran.«

Ich schlug meine Beine neu übereinander und rückte auf der Liege zur Seite, weil ich nicht wusste, was ich darauf erwidern sollte.

»Das ist natürlich ironisch gemeint«, fügte Jen nach einem Moment hinzu. »Hey, du weißt doch noch, dass du nicht alles ernst nehmen darfst, was ich sage. Aber man muss nicht alles schlecht machen. Deine Mutter hat Vorurteile. Ist es denn so unangenehm hier zu liegen? Ich glaube, sie ist traurig, weil sie eben nicht mehr hier ist. Wobei sie bestimmt schnell einen anderen reichen Typen gefunden hätte. Außerdem hat sie doch mit ihrem Model-Job selbst gut verdient.« Ich schwieg und Jen schob ihre Brille auf den Kopf zurück, um mich zu mustern. »Sorry, Emma, aber so ist es ja nun mal. Die beiden waren schließlich auch noch sehr jung. Manchmal klappt es eben nicht.«

Sie hörte sich weise und aufgeräumt an. Dabei wusste ich, wie sie damals gelitten hatte, als ihre Eltern so viel gestritten hatten. Sie wollte immer bei mir übernachten. Und später hatten sie sich ebenfalls getrennt. Es stimmte, dass meine Eltern jung gewesen waren. Ich war ein *Unfall* gewesen. So erklärte ich es mir jedenfalls.

»Aber eine Sache verstehe ich nicht, Emma. Sie hat doch eine Menge Kohle von deinem Vater bekommen, zusätzlich zu ihrem eigenen Geld. Warum lebt ihr dann so sparsam in Deutschland?«

»Sie hat nichts von ihm angenommen. Es war ja auch ihre Entscheidung zu gehen.«

»Echt jetzt? Warum das denn nicht?«, fragte Jen entgeistert. »Jede andere Frau in New York hätte deinen Vater bluten lassen. Er muss ihr wirklich gute Gründe gegeben haben, warum sie gegangen ist.

Und du weißt, dass ich deinen Vater eigentlich liebe.« Sie legte versöhnlich ihre Hand auf mein Bein.

»O mein Gott. Ich hoffe, das ist vorbei!« Ich boxte sie kurz in den Oberarm, musste aber grinsen, als ich mich daran erinnerte, dass Jen in meinen Vater verknallt gewesen war wie ein Golden-Retriever-Welpe in sein Herrchen. Sie hatte den Film *American Beauty* gesehen, für den sie viel zu jung gewesen war. Danach hatte sie geglaubt, dass es völlig in Ordnung sei, den Vater einer Freundin anzuhimmeln. Tatsächlich war es einfach unglaublich peinlich gewesen.

»Und warum hat sie nichts von ihm genommen?«

»Sie war wohl zu stolz, um sein Geld anzunehmen.« Ich hatte die Augen geschlossen, während ich sprach, aber die Sonne schien so stark, dass hinter meinen geschlossenen Lidern helle Punkte tanzten.

»Sorry, aber das war dumm. Deine Mom hätte sich nach der Scheidung ein super Leben machen können. Das sind ja keine Almosen. Sie hat das Geld verdient. Schließlich hat sie sich um dich gekümmert. Jede New Yorker Nanny kostet ein Schweinegeld«, bemerkte Jen trocken. »Es hätte ihr zugestanden.«

»Warum bist du damals eigentlich bei deinem Vater geblieben und nicht zu deiner Mutter gezogen?«, fragte ich, um von mir abzulenken.

»Sie ist einfach zu stressig«, sagte Jen knapp und nahm noch einen Schluck von ihrem Milchshake, während sie ihre ausgestreckten Beine langsam anhob. Das machte sie häufiger. Damit wollte sie im Liegen nebenher die Bauchmuskeln trainieren. Als hätte sie zusätzliches Training nötig.

»Ich fand deine Mom früher ziemlich nett.«

»Natürlich. Alle finden sie nett«, keuchte Jen und nahm jetzt beide Beine gleichzeitig hoch. Ein Hauch Bitterkeit schwang in ihrer Stimme mit. »Aber keiner sieht, dass sie alles kontrollieren will. Was ich anziehe, was ich esse, wen ich treffe, was ich mache, was ich denke. Das halte ich nicht aus. Mein Vater ist viel entspannter. Und glücklicherweise durfte ich bei der Scheidung vor Gericht sagen, wo ich lieber wohnen wollte.«

»Meine Mutter will auch alles kontrollieren«, erwiderte ich. Meine Eltern waren gar nicht vor Gericht gezogen und ich war auch nie gefragt worden, bei wem ich bleiben wollte. Es war klar gewesen, dass ich zu meiner Mutter zog. Mein Vater hatte gar keine Zeit, sich um ein zwölfjähriges Mädchen zu kümmern. Ich konnte mich nicht erinnern, ihn je ohne Telefon in der Hand gesehen zu haben. Wenn mich früher jemand gefragt hatte, welchen Beruf mein Vater ausübte, hatte ich geantwortet: »Er telefoniert.« Damals hatte er bei einer Hedgefondsgesellschaft gearbeitet, also Geld für andere angelegt. Jetzt investierte er in Immobilien. Was genau er tat, hatte ich bisher noch nicht verstanden, aber das würde sich bald ändern, wenn ich Business studierte.

»Hast du deinen Vater denn trotzdem oft gesehen?«, fragte Jen.

»Er ist häufiger auf irgendwelchen Business-Trips in Düsseldorf vorbeigeflogen. Wir haben uns manchmal einfach am Flughafen zum Essen getroffen.« Dann hatte er mir oft ein Geschenk mitgebracht, meistens ein unpassendes wie eine Haarspange, die mit künstlichen Diamanten besetzt war oder ein Hermès-Halstuch. Er fragte mich, was ich in der Schule machte, auch wenn ich wusste, dass er nicht viel mit meinen Antworten anfangen konnte. Bei unseren Treffen durfte ich das teuerste Gericht auf der Karte wählen – Rinderfilet oder Hummer. Dann erzählte er von seinem Job und seinen Kunden.

Ich verstand nur die Hälfte, schaute ihn aber interessiert an, damit er nicht enttäuscht war.

»Meine Mutter fand die Geschenke schrecklich, aber meine Eltern haben immer so getan, als hätten sie sich ganz einvernehmlich getrennt, damit ich nicht leide. Hat ihnen irgendein Scheidungscoach geraten.«

Jen verdrehte die Augen. »Vielleicht ist mir da die offen gelebte Feindschaft von meinen Eltern sogar lieber als so ein Pseudo-Gesülze.«

»Naja, und in den Ferien habe ich Dad ein paarmal gesehen. Eine Woche auf den Malediven und einmal auf North Island, der gleichen Insel, wo Kate und William auf Hochzeitsreise gewesen sind.« Auf den Malediven hatte er mir ein teures Kleid aus dem Hotelshop gekauft. Ich hätte das Kleid gern zum Abi-Ball angezogen, aber ich wollte nicht den Blick meiner Mutter ertragen müssen, wenn sie das luxuriöse Kleid sah, und so blieb es nur versteckt in der hintersten Ecke meines Kleiderschranks hängen.

»Das klingt doch ziemlich cool«, meinte Jen.

»Ein ziemlicher Kontrast zu meinem sonstigen Leben war es auf jeden Fall.«

In den letzten zwei Urlauben hatte mein Vater allerdings noch jeweils eine andere Freundin mitgenommen. Beide waren eigentlich ganz nett gewesen und kauften mir noch mehr Geschenke. Aber im letzten Jahr hatte ich ihn gar nicht gesehen. Er hatte wohl ein paar Geldprobleme, worüber ich allerdings mit niemandem reden sollte. Nach den Urlauben hatte ich meiner Mutter auch immer erzählt, dass es langweilig gewesen sei und dass die Freundinnen meines Vaters hohl gewesen wären. Danach sah meine Mutter etwas fröhlicher aus.

Und sie sah nie sonderlich fröhlich aus. Das ungute Gefühl, dass ich meinen Vater verriet, schob ich dann immer zur Seite. Ich konnte ihr ja schlecht von den Malediven vorschwärmen, während sie bei Regenwetter zu Hause geblieben war.

Jen und ich lehnten uns zurück und blickten in den Himmel.

»Hattest du denn nie ein schlechtes Gewissen, dass du deine Mutter alleingelassen hast?«, fragte ich Jen.

»Nur am Anfang. Als ich gemerkt habe, dass meine Mutter es darauf angelegt hat, mir Schuldgefühle einzureden, sind sie verpufft. Mom wollte das Sorgerecht für mich nur, um meinem Vater eins auszuwischen. Im Grunde ist sie froh, dass sie mich als Tochter aktivieren kann, wenn es gerade passt, aber sonst mit ihren Freundinnen in St. Barths abhängen kann. Wäre ich zu ihr gezogen, wäre ohnehin nur eine Nanny mit mir zu Hause gewesen.«

Jens Stimme klang trotzdem so, als wollte sie sich verteidigen. Vermutlich hatte jedes Scheidungskind ein schlechtes Gewissen, egal wie es gelaufen war.

»Also, Emma.« Sie rückte sich auf der Matratze zurecht und begann, ihre langen Haare mit den Fingern in Form zu ziehen. »Lass uns mal die Eltern vergessen und zu den wichtigen Dingen kommen.« Sie grinste und zeigte ihre wunderschönen, geraden Zähne. Die Zahnspange von damals hatte ihren Zweck erfüllt. Ansonsten sah sie aus wie früher, wenn sie grinste. Mit den kleinen Sommersprossen hatte sie mich immer ein wenig an Pippi Langstrumpf erinnert. Jen hatte sie schon als Kind gehasst, ich hatte sie immer süß gefunden und sie wie alles andere an ihr schrecklich vermisst, als wir umgezogen waren.

»Hast du einen Freund in Deutschland?«, fragte Jen und legte den

Kopf seitlich auf die Liege, sodass sie meine Reaktion genau beobachten konnte.

Ich schüttelte den Kopf. »Keinen Freund.«

Jen nickte langsam.

»Ich hatte aber einen«, fügte ich hinzu und kam mir im gleichen Moment albern vor. Warum hatte ich das Gefühl, mich dafür rechtfertigen zu müssen?

»Ja? So richtig?« Sie sog betont lange an ihrem Strohhalm, obwohl ihr Shake inzwischen leer war.

»Nein, kein Sex«, sagte ich. Ich haute ihr seitlich auf den Arm. »Das meintest du doch, oder?« Dann prusteten wir beide los. Damals in der Schule hatten wir zwar schon über Jungs geredet, aber so in der Art, wie man »Erwachsene« imitiert. Es war klar, dass wir noch nichts erlebt hatten. Wir schwärmten für Liam Payne und Harry Styles und ein paar ältere Jungs aus der Highschool, stritten über Taylor Swift (ich war ein glühender Fan, Jen fand sie überbewertet).

Als wir uns wieder beruhigt hatten und auf die Liegen zurückfallen ließen, lag natürlich noch eine weitere Frage in der Luft. Aber ich ließ Jen erst mal schmoren. »Und du?«, fragte ich sie schließlich nach einer Pause.

»Ich dachte schon, dich interessiert es tatsächlich nicht«, sagte Jen. Sie hatte ihre Sonnenbrille wieder geradegerückt und sich auf der Liege ausgestreckt, als wäre sie an einem Filmset, ein Bein leicht angewinkelt. »Boyfriend: Gehabt. Sex: Nein«, fasste sie zusammen.

»Bingo.«

Jen streckte lässig ihre Hand aus, damit ich einschlagen konnte. »Wir sind auf dem gleichen Stand.«

Das stimmte wahrscheinlich nur halb. Meine Romanze während

der sechstägigen Taekwondo-Freizeit auf Norderney war bestimmt weniger intensiv gewesen als ihre.

»Noch«, fügte Jen hinzu. Sie liebte es, den Vamp zu spielen, das hatte ich in den letzten paar Stunden schon gemerkt. »Außerdem habe ich es schon bis zur *Third Base* geschafft.«

»Third Base?«, fragte ich verwirrt.

»Jetzt sag bloß nicht, dass du nicht weißt, was Third Base ist«, erwiderte Jen verblüfft.

»Irgendetwas mit Jungs, das verstehe ich schon«, entgegnete ich leicht eingeschnappt. »Du kannst dir nicht vorstellen, wie es bei uns ist. Ziemlich anders als hier«, verteidigte ich mich.

»Hey, jetzt sei doch nicht beleidigt. Du kannst es ja googeln«, sagte Jen und grinste, »aber besser nicht mit Bildersuche.« Dann wurde sie wieder ernst und musterte mich noch mal intensiv. »War alles nicht so toll bei dir, oder?«

Ich zuckte mit den Schultern.

»Es war eben anders. Erinnerst du dich noch an deine Bauernhofparty, wo dein Vater die ganzen Tiere in den Garten von eurem Townhouse bringen ließ? Hühner und Hängebauchschweine? Und dieses eine Mädchen vom Musikkurs hatte mal eine Party, wo man eine Puppe mit nach Hause nehmen durfte, die genauso aussah wie man selbst.«

»Die Bauernhofparty, natürlich, die war abgefahren.«

»Aber wenn ich sowas zu Hause in Ratingen erzählt habe, haben mich alle für eine Angeberin gehalten. Oder eine Lügnerin. Da habe ich lieber die Klappe gehalten.«

»Aber du musst doch ein paar Freunde gehabt haben?«

Ich zuckte mit den Schultern. »Klar.« Es waren eher meine Sportkollegen beim Taekwondo gewesen und mein Trainer, Master Ko. Sie waren nett, aber kein Ersatz für echte Freundinnen, mit denen man alles besprechen konnte oder an den Nachmittagen etwas unternahm.

Jen rieb sich sorgfältig noch ein wenig Sonnencreme auf den Handrücken, während ich weitersprach.

»Meine Mutter ist in ein totales Loch gefallen. Als Ex-Model ohne Abitur oder Ausbildung war es nicht so leicht, einen Job zu finden. Erst hat sie in einem Copyshop gearbeitet. Dann in der Verwaltung einer Realschule, seitdem geht es ihr besser.«

Jen fuhr fort, sich einzucremen. Ich ignorierte den kleinen Stich, den ihr Schweigen hinterließ. Plötzlich war ich unsicher, ob sie meine Probleme wirklich interessierten.

»Es erstaunt mich, dass du überhaupt in die Sonne gehst. Hat deine Mutter ihre Hautkrebs-Phobie nicht an dich weitergegeben? Sie ist doch ständig hinter dir hergelaufen, um dich einzucremen.« Ich wollte nicht mehr von zu Hause reden.

»Das ist Sonnencreme mit hohem Lichtschutzfaktor und Selbstbräuner. In ein paar Minuten ist alles eingezogen und wir können an den Strand.« Jen richtete sich auf und zupfte ihren Bikini zurecht. Dann fixierte sie mich mit eindringlichem Blick. »Ich verspreche dir jetzt was, Emma. Diesen Sommer wirst du alles nachholen. Es wird so sein, als wärst du nie weg gewesen. Nein, es wird sogar noch viel besser sein als früher. Es tut mir leid, was du alles mitmachen musstest. Aber ich werde dafür sorgen, dass du den Sommer deines Lebens hast.«

Ihre Stimme klang entschlossen.

»Es gibt nur eine Bedingung. Du musst alles mitmachen, was ich sage, okay? Keine Ausreden.« Ein kleines Lächeln erschien in ihrem Mundwinkel. »Versprochen?«

Sie hielt mir ihren kleinen Finger hin. Ich musste lachen und hakte meinen hinein. Den Kleinen-Finger-Schwur hatten wir als Kinder immer gemacht. »Versprochen.«

»So, dann geht's jetzt zum Strand. Ich habe nämlich ein Gerücht gehört. Wir wollen den Sommer schließlich nicht allein verbringen und wenn das Gerücht stimmt …« Sie lächelte geheimnisvoll.

»Ich verstehe gar nichts. Aber ich habe gleich noch ein Vorstellungsgespräch für einen Sommerjob in einem Café.«

»Du sollst am Strand liegen und nicht arbeiten! Willst du nicht den letzten Sommer vor dem Uni-Stress genießen und entspannen?«, erwiderte Jen.

»Ich will mich nicht den ganzen Sommer von meinem Dad aushalten lassen«, entgegnete ich. »Außerdem weiß er noch gar nicht, dass ich ein Stipendium habe. Also verplappere dich nicht.« Mein Vater war der Meinung gewesen, dass ich wegen der hohen Studiengebühren in den USA lieber in Deutschland studieren sollte. Aber jetzt hatte ich das Stipendium für die New York University bekommen. Und für meinen Unterhalt würde ich auch noch aufkommen, sodass ich ihm nicht auf der Tasche liegen würde. Ich hatte schon vorab etwas an die Uni zahlen müssen und hatte meinen Vater nicht nach Geld fragen wollen, bevor ich überhaupt angekommen war. Er sollte nicht denken, dass ich nur auf sein Geld aus war. Und ich wusste ja, dass es nicht mehr so locker saß wie früher. Aber jetzt war ich völlig pleite.

»Und es war sauschwer überhaupt einen Laden zu finden, der so spontan noch jemanden sucht.«

»Er ist dein Dad, Emma. Daddys lieben es, einen auszuhalten. Hoffentlich wirst du nicht von einem schmierigen Koch angemacht.«

»Glaub mir, ich kann mich wehren.«

»Du kannst ja deinen schwarzen Gürtel bei der Arbeit tragen«, scherzte Jen.

Ich hatte meinem Dad auch noch nichts von dem Job erzählt. Aber er würde beeindruckt sein, dass ich selbst Verantwortung übernahm. Das wusste ich.

»Schaffen wir es vorher noch zum Strand?«

»Ich muss erst in zwei Stunden da sein, das Café ist in Southampton.«

Ein paar Minuten später fuhren wir mit dem quietschroten VW-Käfer, den Jen zum sechzehnten Geburtstag bekommen hatte, zum Strand. Wir öffneten das Verdeck und ließen unsere Haare im Wind flattern. In New York brauchte man kein Auto, aber sobald man die Stadt verließ, war man ohne Auto verloren.

»Ich werde diesen Sommer den Führerschein machen«, rief ich über den Wind hinweg.

»Du hast noch keinen?«, schrie Jen zurück.

»In Deutschland fährt man erst ab achtzehn und der Führerschein ist sauteuer. Ich muss nur noch mit Schaltung üben, damit ich das Auto von meinem Vater nehmen kann. Ein bisschen kann ich auch schon fahren, mein Vater hat es mir einmal in den Ferien auf einem Übungsplatz beigebracht.«

»Gott, du warst echt zu lange in Deutschland.«

Mit Jen im Auto zu sitzen fühlte sich herrlich an. Ich war endlich zurück. So lange hatte ich mich nach dieser Rückkehr gesehnt. Ich war nie so richtig in Deutschland angekommen, immer hatte ich mich fremd gefühlt. Hier fühlte ich mich nun zwar auch ein wenig fremd, aber das würde sich legen. Dafür wüder ich alles tun. Ich hielt meine Hand in den kühlen Fahrtwind. In mir kribbelte alles voller Vorfreude auf den Sommer, auf die neue Freiheit, auf Long Island. Der Sommer meines Lebens – vielleicht würde Jen ja recht behalten.

Zwei

Wir fuhren zum Cooper's Beach, wo man 50 Dollar fürs Parken zahlen musste, wenn man keinen Wohnsitz in den Hamptons hatte. Meine finanziellen Verhältnisse waren definitiv nicht Hamptons-kompatibel. Jens Vater besaß ein supermodernes Haus direkt am Strand in Southhampton und natürlich hatte sie eine Parkgenehmigung. Auf der windgeschützten Terrasse war es heiß gewesen, hier blies ein kühler Wind. Wir liefen über Holzplanken vom Parkplatz an den Strand und er war noch schöner, als ich ihn in Erinnerung hatte. Er war tatsächlich unendlich lang und extra breit. Der feine, weiße Sand liebkoste meine Füße. Als Kind war ich mit meinen Eltern einmal hier gewesen. Der Wind sorgte für kräftige Wellen, die sich aufbäumten und weit auf den Strand aufschlugen. Wegen des starken Windes und der Wellen war der Strand trotz Hauptsaison nicht sehr voll.

»Das hatte ich gehofft«, sagte Jen zufrieden, nachdem sie den Strand gescannt hatte.

»Was hattest du gehofft?«

»Die Wellen ...«

Ich folgte ihrem Blick, der nicht aufs Meer hinausging, sondern seitlich zum Strand zu einer Gruppe, die in einiger Entfernung ihr Lager aufgeschlagen hatte.

»Die hohen Wellen locken die Surfer an«, grinste sie. »Komm mit. Ich will dir ein paar Leute vorstellen.«

In unseren kurzen, wippenden Röcken liefen wir nah am Wasser auf dem nassen Sand entlang. Ich spürte die Blicke von ein paar Männern und Jungs am Strand. Das war immer noch merkwürdig. Ich wusste gar nicht, wann es angefangen hatte, dass ich dieses Kribbeln im Nacken spürte, wenn ich über eine Straße ging und sich Männerblicke an mich hefteten wie jetzt, als ich zwischen den Handtüchern und Strandstühlen durch den Sand stapfte. Meine Zahnspange war weg, ich hatte ein T-Shirt und einen weiten Rock mit Gummizug an, den ich schon ewig besaß, nur war er inzwischen sehr kurz geworden. Meine Sommergarderobe kam mir ziemlich farblos und langweilig vor, mein schwarzer Bikini war aus der vorletzten Saison von H&M und am Rand lösten sich Fäden. Ich freute mich auf mein erstes Gehalt. Es würde schon klappen mit dem Job. Hoffentlich gab es auch in den Hamptons ein paar Läden, die nicht so teuer waren. Hinter den Surfern war der Strand leer. Weil es am Strand keine Liegen gab wie in Europa, brachte jeder seine Sonnenschirme, Handtücher, Kühlboxen und Strandstühle selbst mit. Scheinbar hatte niemand Lust, sie besonders weit vom Parkplatz zu tragen.

Wir breiteten unsere gestreiften Handtücher in einiger Entfernung zu den Surfern auf dem Sand aus. Ein paar Meter hinter uns schlief jemand. Ein Paar Männerbeine ragten unter einem als Decke verwendeten Handtuch hervor. Ein Sweatshirt und ein Buch mit dem Titel *Philosophie für Dummies* lagen über dem Gesicht des Schlafenden. Sonst war niemand in der Nähe. Jen stellte sich breitbeinig hin, fuhr sich durch die Haare und zog mit einer ausladenden Bewegung ihr

T-Shirt über den Kopf, wobei sie den Rücken durchstreckte und den Bauch einzog, obwohl der so flach war, dass es nicht viel zum Einziehen gab. Sie zupfte einen Moment umständlich ihren Bikini zurecht. Ich hatte mich, so wie ich war, auf mein Handtuch gelegt und sah ihr zu. Als sie sich endlich neben mich legte, hatte sie den gewünschten Effekt erzielt. Zwei der Surfer schauten herüber. Zwar konnte man ihre Augen hinter den verspiegelten Sonnenbrillen nicht sehen, aber es war ziemlich klar, dass sie Jen genau beobachtet hatten. Sie mussten der Grund sein, wieso wir hergekommen waren.

Ich drehte mich zu Jen.

»Du kennst sie? Und warum liegen wir dann so weit weg?«, fragte ich.

»Du kennst sie auch. Denk mal einen Moment an die Madison Academy.«

Madison Academy war die Highschool, die an unsere alte Middle School an der Upper East Side angeschlossen war.

»Du meinst, ich kenne sie, aber nicht gut genug, dass wir einfach hingehen? Ich dachte, du wolltest mich vorstellen?«, fragte ich verwirrt.

»Werde ich auch. Nur muss ich mich selbst auch erst noch vorstellen. Wir haben ja den ganzen Sommer noch vor uns.« Sie lächelte mich verschwörerisch an. »Wir geben ihnen erst einmal eine Chance, uns zu entdecken.« Sie grinste.

Jen holte eine Bürste aus der Tasche und striegelte sich die Haare, die in allen möglichen Blondtönen glänzten. Ich hatte ähnlich lange Haare, ebenfalls blond, allerdings mit einem rötlichen Stich und mit wesentlich weniger Farbschattierungen. Meistens trug ich sie sowieso eingedreht auf dem Kopf festgesteckt.

»Warst du nicht früher dunkler als ich?«, fragte ich, auf ihren Kopf deutend.

»Ich bin sogar noch dunkler geworden. Aber ich habe einen guten Friseur. Sommerblond«, grinste sie. Dann zog sie eine Dose mit Beerenlipgloss aus der Tasche und verteilte ihn auf ihren Lippen, danach bot sie ihn mir an. Ich tunkte meinen Zeigefinger in die weiche Masse und tupfte mir ebenfalls ein wenig Gloss auf die Lippen. Es schmeckte nur sehr entfernt nach Beere, dafür aber sehr süß und faszinierend künstlich.

Jen ignorierte die Blicke der Surfer, als wären wir völlig zufällig den weiten Weg gekommen, um uns mehr oder minder als Einzige in ihre Nähe zu setzen. Wenn man sich flach hinlegte, fuhr der Wind über einen hinweg und es war gar nicht so kalt. Jens Arme waren schon von einer Gänsehaut überzogen. Sie rollte sich auf den Bauch und klopfte neben sich, damit ich es ihr nachtat. Wir stützten uns auf unsere Ellenbogen. Wenn wir die Köpfe nicht zu auffällig zu ihnen wandten, hätte es genauso gut sein können, dass wir aufs Meer schauten.

»Und, schon erkannt?«

»Jemand von früher? Jen, das ist fünf Jahre her, alle haben sich verändert.«

»Schau noch mal genau. Die beiden im Wasser.« Jen zog ihr mit glänzenden Swarovskisteinen verziertes Handy heraus und scrollte durch Nachrichten und Posts. Sie musste auf jeder einzelnen Social-Media-Plattform vertreten sein. Aber jetzt war war es eher eine nervöse Fingerbewegung zur Tarnung, immer wieder schaute sie unauffällig zu den Surfern. Zwei von ihnen kamen gerade aus dem Wasser. Sie hatten ihre Neoprenanzüge geöffnet, den oberen Teil heruntergezogen und ließen ihn lässig seitlich von der Hüfte herunterbaumeln. Während sie liefen, schienen Muskeln unter der Haut entlangzugleiten und die Bizepse traten hervor, wenn sie die Position der geschulterten Surfboards wechselten. Ihre Haut war gebräunt und wurde am Übergang zur Badehose heller, die Bäuche sahen sogar aus der Ferne durchtrainiert aus. Die beiden kniffen die Augen gegen die helle Sonne zusammen und schoben sich die nassen Haare aus dem Gesicht. Zwei weitere Surfer erreichten auf einer besonders langen Welle das Ufer. Auch sie liefen den Strand hoch, die Bretter unter den angewinkelten Armen, als würden sie nichts wiegen.

»Die beiden Ersten«, half mir Jen.

»Ich habe keine Ahnung, wer das ist.« Ich betrachtete die Jungs genau. Der linke hatte hellblonde Haare, fast weißblond, was ihm ein irgendwie unschuldiges Aussehen verlieh. Seine Haut hatte einen goldenen Farbton von der Sonne. Der rechte war dunkler. Er besaß ein sehr ausgeprägtes Kinn, hatte aber noch ausgeprägtere Muskeln, als würde er nicht nur surfen, um sich in Form zu halten, sondern auch Gewichte stemmen. Und plötzlich, vielleicht war es sogar die Körperhaltung, dämmerte mir, wer das sein könnte.

»Warte mal, ist der Dunkelhaarige etwa Matt, für den du schon damals geschwärmt hast? Und ist der andere dann …?«

»Genau. Asher Buchanan und Matt Sinclair. Sie sind auch erst vor zwei Tagen angekommen.«

»Ich fasse es nicht«, brachte ich mühsam heraus. Asher. Mein Herz begann wie verrückt zu klopfen, als hätte ich ein paar Jahre zurückgespult und würde jetzt so reagieren wie damals, wenn das Gespräch auf Asher Buchanan kam. Ich war so in Asher verknallt gewesen, wie man es als Zwölfjährige nur sein konnte. Dass ich mir kein

Bild von ihm in den Spind gehängt hatte, war alles. Er war schon in der Highschool gewesen, als wir noch die Middle School besuchten. Ich fand ihn so wahnsinnig süß mit seinen blonden Haaren und den großen, braunen Augen, hatte es aber nur einmal geschafft, ein Wort mit ihm zu wechseln. Wenn ich gerade mal nicht von einem eigenen Pferd geträumt hatte, dann von Asher. Das Pferd hatte mein Vater mir sogar versprochen. Während der Trennung war das dann aber untergegangen und zurück in Deutschland war natürlich nicht an Reitstunden zu denken gewesen, geschweige denn an ein eigenes Pferd. Mein ganzes Leben in New York war mir später wie ein Traum vorgekommen, eine rosarote Seifenblase, die schwerelos durch die Atmosphäre trieb. Aber ich hatte versucht, mir die Sehnsucht nicht anmerken zu lassen. Meine Mutter war auch so schon am Ende gewesen, das hätte sie nur noch mehr runtergezogen.

»Ich glaube, ich brauche dich nicht zu fragen, ob du ihn immer noch süß findest«, sagte Jen und grinste mich an. O nein, das war wohl offensichtlich.

Einen Moment schwiegen wir und blickten zu den Jungs vor dem dunkelblau glitzernden Wasser. Sie unterhielten sich, zeigten auf die Wellen und diskutierten, vermutlich über die besten Rides.

»Du denkst jetzt aber nicht, dass ich da hingehe, Jen.«

Ich hatte in so vielen Bereichen meines Lebens gelernt, selbstbewusst zu sein und die Dinge in die Hand zu nehmen, aber was Jungs anging, unterschied ich mich leider nur wenig von der unerfahrenen Zwölfjährigen von damals.

»Wir warten erst mal ab und essen einen Snack zur Stärkung. Du packst das schon«, murmelte Jen vergnügt.

Asher. Wie verrückt, dass er auch hier war, noch ein Puzzleteil aus meiner Vergangenheit. Wir packten die Sandwiches aus, die wir auf dem Weg zum Strand in einem kleinen Laden gekauft hatten. Jen pickte mit ihren Fingern an einem herum und steckte sich ein kleines Stück weiches Brot in den Mund.

»Früher warst du so verfressen. Jetzt isst du, als hättest du den Magen von einem Wellensittich«, neckte ich sie.

»Früher konnte ich ja auch nur bei dir was Richtiges essen, weil meine Mutter mir nur gedünstetes Gemüse erlaubt hat. Eine fette Tochter wäre für sie Ausdruck ihres persönlichen Scheiterns gewesen.«

»Naja, da braucht sie bei dir nun wirklich keine Angst zu haben.« Denn auch wenn Jen größer war und breitere Hüften hatte als früher, war sie ziemlich dünn.

»Apropos. Hast du deinen Wellensittich noch? Budgy? Es fehlt fast etwas, wenn er nicht auf deiner Schulter sitzt«, sagte Jen.

»Nein. Er ist ein Jahr nach meinem Umzug gestorben, als ich mit Dad in den Ferien war. Das war echt traurig.« Ich spürte eine glühende Stecknadel im Magen, als ich daran dachte.

»O Mann, das tut mir leid. Der Vogel war dein Baby!«

»Das Schlimmste ist, dass ich kurz meine Mutter in Verdacht hatte, ihn vergessen zu haben. Das war fast wie eine Strafe für meine Reise mit Dad. Aber sowas würde sie natürlich nie machen.«

Jen warf mir einen langen Blick zu. »Moms machen verrückte Dinge während der Scheidung.«

Ich setzte an, etwas zu sagen, aber ich konnte irgendwie nicht.

»Aber nein, natürlich nicht«, fügte sie schnell hinzu.

Keine Ahnung, was sie in meinem Gesicht gesehen hatte. Ich hatte diesen Vogel so unglaublich geliebt. Noch nicht mal beerdigen konnte ich ihn, weil Mom ihn schon entsorgt hatte, als ich zurückgekommen war. Ich durfte nicht daran denken.

»Die Sandwiches sind echt lecker«, sagte ich schnell und nahm einen Bissen. Sie waren tatsächlich gut, Thunfischcreme und Ei.

Jen zupfte ein weiteres Stück aus ihrem Sandwich. Ihre Mutter war mir hingegen so perfekt erschienen. Ihr ganzes Zuhause war wunderschön gewesen, vom Lampenschirm bis zum Bettüberwurf harmonierte alles mit farbigen Tapeten und passenden Stoffen. Es war immer schwer vorstellbar gewesen, wie unerbittlich sich ihre Eltern gestritten hatten.

Jen schaute wieder zu den Surfern.

»Wären die beiden nichts für uns? Ich würde bei Matt bleiben, wie früher, wenn du nichts dagegen hast. Schau dir doch mal seine Zähne an, ich liebe perfekte Zähne. Und die Armmuskeln …« Sie kicherte. Natürlich. Matt. Früher hatte er uns Middle-School-Mädchen der siebten Klasse nicht angeschaut, so uninteressant waren wir für ihn. Aber der Altersunterschied wurde immer unbedeutender, je älter man wurde, wie ich von meinem Vater nur zu gut wusste. Seine Freundinnen waren zehn oder mehr Jahre jünger als er, was waren da schon zwei Jahre?

»Wenn du von Matt sprichst, klingst du so, als würdest du ein Zuchtschwein aussuchen und erst mal das Gebiss untersuchen. Hast du denn inzwischen überhaupt schon mal mit ihm gesprochen? Also mehr als *Ich überbringe dir eine Nachricht als Valentinsbote«,* bemerkte ich trocken. »Du hattest ja ein paar Jahre Zeit.«

Jen prustete los und warf ein Stück Sandwich nach mir. »Diese peinliche Aktion, als wir uns in der Schule darum gerissen haben, ihnen diese bescheuerten Valentinsbotschaften überbringen zu dürfen, hatte ich bis vor einer Minute erfolgreich verdrängt. Danke auch. Jetzt brauche ich wieder zwei Jahre, um es zu vergessen.«

Die Jungs waren jetzt alle aus dem Wasser gekommen und standen zusammen. »Nein, Matt hat die Schule gewechselt, als du weggegangen bist. Aber diesen Sommer wird sich alles ändern. Für uns beide.« Jen sprach die letzten beiden Sätze mit spielerisch getragener Stimme.

»Ich will ja kein Spielverderber sein und das Orakel unterbrechen, aber ich muss gleich los zum Vorstellungsgespräch.«

»Das passt perfekt. Nur noch fünf Minuten. So wissen sie beim nächsten Mal, dass sie schneller sein müssen, wenn sie uns ansprechen wollen. Und wir geben ihnen ein bisschen Zeit, uns von hinten zu bewundern.«

»So ein bisschen hast du schon einen Knall, Jen, aber das weißt du wahrscheinlich. Die werden uns nicht mit dem Hintern anschauen. Die sind doch eine völlig andere Liga.«

Jen schüttelte langsam den Kopf. »Nein, Emma. Auch damals waren sie keine andere Liga. Sie waren älter und das kam uns deshalb früher nur so vor.« Sie blickte mich an und wartete darauf, dass ich zustimmte.

Ich zuckte mit den Schultern. Sie war vielleicht in der gleichen Liga. Ich war jetzt in einer anderen, beziehungsweise eigentlich in überhaupt keiner.

Es war so verwirrend. Aber vielleicht hatte sie recht. Nur weil ich nicht mehr in einem großen Apartment an der Upper East wohnte, war ich ja keine Aussätzige.

»Em, was wäre ein Sommer ohne einen Flirt! Hey, du willst doch nicht als Jungfrau das College beginnen«, sagte sie, während sie ihr

Handtuch zusammenrollte. »Und ich überlasse dir hier den absoluten A-Lister. Ashers Vater gehört sozusagen die halbe Insel. Die beiden schmeißen die besten Partys. Wir hätten zu viert so viel Spaß. Und du musst schließlich aufholen. Mindestens Third Base, Baby, auf der Zielgeraden zum *Home Run!*« Jen zwinkerte mir zu. Dann hob sie die Hand, um mich abzuklatschen. Zögernd hielt ich ihr meine hin und sie schlug geräuschvoll ein.

Plötzlich ertönte hinter uns ein Glucksen.

Ich fuhr zusammen und drehte mich gleichzeitig mit Jen um. Unter dem Handtuch, aus dem die Männerbeine ragten, wackelte es. Dann wurde es zur Seite geschoben, das aufgeklappte Buch fiel in den Sand und ein Männerkopf mit zerzausten schwarzen Haaren kam zum Vorschein. Der Typ gluckste immer noch, wobei seine Rippen und sein Bauch vibrierten, obwohl er sich scheinbar bemühte, sein Lachen unter Kontrolle zu bringen. Sein Oberkörper war gebräunt und muskulös, aber nicht aufgepumpt wie Matts. Vielleicht war er etwas älter als ich, aber nicht viel. Er hielt sich die Hand vor die Stirn, schien sich endlich im Griff zu haben und murmelte: »Sorry, ich wollte wirklich nicht lauschen.« Dann schaute er hoch, langsam, als müsste er sich beherrschen, um nicht wieder loszuprusten. Als sein Blick meinen traf, schoss mir sofort das Blut in die Wangen, ohne dass ich etwas dagegen tun konnte. Er sah trotz seiner Entschuldigung alles andere als zerknirscht aus, sondern eher selbstzufrieden und überheblich.

Sein Gesicht war fast herzförmig mit einem markanten Kinn und blauen Augen, welche durch die dichten, schwarzen Augenbrauen besonders leuchteten. Die Röte stieg mir immer weiter ins Gesicht, als mir klar wurde, worüber wir gerade gesprochen hatten. Sein Blick sprang von mir zu Jen und wieder zurück und ein Grinsen breitete sich auf seinem Gesicht aus.

»Und da soll noch mal jemand sagen, dass Frauen Männer nicht als Sexobjekte sehen«, sagte er, sprang auf und stellte sich mit verschränkten Armen vor uns. Er war ziemlich groß.

Ich wollte vor Scham im Boden versinken. Was hatte er genau gehört? Unser ganzes Gespräch?

Dann blickte er zu den Surfern. »Hey, die A-Lister schauen rüber. Kleiner Tipp: Nichts belebt das Geschäft besser als Konkurrenz. Ich würde mich gern bereit erklären, mit euch zu flirten, aber ich muss leider los. Viel Spaß noch. Verkauft euch nicht unter Wert!«, sagte er zum Abschied und warf mir dabei einen eindringlichen Blick zu. Warum nur konnte ich mich noch mal nicht ans andere Ende der Welt beamen?

Ich blickte zu Jen, die grinsend neben mir stand.

»Man sollte nie einem schlafenden Mann trauen«, sagte sie und schüttelte den Kopf, schien wegen des Vorfalls aber nicht sonderlich aus der Bahn geworfen zu sein. »Gott, der war ja scharf, das hat man unter dem Handtuch vorhin überhaupt nicht gesehen.« Wehmütig blickte sie ihm hinterher.

»Du hast gut lachen. Er denkt ja auch nicht, dass du eine verzweifelte Jungfrau bist, die sich jedem dahergelaufenen Typen an den Hals schmeißt.«

»Dabei bin ich eine«, sagte Jen trocken. »Hey, Em, bleib locker. Der Typ ist doch völlig egal.«

Ich schluckte und hoffte nur, dass Long Island groß genug war, damit einem weitere peinliche Begegnungen erspart blieben.

Drei

Kurze Zeit später saßen wir wieder in Jens rotem Käfer und brausten Richtung Main Street in Southhampton. Wir fuhren an den großen Anwesen vorbei, viele klassisch aus Holz gebaut, aber mit beeindruckenden Einfahrten, in denen teure europäische Sportwagen geparkt waren. Näher am Ziel war es ein bisschen städtischer. Die Häuser waren etwas kleiner, hatten liebevoll gepflegte Gärten und Hortensien mit riesigen Blüten. Leider wurden wir bald ausgebremst, denn der Wochenendverkehr hatte eingesetzt und es ging eher langsam voran. Jen fuhr im Bikini-Oberteil und ich machte es ihr nach und warf mein T-Shirt auf den Rücksitz. Die leichte Gänsehaut, die der Fahrtwind auf unserer Haut hinterließ, fühlte sich gut an, und sobald das Auto stand und der Fahrtwind ausblieb, brannte die Sonne heiß auf uns herunter.

Nach dem Vorstellungsgespräch würde ich meinen Vater zum Abendessen treffen. Hoffentlich klappte alles und ich konnte ihm direkt von meinem Job berichten. Ich freute mich so, meinen Vater zu sehen. Er war bisher meistens unterwegs gewesen. Aber jetzt war Wochenende und wir würden endlich etwas Zeit miteinander verbringen können.

»Kannst du mich beim *The Bitter End* rauslassen? Das ist so ein Café in der Nähe der Hauptstraße«, sagte ich.

»Das kenne ich natürlich, das gibt es ja schon ewig. Ist ein bisschen heruntergekommen in den letzten Jahren. Hast du schon wieder Hunger?«

»Nein, dort habe ich mein Vorstellungsgespräch.«

»Das ist dein Sommerjob? Du willst im *Bitter End* arbeiten, im Ernst?«

Ich nickte. »Ist das schlimm?«

»Nee, das Café ist ein Klassiker, nur dachte ich irgendwie, es würde zumachen oder so was.«

»Drück mir bitte die Daumen. Es muss klappen. Fast alle Jobs waren schon vergeben, weil sich natürlich alle früher drum gekümmert haben.«

»Klar doch, du packst das locker. Hier ist es schon.« Sie hielt an und nickte mit dem Kopf in Richtung eines Gebäudes am Ende der Main Street. Ich umarmte Jen kurz, nahm mein Shirt von der Rückbank, streifte es über und stieg aus dem Auto.

»Wir sehen uns morgen! Sag mir, wie's gelaufen ist!« Jen hob die Hand, während sie losfuhr und die Musik lauter drehte. Das Brummen des Motors von ihrem Käfer wurde durchdringender und dann war sie auch schon verschwunden.

»*The Bitter End*« stand in geschwungenen Buchstaben auf einem Holzschild an einem altmodisch wirkenden Haus mit grauen Schindeln. Durch die unterteilten Scheiben sah es schon von außen gemütlich aus, weniger gestylt als viele andere Läden hier. Als ich die dunkelgrüne Holztür mit der großen Scheibe zum Innenraum aufdrückte, stieg mir sofort der aromatische Duft von Kaffee und Gebäck in die

Nase. Drinnen standen Tische in verschiedenen Größen und Formen, die zusammengewürfelt waren und trotzdem harmonierten. Die Stühle waren aus Holz, manche davon waren grün lackiert. Das honigfarbene Parkett glänzte und spiegelte das Sonnenlicht, das durch die großen Scheiben fiel. Auf den Tischen standen unterschiedliche Vasen mit zarten Blumen. An den Wänden hingen kleine Bilder in Holzrahmen, detailgetreue Zeichnungen von Gebäuden, dazu Drucke aus alten Büchern. Einige Tische waren besetzt, aber lange nicht alle. Im Hintergrund lief eine melancholische Melodie. Manche Gäste tippten auf ihren Laptops, obwohl auf einem Schild stand »Keine Laptops im Sommer«. Wahrscheinlich sollte verhindert werden, dass jemand stundenlang einen Tisch blockierte. An der einen Seite des Cafés befand sich ein altmodischer Tresen, auf dem unter bauchigen Glasdeckeln Kuchen und Gebäck ausgestellt wurde. Dahinter stand, mit dem Rücken zu mir, ein Mädchen mit hochgesteckten Haaren, das an der Espressomaschine herumwerkelte. Hier sah nichts heruntergekommen aus. Alles war sauber geschrubbt, das Gebäck duftete, es war eben etwas altmodisch. Ich mochte so was. Der Laden, eine Mischung aus Café und Restaurant, war nicht vornehm, aber gepflegt und sehr einladend. Ich folgte dem Gang neben dem Tresen, der laut eines handgeschriebenen Schildes zum Garten führte. Hier standen Tische und Stühle aus hellgrünem Metall zwischen großen Holzkübeln, in denen Büsche, weiße Rosen und Hortensien blühten. Die Terrasse sah verwunschen aus, wie aus einer vergangenen Welt. Ich würde während der Arbeit sogar an der frischen Luft sein. Im Bedienen war ich schließlich durch die Arbeit in der Pizzeria schon ziemlich gut. Meine Mutter hatte von dem Job gar nichts gewusst. Sie wollte nichts davon hören, dass ich mehr Geld brauchte, als sie mir zuteilte, und war der Meinung, dass ich mich lieber auf die Schule konzentrieren sollte, die sie selbst so früh abgebrochen hatte, um für die Modelagentur ins Ausland zu gehen. Aber meine Noten blieben gut und sie hatte nie Verdacht geschöpft. In den Hamptons gab es bestimmt besseres Trinkgeld als in Ratingen. Der Job war perfekt. Es musste einfach klappen.

Ich ging zurück in den Innenraum und trat an den Holztresen. Dahinter stand das Mädchen und jetzt konnte ich es von vorn betrachten. Sie hatte einen geschwungenen, schwarzen Lidstrich und ihre dunklen Haare waren kunstvoll auf dem Kopf zu einem großen Wespennest zusammengesteckt. Gerade verteilte sie Muffins auf einem geblümten Kuchenteller.

»Hi. Ich wollte zu Leo, um mich vorzustellen?«

»Für was willst du dich vorstellen?«, fragte sie barsch, sodass ich zurückwich. Sie mustere mich kritisch von oben bis unten. Ihre Lippen waren knallrot geschminkt.

»Äääh, ich wollte hier arbeiten? Für den Sommer? Im Café? Ich hatte angerufen?«, erwiderte ich und wusste auch nicht, warum jedes Wort wie eine Frage herauskam. Wieso ließ ich mich direkt so von ihr verunsichern?

Sie nickte mit zusammengekniffenen Augen und ihr Blick streifte mich noch einmal kühl und herablassend von oben bis unten. Unwillkürlich verschränkte ich die Arme vor meiner Brust. Ich hatte nicht das Gefühl, dass ihr gefiel, was sie sah.

»Du willst mit Leo sprechen und er weiß, dass du kommst?«, hakte sie nach. Ich konnte das Gefühl nicht loswerden, dass sie nur darauf wartete, dass ich irgendeinen Fehler machte, damit sie mich wegschicken konnte.

Aber ich hatte gelernt, mich nicht so leicht abfertigen zu lassen. Schließlich hatte es in den letzten Jahren niemanden gegeben, der unangenehme Gespräche für mich geführt hätte. Im Gegenteil. Solche Gespräche hatte ich oft sogar für meine Mutter übernommen.

Ich nickte. Das Mädchen seufzte genervt und zuckte mit den Schultern, was wohl heißen sollte, dass ich ihr folgen sollte. Gehorsam trottete ich durch eine andere Tür hinter ihr her durch die Küche in eine Art Arbeitszimmer im hinteren Teil. Mit dem Rücken zu uns stand ein Mann in Shorts, aus denen gebräunte Beine ragten. Er las konzentriert irgendwelche Dokumente in seiner Hand. Auf der Fensterbank neben ihm lag ein zusammengerolltes Knäuel mit rot getigertem Fell. Eine schlafende Katze.

»Leo«, sagte das Mädchen. »Hier ist jemand, der dich sprechen will.« Sie wandte sich mir zu und sah mich fragend an.

»Emma?«, sagte ich zögernd.

Sie wiederholte meinen Namen. In dem Moment drehte sich der Mann um und ließ die Papiere in seiner Hand auf den Schreibtisch sinken. Seine Augen waren erst unfokussiert und abwesend, bis sie meine trafen. Ich sog scharf Luft ein. Innerhalb von Sekunden war mein Hals wie zugeschnürt und ich hatte das Gefühl, kein Wort hervorbringen zu können. Das durfte nicht wahr sein. Nein. Ich musste mich täuschen. Gab es vielleicht doch Doppelgänger?

Dann kam auch er in der Wirklichkeit an und ein Ausdruck des Erkennens erhellte sein Gesicht. Kein Doppelgänger also.

»Haben wir uns nicht schon getroffen?«, sagte er. Ein Lächeln umspielte seine Lippen. Ein selbstzufriedenes Lächeln, sogar ein kleines bisschen bösartig.

Es konnte einfach nicht wahr sein. Seine blauen Augen leuchteten dunkler als am Strand, die schwarzen Haare standen immer noch salzig von seinem Kopf ab. Er trug ein meerblaues T-Shirt, auf dem verblichen irgendeine Band zu sehen war, die ich nicht kannte. Es war der Typ, der hinter uns ein Nickerchen gehalten hatte – oder zumindest so getan hatte, als schliefe er. Mein Mund klappte auf und wieder zu.

»Wohl keinen Erfolg gehabt am Strand? Und jetzt suchst du dir lieber eine ehrliche Arbeit?«, witzelte er vergnügt.

Der Blick der Kellnerin mit den Amy-Winehouse-Haaren sprang von ihm zu mir und wieder zurück. Er nickte ihr zu. »Ich schaffe das schon.«

Sie lächelte verkrampft, zog sich aber ins Café zurück.

Ich wollte etwas antworten, aber kein Ton kam heraus, als ich dazu ansetzte. Schluckte noch einmal. »Wir hatten am Telefon gesprochen«, sagte ich endlich so normal, wie ich nur eben konnte. Ich spürte, wie alles Blut in mein Gesicht schoss. Erstaunlich, dass überhaupt noch Blut in meinen Füßen war, so stark wie mein Gesicht kribbelte. Es konnte eigentlich nichts mehr für den Rest meines Körpers übrig sein. Oh. Mein. Gott. Er hatte jedes Wort gehört. Jetzt musste er denken, dass ich ein völlig hirnbefreites, verzweifeltes Naivchen war.

»Ähh, ich komme zum Vorstellungsgespräch.«

»Meinst du denn, du hast Zeit für den Job? Was, wenn die A-Lister doch noch anrufen? Ich brauche schon jemanden, auf den ich mich hier verlassen kann«, sagte Leo. Er verschränkte die Arme vor der Brust und musterte mich ziemlich ungeniert. »Hast du denn schon mal gekellnert oder ist das eher so eine Art Abenteuerjob für dich? Mal sehen, wie die Arbeiterschicht so lebt?«

Er nutzte es wirklich aus, dass er die Oberhand hatte, weil er mich in einer unglaublich peinlichen Situation erlebt hatte. Aber so leicht würde ich mich nicht geschlagen geben. Ich wollte diesen Job. Unbedingt.

Ich schloss kurz die Augen, atmete tief durch und fragte: »Was mochtest du trinken?«

Eine Falte erschien auf Leos' Stirn, waagrecht. Er legte fragend den Kopf schief, ließ mich dabei aber nicht aus den Augen wie ein Tiger, bevor er zum Angriff überging.

»Einen Latte Macchiato, Cappuccino, Caffè Americano? Oder lieber einen Cosmo, Mojito, Manhattan oder einen klassischen Highball?« Mühsam unterdrückte ich meine Wut. »Pizzabacken kann ich auch. Ich kann auch sehr gut den Boden wischen, weil ich nämlich ordentlich bin und bei mir zu Hause unsere ganze Wohnung geputzt habe. Und den Haushalt geführt. Und gekocht. Nein, ich bin mir für nichts zu schade.« Eigentlich wollte ich noch hinzufügen: *Aber ich arbeite nur ungern für arrogante Arschlöcher.* Aber das verkniff ich mir gerade noch, schließlich brauchte ich den Job wirklich.

»Du meinst, du bist perfekt für den Job? Auf Lebenszeit?« Leos Gesichtsausdruck hatte sich verändert. Er lächelte immer noch, aber vielleicht lag sogar ein klein wenig Respekt in seinem Blick.

»So meinte ich das nicht. Aber ich würde hier sehr gern den Sommer über arbeiten.«

Er nickte, ohne mich aus den Augen zu lassen, und fuhr sich durch die Haare, als wollte er sie in Form bringen, was scheiterte. Zu viel Meersalz. Wenn ich mich nicht täuschte, musterte er mich dabei zudem *noch mal* unauffällig von oben bis unten.

»Dafür, dass es hier um einen Job geht, bei dem es nicht um Äußerlichkeiten, sondern um Kaffeekochen geht, schaust du aber sehr genau hin.« Das war mir jetzt so rausgerutscht. Aber er konnte doch nicht ernsthaft glauben, dass mir entging, wie er mich ansah.

Er war tatsächlich verdutzt und schüttelte kurz den Kopf, als hätte er sich verhört.

Schnell wollte ich etwas anderes sagen. Das Erste, was mir in den Kopf kam, war: »Bist du der Chef hier? Du bist doch gar nicht, also, ich meine …«

»Du meinst, ich bin kein alter Sack?«

Ich zuckte hilflos mit den Schultern. Ich musste aufpassen, dass ich mich nicht um Kopf und Kragen redete.

Die Katze sprang von der Fensterbank herunter und war mit einem Satz auf seinem Schreibtisch. Geistesabwesend strich er ihr über den Kopf. Leo wurde augenblicklich etwas ruhiger und gluckste. »Ich übernehme momentan die Leitung des *Bitter Ends* für meinen Onkel. Aber ich brauche Leute, die gut arbeiten und hier nichts durcheinanderbringen. Nett, dass du gekommen bist, aber ich glaube, du passt hier nicht rein«, sagte er knapp und wandte sich wieder seinen Unterlagen zu.

Wie bitte – das konnte er nicht ernst meinen! Er hatte doch noch gar nicht gesehen, wie ich arbeitete, und verurteilte mich bloß anhand des blöden Gesprächs. Was bildete er sich eigentlich ein?!

»Entschuldigung?«, sagte ich und verschränkte die Arme.

Er blickte noch mal hoch und betrachtete mich kühl, aber merkwürdig intensiv. Die Tigerkatze lehnte schnurrend mit geschlossenen Augen ihren Kopf gegen seine Hand. Zu ihr war er scheinbar netter.

»Irgendwie habe ich den Eindruck, dass du mich nur nicht nehmen willst, weil du mich vorhin am Strand getroffen hast. Ich glaube, ich passe genau hierher und werde nichts durcheinanderbringen, im

Gegenteil.« Ich hielt seinem Blick stand, auch wenn ich das Gefühl hatte, dass er viel tiefer in mich hineinschauen konnte, als gut war. »Wenn du mir nur eine Chance gibst, werde ich mich total anstrengen.«

Er schien für einen Moment zu überlegen. »Vor allem möchte ich kein Theater zwischen den Angestellten, keine … Affären, Liebesdramen und so weiter, okay? Und ich will auch nicht ständig irgendwelche Schichten verschieben, weil Partys wichtiger sind. Wenn du hier arbeitest, dann …«, ein überhebliches Lächeln stahl sich zurück in sein Gesicht, »dann musst du die Sommerpläne mit deiner Freundin woanders verwirklichen, okay?«

»Man darf sich auf ein paar Sätze, die man heimlich belauscht hat, nicht zu viel einbilden. Manchmal sind die Dinge etwas anders, als sie scheinen. Wenn man alles sofort begreifen würde, bräuchte man auch nicht *Philosophie für Dummies* lesen, sondern würde sich Kant im Original reinziehen«, sagte ich, versuchte weiterhin, seinem Blick standzuhalten und vor allem, das Blut davon abzuhalten, wieder in meine Wangen zu rauschen. Bei meinem letzten Satz zuckten zwar seine Mundwinkel, als würde er lächeln müssen, aber er schien sich gut unter Kontrolle zu haben.

»Also, habe ich den Job?«

Für einen Moment spielten wir das gleiche Spiel, das Raubtiere in freier Wildbahn spielen, um herauszufinden, wer der Stärkere ist. Dann blinzelte er und seufzte. »Wir probieren es eine Woche. Wenn es passt, dann bleibst du für den ganzen Sommer. Am besten kommst du Montag um halb sieben. Ich werde nicht da sein, Belle erklärt dir alles. Du hast Glück, dass mir gerade jemand abgesprungen ist. Aber wenn es nach einer Woche nicht läuft oder wenn die anderen hier irgendetwas an dir auszusetzen haben, bist du raus.« Er hielt mir einen Zettel hin.

»Kannst du das ausfüllen?«

Ich lächelte. »Sehr gern.« Ich füllte den Mitarbeiterbogen aus, während er mir zuschaute. Bei der Adresse zögerte ich kurz, dann gab ich einfach die Adresse unserer Haushälterin Martha an. Die Adresse von meinem Vater, eine Sandpiper-Lane-Adresse, würde sofort verraten, dass ich in einer der teuren Straßen nah am Strand wohnte, mit Pool, Poolhaus und millionenschwerem Anwesen. Die Genugtuung, so viel Menschenkenntnis zu haben, wollte ich ihm dann doch nicht geben.

Als ich fertig war, nahm er den Bogen und überflog ihn kurz.

»Okay«, sagte er und hielt mir die Hand hin. Ich ergriff sie und er drückte meine Hand.

»Montag geht's los.«

Seine Finger waren warm und weicher, als ich erwartet hatte. Doch wir beide zogen unsere Hände schnell zurück, als wären sie stromschlaggefährdet. Ich wollte außerdem nicht schon wieder als sexbesessene Highschool-Absolventin einsortiert werden, die versucht, schnellstmöglich flachgelegt zu werden.

Auf dem Weg nach draußen passierte ich Belle mit dem selbstgebauten Wespennest auf dem Kopf, die mich mit einer weit hochgezogenen Braue ansah.

»Ich fange Montag um halb sieben an. Du sollst mir alles erklären, hat Leo gesagt.«

»Ach wirklich? Du bist sicher, dass du dir die Finger schmutzig machen kannst?«, fragte sie zweifelnd.

Ich zuckte vor ihrem feindseligen Ton zurück.

»Ich möchte dich nur warnen. Ein paar lange Beine und ein tiefer Ausschnitt reichen nicht. Das hilft vielleicht dabei, ein bisschen besseres Trinkgeld zu bekommen, aber«, sie beugte sich vor, »hier geht es nicht ums Aussehen. Ein bisschen mit den Wimpern klimpern ist nicht genug. Von der Sorte hatten wir hier schon genug und es hat nur Ärger gegeben. Und Leo hört auf mich.«

Einen Augenblick blickte ich sie verwirrt an, bis ich an mir runterschaute, auf meinen kurzen Rock und das weit ausgeschnittene T-Shirt. Ooookay. Alles klar. So wirkte ich.

»Ich komme direkt vom Strand. Ich werde mich anstrengen«, versicherte ich. »Ich hoffe, du zeigst mir alles.« Ich lächelte sie an, so freundlich ich trotz ihres Tons noch konnte.

Sie seufzte resigniert. »Wir sehen uns Montag um halb sieben.«

Trotzdem verließ ich das Lokal mit einem recht guten Gefühl. Ich hatte den Job. Zumindest für den Anfang. Und das mit Latte Macchiato und Cappuccino stimmte zwar nicht so ganz, weil ich bisher nicht an einer Espressomaschine gearbeitet hatte, aber so schwer konnte das ja nicht sein. Das Café gefiel mir sehr, egal wie die Belegschaft war. Und wenn Leo hier der Chef war und gern surfte, würde ich ihn vielleicht gar nicht allzu oft sehen. Es war doch eigentlich egal, was er von mir dachte.

Ich atmete tief durch. Es würde schon noch alles gut werden. Ich war in den Hamptons! Gleich traf ich meinen Vater zum Abendessen. Nun musste ich schnell nach Hause, um mich umzuziehen. Ratingen war so weit weg. Das Leben war wunderbar.

Vier

Um sieben Uhr abends saß ich im *Sant Ambroeus* in Southhampton. Es war abends zwar kühler geworden, trotzdem empfand ich die Brise eher als ein sanftes Streicheln. Ich glühte von innen, die Sonne tagsüber war stärker gewesen als gedacht. Zum ersten Mal trug ich das weiße, schulterfreie Kleid, das mein Vater mir auf den Malediven geschenkt hatte. Ich hatte sogar meinen Lockenstab benutzt, zum zweiten Mal in meinem Leben nach dem Abi-Ball, damit meine Haarenden nicht so wirr vom Kopf abstanden, und war froh darüber, als ich die anderen Besucher im *Sant Ambroeus* inspizierte.

Es lag in einem der hübschen Häuser auf der Main Street und wirkte auf den ersten Blick ganz unspektakulär, nur an den eleganten Gästen erkannte man, wie vornehm es war. Die Wochenendbesucher waren eingetroffen und es war noch um einiges voller als in den Tagen zuvor. Die Kleider der Frauen und Mädchen waren noch mal schicker, ich konnte gar nicht genau festmachen, warum alles so teuer aussah. Die Stoffe waren irgendwie anders, fließender, glänzender und mit leuchtenderen Farben. Und hier gab es wirklich niemanden, der einen *Bad Hair Day* hatte, obwohl doch alle am Strand gewesen sein mussten. Alle hatten glänzende, lange Mähnen, vorteilhaft um gebräunte oder betont blasse Gesichter drapiert, besaßen perfekte Fingernägel und gepflegte Füße, die in grazilen Sandalen steckten.

Der Kellner hatte mir einen der scheinbar sehr begehrten Tische draußen vor dem Restaurant zugewiesen – natürlich, mein Vater bekam hier wahrscheinlich alles. Ich lauschte, wie einige der Ankömmlinge versuchten, den Kellner zu überreden, die »Reserviert«-Schilder an den Tischen umzustellen, aber er blieb hart. Es war schließlich schwer zu entscheiden, wer hier am wichtigsten war, wenn sich *alle* wichtig fühlten.

Mein Vater war noch nicht da und ich musste ein dümmliches Dauergrinsen unterdrücken, so sehr freute ich mich auf ihn. Die Tischdecken waren gestärkt und mit weißem Porzellan und Silberbesteck eingedeckt.

Der Kellner fragte mich nasal, ob ich etwas trinken wollte, und ich bestellte Wasser. Ich war mir sicher, er hätte mir auch einen Champagner gebracht, wie den Mädchen am Nachbartisch, die bestimmt auch noch unter einundzwanzig waren und offiziell gar keinen Alkohol bestellen durften. Doch hier waren alle zu fein, um nach so etwas Weltlichem wie nach einer *ID* zu verlangen. Der Kellner war eigentlich selbst zu vornehm, um zu bedienen. Er hatte seine Haare schwarz gefärbt und besaß merkwürdig volle Lippen für sein fortgeschrittenes Alter. Hatte er sich die Lippen aufspritzen lassen? Konnte das wirklich sein?

Ich schickte meinem Vater eine Nachricht, als er nach zwanzig Minuten immer noch nicht da war. Er schrieb zurück, er sei unterwegs, »Feierabendverkehr«. Ich studierte die Speisekarte und mein Telefon. Die Preise auf der Karte waren enorm, hier konnte ich nicht essen, wenn ich selbst bezahlen musste, egal wie viele Stunden ich im Café arbeitete.

»Emmy«, sagte plötzlich eine vertraute Stimme. Ich sprang von meinem Platz auf, wirbelte herum und umarmte meinen Vater so fest ich konnte. »Dad«, seufzte ich. »Ich freue mich so, dass du da bist.« Ich trat einen Schritt zurück. Er trug ein weißes, eng anliegendes Hemd und eine beige Hose. Seine Wangen waren glatt rasiert und seine dunklen Haare, die nur mit wenigen grauen Strähnen durchsetzt waren, nach hinten gekämmt. Seine blauen Augen, so anders als meine braunen, die ich von meiner Mutter geerbt hatte, strahlten mich an. Er sah, soweit man das über seinen eigenen Vater sagen konnte, super aus.

»Mein großes Mädchen. Toll siehst du aus!« Sein Blick wanderte einmal über mich hinweg.

»Das ist das Kleid, das du mir geschenkt hast«, sagte ich.

»Es steht dir.« Seinem Gesichtsausdruck nach zu urteilen, konnte er sich nicht daran erinnern.

»Ich freue mich so auf unser gemeinsames Wochenende«, sagte ich. In mir kribbelte alles vor Aufregung und ich würde am liebsten herumhüpfen wie ein kleines Mädchen. Seit meiner Ankunft hatte ich hauptsächlich Martha gesehen, weil er die ganze Zeit unterwegs war, immer wieder in die Stadt musste, um irgendwelche Klienten zu treffen. So ganz von allein verdiente man eben doch kein Geld.

Er nickte. Dann trat er zur Seite und jetzt sah ich die Frau, die neben ihm stand und mich freundlich musterte. Eine südamerikanische Schönheit in einem schwarzen Kleid und mit einer unwirklich schmalen Taille, um die sie einen roten Gürtel geschlungen hatte.

»Hallo«, sagte sie lang gezogen, wobei sie tatsächlich selbst bei diesem kurzen Wort einen spanischen Akzent hatte. »Du bist die wunderschöne Tochter von Preston. Er hat mir schon so viel von dir erzählt«, sagte sie begeistert mit einer rauchigen Stimme, machte einen Schritt auf mich zu und umarmte mich ebenfalls.

»Das ist Valentina, meine Muse«, sagte mein Vater stolz und legte seine Hand besitzergreifend um ihre winzige Taille. Diese Bezeichnung hatte er schon für andere Freundinnen verwendet. Aber das wusste sie natürlich nicht.

Ich lächelte tapfer zurück. Schließlich konnte ich ihr schlecht sagen, dass ich noch nie etwas von ihr gehört hatte, sondern beim letzten Mal eine andere Frau aktuell gewesen war, und dass ich eigentlich gehofft hatte, meinen Vater einen kleinen Moment für mich zu haben. Aber er hatte eben immer wenig Zeit. Ich schluckte die Enttäuschung herunter, schließlich war ich kein kleines Kind mehr.

»Und, hast du dich schon ein wenig eingewöhnt?«, fragte mein Vater, während er sich setzte, dem Kellner winkte und seine Handy-Nachrichten kontrollierte. Er erledigte immer mindestens drei Dinge gleichzeitig.

»Ja, Jen war heute da.«

»Jen?«

»Jenna Wilson. Meine beste Freundin aus der Middle School.«

»Ach ja, natürlich«, sagte er. »Es tut mir leid, dass ich momentan so wenig Zeit habe. Bin froh, dass überhaupt jemand das Haus nutzt. Aber du bist ja schon so ein großes Mädchen«, sagte er. »Dass du so groß geworden bist, habe ich irgendwie verpasst.« Er schüttelte den Kopf, als wäre ihm der Gedanke zum ersten Mal gekommen. So viele Jahre waren vergangen, in denen wir uns fast nie gesehen hatten.

»Das wird jetzt anders. Im Herbst kann ich immer vorbeikommen, wenn ich etwas Zeit habe. Ich habe ein Stipendium an der New York University«, strahlte ich.

»Du hast ein Stipendium?«, fragte er überrascht. Mein Vater blickte von seinem Handy hoch. Für einen Moment wirkte er gestresst.

Ich nickte. »Genau. Und ich habe beschlossen, dass ich auch das Business-Undergrad-Programm absolvieren werde. Aber das Stipendium trägt alle Kosten«, versicherte ich schnell. Für den Unterhalt würde ich ja selbst aufkommen. Wir saßen zwar in einem teuren Restaurant, aber er hatte mir erklärt, dass es wichtig war, nach außen zu zeigen, dass es ihm gut ging, wenn er im Geschäft bleiben wollte. Niemand wollte mit einem Loser Geschäfte machen.

»Ja, das ist ja fantastisch.« Er nickte abwesend und fuhr mit dem Finger weiter auf dem Bildschirm seines Handys herum. »Das Business-Undergrad-Programm ist toll.«

»Das Gleiche, das du damals besucht hast, nicht wahr?«, fragte ich nach, weil ich seine Reaktion nicht richtig deuten konnte.

»Ja natürlich, du kommst absolut nach deinem Vater«, bestätigte er diesmal mit Nachdruck und sah nach Zustimmung suchend zu Valentina, die wie auf Kommando begeistert nickte. »Das habe ich ja schon immer gesagt«, fügte er hinzu.

Trotzdem wirkte er nicht ganz bei der Sache.

»Wartet mal einen kleinen Moment, ihr Hübschen, ich muss noch kurz telefonieren. Ihr schafft es doch selbst, euch vorzustellen, nicht wahr?« Er sah mich demonstrativ zerknirscht an. »Und danach feiern wir.«

Ich nickte ihm beruhigend zu. Er sollte sich keine Sorgen machen, ich war ja noch länger da.

»Preston ist ein wundervoller Mann«, sagte Valentina, als mein

Vater sich entfernt hatte, und lehnte sich vertraulich zu mir. »Du hast wahnsinnig Glück, aber das weißt du wahrscheinlich.«

»Ja, ich weiß. Natürlich.« Wollte sie sich jetzt darüber mit mir verbünden, dass wir beide meinen Vater toll fanden?

In diesem Moment blieben zwei Männer, beide blond und ähnlich gebaut, unverkennbar Vater und Sohn, vor dem Restaurant stehen, scheinbar unentschlossen, ob sie hineingehen sollten. Der Sohn, größer als sein Vater, aber mit fast weißblonden Haaren, trug ein gestreiftes Oberhemd, das am Rücken zerknittert war. Seine Haare waren zerzaust, das Hemd hing ihm zum Teil aus der Hose, schwer zu sagen, ob zufällig oder mit Absicht. Ich merkte, wie die Blicke der umgebenden Tische an den beiden hängen blieben. Als sich der Jüngere zur Seite drehte und ich sein Profil sehen konnte, erkannte ich ihn. *Asher.*

Sofort kam mein Herz aus dem Rhythmus und meine Gedanken vernebelten sich. Schnell drehte ich mich zu Valentina, ich wollte nicht, dass er mich dabei ertappte, wie ich ihn anstarrte. Und sprechen konnte ich gerade sowieso nicht. Valentina hatte ihre schwarzen schimmernden Haare zu einer Seite geworfen, hielt den Kopf schräg und ihre glänzenden roten Lippen waren zu einem verführerischen Lächeln verzogen. Sie sah aus, als wollte sie gerade ein sexy Selfie schießen. Auch sie sah zu den beiden, allerdings zum Vater Buchanan, wie ich feststellte, als ich mich wieder den beiden Männern zuwandte.

»Hi, Barron«, rief sie mit dunkler Stimme und winkte ihn heran. Sie sprang auf und die beiden küssten sich, ohne dass Valentina wirklich seine Wange berührte, denn sie hinterließ keine Lippenstiftspuren.

»Wie geht es dir, Barron? Ich höre nur Gutes von dir«, lächelte Valentina und warf ihre Haare auf die andere Seite. »Also jedenfalls, was das Geschäft angeht.« Sie blickte ihn verschwörerisch an.

Ashers Vater brummte irgendetwas und lächelte geschmeichelt.

Asher blickte von seinem Handy auf, in das er versunken gewesen war. Sein Blick traf meinen und ich erstarrte. Aber natürlich würde er mich nicht wiedererkennen. Es war so viele Jahre her.

»Das ist die bezaubernde Emma Brinkely«, pries Valentina mich an, als stünde ich zum Verkauf. Dabei nickte sie mir zu und ich erhob mich auf gummiartigen Beinen, um Barron die Hand zu geben.

»Sie ist für den Sommer in den Hamptons. Sie kommt aus Deutschland.«

Asher sah wirklich gut aus, keine Frage, Jen würde sogar »heiß« sagen. Seine Haare waren nach hinten gegelt, er stand da mit einer natürlichen Lässigkeit, mit der man wohl geboren worden sein musste. Das konnte man gar nicht lernen.

»Habe ich dich nicht schon mal gesehen?«, fragte er, während er meine Hand schüttelte und mir ein breites Lächeln schenkte. Seine Lippen waren rosig und voll. Herzklopfen, Hitzewelle, ausgetrocknete Kehle. Schon wieder war ich in die Zeit auf der Middle School zurückkatapultiert, als wäre mein Körper wie ein Pawlowscher Hund auf das Signal »Asher« konditioniert. Es war unfassbar peinlich. Schnell zog ich meine Hand zurück, die zu glühen begonnen hatte.

»Hi«, erwiderte ich mit belegter Stimme. »Das kann schon sein. Vielleicht am Strand? Ich bin schon seit ein paar Tagen hier.« Ich zuckte mit den Schultern, als wüsste ich nicht genau, wer er war. Als hätte ich nicht vor ein paar Stunden am Strand hyperventiliert und als hätte Jen nie eine *Ich-räkele-mich-in-meinem-Bikini*-Show für ihn und seine Freunde abgezogen. Aber ich wollte auf keinen Fall erklären, dass wir zusammen zur Schule gegangen waren, oder ihn womöglich daran erinnern, dass ich ihm mit rotem Kopf am Valentinstag Nachrichten von Verehrerinnen der Madison Academy überbracht hatte.

»Oh, warst du heute dort?«, fragte Asher. Er schien sich an die Strandszene zu erinnern.

Ich nickte. Wieso nur fiel mir nichts Interessantes ein, was ich sagen konnte. Oder etwas Uninteressantes. Überhaupt irgendetwas. Sein Vater hatte einen Bekannten entdeckt und machte sich auf, ins Innere des Restaurants zu gehen. Asher sah ihm unruhig nach. Ich war ganz froh, dass er von der Panik abgelenkt wurde, die sich zweifellos in meinem Gesicht ausbreitete.

»Willkommen in den Hamptons. Sag Bescheid, wenn ich dir die Insel zeigen soll. Ich kenne sie gut«, wandte er sich noch einmal an mich. Asher zwinkerte mir zu. »Wir sehen uns.«

»Ja«, nickte ich. »Klar.« Meine Stimme klang piepsig. Könnte ich jetzt bitte meine Sprache zurückhaben? Zum Glück hob er zum Abschied die Hand und folgte seinem Vater, der schon vorangegangen war.

In diesem Moment kam mein Dad zurück und sah, wie die beiden im Restaurant verschwanden. Er warf mir einen fragenden Blick zu. Valentina war in die Speisekarte vertieft.

»Hast du gerade mit Barron Buchanan gesprochen?«, fragte er überrascht.

»Mit Asher«, erklärte ich, »seinem Sohn. Wir sind zusammen zur Schule gegangen, also, damals …«

»Du bist wirklich ganz meine Tochter. Eine Minute auf der Insel und schon kennst du die wichtigsten Leute. Buchanan ist ein Immobilien-Gott. Ich versuche schon ewig mit ihm ins Geschäft zu kommen. Du hingegen bist keine Woche hier und kennst ihn schon. Glückwunsch«, sagte er.

Ich lächelte ihn an, auch wenn ich nicht das Gefühl hatte, dass man mir dazu gratulieren musste. Außerdem hatte Asher mich gar nicht nach meiner Nummer gefragt. Wie sollte ich ihn erreichen, wenn das Angebot ernst gemeint war?

»Champagner«, rief Dad zum Kellner. »Wir stoßen auf die Rückkehr meiner Tochter an!«

Fünf

Am Montag wachte ich auf, bevor mein Handywecker klingelte. Morgenlicht fiel durch die leichten weißen Vorhänge und machte es mir unmöglich wieder einzuschlafen. Ich hatte vergessen, die Verdunkelung zu schließen. Wahrscheinlich war es auch noch ein Rest Jetlag. Es war erst kurz vor fünf. Um zehn vor sechs wollte ich losfahren.

Das Zimmer gefiel mir. An der Wand über dem Bett war eine Tapete mit Muscheln angebracht und die Möbel waren weiß oder aus hellem Holz. Im Regal standen ein paar Liebesromane, die von Feuchtigkeit und Sand angegriffen waren, sowie eine überdimensionale Sanduhr. Entweder waren das Überbleibsel von Prestons Ex-Freundinnen oder sie waren schon im Haus gewesen, als er es übernommen hatte. Man merkte Prestons Lebensstil wirklich nicht an, dass es ihm finanziell schlechter ging als früher.

Ich sprang aus dem Bett. Meine erste Aufgabe war, Belle von mir zu überzeugen. Sie hatte ziemlich klargemacht, dass sie von ihrer neuen Kollegin nicht sonderlich angetan war, und hatte die Macht, mich anzuschwärzen und somit indirekt rauszuwerfen, da machte ich mir keine Illusionen. Meinem Vater hatte ich noch nicht von dem Job erzählt, ich wollte erst einmal die Probewoche überstehen. Laut Google Maps würde es eine halbe Stunde dauern, um mit dem Fahrrad zum *Bitter End* zu fahren. Eine Busverbindung gab es nicht, in den Hamptons besaß scheinbar jeder ein Auto.

Ich suchte meine weiße Bluse aus dem Schrank und knöpfte sie bis oben hin zu, dazu zog ich Leggings und Turnschuhe an. Meine Haare drehte ich oben auf dem Kopf zusammen, ein wenig wie Belle ihre Haare getragen hatte, nur dass mein *Messy Bun* wie immer tatsächlich messy aussah und nicht einfach nur süß wie bei den Mädchen, welche die Anleitungen auf YouTube dazu anboten. Ich sparte mir die Kontaktlinsen und setzte meine mäßig schmeichelhafte Brille auf. Eine Nerdbrille, aber eine von der Krankenkasse, Coolness-Faktor gleich null. Belle sollte mir nicht vorwerfen können, dass ich versuchte, mit irgendwelchen billigen Tricks Leos Sympathie zu gewinnen. Dem Ruf, ein Flittchen zu sein, musste ich erst einmal an allen Fronten entgegenarbeiten. Wer hätte gedacht, dass das mal mein Problem sein würde. Wenn ich eins nicht gemacht hatte in den letzten Jahren, war es flirten gewesen. Außer man verstand gezielte Yeopchagi-Kicks auf meine männlichen Trainingsgegner als flirten.

Die weiße Küche war verlassen, mein Vater schlief wahrscheinlich noch. Ich trank ein Glas von dem eiskalten Orangensaft, den ich im Kühlschrank gefunden hatte. Hunger hatte ich keinen. Und einen Kaffee sollte es im *Bitter End* schließlich geben.

Ich holte das Fahrrad aus der Garage. Es war hellblau, besaß einen braunen Sattel und einen passenden Fahrradkorb. Es hatte schon in der Garage gestanden, als mein Vater das Haus letztes Jahr gekauft hatte, und war hübscher als mein Fahrrad zu Hause. Ich hatte es gestern Abend entstaubt und aufgepumpt. Das Schlimmste, was passieren könnte, wäre, dass ich am ersten Tag zu spät käme. Dann wäre alles für die Katz gewesen.

Ich schwang mich auf den Sattel. Die Route hatte ich mir von Maps eingeprägt und für Notfälle auch im Handy gespeichert. Ich wollte nicht auf dem großen Highway fahren, sondern die kleinen Straßen nehmen. Die Pedale ließen sich nicht allzu leicht treten, immerhin brauchte ich mir keine Sorgen zu machen, noch ein Sportprogramm in meinen Sommer zu integrieren. Dreißig Minuten zur Arbeit und dreißig Minuten zurück sollten reichen.

Salzige Meeresluft blies mir ins Gesicht, vermischt mit dem Duft der blühenden Büsche, welche die Straßen säumten. Man konnte schon jetzt spüren, dass es ein warmer Tag werden würde. Ich fuhr an großen Villen aus dem typischen grauen Holz vorbei, an modernen Palästen, die wie Mehrfamilienhäuser aussahen, aber auch an Pferdefarmen und kleinen schlichten Häusern, die hier schon seit vielen Jahren standen. Einmal verfuhr ich mich, aber da ich ziemlich schnell gefahren war, schaffte ich es trotzdem in der halben Stunde nach Southhampton und war sogar ein paar Minuten zu früh da. Ich schlenderte noch einmal die Hauptstraße hinunter, damit ich nicht so verschwitzt ankam.

Um fünf vor halb sieben stellte ich mein Fahrrad in die kleine Gasse neben dem Café hinter einen Busch und klopfte an die Scheibe der Eingangstür. Belle kam zur Tür und öffnete. Ihre Augen sahen noch müde aus, aber ihre schwarzen Haare waren wieder kunstvoll hochgesteckt. Vielleicht schlief sie ja so.

»Hi«, sagte sie kurz angebunden. »Du bist pünktlich«, stellte sie nüchtern fest. Vielleicht hatte sie gehofft, dass ich mich verspäten würde. Sie ließ mich herein und klappte das Schild an der Tür um, sodass die mit schwungvollem Handlettering gemalten Buchstaben »Wir haben geöffnet« von außen lesbar waren.

»Ich bin mit dem Fahrrad aus Bridgehampton gekommen«, erklärte ich, um irgendetwas Unverfängliches zu sagen. »Aber es hat ganz gut geklappt.«

Sie nickte stumm. Keine Frage, wo ich dort wohnte, was ich eigentlich hier machte. Vielleicht dachte sie, dass es sich nicht lohnte, weil sie mich ohnehin rauswerfen wollte.

»Wir machen um halb sieben auf und da kommen direkt die ersten Kunden, um sich auf dem Weg zur Arbeit einen Kaffee zu holen. Oder sie schauen nach dem Joggen kurz vorbei. Derjenige, der Frühschicht hat, muss pünktlich um Viertel nach sechs da sein, um alles vorzubereiten, die Kaffeemaschine anzuwerfen und das Gebäck von hinten zu holen. Ohne Routine kommst du lieber ein bisschen früher. Hinter dem Haus steht jeden Tag die Lieferung mit Croissants, Muffins und so weiter.« Sie ratterte diese Anweisungen runter. Ich versuchte beim Zuhören ein freundliches Gesicht zu machen. Sie versuchte das nicht.

Die Inneneinrichtung des Cafés sah in der Morgensonne genauso einladend aus wie bei meinem Vorstellungsgespräch. Die honigfarbenen Holzdielen glänzten und auf den Tischen standen frische Blumen in den kleinen Vasen. Als wir den Laden betraten, kam uns die rötlich getigerte Katze entgegen. Eines ihrer Augen war geschlossen.

»Was ist mit ihrem Auge?«

»Da ist kein Auge. Ist zugenäht«, sagte Belle nüchtern und nicht so, als wollte sie mir irgendetwas dazu erklären.

»Oh. Hatte sie einen Unfall? Wie heißt sie?« Ich ging in die Hocke, um sie zu streicheln, und sie kam sofort zutraulich näher.

Ich strich über ihr Fell. Es war weich und fein wie Watte.

»Buttons. Ein Er.«

Mehr als Zwei-Wort-Sätze, die nichts mit der Arbeit zu tun hatten, waren wohl nicht aus ihr herauszubekommen. Sie trug heute eine ärmellose Bluse mit Rüschen, die eine Tätowierung auf ihrem Oberarm frei ließ, ein Unendlichkeitszeichen mit einer Feder und dem Schriftzug »Sisters«. Ihr Lidstrich war heute wieder besonders ausgeprägt. Ich musste aufpassen, sie nicht zu intensiv anzustarren.

»Wenn du ihn anfasst, musst du dir danach die Hände waschen«, sagte sie.

Ich nickte. »Natürlich.«

Als sie mir zeigte, wie ich das Gebäck auf der Theke anrichten musste und wo ich die Etageren und Teller finden würde, erscholl das zarte Klingeln der Türglocke und kündigte den ersten Kunden an.

Es war genau 6:33 Uhr. Ein etwas älterer Mann mit einer Baseballkappe in ziemlich abgetragenen Anziehsachen kam herein. »Guten Morgen, Belle«, sagte er.

»Groß und schwarz?«, erwiderte Belle. »Und welchen Muffin möchtest du heute?«

»Ich nehme Banane-Walnuss«, sagte der Mann, zog sich die Baseballkappe ab, fuhr sich einmal durch die Haare und setzte sie wieder auf.

»Guten Morgen«, sagte er an mich gewandt. »Du hast Verstärkung, Belle?«, fragte er.

»Ja«, erwiderte sie knapp.

»Ich heiße Jim. Du wirst mich hier häufiger sehen«, lächelte er.

»Emma«, sagte ich, als Belle keine Anstalten machte, mich vorzustellen. Ich platzierte den Muffin auf einem Teller mit einem blauweißen Muster. Jeder Teller hatte ein anderes, jemand mit einer Vorliebe für Folklore in Blau-Weiß musste sie zusammengestellt haben.

»Er nimmt alles zum Mitnehmen«, erklärte Belle genervt, ohne mich anzuschauen.

»Stimmt.« Darauf hätte ich kommen können, als sie den Kaffee in einen Pappbecher einschenkte.

Schnell packte ich den Muffin in eine braune Tüte und reichte sie Jim über die Theke.

»Danke und einen wunderschönen Tag wünsche ich den Damen«, sagte er. Inzwischen hatten weitere Gäste das Café betreten, zwei jüngere Männer in Arbeitsoveralls und eine durchtrainierte Frau in Sportklamotten.

»Dort stehen die Vasen. Im Garten ist ein Blumenstrauß, bitte in die Vasen draußen verteilen und dort auch Zucker und Salz kontrollieren. Ich übernehme erst mal die Theke. Dann tauschen wir.«

»Okay«, sagte ich und machte mich an die Arbeit.

»Übernimmst du dann die Maschine? Du hast doch schon in Cafés gearbeitet. Du kannst das doch, nicht wahr?«, fragte Belle kurze Zeit später. Sie fixierte mich mit ihren grünen Augen.

Ich schüttelte den Kopf. »Jede Maschine ist etwas anders. Zeigst du mir mal eure? Ich lerne das schnell.«

Belle verdrehte die Augen. Sie tat es auch nicht sonderlich unauffällig, sondern eher so, als wäre ich überhaupt nicht da.

Dann mahlte sie den Kaffee, füllte die kleinen Behälter mit Espressopulver, presste es zusammen, schäumte Milch auf. Ihre Erklärungen waren spärlich, aber da ich es wirklich schon häufig gesehen und mich mit YouTube-Videos vorbereitet hatte, verstand ich es ziemlich schnell.

In den nächsten zwei Stunden wurde das Café nicht leerer. Einige Besucher blieben kurz, andere hatten Laptops mitgebracht und machten es sich gemütlich. Das Verbotsschild beachteten weder die Gäste noch Belle. So eine Art von Café waren wir also. Eins, wo man länger sitzen bleiben konnte. Die Besucher bestellten am Tresen, aber wenn wir mit den Bestellungen nicht nachkamen, brachten wir sie zu den Tischen. Zwischendurch erklärte Belle mir die Spülmaschine und die Kasse. Die Zeit verging wie im Flug, auch weil mein Puls die meiste Zeit auf Hochtouren lief. Wir waren auf jeden Fall nicht überbesetzt. Inzwischen waren zwei Köche gekommen, da ab Mittag Suppen, Salate und Sandwiches angeboten wurden. Dann kam Karen, eine weitere Aushilfe.

Als ich kurz vor Schichtende in die Küche kam, um Sandwiches und Suppenbestellungen zu holen, besprach Leo die Einkäufe mit dem mexikanischen Koch. Er trug ein weißes langärmliges T-Shirt, dessen Stoff dünn gewaschen war und das am Rücken spannte. Dazu Jeans und Flip-Flops. Er wirkte ruhig, als hätte er alles im Griff. Als er mich bemerkte, drehte er sich zu mir um.

»Hi, Emma. Wie klappt's?«, fragte Leo. Er war ganz sachlich, immerhin nicht offen feindselig wie Belle. Sein Blick war durchdringend, aber vielleicht wirkte er einfach nur wegen seiner hellen Augenfarbe so.

»Sehr gut«, log ich. Ich musste an meinen inzwischen *Extra-Messy Bun* und den großen Teefleck auf meiner weißen Bluse denken. Außerdem hatte ich mir an der Espressomaschine mindestens fünf Mal die Finger verbrannt. Hoffentlich waren zumindest die Reste der wasserfesten, aber dann eben doch nicht wasserfesten Wimperntusche aus meinem Gesicht verschwunden. Ich hatte zwar lange daran herumgerieben, aber das Licht in der Café-Toilette war nicht sonderlich hell.

»Wir haben uns ganz gut eingespielt, Belle und ich.« Darum ging es ihm doch, dass hinter den Kulissen Friede, Freude, Eierkuchen herrschte.

In dem Moment steckte Belle ihren Kopf durch die Küchentür.

»Emma! Stehst du hier und quatschst. Du weißt doch, wie viel hier los ist. Bitte noch drei Latte für Tisch zwölf.«

Damit verschwand ihr Kopf wieder und ich folgte ihr. Aus dem Augenwinkel sah ich noch, wie sich Leos Gesicht verfinsterte. Mir war nicht entgangen, dass Belle zwar ermahnend gesprochen hatte, aber nicht übertrieben patzig. So konnte man ihr nicht vorwerfen, dass sie ungerecht war. Sie war geschickt.

Eine halbe Stunde später kam meine Ablösung, ein koreanisch aussehendes Mädchen namens Min-Ji.

»Okay, ich glaube, meine Schicht ist vorbei«, sagte ich vorsichtig. »Soll ich noch etwas tun?«, fragte ich Belle höflich.

»Geh ruhig«, erwiderte Belle, als hätte ich mir ein besonderes Privileg herausgenommen.

»Ich kann auch noch bleiben, kein Problem«, sagte ich schnell. Belle schrieb irgendetwas in ein kleines Buch. Sie wirkte abwesend. Dann steckte sie sich den Bleistift hinter das Ohr.

»Also, wann soll ich wiederkommen? Gibt es einen Schichtplan?« Ich wollte gar nicht so fragen, als stünde es irgendwie zur Debatte, nicht zu kommen.

Belle brühte einen Tee aus frischen Minzblättern auf und rief Min-Ji etwas zu. Dann holte sie ein Gericht aus der Küche und brachte es an einen Tisch. Sie ignorierte mich. Mein Herzschlag beschleunigte sich. Wollte sie mich jetzt direkt loswerden?

Ich ging zurück in die Küche, wo Leo noch eine Kiste auspackte. »Belle ist beschäftigt. Ich wollte fragen, wie die Zeiteinteilung aussieht«, sagte ich wie selbstverständlich zu Leo.

»Wir benutzen eine App. Ich schicke dir den Zugang.« Er richtete sich auf.

Ich nickte und musste ein Lächeln unterdrücken. Es ging also erst einmal weiter. Belle sollte mich nicht unterschätzen.

»Gibst du mir noch deine Nummer?«, fragte Leo und zückte sein Telefon. Er lächelte nicht. Ich war ganz froh, dass ich gerade so verschwitzt und rot war, denn irgendwie klang die Frage, als würde er mich um ein Date bitten. Ich schüttelte dieses seltsame Gefühl schnell wieder ab – er war mein Boss und musste meine Nummer natürlich haben. Es war auch nicht dieses flattrige Gefühl und der nebelige Kopf, den Asher mir geradezu wie auf Knopfdruck verpasste. Es war ein Gefühl, das tiefer im Magen lag. Irgendwie beunruhigender.

Auf dem Rückweg hatte ich Gegenwind. Außerdem war ich total ausgehungert. Natürlich, ich hatte vor lauter Aufregung selbst überhaupt nichts gegessen und viel zu wenig getrunken. Immerhin hatte ich den ersten Tag überstanden. Belle hatte rumgemotzt, aber keinen Grund gefunden, mich sofort auf die Straße zu setzen. Und auch wenn Belle ein Drache war, das *The Bitter End Café* war einfach wundervoll.

»Bist du schon zurück? Soll ich dich jetzt holen? Sind schon am

Mecox Strand. ALLE hier.« Jen hatte wie verabredet eine Nachricht geschickt. Ich wechselte die Richtung und fuhr zum Strand. Meinen Bikini hatte ich heute früh eingepackt, die Bluse mit dem Fleck konnte ich ja sofort ausziehen, dann sparte ich etwas Strecke. Trotz des Rückenwinds war das Treten mühsamer als am Morgen, schließlich hatte ich schon einige Kilometer hinter mich gebracht. Nach diesem Sommer würde ich sicher in der Form meines Lebens sein, auch ohne Taekwondo.

Bevor ich zum Strand ging, stopfte ich meine Brille und die Fleckenbluse in meine Tasche und zog verdeckt von einem Auto und einem Busch meinen Bikini an. Jetzt konnte ich zwar nicht mehr so gut sehen, aber mit der Brille wollte ich dann doch nicht zum Strand. Es war an diesen Nachmittag wieder ziemlich windig. Der Mecox war breiter als der breiteste Strand auf Sylt, wo ich mit meiner Mutter einmal Urlaub gemacht hatte. Die Brandung schlug eindrucksvoll auf den Strand, als wollte sie potenzielle Schwimmer davor warnen, ins Wasser zu gehen. Man konnte das Meer nicht mit einem laschen Mittelmeer vergleichen, das überhaupt nicht wusste, wie man vernünftige Wellen produzierte. Solche Wellen hatte ich in meinen zwei Wochen auf Mallorca kein einziges Mal gesehen.

Jen winkte mir schon von Weitem zu. Sie hatte mit ein paar anderen Freundinnen und Bekannten ein Lager aus bunten Handtüchern, Rucksäcken, glitzernden Kühlboxen, Sonnenschirmen und kurzbeinigen Strandstühlen aufgeschlagen. Die anderen kannte ich nicht, aber versuchte mir meine Enttäuschung, dass ich Jen lieber allein getroffen hätte, nicht anmerken zu lassen.

»Hey, Emma, wie ist es gelaufen? Was macht dein schlecht gelaunter, scharfer Chef?« Jen war aufgesprungen und lief mir entgegen. »Er braucht bestimmt nur dringend eine Freundin, um etwas zu entspannen. Willst du mich vorschlagen?«, witzelte sie.

Ich rollte mit den Augen. Hoffentlich konnte sie niemand außer mir über den Wind hinweg verstehen. Ich hatte ihr natürlich von dem Desaster beim Vorstellungsgespräch im Café erzählt. Wir umarmten uns und gingen zu ihrem Lager zurück.

»Mein Hauptproblem ist eher, meine Kollegin davon zu überzeugen, dass ich keine verwöhnte Göre bin, die bei der Arbeit nur auf ein bisschen Spaß und Ablenkung vom Luxusleben aus ist.«

»Das dürfte schwierig werden«, sagte ein Mädchen, das auf dem Handtuch neben Jen lag, während es seine Chanel-Sonnenbrille nach oben schob. Sie hatte sehr glatte Haare, die in perfekten Honigschattierungen glänzten. Mit Sicherheit war dies das Werk eines teuren Friseurs und kam nicht von der Sonne.

»Du bist doch Preston Brinkleys Tochter.«

Ich nickte und überlegte angestrengt, woher ich sie kennen könnte. Aber mir fiel nichts ein. Sie lächelte.

»Ich bin Brooke Vanderbilt.«

»Hi, Brooke«, erwiderte ich. »Kennen wir uns von früher? Alle haben sich so verändert.«

»Ich weiß, dass du Brinkley heißt und ein Haus in der Sandpiper Lane hast, damit ist eigentlich sowieso alles klar«, grinste Brooke.

Ich schaute sie verwirrt an. »Woher weißt du …?«

»Ich kenne das Haus von deinem Vater. Es gehörte mal dem Cousin meines Stiefbruders. Er bekam dann aber Geldprobleme und musste es verkaufen.« Sie zuckte mit den Schultern. »Er meinte, das Haus hätte ihm kein Glück gebracht. Aber es ist wunderschön eingerichtet. Ich war vor ewigen Zeiten mal drin.«

»Ja, es sieht jetzt wahrscheinlich nicht viel anders aus. Mein Vater hat es mitsamt der Einrichtung gekauft«, sagte ich, noch überrascht von ihrer Bemerkung. »Aber die bei der Arbeit wissen nicht, dass ich dort wohne. Ich habe eine andere Adresse angegeben. Und Brinkleys gibt es ja mehrere. Sie haben einfach nur Vorurteile, weil sie eine peinliche Unterhaltung von Jen und mir belauscht haben«, sagte ich, »oder weil mein Rock zu kurz war, was weiß ich.«

»Jen«, sagte Brooke spielerisch tadelnd. »Was hast du schon wieder Peinliches gesagt?«

Jen winkte ab. »Alles harmlos. Und nicht ganz unwahr.«

Ich musste grinsen. »Jedenfalls ist das Ergebnis, dass ich mein Image bereinigen und ihnen beweisen muss, dass ich nicht nur in den Hamptons bin, um einen reichen Typen klarzumachen.«

»An dem Image habe ich nichts auszusetzen«, sagte Brooke. »Rate mal, was wir gerade machen.« Sie zwinkerte. »Komm, leg dich zu uns. Hier ist der beste Aussichtsposten.« Sie nickte mit dem Kopf in Richtung eines anderen Handtuchlagers.

Ich zog meine Leggings aus und mein alter, schwarzer Bikini wurde mir wieder sehr bewusst. Ich musste mir unbedingt einen neuen kaufen. Brooke trug einen gelben Häkelbikini mit Zickzack-Muster, eindeutig Missoni. Jen hatte auch wieder einen anderen Bikini an.

»Dein Bikini sieht schön aus«, sagte ich zu Brooke. Die gelbe Farbe kontrastierte mit ihrer durch Selbstbräuner perfekten Haut. Vielleicht sollte ich auch mal Selbstbräuner versuchen. Ich hatte die Haut einer Rothaarigen und blieb immer einigermaßen blass.

»Ja, ich wünschte nur, es wären nicht nur Polster drin«, murmelte sie. Dann schob sie ihre kreisrunde Sonnenbrille auf den Kopf und inspizierte ungeniert mein Bikini-Oberteil.

»Du bist besser weggekommen, das ist mindestens ein B.«

»Ich würde dir was abgeben. Beim Sport ist das eher störend«, kicherte ich.

»Ich sag's euch, bei mir hat die Pubertät viel zu wenig Spuren hinterlassen. Da hatte ich echt mehr erwartet. Da hilft auch kein Missoni-Bikini. Aber zum Achtzehnten hat mein Daddy mir ein *B* versprochen.« Brooke betrachtete ihre Fingernägel, die grellgrün lackiert waren.

»Dein Vater hat dir eine Brustvergrößerung versprochen?«, fragte ich verblüfft. Einmal über die Tatsache selbst, andererseits darüber, dass sie mit ihrem Vater offensichtlich über ihre Brüste sprach, was ich ziemlich undenkbar fand.

Brooke zuckte mit den Schultern.

»Ich will ein C-Körbchen, aber mehr als ein B erlaubt er nicht. Vielleicht gibt es ja dann ein *Missverständnis* mit dem Arzt.« Sie zwinkerte mir über die Sonnenbrille hinweg zu und schob sie danach zurück auf die Nase. Okay, sie meinte das ernst. Sie schien das auch gar nicht seltsam zu finden. Während ich mich noch wunderte, wandte sich die Unterhaltung anderen Themen zu.

Vor unseren Handtüchern spielte eine Gruppe Jungs Fußball. Ich versuchte im Gegenlicht und ohne Brille zu erkennen, wer es war. Nach einigen Sekunden hatte ich Asher und Matt ausgemacht. Ihre Bewegungen und ihre Gestik hatten sich gar nicht so stark verändert. Oder ich hatte sie mir damals während meiner Schwärmerei mit pathologischer Genauigkeit eingeprägt. Die Jungs forderten sich gegenseitig heraus, sprinteten am Strand entlang und verschossen den Ball. Sie erinnerten mich an ein Rudel übermütiger junger Löwen. Nach einer Weile ließen sie den Ball liegen, nahmen ihre Surfboards und sprangen ausgelassen in die hohen Wellen.

»Die Wellen sind echt stark. Ich glaube, da würde ich mich heute nicht reintrauen«, sagte ich.

»Gibt auch ziemlich Rückströmung«, sagte Brooke.

»Rückströmung?«

»Wenn du da reingerätst, wirst du aufs Meer hinausgezogen. Da stirbt jedes Jahr jemand. Letztes Jahr eine Profischwimmerin, die eine Schülerin retten wollte. Die Schülerin wurde rausgezogen, sie ist ertrunken. Solltest du jemals reingeraten, musst du seitlich rausschwimmen.«

»Aber zum Surfen sind die Wellen gut«, sagte Jen und nickte in Richtung der Surfer. »Nur bin ich lieber auf als im Wasser. Ein Boot ist mir da lieber als ein Brett. Machst du irgendwelche Wassersportarten, Emma?«

»In der Nähe von Düsseldorf gibt es noch nicht mal einen See, geschweige denn ein Meer. Aber Surfen fänd ich glaube ich cool.«

Jen krauste die Nase. Dann hob sie einen Zeigefinger, als wäre ihr gerade etwas eingefallen. »Ich habe gerade eine super Idee, wen wir fragen könnten, wie du es am besten lernen kannst. Brooke, kannst du uns vorstellen?«

Ich blickte verwirrt zu Brooke.

»Ich kenne die Jungs. Jen meinte, ihr würdet sie gern kennenlernen«, sagte Brooke.

Ich wandte mich an Jen. O nein. »Was hast du erzählt?«

»Nur, dass wir gern Matt und Asher kennenlernen wollen, weil sie süß sind?«, erklärte Jen mit betont unschuldigem Gesicht. »Außerdem hast du Asher doch mit deinem Vater schon getroffen. Alte Bekannte sozusagen.«

»Keine Angst«, sagte Brooke. »Ich erzähle nichts weiter. Außerdem ist es kein Geheimnis, dass sie süß sind. Wenn ich nicht vergeben wäre, würde ich euch bestimmt nicht helfen. Ich meine, Asher ist ein Knaller und zudem gerade single. Das ist nicht oft der Fall«, sagte sie.

»Und Matt?«, fragte Jen besorgt.

»Keine Ahnung, aber ich finde es für dich raus«, grinste Brooke, während sie schon die Hand hob und den Jungs zuwinkte. Nach einem kurzen Moment hob Matt grüßend die Hand, als hätte er nur auf ein Zeichen gewartet. Er sprach mit Asher und deutete in unsere Richtung.

Jen nickte mir zu. »Los, lass uns rübergehen. Wir beschleunigen den Prozess.«

»Meine Beine sind aus Gummi. Ich bin heute schon nach Southhampton und zurück geradelt, habe um halb sieben angefangen, mit der schlecht gelauntesten Barista der Insel zu arbeiten, und jetzt soll ich surfen lernen?«

Brooke war schon ein paar Meter vorausgegangen und konnte uns nicht mehr hören.

»Hey, das ist nur eine erste Vorbesprechung. Ich hab eigentlich sowieso keine große Lust auf Surfen. Ich würde es dir zuliebe machen. Komm. Für Asher. Für die neue alte Liebe.« Jenna legte den Kopf schief. »Denk an unsere Abmachung. Keine Ausreden. Sonst kann ich nicht für den Sommer deines Lebens garantieren.«

»Nur, wenn du mir versprichst, keine weiteren Leute einzuweihen, auch nicht so ganz nette wie Brooke, und niemandem von meinen Gefühlen erzählst. Und auch wenn du ganz verliebt in Matt bist, darfst du nie erzählen, wie bescheuert verknallt ich in Asher gewesen bin. Sonst sterbe ich vor Peinlichkeit und kann Asher nie wieder sehen«, sagte ich.

»Versprochen.«

Ich klopfte mir den Sand von den Oberschenkeln und sprang seufzend auf die Füße. Wir schlenderten Brooke hinterher in Richtung der Jungs. Jen hatte sich eine glänzende Jacke übergeworfen, die sie vorn offen ließ. Brooke trug einen dünnen Kaftan mit glitzernden Perlen. Ich verzichtete auf die Fleckenbluse, dann zeigte ich mich doch noch lieber im alten Bikini.

»Hallo zusammen. Coole Wellen heute zum Surfen?«, fragte Brooke, als wir näherkamen. Asher und Matt standen nebeneinander. Asher hatte sich ein Handtuch um die Schultern gehängt. Seine schwarzen Badeshorts waren an der Hüfte etwas heruntergerutscht. Dadurch traten dort die seitlichen Muskeln, die fast etwas vom Körper abstanden, besonders deutlich hervor. Nein. Ich starrte schon wieder viel zu auffällig hin und die Pawlowsche Reaktion setzte verlässlich ein. Diesmal kamen noch schwitzige Hände zum unruhig pochenden Herzen hinzu. Allerdings sollte ich wohl dankbar für die ausgetrocknete Kehle sein, immerhin sabberte ich so nicht.

»Hi, Brooke«, sagte Asher und klatschte ihre Hand ab. »Hi, Emma«, wandte er sich danach an mich. »Wir treiben uns scheinbar an den gleichen Orten rum.«

Er griff nach dem Handtuch, das um seine Schultern lag, und zog es straff. Dabei traten die Sehnen an seinen Unterarmen hervor. Warum wirkte eigentlich alles, was er tat, doppelt scharf gestellt, als würde ich eine Vergrößerungsbrille tragen?

»Emma hat die letzten Jahre in Deutschland gelebt. Sie braucht

Nachhilfe im Surfen, falls sich da jemand bereit erklären würde?«, fragte Jen.

O Gott. Ich wollte im Boden versinken. Jen war einfach so direkt.

»Also«, räusperte ich mich. »Eigentlich will ja Jen surfen lernen. Sie traut sich nur nicht zu fragen, deshalb schiebt sie mich vor.«

Jen rollte mit den Augen. Ich grinste. Den Ball hatte ich zurückgeschossen.

»Die Wellen sind gut, aber etwas kurz an dieser Stelle«, erklärte Matt fachmännisch und stützte die Hände in die Hüften. »Zum Anfangen nicht so leicht.«

»Muss ja nicht sofort heute sein. Ich bin mir auch nicht sicher, ob ich wirklich Talent habe«, sagte Jen eilig. »Eigentlich würde ich lieber mal segeln. Ich finde das Meer ja schon ganz schön einschüchternd.«

»Ashers Vater hat ein Boot«, sagte Matt.

»Okay, ich wollte jetzt nicht Ashers Vater bitten, mich mitzunehmen. Das wirkt vielleicht ein *kleines* bisschen komisch.«

»Glaub mir. Er ist es gewohnt«, sagte Asher zu Jen. »Du wärst nicht mal die Jüngste.«

»Wir können ja auch erst mal Surfen ausprobieren«, brachte Jen das Gespräch wieder in sicherere Bahnen und blickte zu mir. »Aber wir haben keine Wetsuits.« Sie krauste die Nase. Brooke war inzwischen zu der anderen Gruppe gegangen.

Asher schob seine feuchten Haare zurück, die nass dunkler aussahen. »Ihr könnt welche bei James vom *Surfer's Dream* leihen.«

»Klingt gut«, sagte Jen. »Vielleicht sollte ich Surfen eine Chance geben. Die Wellen sind ein bisschen hoch, andererseits fand ich

Stand-up-Paddeling total öde. Keine Ahnung, warum jeder Filmstar der Welt ständig auf so einem beknackten Board fotografiert wird.«

Asher lachte glucksend. »Nein, Surfen ist definitiv spannender.«

»Okay, ich habe diese Woche noch Tenniscamp, aber wenn das vorbei ist, kann's losgehen?!« Jen hob die Hand zum High-Five.

»Sicher.« Asher schlug ein. Dann schlug er bei mir ein. Hatte er gerade auf meinen Busen geschaut, während er den Kopf gesenkt hatte, oder hatte ich mir das eingebildet?

»Du hast einen süßen Akzent«, sagte er.

»Ich habe einen Akzent?«, fragte ich fassungslos. »Ich bin in New York groß geworden. Ich war auf der Madison Middle.« Jetzt war es raus. Fast hätte ich mir auf den Mund geschlagen.

»Echt? Ich war auf der Madison High.« Er betrachtete mich noch mal genauer. »Dann habe ich dich vielleicht als süßes Middle-School-Mädchen gesehen. Du bist mir bestimmt aufgefallen.« Ich lächelte und zuckte mit den Schultern. O Gott. Wenn er wüsste, dass ich von ihm geträumt hatte. Dass mein Tagebuch seitenlange Listen mit Ideen hatte, wie ich ihn ansprechen könnte. Und jetzt … flirtete er tatsächlich mit mir. Oder?

Brooke kam mit den anderen Jungs zurück, kniete sich in den Sand und öffnete eine Kühlbox. »Möchte jemand?«, fragte sie und hielt ein paar Dosen hoch, die noch feucht von der Eisbox waren: Cola, Limo, Kokoswasser.

»Gern«, sagte ich schnell. Ein kühler Drink würde meine Körpertemperatur vielleicht um ein paar Grad senken.

Wir standen noch eine Weile am Strand zusammen, als die Sonne langsam unterging. Die Tagesgäste verschwanden und in der Ferne wurden Tische und Grills von irgendwelchen Cateringfirmen aufgebaut für Leute, die am Strand essen, aber nicht selbst schleppen wollten. Matt hatte eine Musikbox dabei und untermalte mit entspannten Beats, wie der Himmel die Wolken erst in zarte Lilatöne tauchte und sich dann rosa verfärbte. Seine Haut war tiefbraun und bildete einen Kontrast zu den leuchtend orangenen Hummern, die auf seiner Badehose aufgedruckt waren. Er hing an jedem Wort, das Jen von sich gab, und lachte mit zurückgeworfenem Kopf über ihre Witze. Als Jen zur Seite schaute, musterte er sie auffällig unauffällig von oben bis unten. Die Sache mit Matt würde nicht allzu schwer werden. Asher, der gerade mit ein paar anderen gesprochen hatte, ließ sich ebenfalls wieder neben mir in den Sand fallen. Er hatte sich ein dunkles T-Shirt übergezogen.

»Und, hast du dich schon eingelebt in den Hamptons?«, fragte er und trank einen Schluck von seinem Energydrink.

»Ich bin dabei«, sagte ich. Mir war jedes Wort, das ich von mir gab, doppelt bewusst. Jetzt nur keinen Fehler machen und etwas Saudummes sagen. Ashers Haut leuchtete im Sonnenuntergang. Er hatte braune Augen, wie ich. Hätte ich mir jemals träumen lassen, dass er sich von sich aus neben mich setzen würde? Ja, vielleicht war ich ein durchgeknalltes Fangirl gewesen und es war peinlich, dass die alten Gefühle wieder hochkochten, schließlich war ich nicht mehr zwölf, sondern siebzehn und sollte viel vernünftiger sein. Aber ich konnte nichts dagegen tun. Ich fühlte mich fast beschwipst von seiner Nähe, auch wenn ich nur eine Cola trank, die garantiert nicht der Grund dafür sein konnte.

»Gehst du auch mit Jen ins Tenniscamp?«, fragte er. Ich war froh, dass er etwas sagte, weil in meinem Kopf so viele Gedanken durcheinanderwirbelten, die alten Gefühle, die Erinnerungen an früher, dass ich ganz benommen war. Ich musste mich zusammenreißen.

Ich schüttelte den Kopf. »Nein, ich bin in keinem Camp. Ich habe einen Sommerjob«, sagte ich.

»Echt? Wo denn?«

»*Bitter End Café.*«

»Macht das Spaß?«, fragte er. Natürlich, das war für die meisten hier *das* Kriterium für einen Job. Nicht das Geld.

»Eigentlich gefällt es mir recht gut«, sagte ich. »Die Belegschaft ist etwas grummelig, aber das Café ist schön. Und immerhin ist der Kater nett zu mir.«

Asher grinste. Ich zermarterte mir den Kopf nach einer klugen Bemerkung. Etwas Witzigem. Er ließ den Blick wieder zum Meer schweifen.

»Der Sommer wird gut«, sagte Asher zum Glück, bevor die Gesprächspause peinlich wurde. Dann strich er sich durch die Haare, wobei er den Kopf von mir abwandte. Unwillkürlich schaute ich auf seine muskulöse Brust. Halt. Gerade hatte ich es geschafft, mich ganz cool zu geben. Jetzt verfiel ich wieder in diesen komischen Anstarr-und-jedes-Detail-Einpräge-Modus aus der siebten Klasse.

»Wieso meinst du?«, fragte ich, riss meine Augen von ihm los und betrachtete lieber ebenfalls das Meer.

»Ich habe da einfach ein ganz gutes Gefühl«, sagte er, schaute wieder zu mir und lächelte. Seine braunen Augen waren mandelförmig, er sah immer ein wenig aus, als würde er gegen die Sonne blinzeln. Ich blickte zurück und mein Herz begann zu summen.

Wir unterhielten uns noch eine Weile und verabschiedeten uns dann, als der Wind uns ohne die wärmenden Sonnenstrahlen bis zu den Zehenspitzen mit Gänsehaut überzogen hatte.

»Sehen wir uns später noch?«, fragte Asher. »Ich glaube, die anderen wollen sich noch auf einen Drink treffen.« In der Dämmerung leuchteten seine Zähne weiß und lenkten die Aufmerksamkeit auf seine Lippen. Jetzt nur nicht starren.

Er hatte es tatsächlich gefragt. Es war irgendwie geradezu unwirklich, wie leicht es war, seine Aufmerksamkeit zu erlangen, nachdem es mir früher so unmöglich erschienen war. Meine Schläfen pulsierten vor Aufregung. Gut, dass er meinen Herzschlag nicht hören konnte.

»Leider muss ich jetzt nach Hause. Ich bin noch mit meinem Vater verabredet«, sagte ich. Tatsächlich, ich lehnte gerade seine Einladung ab. Unfassbar. Und mein Vater würde wahrscheinlich sowieso erst sehr spät kommen. Aber ich hatte ihm versprochen, dass ich da sein würde, wenn er kam, und das wollte ich halten. Außerdem dachte ich an meine Fleckenbluse, die gewaschen werden musste, und morgen ging es wieder um halb sieben mit der Arbeit los. Und … ich hatte auch keinen einzigen Dollar in der Tasche. Oder vielleicht gerade mal drei. Ich hatte gar kein Geld, um irgendwelche Drinks zu bezahlen.

»Okay. Aber wir sehen uns dann morgen. Oder übermorgen? Ich bin hartnäckig«, sagte er.

»Klar«, sagte ich, während wir aufstanden. Er flirtete so leichthin mit mir, dass ich plötzlich gar nicht mehr sicher war, ob er es ernst meinte. Oder ob das einfach seine Art war, mit Mädchen zu reden. Deshalb waren so viele in ihn verknallt.

Er machte einen Schritt nach vorn und umarmte mich leicht, wobei er einen kaum spürbaren Kuss auf meine Wange drückte, der die Verunsicherung, die mich gerade erfasst hatte, sofort vertrieb. Er flirtete tatsächlich mit mir. Und er roch verdammt gut. Mein ganzer Körper kribbelte aufgeregt.

Ein paar Minuten später schlenderten Jen und ich zurück. Als wir außer Hörweite waren, wisperte Jen: »Okay, normal benehmen. Nicht laut aufkreischen. Einfach in normalem Tempo weitergehen.«

»Jen?«, fragte ich. »Drehst du gerade durch?«

»Ich drehe völlig durch. Das ist der Hammer. Asher und Matt. Wir beide. Und Asher, ich meine, der ist ja komplett auf dich abgefahren.« Sie griff nach meiner Hand und drückte sie aufgeregt, dass es wehtat.

»Kein Grund, meine Hand zu zerquetschen. Matt steht eindeutig auf dich. Asher war … ja, er war wirklich sehr aufmerksam. Aber meint er das ernst?« Ich wollte es einfach noch einmal von ihr hören. Sicher sein, dass ich es mir nicht eingebildet hatte.

»Er hat voll mit dir geflirtet. Mensch, der hat niemanden sonst wahrgenommen. Ich will nichts sagen, aber es ist eigentlich zu gut, um wahr zu sein. Und das ist erst der Anfang des Sommers. Und gleich gehen wir alle zusammen ins *White Swan*«, jubelte sie.

»Ich gehe nicht mit.«

»Du gehst nicht mit?« Jen blickte mich mit großen Augen an. »Nicht dein Ernst! Natürlich kommst du mit. Du musst mit.«

»Ich bin seit halb sechs wach und bin dreizehn Meilen Fahrrad gefahren. Ich muss heute ins Bett. Einfach, damit ich morgen überlebe.« Ich wollte nicht zugeben, dass ich kein Geld für irgendwelche Drinks im *White Swan* hatte. Der Laden war trendy und entsprechend teuer und ich hatte nun mal keine unbegrenzte Kreditkarte von meinem Dad. Jen hätte mir sicher Geld gegeben, aber das wollte ich auch nicht.

»Wirklich nicht, nur auf einen Drink?«

Ich schüttelte den Kopf. »Ein andermal.«

Jen kaute auf ihrer Unterlippe. »Wahrscheinlich ist das sogar eine gute Strategie. Sich ein bisschen rarmachen wirkt oft Wunder. So wie Buchanan dich mit Blicken aufgefressen hat, wird ihn das nur noch mehr anspornen. Aber für so etwas habe ich keine Geduld.«

Wir erreichten den Parkplatz und ich schloss mein Fahrrad auf.

»Ich weiß noch nicht, wie ich aus der Surfnummer rauskomme. Aber vielleicht ist die auch gar nicht mehr nötig, so wie es heute gelaufen ist. Wenn ich nach dem Tenniscamp surfe, wäre der Vorteil allerdings, dass ich nicht mehr zu dieser Horror-Pilateslehrerin müsste. Die zaubert dir zwar angeblich den besten Bauch, aber das ist keine Lehrerin, das ist jemand mit dem Wunsch, dich zu zerstören.«

»Du kannst dir auch einfach einen Job suchen, zu dem du jeden Morgen von Bridgehampton nach Southhampton radeln musst. Klappt auch und du bekommst sogar Geld dafür«, grinste ich.

»Kann dein Vater dir nicht sein Auto leihen?«

»Ich habe keinen Führerschein, schon vergessen? Aber ich melde mich an, vielleicht kann ich die Prüfung sogar schon in ein paar Wochen machen. Ich muss nur erst noch üben.«

»Mein Auto hat leider auch Automatik, sonst würde ich das mit dir machen. Okay, mach's gut. Du kannst nicht sagen, dass ich dir zu viel versprochen habe.« Wir umarmten uns zum Abschied.

Gleich darauf radelte ich den kurzen Weg zurück. Es würde bald komplett dunkel sein und hier gab es kaum Straßenbeleuchtung. Obwohl ich sehr müde war, fühlte ich mich wunderbar leicht. Es war verrückt, wie gut heute alles gelaufen war. Asher. Ich dachte daran, wie er beim Sonnenuntergang neben mir gesessen hatte. Er gefiel mir immer noch sehr gut. Natürlich, er war schön. Er war ziemlich nett. Wahrscheinlich sollte ich mich einfach freuen und nicht alles anzweifeln. Immerhin fühlte ich kaum noch die Anstrengung, als ich in die Pedale trat, weil alles an mir irgendwie schwerelos war.

Als ich nach Hause kam, war mein Vater wie vermutet noch nicht zurück. Aber Martha stand in der Küche und neben ihr dampfte eine Schüssel mit Maccaroni and Cheese, ein Gericht aus meiner Kindheit, das ich mir von ihr gewünscht hatte. Doch sie war nicht allein. Gerade füllte sie heißes Wasser in eine Tasse und redete dabei mit einer anderen Frau. Von hinten sah ich nur sehr lange Beine und dunkle Haare, die in streng eingedrehten Wellen den Rücken herunterfielen. Sie trug einen dunkelblauen Rock, der ihr bis zu den Knien reichte, ein Jackett und blaue Pumps. Sie wirkte wie eine typische New Yorker Businessfrau, allerdings eine sehr schmal gebaute. Als ich die Küche betrat, drehten sich beide gleichzeitig zu mir um.

»Oh, du bist zurück!«, sagte Martha ehrlich erfreut. »Möchtest du auch einen Tee oder lieber eine Zitronenlimo?«, fragte sie mit ihrem polnischen Akzent und leicht rauchiger Stimme.

Die Frau im Kostüm drehte sich ebenfalls um. Sie war viel jünger, als ich erwartet hatte, und wirkte eher wie eine verkleidete Schülerin. Sie musterte mich sehr genau und irgendwie kritisch mit zusammengezogenen Augenbrauen. Wahrscheinlich betrachtete ich sie mit einem ähnlichen Blick.

Sie wirkte so vertraut mit Martha, viel vertrauter als ich. Natürlich, ich war ja auch erst seit ein paar Tagen da, trotzdem wurmte mich das irgendwie. Sollte ich nicht diejenige sein, die hier zu Hause war und sie überrascht anschaute?

»Hallo, ich bin Lindy«, sagte die Frau nach einem langen Moment und strich ihre Haare zurück. »Ich glaube, wir kennen uns noch nicht.«

Sie sagte das so, als würde sie sonst alle kennen, die hier ein- und ausgingen. Auch das wurmte mich.

»Hallo, ich bin Emma«, erwiderte ich.

»Oh«, sagte sie und für einen Moment blieb ihr Mund offen stehen. Sie musterte mich noch mal genau. Abschätzend. Mir gefiel dieser Blick überhaupt gar nicht. Sie blickte mich an wie eine Konkurrentin. Warte mal, war sie Valentinas Nebenbuhlerin? Noch jemand, der in meinen Vater verliebt war? So richtig überraschend war das ja nicht. Mein Vater sah ziemlich gut aus, das glaubte ich sogar objektiv beurteilen zu können. Schön für ihn, nervig für mich.

Ich ließ sie für einen Moment in dem Glauben, dass ich vielleicht die neue Freundin von Preston war. Leider sah ich in meiner dreckigen Bluse nicht sonderlich glamourös aus. Aber trotzdem, könnte schließlich sein.

»Ich hätte total gern auch einen Tee«, sagte ich zu Martha, »wenn du sowieso dabei bist.« Martha hatte mir noch nie einen Tee gemacht. Ich mochte mich nicht als ihre Chefin aufspielen. Auch wenn sie ohnehin nicht in solchen Kategorien dachte, dazu war sie viel zu nett. Und Tee konnte ich mir wirklich selbst aufbrühen.

»Gerne, mit Milch und Zucker oder lieber Zitrone?« Martha lächelte mich mit ihren warmen Augen an.

»Am liebsten Hagebuttentee mit Honig«, sagte ich.

»Emma ist Prestons wunderschöne Tochter«, erklärte Martha dann ärgerlicherweise.

»Prestons Tochter Emma«, wiederholte Lindy, aber nicht so, als wäre sie von der Information überrascht. Ihr abschätzender Blick wurde nicht milder. Vielleicht überlegte sie sich gerade, dass der Einfluss, den Töchter bekanntermaßen auf ihre Väter hatten, für sie ungünstig sein konnte?

»Wartest du auf Preston?«, fragte ich sie.

»O nein«, sagte sie und schien aus dem merkwürdigen Zustand herauszukommen, in dem sie gerade wie eingefroren gewesen war. »Ich sollte ein paar Dokumente abholen. Ich bin seine Assistentin.«

»Ach so.« Natürlich hatte mein Vater eine besonders junge, besonders attraktive Mitarbeiterin. Das wunderte mich wiederum nicht.

»Bis jetzt hast du in Deutschland gelebt, oder?«, fragte Lindy.

»Du bist ja gut informiert«, sagte ich. Mein Tonfall verriet wahrscheinlich, dass ich das eigentlich nicht so toll fand.

»Und jetzt bist du die Ferien über hier?«, fragte Lindy unbeirrt weiter. Das hätte eine unschuldige Frage sein können. Aber irgendwie sah Lindy mich dabei zu neugierig an. Zum Glück wusste sie zumindest noch nicht, was ich vorhatte.

Ich schüttelte den Kopf. »Ich bleibe hier. Ich will danach in New York studieren. Vielleicht wohne ich dann auch bei Dad in New York.« Ich beobachtete sie genau, um zu sehen, welchen Eindruck dieser Satz auf sie machte.

Sie hatte ein professionelles Lächeln aufgesetzt, das nichts verriet. Es war mir zu perfekt.

»Wann kommt er denn?« Im gleichen Moment, in dem ich es ausgesprochen hatte, ärgerte ich mich schon darüber. Das machte den Eindruck, dass ich keine Ahnung hatte, was mein Vater tat.

»Er hat gerade noch ein Meeting in der Stadt. Ich treffe ihn erst morgen wieder, um ein paar Objekte anzuschauen.«

»Okay«, sagte ich. »Guten Heimweg. Nacht, Martha«, sagte ich, nahm meinen Tee und ging in mein Zimmer. Erst dort merkte ich, dass ich vergessen hatte, mir von dem Mac and Cheese mitzunehmen. Mein Magen knurrte. Ich würde noch einen Moment warten, bis Lindy weg war, und mir dann eine Portion holen. Ich hatte keine Lust mehr, mich in der Küche aufzuhalten, solange diese Lindy da war.

Eine Stunde später lag ich endlich im Bett. Martha war gegangen und mein Vater war immer noch nicht zurück. Immerhin hatte ich noch etwas Leckeres gegessen. Ein Gericht, das möglicherweise keinen einzigen Nährstoff hatte, aber es machte glücklich.

Ein fetter Mond hing im Nachthimmel, dessen helles Licht die Vorhänge nur unvollständig abhalten konnten. Im Halbdunkel meines Zimmers zogen die Bilder des Tages an mir vorbei, so viele Eindrücke. Der Tag war bis in den letzten Winkel ausgefüllt gewesen. Das Café mit Belle und Leo. Der endlose Strand und das gleißende Licht. Asher. Außerdem setzte langsam der Muskelkater ein. Das konnte ja noch interessant werden.

Sechs

Ein paar Stunden später saß ich schon wieder auf meinem Fahrrad. Ich fühlte nicht nur meine Beine, sondern vor allem meinen Hintern. Der braune Sattel war zwar hübsch, aber nicht sonderlich weich gefedert. Immerhin war die Fahrt lang genug, um mich aufzuwecken, und es gab heute sogar ein bisschen Rückenwind. Ich durfte nur nicht daran denken, dass das später dann wieder Gegenwind bedeutete.

»Guten Morgen, Belle«, sagte ich extra fröhlich, als ich pünktlich um halb sieben eintrudelte. Wieder umfing mich dieser besondere Geruch des *Bitter End*, eine Mischung aus Kaffee, den Muffins und einer blumigen Brise, die durch die Gartentür in den Innenraum blies. Ich verstand, warum der Kater Buttons sich hier so wohl fühlte. Heute entdeckte ich ihn eingerollt auf der Fensterbank, wo er ein Schläfchen hielt.

»Morgen«, murmelte Belle. Sie hatte entweder sehr dunkle Schatten unter den Augen oder sich am Abend vorher nicht ordentlich abgeschminkt. Sie nippte an einer absurd überdimensional großen Kaffeetasse, die definitiv nicht benutzt wurde, um irgendwelche Kunden zu bedienen. Die musste sie mitgebracht haben. Jedes Mal, wenn sie einen Schluck nahm, verzog sie das Gesicht, als würde sie Medizin trinken, die sie unbedingt runterbringen musste. In der Verfassung war sie eine tickende Zeitbombe. Ich musste alles geben, um nicht direkt heute meinen Job zu verlieren. So leise wie möglich räumte ich die Tassen aus der Spülmaschine, holte das Gebäck von hinten und verteilte es in den Vitrinen, während sie die ersten Kunden bediente.

»Die Kuchen in die hintere Vitrine, die Muffins rechts, Cookies links«, schnaubte sie, als ich das Gebäck scheinbar falsch sortierte.

»Woher sind eigentlich die Grafiken an den Wänden? Sie sind toll. Verkaufen wir die auch?«

»Unverkäuflich«, sagte sie. »Leos Hobby.« Sie wirkte nicht so, als wollte sie mehr dazu erklären.

»Soll ich heute die erste Schicht am Kaffeeautomaten machen?«, fragte ich.

Vielleicht würde sich ihre Laune bessern, wenn sie merkte, dass ich ihr wirklich etwas abnehmen konnte. Im Moment deutete nichts in ihrem Gesichtsausdruck auf eine Verbesserung hin, trotz des halben Liters Kaffee, den sie wahrscheinlich schon intus hatte.

»Ist ja auch ganz schön früh für einen Sommerjob«, sagte ich, um mein Mitgefühl auszudrücken.

»Wenn es dir zu früh ist, kannst du gleich wieder aufhören. Das wird sich nämlich nicht ändern. Ich war gestern bis drei Uhr wach und meckere auch nicht rum. Diese Woche bin ich noch bei der Frühschicht dabei. Danach wird gewechselt und du musst das hier alleine stemmen, dann kommt der Nächste erst um acht.«

Ich nickte und ging nicht drauf ein. »Klar. Das meiste hast du mir ja schon gezeigt.« Es würde schon irgendwie klappen. Auch wenn ich inzwischen verstanden hatte, dass der perfekte Milchschaum eine Wissenschaft für sich war.

»Du hast das Espressopulver nicht fest genug angedrückt«, sagte Belle, während sie mir missbilligend zusah. Sie nahm die Metallform heraus und drehte sie um, sodass das Kaffeepulver herausfiel.

»Siehst du. Fester drücken. Da darf nichts rausfallen.« Sie wandte sich ab und überließ mir das Saubermachen.

»Okay.« Schnell machte ich es so, wie sie gesagt hatte. »Ich dachte einfach, dass du müde aussiehst, und wollte etwas Nettes sagen. Ich wollte nicht jammern. Aber wenn du bis drei Uhr wach warst, ist das natürlich kein Wunder. «

»Oh, danke auch«, sagte Belle betont sarkastisch.

»Danke?«, wiederholte ich verwirrt.

»Hast du noch nie gehört, dass man Menschen, die müde aussehen, das nicht unbedingt ins Gesicht sagen sollte?« Sie fasste sich an den Kopf, als wäre ich minderbemittelt. Meine Güte. Ewig würde ich mich nicht zusammenreißen können, ich war schließlich kein Schuhabtreter.

»Du hast eine schöne Bluse an«, sagte ich. Ihre Bluse hatte gestickte Blumenverzierungen, die rumänisch aussahen. Diese Taktik wandte meine Mutter immer an, wenn jemand unverschämt zu ihr war: Sie machte ein Kompliment. Das hatte einen doppelten Effekt. Man änderte das Thema und hoffentlich fühlte der andere sich auch ein wenig schlecht.

»Emma, wenn du glaubst, dass du hier alles mit ein paar Komplimenten hinkriegen kannst, dann hast du dich geschnitten. Das ist der fünfte Sommer, den ich hier arbeite. Ich weiß, wie der Laden läuft. Ich bin sogar länger hier als Leo. Ich hätte dich nicht eingestellt. Es gibt genug Leute, die erfahrener sind, und mit Partyblondinen haben wir nicht allzu gute Erfahrungen gemacht.«

»Warum nimmst du an, dass ich eine Partyblondine bin?«, fragte ich mit mühsam unterdrücker Wut. Mir platzte bald der Kragen. Zum Glück betrat genau dann eine Gruppe Joggerinnen das Café und wir hatten keine Zeit, unser Gespräch fortzusetzen.

Die nächsten Stunden verflogen. Ich hielt nach Leo Ausschau, aber er war heute scheinbar nicht da. Meine aufgeschäumte Milch wurde fluffiger, ich wurde schneller. Dann kam auch schon Karen und das Mittagessen ging los. Wenn mal eine Sekunde Zeit war, betrachtete ich die Grafiken an den Wänden: Es waren Zeichnungen von Häusern in New York und von Farmen, die wahrscheinlich aus der Umgebung stammten. Leo hatte auf jeden Fall Talent. Es waren einfache Schwarz-Weiß-Zeichnungen, aber sie hatten erstaunlich viel Ausdruck.

Aus den Lautsprechern in den Ecken drangen leicht melancholische Gitarrenklänge. Solche Musik hätte ich Belle gar nicht zugetraut. Vielleicht war das Leos Playlist?

Als hätte er auf meinen Gedanken reagiert, ging die Tür auf, ein sanfter Windstoß blies durch das Café, und Leo kam herein. Er trug eine große Kiste. Ich brachte gerade ein Sandwich an einen Tisch, gleich war meine Schicht vorbei.

»Hi«, lächelte ich. Irgendwie freute ich mich ihn zu sehen. Keine Ahnung, bisher hatte er mir mit seiner abweisenden Art keinen Anlass gegeben, aber es war trotzdem so. Immerhin hatte er sich netter verhalten als Belle. Okay, das war natürlich nicht sonderlich schwer.

»Hi«, sagte er. Er lächelte nicht. Fragte nicht, wie es lief. Tatsächlich schien er mich kaum wahrzunehmen. Schlimmer. Ich kam mir sofort lästig vor. Jegliche Freude ihn zu sehen verflüchtigte sich innerhalb einer Millisekunde. Wieso wurde eigentlich das schönste Café der Hamptons von den schlecht gelauntesten Menschen überhaupt betrieben? Wenn die beiden nicht so ultra Grummel wären, wäre alles perfekt, aber wenn das so weiterging, sah ich schwarz. Ich hatte schließlich schon viele Jahre mit negativer Stimmung um mich herum verbracht und wusste, wie sehr das aufs Gemüt schlagen konnte. Ohne Taekwondo wäre ich zu Hause wahrscheinlich selbst irgendwann etwas abgedriftet. Aber Leo blieb zum Glück ohnehin nicht lange.

Nachmittags fuhr ich nicht zum Strand, sondern nach Bridgehampton in die Hampton Library, eine Bibliothek, an der ich schon mehrmals vorbeigefahren war. Ich hatte mit Jen schon Dutzende Nachrichten über den gestrigen Abend ausgetauscht. Doch sie war beim Tennis und der Himmel war ohnehin zugezogen, Strand stand also heute sowieso nicht an. Ein gemütlicher Tag mit Büchern passte perfekt. Die Bibliothek war in einem traditionellen Haus aus hellgrauem Holz mit dunkelgrauen Fensterläden untergebracht, das so einladend aussah, dass ich auf dem Weg zur Arbeit immer sehnsüchtig hingeschaut hatte. Wenn ich kein Geld für Bücher ausgeben wollte, hieß das nicht, dass ich nicht dennoch welche lesen konnte. Ganz unkompliziert konnte ich mir einen Ausweis ausstellen lassen und streifte wenige Minuten später bereits durch die Regale. Es gab keine superintellektuelle Fachliteratur, viele Bücher waren zur Entspannung, aber es gab genug, was mich interessierte. Ich suchte mir zwei Romane aus, die in New York spielten, von Paul Auster und Siri Hustvedt. Vielleicht war das eine gute Vorbereitung auf meine Zeit dort.

Als ich hinter einem Regal hervortrat, erstarrte ich. Dort, in einem Sessel, vertieft in ein Buch über Architektur, saß Leo. Er trug Jeans und Turnschuhe und ein weißes T-Shirt wie heute Mittag im *Bitter End*. Zurückgelehnt und mit einem Bein über das andere geschlagen wirkte er entspannt und konzentriert gleichzeitig. Leider musste ich direkt wieder an Jens Worte denken: Mein *schlecht gelaunter, scharfer Chef*. Wie er dort saß, wirkte er hier allerdings mehr scharf als schlecht gelaunt. In den wenigen Sekunden, bevor ich ihn erkannte, hatte ich vor allem einen sehr attraktiven Typen in einem Sessel sitzen sehen. Für diesen Gedanken hätte ich mich im selben Moment ohrfeigen können. Wollte ich jetzt auch noch für meinen Chef schwärmen? Nur, weil er immer nett zu seiner Katze war, hieß das gar nichts. Zu mir war er mehr als zurückhaltend gewesen. Wenn er jetzt hochsah und mich dabei ertappte, wie ich ihn seit mehreren langen Sekunden anstarrte, würde er mich für einen Stalker halten. Unwillkürlich trat ich einen Schritt zurück hinter das Regal. Leider tat ich das wohl so abrupt, dass er hochschaute, wie ich hinter dem Regal erkennen konnte, weil natürlich genau an dieser Stelle die Bücher nicht sonderlich dicht standen.

O nein. Mein Herz lief auf Hochtouren und meine Wangen begannen verdächtig zu kribbeln. Bitte, bitte, keine hektischen roten Flecken.

Jetzt hatte er bemerkt, dass hinter dem Regal irgendetwas passiert war. Na toll. Ich konnte nicht zurückgehen, dann würde er wissen, wer so hektisch vor ihm geflohen war. Das wäre noch peinlicher, denn warum sollte ich vor ihm fliehen? Es gab irgendwie keine Möglichkeit, die Situation zu retten. Ich wollte doch noch viel mehr Bücher anschauen. Ich seufzte und lief rückwärts zum Ausgang des Raums. Zügig, aber immerhin ohne zu sprinten, ging ich zur Ausleihe. Vor mir stand eine ältere Dame, welche die Bibliothekarin in ein längeres Gespräch über Feminismus und Susan Sonntag verwickelte hatte, was man ihr aufgrund ihres rosafarbenen Kostüms irgendwie nicht zugetraut hätte. Ich hatte wohl zu viele Vorurteile. Dann seufzte ich hörbar, um zu zeigen, dass ich ebenfalls wartete.

»Emma?«, erklang die dunkle Stimme Leos hinter mir, sodass ich zusammenzuckte. Verdammt! Zu spät.

»Ich dachte gerade, ich hätte dich hinter dem Bücherregal gesehen«, sagte er. Er klang überrascht. Kein Wunder. Wieso war wieder nirgendwo ein Beamer, der mich ganz schnell nach Australien oder in die Antarktis zappen konnte?

»Ach, hi, du bist auch hier?«, sagte ich lahm. Schließlich konnte ich doch auch zufällig weggehüpft sein, oder?

Er legte den Kopf schräg. Ich hörte mich völlig bekloppt an.

»Ist das nicht Leonard Bellgrave?«, fragte die Dame in Rosa hinter mir in einem hellen Tonfall. »Was für eine nette Überraschung.«

Nun war Leo an der Reihe, sich erschrocken zu der Frau im rosa Kostüm umzudrehen. »Ah, Mrs. Hardy, guten Tag, wie geht es Ihnen?«, fragte er, warf dabei aber einen irgendwie nervösen Blick zu mir. Ha. Ich entspannte mich ein wenig. Keine Ahnung, was gerade passierte, aber irgendwie hatte sich die Situation soeben zu meinen Gunsten verändert.

»Sehr gut und dir, wie geht es der Familie?«

»Gut, gut«, murmelte Leo, »alles in Ordnung.« Wieder ein nervöser Seitenblick. Das wurde langsam interessant. Grummel-Leo war tatsächlich nervös.

»Ich habe gehört, dass du jetzt das *Bitter End* leitest?«, fragte sie und schüttelte lächelnd den Kopf, als wäre das eine allerliebste, aber ganz verrückte Idee.

»Ja, das stimmt. Ehrlich gesagt, ich muss auch schnell los, viel zu tun, aber es war schön, Sie zu treffen.« Täuschte ich mich oder bildeten sich gerade hektische rote Flecken auf *seiner* Wange? Außerdem hatte ich auf jeden Fall das Gefühl, dass er nicht wollte, dass ich bei dem Gespräch zuhörte.

Inzwischen hatte die Bibliothekarin meine Bücher ausgecheckt und schob sie lächelnd über die Theke. Ich bedankte mich und ging hinter Leo nach draußen. Jetzt, wo er plötzlich der peinlich Berührte war, wollte ich unbedingt herausfinden, was ihm so unangenehm war. Ich wandte mich in möglichst unschuldigem Plauderton an Leo.

»Kanntest du die Frau? Sie hat über Feminismus geredet. Ich war ganz beeindruckt, weil sie irgendwie nicht aussah wie jemand, der über solche Themen diskutiert.«

»Ja«, murmelte er. »Man lernt im Café ja alle möglichen Leute kennen.« Sein Ton war plötzlich wieder abweisend und kühl. Meine Freude über seine Verunsicherung war übereilt gewesen.

»Ich bin überrascht, dass du dich in der Bibliothek rumtreibst. Gibt ja wenig Glamour-Faktor hier. Keine A-Listers zum Abschleppen.« Er fuhr sich durch die Haare.

Das war allerdings unverschämt. Und auch wenn es für andere vielleicht wie ein Scherz geklungen hätte, irgendwie schwang auch ein wenig Verbitterung mit. Dann widmete er sich wieder seinem Handy.

»Stimmt, hier sind nur Coffeeshop-Aushilfen und Coffeeshop-Chef-Aushilfen. Nirgendwo Champagner. Ist natürlich meinem Standard nicht angemessen«, entgegnete ich trocken.

»Du bist richtig selbstironisch.« Er blickte von seinem Handy auf und schaute mir direkt ins Gesicht. Ein kleines Lächeln erschien in seinen Mundwinkeln und irgendwie hatte ich das Gefühl, dass er gerade nicht genau wusste, wie er mich einschätzen sollte. Ich hielt mich nicht für eine sonderlich geheimnisvolle Person, die Männer verwirrte. Aber vielleicht begriff er ja zumindest, dass er ein paar Vorurteile gegen mich hatte. Seine blauen Augen hatten mehr Wärme als sonst. Oder bildete ich mir das ein? Er steckte das Handy in die Hosentasche zurück und rieb sich den Nacken.

»Mir bleibt nichts anderes übrig. Ohne ein wenig Selbstironie würde ich wohl kaum eine Schicht mit Belle überstehen«, erklärte ich.

»Ist sie so schlimm?«, fragte Leo tatsächlich etwas überrascht.

»Sie versucht es zumindest zu sein. Ich habe das Gefühl, sie will das *Bitter End* vor allem Bösem beschützen und scheint zu vermuten, dass ich mit dem Ziel auf die Welt gekommen bin, als Mitarbeiterin getarnt das *Bitter End* zu zerstören.«

»Sie glaubt einfach, dass sie eine geniale Menschenkenntnis hat, weil sie schon mal richtig gelegen hat«, sagte Leo. »Nimm's nicht zu persönlich.« Er klopfte mir kurz auf die Schulter. Ich zuckte von der überraschenden Berührung zusammen. Schnell zog er die Hand zurück, als wäre ihm ein Fehler unterlaufen. Dann wollte er sich aufs Fahrrad schwingen. Warum nur hatte ich gerade das Gefühl, dass er vor mir floh? Aber diesen Moment, in dem er unsicherer war als sonst, wollte ich nicht ungenutzt verstreichen lassen. Vielleicht konnte ich ja etwas erfahren, was mir half, besser zu verstehen, was los war und warum Belle und Leo so angespannt waren.

»Wo ist eigentlich dein Onkel? Es ist alles so liebevoll eingerichtet, als würde er sehr dran hängen. Erstaunlich, dass er dir sein Café für so lange Zeit überlässt«, sagte ich.

Das hatte jetzt falsch geklungen. Leo hielt inne und runzelte die Stirn.

»Ich meine nicht, dass du total unfähig bist. Also, vielleicht schon, das kann ich ja nicht beurteilen, aber ich wollte eigentlich sagen, du bist doch nur ein paar Jahre älter als ich und wahrscheinlich ...« Ich verstummte. Es wurde nicht besser, je länger ich sprach.

»Den Satz kannst du glaube ich nicht mehr retten«, sagte Leo. »Ich bin fast zwanzig. Mein Onkel ist verreist und ich übernehme das *Bitter End*, bis er wieder da ist.« Leo schaute hinter mich zur Bücherei. »Wir haben ein gutes Verhältnis. Er vertraut mir. Das ist wichtiger als mein Alter.«

»Natürlich«, sagte ich schnell.

Er verzog das Gesicht, als würde er mir hingegen nicht so recht über den Weg trauen. »Ich muss los, ich habe noch einen Haufen Dinge zu erledigen«, sagte er. Außerdem kam die Frau im rosa Kostüm aus der Bücherei, was ihn irgendwie anzutreiben schien.

»Hast du Angst vor ihr?«, entfuhr es mir.

Sein Blick schnellte zu mir zurück. Er war durchdringend. Leo blickte irgendwie immer viel zu tief in mich hinein. Das machte mich nervös. Dann schüttelte er den Kopf, als müsste er einen Gedanken wegschütteln, und hob die Hand zum Abschied. Als er das Fahrrad drehte, flatterte sein T-Shirt nach oben und mein Blick fiel auf seinen muskulösen Bauch. Schnell wandte ich mich ab. Warum löste er nur so merkwürdige Gefühle in mir aus? Ich sollte das alles gar nicht wahrnehmen. Bald würde ich zu einem dieser Mädchen werden, die sich Bilder mit halbnackten Männern in ihren Spind hängten, um sie anzuhimmeln. Im Taekwondo waren genug durchtrainierte Männer gewesen und mich hatte es definitiv nicht interessiert, wenn irgendein Anzug im Kampf verrutschte. Dann wollte ich schon lieber an Asher denken. Schlimm genug, dass ich ihn ebenso reflexartig anschmachtete, aber immerhin war Asher verlässlich nett zu mir. Er hatte es viel eher verdient, dass ich mir Gedanken über ihn machte.

Zu Hause sprang ich in den Pool, um mich abzukühlen und einen klaren Kopf zu bekommen. Ich schwamm mehrere Runden und tauchte zwei Bahnen. Dann legte ich mich auf die Liege neben dem Pool. Eigentlich waren schließlich Ferien, wobei ich das schon fast vergessen hatte, so hochtourig wie mein Adrenalinpegel den ganzen Morgen gefahren war. Ich schaute in den verhangenen Himmel, aus dem gelegentlich ein paar Tropfen fielen. Nur ein Baum ragte in mein Blickfeld, der Rest war grauer Long-Island-Himmel, der auch in trüben Farben schön war. Ich beschloss, später für meinen Vater zu kochen, das würde ihn sicher freuen. Vielleicht könnten wir uns ja dann in Ruhe zu zweit unterhalten.

Mein Telefon vibrierte. »Mama?«, fragte ich und spürte sofort ein dumpfes Gefühl im Magen.

»Hallo, Emmy. Wie geht es dir? Ich habe noch gar nichts von dir gehört. Alles in Ordnung bei dir? Ist Papa da oder wirst du dir selbst überlassen?«

»Mir geht's gut. Es ist nur so viel los, dass ich nicht zum Anrufen komme.« Sofort hatte ich das Gefühl, mich verteidigen zu müssen. »Ich habe Jen wiedergetroffen. Das war schön. Ansonsten werde ich mich noch einleben.« Ich wollte nicht zu begeistert klingen. Irgendwie hatte ich immer das Gefühl, das wäre für sie eine Beleidigung.

»Oh, Jenny Wilson, natürlich. Sie ist sicher auch erwachsen geworden.«

»Mama, du hörst dich an wie eine alte Tante.«

»Die alte Tante vermisst dich«, sagte meine Mutter in einem etwas eingeschnappten Tonfall.

»So war das nicht gemeint.«

»Vermisst du mich auch?«, fragte meine Mutter. »Oder sind die Hamptons dir schon zu Kopf gestiegen und alles ist besser und schöner und überhaupt viel glamouröser?«

»Nein«, sagte ich und schloss die Augen. So war nicht klar, auf welche Frage ich antwortete. Ich vermisste Deutschland bestimmt nicht und auch keine Person dort. »Ich habe einen Job in einem Café«, erzählte ich, auch, um das Thema zu wechseln.

»Du jobbst in einem Café? Erstaunlich, dass Preston dir das erlaubt. Gibt er dir nicht genug?«

»Ich möchte einfach auch selbst etwas verdienen. Ist doch eigentlich in deinem Sinne«, sagte ich. Wie alle Geschiedenen war sie unfair, was die Urteile über ihren Ex-Mann angingen.

»Wirklich?«, fragte sie.

»Hier sind noch ein paar andere, die ich aus der Madison Academy kenne. Fährst du noch mit Edith nach Mallorca zu diesem Kunst-Camp?«

»Ja«, seufzte sie, als hätte sie sich das nicht selbst ausgedacht.

»Das wird bestimmt toll«, sagte ich aufmunternd.

»Nimmt Papa dich abends mit, wenn er weggeht? Ich hoffe, er plant genug Zeit für dich ein. Und sein Haus ist hübsch, nehme ich an? Er hattc ja immer guten Geschmack, was seine Häuser anging«, sagte Mom. Sie war neugierig.

»Sehr hübsch«, sagte ich. Ich versuchte ihr noch ein wenig mehr zu erzählen und dabei die Dinge zu vermeiden, die sie aufregen würden. Das Gespräch wurde langsam wieder anstrengend. Aber glücklicherweise schien sie das genauso zu empfinden.

»Gut, ich störe dich mal nicht weiter. Aber melde dich bitte zumindest jede Woche. Und lass dich nicht von irgendwelchen großkotzigen Bonzen beeindrucken. Davon gibt es in den Hamptons schließlich genug.«

»Mama. Ich bin nicht total dumm. Wobei es mit meinem schlechten Telefonvertrag ganz praktisch wäre, etwas mehr Bonze zu sein. Wir sollten nächstes Mal lieber über das Internet telefonieren, skypen oder sowas.«

»Ja«, sagte sie nach einer Weile, »wenn du meinst. Ich muss mir mal so eine App runterladen.« Aber ihre Stimme klang schon wieder merkwürdig hoffnungslos. »Gut, dann wünsche ich dir eine gute Zeit«, sagte sie mit leidendem Unterton.

Nachdem wir uns verabschiedet hatten, legte sich kurz die vertraute alte Schwere über mich. Das war es, was in den letzten Tagen weggefallen war. Ich fühlte mich hier so leicht, weil der Ozean und die Zeitverschiebung zwischen mir und ihren negativen Schwingungen lagen. Ihre pessimistische Einstellung lag zuhause immer wie eine dunkle Wolke über mir. Zu selten war ich einfach unbeschwert gewesen. Ich hatte in den letzten Tagen wenig an sie gedacht, das hörte sich gemein an, aber es hatte so gutgetan, die bedrückende Atmosphäre der Ratinger Wohnung einmal weit hinter mir zu lassen.

Valentina war in der Stadt und ich würde heute endlich mal etwas Zeit allein mit meinem Vater haben. Martha saugte gerade das Wohnzimmer, als ich vom Pool hereinkam. Als sie mich sah, schaltete sie den Staubsauger aus.

»Möchtet ihr heute Abend etwas Besonderes zum Essen haben?«, fragte sie.

»Weißt du was. Möchtest du nicht gehen? Ich habe gedacht, ich koche heute für meinen Vater.«

»Schöne Idee! Aber soll ich dir denn gar nicht helfen?«, fragte sie. Es war nicht zurechtweisend gemeint. Sie wollte immer helfen.

»Ich wollte eine Überraschung für ihn vorbereiten: Lasagne. Die kann ich eigentlich ziemlich gut. Ich habe heute Morgen schon geschaut, ob wir alles haben, und die Lasagneplatten vorhin noch besorgt.«

»Ich kann nicht einfach gehen, dazu muss ich deinen Vater schon fragen«, lächelte Martha. Ihr Gesicht war so freundlich, so ein Gesicht hatte man nur, wenn man in seinem Leben viel gelächelt hatte.

»Aber vielleicht kannst du ja etwas anderes machen. Er lässt dich bestimmt gehen, wenn er kommt«, sagte ich.

»Preston hat Glück, dass du gekommen bist«, sagte Martha und nickte nachdrücklich.

Es gab Menschen, deren Warmherzigkeit sofort offensichtlich war. Jemand der behauptete, es gäbe keine Aura, hatte wirklich keine Ahnung.

Ich machte mich an die Arbeit und suchte alle Zutaten zusammen. Martha hatte die Schränke gut organisiert, ich fand mich leicht zurecht. Es machte Spaß in einer Küche mit einer riesigen Arbeitsfläche und allen nur möglichen Geräten zu arbeiten. Die Leute, die hier früher gewohnt und alles eingerichtet hatten, mussten gern gekocht haben.

Ich rührte die Béchamelsoße, würzte die Tomatensauce und schichtete am Schluss Lasagneplatten und Zucchini, Spinat und Auberginen aufeinander. Jeder, der meine Gemüselasagne schon mal probiert hatte, versicherte mir später, dass es die beste der Welt gewesen sei. Hoffentlich würde sie auch meinem Dad gut schmecken.

Als das Gericht im Ofen war, suchte ich ein hübsches, weißes Geschirr aus. Ich beeilte mich und pünktlich um halb acht war alles fertig. Der Tisch war festlich gedeckt. Lange weiße Kerzen verbreiteten ein sanftes Licht, dazu sang Melody Gardot. Es sah perfekt aus. Um acht ging Martha, weil ihre Schicht dann ohnehin endete. Okay, die Tafel wirkte ein bisschen mehr wie bei einem Rendezvous als einem Treffen mit seinem Vater, aber egal.

Um Viertel nach acht schickte ich Dad eine Nachricht. Inzwischen hatte ich die Kerzen wieder ausgeblasen, damit sie nicht ganz herunterbrannten.

»Im Gespräch, halbe Stunde«, antwortete er per SMS.

Endlich hörte ich das Geräusch eines Schlüssels an der Tür. Vor lauter Langweile hatte ich mich sogar noch einmal umgezogen, nun war es wirklich fast wie bei einem Rendezvous. Aber schließlich war es ja auch etwas ganz Besonderes, meinen Vater mal wieder ganz für mich zu haben. Als die Tür endlich aufging, bemühte ich mich, nicht allzu übertrieben zu strahlen. Ich hörte schon seine dunkle Stimme, vermutlich telefonierte er wieder. Doch plötzlich bemerkte ich, dass er gar nicht alleine war. Hinter ihm trat ein Mädchen mit langen dunklen Haaren in einem blauen Jackett durch die Tür. Lindy. Schon wieder. Ich konnte meine Enttäuschung fast schmecken, bitter wie abgestandener Kaffee.

Die beiden fuhren fort, über die Häuser zu diskutieren, die sie scheinbar gerade angeschaut hatten.

»Hallo, Dad«, sagte ich, lief auf ihn zu und umarmte ihn. Er klopfte mir freundschaftlich auf den Rücken, als wäre er nicht ganz bei der Sache.

»Schön, dass du da bist.«

»Hallo, Schatz.« Er lächelte und für einen Moment waren seine Gedanken bei mir. »Tut mir leid, dass wir später kommen. Ich hoffe, du hast schon gegessen«, sagte er.

»Ich habe auf dich gewartet«, sagte ich und bemühte mich, fröhlich zu klingen und meine Enttäuschung zu verbergen. Es gelang mir nur halb. »Kein Problem.«

»Gut, dann werde ich jetzt gehen, Mr. Brinkley«, sagte Lindy.

Sie sah genauso aus wie beim letzten Mal. Nur, dass ihre Haare heute zu einem Dutt zusammengesteckt waren. Ihr Haaransatz war ganz gleichmäßig und rund, anders als meiner mit den vielen Wirbeln.

»Sie können auch noch zum Essen bleiben, Lindy. Dann können wir alles fertig besprechen. Stadteinwärts ist später auch weniger Verkehr. Und so wie ich Martha kenne, ist genug für alle da.«

»Okay, das mache ich gern«, erwiderte Lindy sofort, als hätte sie auf die Einladung gewartet. Ich hätte schreien können. Würde ich eigentlich irgendwann allein mit meinem Vater sprechen können? Er schien überhaupt nicht zu bemerken, dass wir nie in Ruhe miteinander redeten. Er betrachtete den Tisch.

»Martha hat ein wirklich festliches Abendessen für uns gezaubert. So gut ging es mir nicht, bevor du angekommen bist«, sagte er und zwinkerte mir zu.

Ich schwieg. Ich hatte den Spaß daran verloren, ihm zu sagen, dass ich alles für uns vorbereitet hatte. All die Vorfreude von gerade war verpufft. Lustlos trottete ich zum Schrank und holte noch einen weiteren Teller und Besteck für Lindy.

Wir setzten uns in die Sitzecke mit der eingebauten Bank, die direkt neben dem großen Fenster lag. Obwohl das Haus nah am Strand gelegen war, konnte man vom Erdgeschoss bloß ein Stückchen Meer sehen. Nur im ersten Stock blickte man richtig über die Dünen.

»Warst du am Strand?«, fragte mein Vater. »Heute war es ziemlich kalt, nicht wahr?«

»Ja, ist ziemlich windig in den letzten Tagen. Das stört mich aber nicht. Ich finde es angenehm nach der brütenden Hitze der letzten Zeit.«

»Und, sind deine alten Freunde aus New York noch da?«

Ich hatte ihm eigentlich endlich von meinem Job erzählen wollen. Er schien sich gar nicht zu fragen, was ich hier die ganze Zeit machte. Aber klar, er dachte sicher, ich würde mit meinen Freundinnen abhängen, Shoppen gehen und Eiskaffee schlürfen, wie die meisten Mädchen das hier in den Sommerferien machten.

Kurze Zeit später drehte sich das Gespräch wieder um Häuser, die mein Vater und Lindy angeschaut hatten, die nötigen Finanzierungen, mögliche Investments. Beide waren besessen von dem Thema. Lindy holte lange Excel-Tabellen hervor, in denen sie alle Faktoren eintrug, die eine Rolle spielen konnten. Ich konnte allem nur halb folgen. Mein Vater versuchte auch gar nicht, mich in das Gespräch einzubinden.

Dabei aß Lindy ein halbes Stück von meiner Lasagne. Mein Vater ebenfalls, aber er schaute kaum hin. Er hatte eine Flasche Rotwein aus dem Schrank geholt und trank mehr Wein, als dass er aß. Zwischendurch kamen mir vor lauter Enttäuschung fast die Tränen.

»Ich muss gleich los«, sagte Lindy, »sonst komme ich zu spät zurück.« Sie gähnte. Mein Vater war kurz aufgestanden, um ins Bad zu gehen. Einen Moment saßen wir beide allein im Schein der Kerzen.

»Gefällt es dir bisher in den Hamptons?«, fragte sie. »Aber du bist wahrscheinlich schon oft hier gewesen und kennst das alles.«

Ich schluckte und versuchte mich zu fassen. Dann schüttelte ich entschieden den Kopf. »Nein. Als ich noch hier gewohnt habe, hat mein Vater das Haus noch nicht gehabt«, erklärte ich knapp.

»Und jetzt genießt du den Sommer vor dem Studium?«, fragte sie.

Diese Frage hatte einen Beigeschmack. Vielleicht war ich auch extra anfällig für versteckte Kritik nach der Behandlung durch Leo und Belle. Es war absurd, dass ich hier von allen betrachtet wurde, als sei ich eine verwöhnte Göre. Als wären die zwei Wochen Luxusurlaub im Jahr mein Leben gewesen und nicht die monatelang tablettenabhängige Mutter, die oft auch tagsüber nur im Bett lag. Die tagelang wie ein Geist auf dem Sofa gesessen hatte und alles, was ich tat, zynisch kommentierte. Seit zwei Jahren war sie stabil, aber die Angst vor einem erneuten Schub war geblieben.

Lindys Wangen hatten eine etwas fiebrig rote Farbe. Sie arbeitete nonstop. Klar, auch sie reihte mich bei den Mädchen ein, die nichts anderes taten, als die Platin-Kreditkarte ihrer Eltern einzusetzen.

»Ich genieße den Sommer, klar«, ich zuckte mit den Schultern. »Ich jobbe im *Bitter End Café*«, fügte ich hinzu, weil ich das nicht auf mir sitzen lassen wollte.

»Du arbeitest den Sommer über in einem Café?«, frage sie überrascht. Klar, warum sollte die Tochter des aus ihrer Sicht reichen, erfolgreichen Preston Brinkley so einen stinknormalen Mittelklasse-Job haben?

In diesem Moment kam mein Vater zurück in die Küche. Er hatte zwei Gläser Rotwein gehabt, wir hatten abgelehnt. Mir war aufgefallen, dass er ganz schön schnell getrunken hatte, als wollte er sich beruhigen.

»Ihre Tochter erfährt bei ihrem Job im Café bestimmt mehr über die Immobilienszene als wir hier«, sagte Lindy zu ihm.

»Meine Tochter arbeitet in einem Café?«, fragte mein Vater verdutzt.

Ich hätte Lindy erwürgen können. Erst verdarb sie mir den Abend und jetzt auch noch das! Ich hatte mir ausgemalt, wie ich ihm sagen würde, dass ich allein für mich sorgen wollte und selbstständig war. So wie er gewesen war. Wie ich sein Angebot, mir Geld zu geben, ausschlagen würde. Das alles hatte sie mir nun kaputt gemacht.

»Das wussten Sie überhaupt nicht?«, fragte Lindy ähnlich überrascht. Sie strich einige Haarsträhnen, die sich aus ihrem Dutt gelöst hatten, nach hinten.

Dann blickten beide gleichzeitig zu mir.

Ich zuckte mit den Schultern. »Heute war mein zweiter Arbeitstag. Ich wollte es erst erzählen, wenn alles klargeht.« Ich bemühte mich um einen ruhigen Tonfall.

»Wolltest du hier nicht Ferien machen?«, fragte mein Vater.

»Ich wollte etwas Sinnvolles machen und eigenes Geld verdienen.«

»Das ist mein Mädchen. Meine Tochter«, sagte mein Vater und lächelte zufrieden. Hätte nicht Lindy danebengestanden und mich mit ihrem merkwürdig forschenden Blick beobachtet, hätte ich mich tatsächlich freuen können.

»Im Café lernst du immerhin eine Fähigkeit fürs ganze Leben. Guten Kaffee kochen«, lachte er.

»Glaub mir, es ist tückischer, als ich dachte, und meine Kollegin wartet irgendwie nur darauf, dass ich einen Fehler mache. Aber so leicht werde ich es ihr nicht machen. Ich habe schon YouTube-Videos über Kaffeemaschinen angeschaut.«

»Okay.« Lindy schob den Stuhl zurück. Sie schlüpfte in ihre Pumps, die sie unter dem Tisch abgestreift hatte.

»Ich wünsche Ihnen noch einen schönen Abend und lasse Sie jetzt allein«, sagte sie. »Ich muss ja noch ein ganzes Stück fahren. Mr. Brinkley, wir sehen uns dann in der Stadt?«, sagte sie. »Schön, dich näher kennenzulernen, Emma.« Sie lächelte mich an, aber nur mit dem Mund. Ihre ernsten hellblauen Augen machten mich irgendwie nervös.

»Lindy ist ganz schön übereifrig«, sagte ich, als das Geräusch ihres Autos, eines Firmenwagens, den mein Vater ihr zur Verfügung gestellt hatte, draußen verklungen war. Lindy hatte einen Firmenwagen, während ich noch nicht mal einen Führerschein besaß.

»Sie ist jung und hungrig. Genau so was brauche ich. Nicht jemanden, der am liebsten Urlaub macht und über die Feiertage nach Hause will«, sagte Dad. »Sie wird es noch weit bringen.«

Er scrollte durch seine Nachrichten, während er sprach.

»Ich bin wirklich todmüde, Em«, murmelte er. »Ich habe einen frühen Termin und der Rotwein …«

Er hätte natürlich auch einfach weniger trinken können. »Bleibst du jetzt ein paar Tage in den Hamptons?«, fragte ich stattdessen.

»Ich werde versuchen, so viel wie möglich hier zu sein, damit wir uns sehen«, sagte er, ohne wirklich eine Antwort auf die Frage zu geben. »Ich hoffe, du hast trotz deines Jobs noch Zeit«, sagte er und blickte von seinem Handy hoch.

»Klar. Momentan habe ich Frühschicht.«

»Am Freitag habe ich eine Überraschung für dich geplant«, zwinkerte er. »Du kannst noch Freunde mitbringen. Jen? Und den Buchanan-Sohn? Freitagabend um sieben geht's los«, verriet er.

»Eine Überraschung?« Er hatte mich doch nicht vergessen. Er hatte eben immer nur sehr viel zu tun. Ich fiel ihm um den Hals. »Das ist so schön. Ich freue mich wirklich.« Er klopfte mir auf den Rücken.

»Wann fängst du morgens an?«

»Um kurz vor sechs fahre ich los. Meine Schicht fängt früh an. Dafür habe ich nachmittags frei.«

»In einem Café also. Aber gut, warum nicht? Ich habe auch überall gearbeitet.«

Später lag ich im Bett, das Martha mit geblümtem Bettzeug neu bezogen hatte, das bestimmt auch schon im Haus gewesen war. Lindy hatte recht, ich lebte natürlich in Luxus und bekam sogar mein Bett bezogen. Aber es war ja nicht alles Luxus. In meinem Portemonnaie herrschte nach wie vor Ebbe und schon der Gedanke, morgen wieder loszuradeln, war ermüdend. Doch am Wochenende gab es eine Überraschung. Auch wenn ich mir nicht sicher war, ob ich Asher jetzt direkt einladen sollte. Würde das nicht heißen, dass ich was von ihm wollte? Vielleicht sollten wir die Jungs lieber spontan anrufen, damit es nicht so geplant wirkte? Ich musste mich morgen mit Jen beraten.

Sieben

Als ich am Freitagnachmittag vom Strand zurückkam, wo ich noch kurz geschwommen war, standen schon zwei Transporter vor der Haustür. Mexikanische Aushilfen schleppten weiße Stehtische auf die saftig-grüne Wiese, die das Haus umgab. Köche bauten einen Grill neben der Terrasse hinter dem Haus auf, Kellner schafften Tabletts mit kleinen, kunstvoll verzierten Häppchen ins Haus und errichteten eine weiße Bar im Garten. Neben dem Pool entstand ein Buffet. Es war völliger Wahnsinn. Was hatte mein Vater hier für mich geplant?!

Inmitten des Trubels sah ich ihn mit dem Handy am Ohr auf der Wiese umherlaufen. Lindy war auch da. Natürlich, sie war der Schatten meines Vaters. Sie trug ihre übliche Arbeitskluft. Ich hatte sie noch nie in einem anderen Kostüm gesehen. Vermutlich hatte sie mehrere, die komplett gleich aussahen. Sie konnte schließlich nicht nur eins haben, wenn sie es jeden Tag trug.

Als mein Vater sein Telefonat beendet hatte, kam er auf mich zu und fragte: »Emma, wie gefällt es dir?« Er deutete auf den Garten, auf die vielen Leute, die damit beschäftigt waren, die Party vorzubereiten.

»Das ist … für mich?«, fragte ich geschmeichelt und verwundert. »Ich kenne doch gar nicht so viele Leute. Ich habe noch Jen Bescheid gesagt und wir wollten vielleicht noch ein paar Bekannte anrufen, aber das ist ja riesig und total aufwendig hier. Es ist bestimmt auch ziemlich teuer«, wandte ich ein. »Das brauchst du doch für mich nicht machen.«

»Mach dir keine Sorgen. Es ist auch gut fürs Business. Man muss in die Zukunft investieren. Damit ziehe ich die richtigen Leute an. Ich habe wichtige Leute eingeladen, um dich willkommen zu heißen – Asher Buchanan und seinen Vater übrigens auch«, zwinkerte er.

»Oh«, sagte ich. »Das ist toll, Papa.« Bei der Erwähnung seines Names hatte mein Herzschlag zu flattern begonnen, als wäre ein Vogel in meiner Brust eingesperrt.

Die strategischen Überlegungen hatten sich also erledigt. Und ich wusste absolut nicht, wie ich mich deswegen fühlen sollte. Ich schickte Jen eine Nachricht. Sie würde ohnehin gleich da sein.

Dad blickte auf sein Handy. »Einen Moment. Ich möchte das noch erledigen, bevor die Gäste kommen. Zieh dir doch noch was Nettes an«, sagte er mit Blick auf meine abgeschnittenen Jeansshorts und die vom Fahrtwind und Strandbesuch zerzausten Haare. »Es tut mir leid, dass ich so *busy* bin, Baby. Aber ich habe an dich gedacht. Schau mal in dein Zimmer.« Er lächelte mir zu.

»Hallo, Emma.« Lindy war neben meinen Vater getreten. Sie wirkte heute unsicherer, keine Ahnung, wieso. Nicht so einschüchternd wie beim letzten Mal. Ihr Kostüm war verknitterter. Vielleicht waren es auch die Schatten unter ihren Augen. Sie wirkte nicht so, als hätte sie alles im Griff. Das war auch ein bisschen beruhigend.

»Hi, Lindy«, sagte ich. Aber da schickte sie sich schon an, mal wieder meinem Vater hinterherzudackeln. Ich seufzte und lief zum Haus.

Auf der Blumenbettdecke in meinem Zimmer lag eine elegante schwarze Box von Barneys. Allein die Schachtel war wunderschön, fast zu schade, um sie zu öffnen. Natürlich streifte ich trotzdem die Bänder ab, hob den Deckel und schob das raschelnde, schwarze Seidenpapier auseinander. Darunter kam ein hellblaues Seidenkleid hervor. Ich nahm es heraus und hielt es ins Licht. Es war kurz, aber weit, hatte keine Ärmel und eine etwas nach oben verschobene Taille. Es fühlte sich unglaublich weich und leicht an, ein Traum. Und es war mit Sicherheit teuer gewesen. Ich sprang kurz unter die Dusche, aber es war keine Zeit mehr, um die Haare zu waschen. Ich steckte sie einfach auf dem Kopf zusammen, was immerhin gut funktionierte, weil das viele Salz wie Haarfestiger wirkte. Dann zog ich das Kleid über und stellte mich vor den Spiegel. Es sah noch schöner aus als in der Schachtel, mein heller Hautton sah plötzlich elegant aus und die lockere Frisur wirkte wie ein gewollter Kontrast zum feinen Schnitt. Sogar meine Sandalen erschienen plötzlich viel edler. Verrückt, dass ich kein Bargeld hatte, aber dass hier teuerstes Catering gebucht wurde und ich in einem nagelneuen Barneys-Kleid herumlief. Es passte nicht zusammen. Hoffentlich wusste mein Vater, was er tat, und übernahm sich nicht. Ich würde um einen kleinen Vorschuss bei der Arbeit bitten. Muffeliger konnte ich eh nicht mehr behandelt werden. Sie konnten ja Nein sagen. Ich nahm mir vor, die Bedenken eine Weile beiseite zu schieben und den Abend zu genießen.

Um sieben wurden die Fackeln angezündet und warfen ein freundliches Licht auf die weißen Tische, die mit weißen Hortensien geschmückt einladend auf dem grünen Rasen verteilt waren. Die ersten

Gäste erschienen: helle Anzüge, farbenfrohe Kleider, kleine Handtaschen aus feinem Leder oder betont lässig bestickt – alles roch nach Luxus. Die meisten waren im Alter meines Vaters, ich kannte niemanden davon. Er stellte mich einigen Leuten vor, auch wenn ich mir nicht sicher war, dass viele wussten, dass die Party zu meinen Ehren gegeben wurde.

Jen trug eine rosafarbene, schulterfreie Bluse zu einem bestickten kurzen Rock und goldene Plateauschuhe. Wir schlenderten zur weißen Bar, die eine durchsichtige Platte als Theke hatte.

»Schlimm wäre natürlich, wenn Buchanan und Asher trotz Dads Einladung nicht kämen. Das wirkt doch, als hätte ich ihm das eingeredet. Und dann wäre es fast wie eine Abfuhr.«

»Ich rufe einfach Matt an und frage, ob sie spontan vorbeikommen wollen.«

Ich griff so schnell nach ihrem Arm, dass ihre goldenen Armreifen klimperten. »Das machst du bitte nicht.«

»Wieso sollte ich das nicht machen?«

Ich wartete, bis ein vorbeikommender Gast wieder außer Hörweite war. »Das sieht wieder so aus, als hätte ich dir gesagt, dass du Matt fragen sollst, damit Asher mitkommt. Er denkt doch, ich hätte diese ganze Party nur gemacht, um ihn anzulocken.«

Jen legte den Kopf schief. »Warum machst du dir eigentlich so viele Gedanken, was andere von dir denken? Du bist ja schlimmer als ich.«

»Aber dann denkt er noch, ich bin besessen von ihm, wie damals in der Schule. Und du musst zugeben: Das *war* peinlich.«

»Immerhin wäre es ein klares Signal. Wir sind ja nicht mehr in der Siebten und müssen keinerlei Umwege machen, um jemanden kennenzulernen. Das ist das Gute daran, dass wir älter geworden sind«, sagte Jen.

»Aber geht das nicht alles zu schnell dann? Ich meine, mein Vater lädt ihn ein, dann kommt auch noch eine Nachricht von dir. Wir haben gerade einmal miteinander geredet und so.«

Jen lachte. »Du meinst, jetzt wo es tatsächlich Wirklichkeit werden könnte, wirst du schüchtern? Em. Sieh mich an. Weißt du, wie lange es her ist, seit wir die Valentinsbotschafter waren? Fünf Jahre. Ich glaube kaum, dass es zu schnell geht, wenn Asher nach fünf Jahren endlich mit dir flirtet. Es hat ewig gedauert, eine kleine Beschleunigung tut da glaube ich mal ganz gut. Ich schreibe jetzt einfach mal Matt.«

»Was darf ich den Damen servieren?«, fragte der Barkeeper, der ein schwarzes Hemd trug, das im Kontrast zu seinen feuerroten Haaren stand.

»Champagner?«, fragte Jen.

»Sicher«, sagte er und befüllte zwei Champagnerflöten mit roséfarbener Flüssigkeit.

»Genießen Sie den Abend«, sagte er galant und zwinkerte. Er flirtete mit uns, wenn auch sehr zurückhaltend. Wahrscheinlich würde er sonst auch rausgeworfen.

»Wenn du uns gut versorgst, klar«, zwinkerte Jen zurück, worüber sich der Barkeeper ziemlich zu freuen schien. Wir blieben in der Nähe der Bar stehen.

»Halt«, raunte sie mir zu. »Ich glaube, die Nachricht ist überflüssig. Schau mal.«

Und tatsächlich, gerade traten Barron und Asher in den Garten, begleitet von einer Frau, die ähnlich aussah wie all die anderen

Frauen hier: trainiert, blond, irgendwie alterslos, runtergehungert, vermutlich die zweite oder dritte Frau von Barron Buchanan.

»Du musst Emma sein«, begrüßte mich ein Mann im Alter meines Vaters mit einem klinisch weißen Lächeln, das mich an eine Comicfigur erinnerte. Ich hatte keine Ahnung, wer er war.

»Du kennst mich nicht mehr, nehme ich an?«

Ich blickte ihn hilflos an. Ich konnte ja schlecht sagen, dass er mich auch nicht sonderlich interessierte. Schließlich wollte ich zu Asher. Ich konnte nicht fassen, dass er tatsächlich gekommen war. Jen hatte recht, ich bildete mir das alles nicht ein.

»Ich bin Jerry, ein Freund von Preston. Wir haben zusammen gearbeitet«, sagte er. »Ihr beide bringt frischen Glanz auf diese Party.« Er grinste und gab auch Jen die Hand.

»Sie sind auch im Immobiliengeschäft?«, fragte ich, weil mir sonst nichts einfiel. Ich war ja irgendwie auch die Gastgeberin. Da konnte ich nicht direkt weglaufen.

»Ja, nur machen wir im Moment nichts mehr zusammen. Dein Vater … ist risikobereiter als ich. Aber scheint ja zu laufen, das Haus hier ist beeindruckend.« Er nickte dem Kellner zu, Champagner nachzufüllen. Klar, er wusste ja nicht, dass mein Vater gerade pokerte.

»Ihr seid Studentinnen?«, fragte er und blickte dabei Jen an, die ihm lächelnd antwortete. Es wirkte fast etwas arrogant, nicht so, wie ein Mädchen einem älteren Mann antwortete, sondern wie ein Mädchen jemandem antwortete, der mit ihr flirtete, aber keine Chance hatte.

Mein Blick glitt zu Jerry zurück. Seine Wangen waren gerötet. Sein Hemd war wahnsinnig gestärkt, so glatt, als würde er damit die stetig schlaffer werdende Haut ausgleichen wollen. Sein Körper, den ich eigentlich nicht vorgehabt hatte, genauer wahrzunehmen, war ebenfalls mit Muskeltraining in Form gebracht. Er hörte Jen mit voller Aufmerksamkeit zu und stellte begeisterte Gegenfragen. Und dann wurde es mir plötzlich klar: Er flirtete wirklich mit Jen. Gerade legte er kurz eine Hand auf ihren Unterarm. Ohne Grund eigentlich.

Mein Vater trat dazu. »Ah, Jerry, hat Emma dich trotz deiner grauen Schläfen noch wiedererkannt?«, fragte er und haute Jerry auf die Schultern, etwas zu fest, wie Männer das machten, die Hemmungen hatten, sich zu umarmen.

»Groß geworden ist meine Tochter, nicht wahr?«, fuhr er fort.

Jerry nickte. »Und eine Schönheit. Optisch kommt sie zum Glück nach der Mutter«, grinste er.

Sie betrachteten mich beide. Es war mir unangenehm, vor allem Jerrys klebrige Blicke. Außerdem sah ich abgesehen von der Haar- und Augenfarbe nicht aus wie meine Mutter. Ich war sportlich wie mein Vater, meine Mutter hingegen war elegant gebaut wie eine Gazelle.

»Klug ist sie auch, sie wird an der New York University studieren.« Sie merkten wahrscheinlich nicht einmal, dass sie mich ein bisschen anpriesen wie Ware.

»Preston, ich wollte dich aber noch mal was wegen Demarchier fragen«, sagte Jerry dann glücklicherweise. Jen nutzte den Moment, um sich bei mir einzuhaken.

»Wir wollten noch mal beim Buffet vorbeischauen«, erklärte sie und lächelte Jerry gnädig zu. Der hob sein Glas, die Augen glänzten.

»Mensch, habe ich das richtig gesehen, dass der dich toll fand? Brrrr«, fragte ich, als wir außer Hörweite waren.

»Ja, die Vierzigjährigen sind die Schlimmsten«, sagte Jen. »Die ganz Alten wissen schon, dass da nichts läuft. Aber die Vierzigjährigen meinen das voll ernst. Der denkt, wenn er weitergräbt, würde ich mit ihm ausgehen. Ekelig.«

»Ziemlich«, sagte ich. »Aber manchmal klappt es wahrscheinlich, sonst würde er es nicht versuchen, meinst du nicht?«

Der Geruch von gegrillten Steaks zog uns in die Nase, das Buffet mit gerösteten Kartoffeln, Hummern und Gemüsespießen war eröffnet, aber ich hatte gerade keinen Hunger mehr. Wir näherten uns Asher und Barron, die mit anderen Gästen zusammenstanden.

»Okay, lass uns rübergehen.« Jen tippe meinen Arm an.

Ich nickte. Ich atmete noch mal tief durch. Zumindest hatte ich ein tolles Kleid an. Ich brauchte mich nicht zu schämen.

Asher schien fast auf uns gewartet zu haben. Sein Gesicht hellte sich auf, als er uns erkannte. Sein weißes Shirt saß etwas zu eng. Durch den glatten Stoff konnte man fast hindurchschauen, so genau zeichnete sich jedes Detail seines Oberkörpers ab. Oder ich hatte Röntgenaugen. Vielleicht starrte ich aber auch zu sehr hin und Vorstellung mischte sich mit Realtiät. Irgendwie schienen sich ein paar Luftblasen aus dem großzügig verteilten Champagner in meinen Kopf verirrt zu haben, so leicht fühlte ich mich. Ich hatte ja auch noch gar nichts gegessen.

»Hi«, sagte Asher lässig mit dunkler Stimme. Er sah schön aus, wenn er strahlte. »Ich habe schon gehofft, dass ihr nicht den ganzen Abend zugeschwallt werdet. Mein Vater wollte erst nicht kommen, weil wir noch woanders eingeladen sind, aber ich habe ihn überredet.«

»Hi, Asher. Cool, dass du da bist. Mein Vater hat wohl deinen

Vater eingeladen.« Jen rollte mit den Augen, was Asher nicht sehen konnte. Stimmt. Ich sollte mit den Erklärungen aufhören. Was hatte sie gesagt? Klare Signale waren nicht so verkehrt.

Er lehnte sich vor, um mir zur Begrüßung einen Kuss auf die Wange zu drücken. Seine Lippen waren warm und etwas trocken und ich musste mich beherrschen, mich ihm nicht entgegenzulehnen. Sofort tanzten die Luftblasen in meinem Kopf noch ein weniger schneller.

Er begrüßte Jen ebenfalls mit Küsschen, aber bei mir hatte es länger gedauert.

»Matts Großmutter ist zu Besuch. Sonst wäre er mitgekommen. Er lässt dich aber ganz lieb grüßen«, sagte er und zwinkerte ihr zu.

»Dann grüße ihn mal *gaaaaaanz lieb* zurück«, lächelte Jen tapfer. Ihr war anzusehen, dass sie enttäuscht war.

»Das werde ich machen.«

Eine Pause entstand.

»Euer Haus ist cool«, nickte Asher. »Wenn ich solche Häuser sehe, verstehe ich, warum mein Vater sich dafür interessiert.«

Ich zuckte mit den Schultern. Plötzlich kam ich mir so merkwürdig alt vor. Asher schien es nicht komisch zu finden, hier zu stehen wie die Erwachsenen. Über Häuser zu reden. Champagner zu trinken. Wir waren natürlich auch erwachsen, aber … trotzdem.

»Die Party ist wirklich toll. Den Caterer kenne ich, der ist super. Aber ich muss dich irgendwann mal auf eine andere Party mitnehmen«, grinste Asher. »An der Musik könnte man noch arbeiten.«

»Ja, getanzt wird hier glaube ich nicht mehr. Es sind eher die Freunde von meinem Vater«, sagte ich entschuldigend. Ah. Schon wieder entschuldigte ich mich. Diesmal für die fehlende Coolness.

Es war inzwischen einigermaßen dunkel geworden, wobei die Gartenbeleuchtung das Haus anstrahlte und der Pool von innen heraus in einem außerirdischen Blau strahlte. Der Wind strich über meine Haut und durch den dünnen Stoff hindurch, der sich mit jedem Windhauch bewegte.

»Ich muss kurz zum *Powder Room*«, erklärte Jen und war weg, bevor ich protestieren konnte. Sie wollte uns Zeit allein geben. Sehnsüchtig sah ich ihr nach und mein Pulsschlag beschleunigte sich beim Gedanken, allein mit Asher zu sein.

Einen Moment lang standen wir verlegen voreinander. Oder ich war verlegen. Asher konnte eigentlich nicht verlegen sein.

»Das Kleid steht dir wirklich sehr gut«, sagte er. Vielleicht doch?

»Danke, mein Vater hat es mir geschenkt. Mir gefällt es auch. Außerdem ist es weit, ich brauche nach dem Essen nicht den Bauch einziehen.«

Autsch. Was redete ich da gerade für einen Mist? Dass ich einen Blähbauch hatte? Tolles Thema.

Aber Asher lachte ziemlich amüsiert. »Ich glaube, du brauchst nichts einzuziehen. Ich habe dich am Strand im Bikini gesehen, schon vergessen?«

Gleich würde ich in Schnappatmung verfallen. Diese Champagnerblasen in meinem Kopf, das Gespräch darüber, dass er mich im Bikini angeschaut hatte. Mein Bauch war zwar tatsächlich flach, dafür waren meine Oberschenkel eher muskulös. Hatte er die auch gesehen? Schnell nahm ich mir ein Krabbenhäppchen von einem Tablett, das vorbeigetragen wurde. Fast war ich erleichtert, als Barron aus der Dunkelheit neben uns auftauchte.

»Entschuldigung, Emma. Ich hoffe, mein Sohn benimmt sich gut.

Ich muss ihn jetzt aber leider trotzdem mitnehmen, weil wir noch eine weitere Verpflichtung haben. Aber ich habe den Eindruck, er wollte vor allem wegen dir kommen. Ich kann das sehr gut verstehen«, sagte er und lächelte. Asher hatte scheinbar auch keinerlei Probleme damit, dass sein Vater so etwas sagte. Die Direktheit, mit der sie flirteten, hatte etwas Unverbindliches. Sie gaben sich gar keine Blöße. Der Gedanke war mir irgendwie noch nie gekommen.

»Schönen Abend euch noch. Kommst du gleich nach?«, sagte er zu Asher und ging voraus Richtung Ausgang. Wollte der Vater uns tatsächlich ebenfalls Zeit allein geben?

»Bringst du mich raus?«, fragte Asher und legte den Kopf schief.

Ich nickte. Ich brachte ohnehin keinen Ton mehr heraus und wir schlenderten durch den Garten zum Tor, wo keine Beleuchtung hinreichte, nur noch das Licht der Fackeln.

Kurz bevor wir durch das Gartentor traten, zog Asher mich an einer Hand zur Seite.

»Moment«, flüsterte er. »Da draußen sind zu viele Leute«, sagte er.

»Wartet dein Vater nicht?«

»Er kann eine Minute warten. Er hätte Verständnis«, murmelte Asher.

Vorhin waren es vielleicht noch Champagnerblasen im Kopf gewesen. Aber mit jeder Sekunde breitete sich das beschwingte Gefühl weiter in meinem ganzen Körper aus. Es war vermutlich doch mehr Asher als der Champagner.

»Ich freue mich wirklich, dass du in die USA zurückgekommen bist. Auch wenn ich mir wie ein Idiot vorkomme, dass ich mich nicht an dich in der Madison erinnern kann.«

»Ich kann mich auch an niemanden erinnern, der in der Stufe unter mir war. Nur an die Jungs, die älter waren«, sagte ich. Mehr würde ich aber auf keinen Fall zugeben.

»Café *Bitter End?*«

Für einen Moment war ich verwirrt. »Da arbeite ich.«

Asher nickte. »Gut zu wissen«, sagte er.

»Besuche dort sind aber nicht so gut. Mein Chef ist streng«, sagte ich schnell. Der Gedanke, dass er dort hinkommen könnte, machte mich nervös.

»Schhhht«, sagte er. »Keine Angst, ich werde dich nicht stören«, sagte Asher. »Wir werden uns bald wiedersehen, oder?«, fragte er.

Ich nickte.

»Ich freue mich jetzt schon.« Und damit lehnte er sich vor. Er umfasste meinen Unterarm mit Daumen und Zeigefinger, nur ganz leicht, als wollte er sichergehen, dass ich auch da war. Ich spürte die Berührung bis in die Zehenspitzen. Er fuhr langsam an meinem Arm hoch, während er sich vorlehnte. Ich konnte nicht fassen, was gerade passierte. Sein Mund kam noch ein Stück näher, ich spürte seinen heißen Atem und dann trafen unsere Lippen aufeinander. Er drückte sie auf meine, vorsichtig, aber selbstbewusst. Ich hörte die Insekten in den Büschen, die Stimmen der anderen in der Ferne, es war unwirklich. Und aufregend, als würde ich ein Stück über dem Rasen schweben.

»Asher?«, rief jemand von draußen.

Ganz langsam, nicht ohne die Lippen vorher noch mal fester an meine zu drücken, entfernte sich Asher von mir. Seine Hand umfasste immer noch meinen Arm.

Er atmete auf. »Du glaubst gar nicht, wie sehr ich mich freue«, sagte er. Und dann war er weg.

Einen Moment lang blieb ich verwirrt im Garten stehen. Es war so plötzlich. Egal, was Jen sagte. Es war plötzlich. Asher Buchanan hatte mich gerade geküsst. Nicht wild mit mir rumgeknutscht, nicht verrückt leidenschaftlich wie im Film, sondern einfach so. Sanft. Als wollte er eine Fährte legen, mich anlocken auf einen Weg, den wir weitergehen sollten.

Asher. Ich sollte euphorisch sein. Ich *war* euphorisch. Mir war heiß, mein Herz pochte. Aber in alldem gab noch irgendein anderes Gefühl, das ich nicht richtig einordnen konnte. Es hatte nichts damit zu tun, dass ich doch jetzt irgendwie am Ziel war. Oder auf dem besten Weg dorthin. Asher Buchanan, den ich jahrelang bewunderte, hatte mich geküsst. Er wollte es wieder tun. Aber was war dieses andere Gefühl, das nichts mit den Champagnerblasen zu tun hatte, sondern eher nüchtern war …? Ich sollte Jen suchen.

Ich lief über den Rasen zurück, was mit den Korkabsätzen meiner Sandalen zum Glück problemlos funktionierte. Die Hortensien mit den ausladenden rosafarbenen und blauen Blüten waren die einzigen Blumen, der Garten war so wie das Haus, klassisch, ohne viel Schnickschnack. Mein Vater hatte Geschmack.

Auf dem Weg zurück hinter das Haus sah ich meinen Vater. Er sprach mit einem seiner Gäste. Neben ihm, keine Überraschung, stand Lindy. Der Wind trieb die Worte zu mir, die gesprochen wurden, bevor ich sie erreicht hatte.

»Ach, Sie müssen Emma sein«, sagte sein Gesprächspartner, ein Mann mit grauen Haaren und einem rosafarbenen Oberhemd, an Lindy gewandt und schüttelte ihr die Hand. »Sie sind ihrem Vater ja wie aus dem Gesicht geschnitten. Das ist ein Kompliment an ihren Vater, obwohl er es nun wirklich nicht verdient hat.« Er lachte über seinen eigenen Witz.

Wie aus dem Gesicht geschnitten, klar, da merkte man erst mal, was für ein albernes Gerede solche Sprüche waren. Niemand hatte wirklich hingeschaut, wenn er so etwas sagte. Lindy sah meinem Vater natürlich überhaupt nicht ähnlich. Klar, sie hatte zufällig auch blaue Augen, aber das war auch schon alles. Und dunkle Haare wie er, anders als die rötlich-blonden, die ich von meiner Mutter geerbt hatte.

Mein Vater korrigierte ihn. »Nein, nein, das ist meine Assistentin Lindy, die beste Assistentin, die ich je hatte. Aber als Tochter wäre sie wohl auch nicht schlecht.«

Ich konnte förmlich zusehen, wie Lindys Gesicht vor Freude zu glühen begann. Bei mir dagegen verflog das High von Champagnerblasen und Asher innerhalb von Sekunden und machte einem hohlen Gefühl im Magen Platz.

Mein Vater blickte zur Seite und sein Blick fiel auf mich. Er stutzte. »Emma!«, rief er dann euphorisch. Er hob das Weinglas und winkte mich heran. Dad umarmte mich, wobei er sich auch ein bisschen an mir festhielt. Er hatte zu viel getrunken. Und die Berührung fühlte sich trotzdem fremd an, als hätte er für einen Moment vergessen, dass er seine eigene Tochter nicht mit dieser überschwänglichen Party-Persönlichkeit begrüßen musste wie die Gäste, die er als Geschäftspartner gewinnen wollte.

»Du siehst toll aus, das Kleid steht dir«, bekräftigte er. »Dein Vater ist nicht so schlecht darin, deinen Geschmack zu treffen, nicht wahr?«

Ich nickte. »Danke, Papa«, sagte ich. »Das war so lieb von dir.« Dann führten die beiden das Gespräch fort, das sie offensichtlich vorher begonnen hatten.

»Gefällt dir das Kleid wirklich?«, raunte Lindy mir leise zu, als die Männer weitersprachen. Sie zwinkerte mir zu. »Das Blau steht dir besonders gut«, sagte sie.

In dem Moment überkam mich ein Verdacht. Natürlich. Mein Vater hatte dieses Kleid überhaupt nicht ausgesucht. Lindy hatte das für ihn erledigt. Auch das hatte er *outgesourced* und sich selbst gar keine Gedanken gemacht, was mir gefallen könnte. Ich scannte die Menge, die im Halbdunkeln nicht sonderlich übersichtlich war. Außerdem sahen sich viele Leute ähnlich, nur Jen fiel in ihrem rosafarbenen Seidenoberteil auf. Sie unterhielt sich mit einem Typen in ihrem Alter, wahrscheinlich noch ein Sohn, den jemand mitgebracht hatte. Einer dieser typischen New Yorker Trustfunder mit sehr akkurat geschnittenen Haaren, einem überkorrekt gebügelten Oberhemd, das er aber aus der Hose hängen ließ, weil er ja selbst noch nie darüber nachgedacht hatte, dass es ziemlich viel Arbeit machte, die Hemden so hinzukriegen.

»Hey, darf ich dir Kyle vorstellen«, sagte Jen, als ich herankam. »Er wohnt auch auf der Upper East, nah am Park, kennt ihr euch vielleicht schon? Er war früher auf der Madison Academy und hat sogar eine deutsche Freundin.«

»Guten Tag«, sagte Kyle auf Deutsch mit starkem amerikanischen Akzent. Er klang nett. Ich musste mir meine Vorurteile wirklich abgewöhnen, nur wegen eines gebügelten Hemds war man noch kein schlechter Mensch. Wir redeten einen Moment über Deutschland, ich bestätigte zum gefühlt hundertsten Mal, dass es mir in den Hamptons gefiel. Und diesmal sagte ich einfach »Danke«, als er mir ein Kompliment zu meinem perfekten Englisch machte. Denn wenn ich erzählte, dass ich in New York groß geworden war, kam man gleich zum Thema Scheidung, das war mir heute schon zweimal passiert. Dann wurde er von einer optisch noch jung gebliebenen Mutter in ein Gespräch verwickelt. Vielleicht sollte er noch mal seine deutsche Freundin erwähnen, um ihre *Cougar*-Ambitionen zu ersticken.

»Alles klar mit Asher?«, fragte Jen, als wir alleine waren.

»Er hat mich geküsst.«

»Quatsch.« Sie riss die Augen auf und hielt eine Hand hoch, damit ich einschlagen konnte.

»Kein Quatsch.«

»Es war nur ein harmloser Abschiedskuss. Nicht, dass deine Fantasie sofort mit dir durchgeht.«

»Ich wusste es doch. Er ist verrückt nach dir. Das Karma schlägt zurück.« Sie strahlte mich an und griff dann nach einem kleinen Thunfischhäppchen auf einem Tablett, das gerade vorbeigetragen wurde.

»Aber was ist los? Du wirkst etwas genervt. Dabei läuft doch alles super und sogar die Häppchen sind toll, alles *lowcarb*«, sagte Jen.

»Lindy nervt«, sagte ich. »Sie klebt an meinem Vater wie ein heimatloser Dackel.«

»Ich finde sie eigentlich ganz okay«, sagte Jen. »Sie ist doch die Traumassistentin für deinen Vater, so devot wie die ist. Aber schau mal, ich glaube, es gibt noch jemanden, der kein wirklich großer Lindy-Fan ist.«

Ich folgte ihrem Blick. Valentina war gekommen. Sie arbeitete in

New York ziemlich erfolgreich als Inneneinrichterin. Vielleicht hatte sie noch spät einen Kunden gehabt. Nicht wirklich überraschend trug sie ein sehr auffälliges, langes gelbes Kleid. Das Oberteil überließ nicht viel der Fantasie. So hochstehend und wächsern wie ihr Busen aussah, obwohl sie, wie man wegen des Rückenausschnitts sehen konnte, nichts darunter trug, musste er künstlich sein. Oder sie hatte sich mit irgendeinem Hollywood-Tape-Zeugs alles in Form geklebt. Valentina nickte ein paar anderen Gästen zu und ging mit schnellen Schritten zu meinem Vater. Sie umfasste seinen Arm und drückte einen langsamen Kuss auf seine Wange. Der Kuss war nicht harmlos und Lindy, die danebenstand, schaute beschämt zur Seite.

»Ich glaube, die erledigt das schon für dich. Sie riecht eine Konkurrentin«, sagte Jen. »Du bist seine Tochter, du wirst immer einen anderen Stellenwert haben. Da würde ich mir keine Sorgen machen.«

»Aber ich habe auch keine Lust, dass er von Leuten umgeben ist, die nur an seinem Geld interessiert sind.«

»Davor kannst du ihn nicht retten«, sagte Jen. »Er hat nun mal Geld. Hat ja auch seine guten Seiten. Dein Leben in Deutschland ohne Geld hört sich jetzt nicht besser an als das Leben hier in den Hamptons.«

Ich zuckte mit den Schultern. »Eher nicht, aber das hatte viele Gründe.«

Jen warf mir einen langen Blick zu. »Ich interessiere mich nicht sonderlich für Geld. Aber ich kann jetzt auch nicht gerade behaupten, dass ich mich für Minimalismus interessiere.«

Ich unterdrückte die Bemerkung, dass sie sich natürlich nicht für Geld interessierte, weil sie so viel davon hatte. Manchmal fühlte ich den Graben, den unsere unterschiedliche finanzielle Situation schaffte, viel deutlicher, als ich wollte. Dabei wollte ich auf keinen Fall, dass so etwas zwischen uns kam. Das wäre das Schlimmste.

Als Lindy einen Moment später am Rand des Rasens stand und durch ihr Handy scrollte, sah sie plötzlich einsam aus. Ohne, dass sie an meinem Vater klebte, wirkte sie in der Hamptons-Welt noch verlorener als ich, in ihrem Business-Outfit zwischen den Cocktailkleidern sowieso. Hatte sie eigentlich irgendein Privatleben? Hörte sie mal auf zu arbeiten?

Jen und ich hatten gleichzeitig hingeschaut und jetzt trafen sich unsere Blicke.

»Komm, lass uns rübergehen«, sagte Jen und stupste mich in den Rücken.

Ich blickte sie fragend an.

»Man muss sich mit seinen Feinden verbünden. Habe ich von meiner Mutter gelernt. Wenn die gemerkt hat, dass sich irgendjemand an meinen Vater herangeschmissen hat, ist sie sofort deren Freundin geworden. So hat sie sichergestellt, dass sie sich nicht getraut haben, meinen Vater anzuflirten. Und meinem Vater war es zu lästig, was mit einer Frau anzufangen, die mit meiner Mutter befreundet war.«

»Dass man von deiner Mutter noch was über Eheführung und Freundschaften lernen kann, hätte ich jetzt nicht gedacht.«

»Sie ist pragmatisch. Sie hat meinem Vater gegenüber dann immer die Lunch-Dates mit ihren neuen *Freundinnen* erwähnt, damit er die in Frieden ließ. War alles Strategie.«

»Und die Letzte hat sie nicht schnell genug kennengelernt?«

»Ich kann's nicht sagen. Aber die Letzte war eine Assistentin aus der Firma.«

Ich haute ihr auf den Arm. »Danke für die aufbauende Geschichte«, grinste ich. »Aber Lindy ist auch irgendwie merkwürdig. Ich werde nicht schlau aus ihr.«

»Komm.« Jen lief in Richtung Lindy voran und ich folgte ihr.

Lindy blickte erst von ihrem Handy auf, als wir direkt vor ihr standen. Neben ihr auf einem Stehtisch stand ein Glas Wasser.

»Du lässt es ja richtig krachen«, sagte Jen mit Blick auf das Wasser. »Nicht, dass du noch betrunken wirst. Ich bin Jen, eine Freundin der Familie«, sagte sie und hob ihr Glas mit dem pinken Champagner. Ihr wievieltes Glas war das eigentlich? Aber man merkte Jen nichts an.

»Hi, Lindy«, sagte ich. »Woran arbeitest du denn schon wieder?«

Lindy wirkte irgendwie leicht nervös. Nie schien sie sich wirklich wohlzufühlen, wenn sie irgendwo war und nicht gerade dabei war, irgendeinen Dienst für meinen Vater zu erfüllen. Wie so oft hatte ich das Gefühl, sie bei etwas Verbotenem zu ertappen. Nein, es machte keinen Sinn.

»Ach, nur dies und das.«

»Ich habe schon gehört, dass du die krasseste Assistentin der Stadt bist«, sagte Jenna.

Lindy wurde rot.

»Wie lang bist du eigentlich schon in New York?«, fragte ich. »Wo bist du denn aufgewachsen?«

Lindys Blick wanderte von Jen zu mir und zurück, als wollte sie abwägen, wieviel sie preisgeben sollte.

»Detroit«, antwortete sie.

»Oh, das klingt irgendwie so … nach gefährlichen Straßenzügen und Rappern«, sagte Jen und grinste.

»Es war nicht so schlimm«, entgegnete Lindy. »Jenna, wo kommst du her?«

Sie wollte offensichtlich nicht über Detroit sprechen und war gut darin, Leute direkt mit Namen anzusprechen. Das war mir schon mal aufgefallen. Wahrscheinlich war das so ein psychologischer Trick oder ein Marketing-Ding.

»New York. Und ich werde wohl immer hierbleiben müssen. New York macht abhängig. Wenn du einmal hier gewohnt hast, fällt es schwer, woanders hinzuziehen.«

Lindy nickte. Sie wirkte nicht überzeugt. Oder sonderlich interessiert.

»Und wie bist du dazu gekommen, bei meinem Vater zu arbeiten?«, fragte ich schnell, bevor sie sich eine Frage ausdenken konnte.

Lindys Augen wanderten über die anderen Gäste. »Ich wollte aus Detroit weg und ins Immobiliengeschäft einsteigen. Da ich keine Ahnung hatte, dachte ich, dass es gut wäre, bei jemandem zu arbeiten, der sich sehr gut auskennt«, erklärte sie.

»Was hast du vorher in Detroit gemacht?«

»Ich war auf dem College.«

»Für Business?«

Für einen Moment huschte ihr Blick verunsichert über die Gäste. »Nein, ich habe Tanz studiert. Aber es ist schwer, davon zu leben. Außerdem hatte ich eine Knieverletzung. Dein Körper ist alles beim Tanzen. Eine kleine Verletzung kann dir alles versauen.«

»Du hast nie irgendetwas mit Business studiert?«, fragte ich sie ehrlich überrascht.

Ihre Augen flatterten wieder unruhig umher. Inzwischen waren schon einige Gäste gegangen und der Garten leerte sich.

»Tanz und Immobilien sind ziemlich unterschiedliche Seiten des Berufsspektrums.«

Lindy nickte und zuckte gleichzeitig mit den Schultern. »Ich habe noch Zusatzkurse gemacht«, nuschelte sie.

»Was findest du denn an Immobilien?«, fragte ich.

»Ich finde ... sie schön. Ist auch ein interessantes Geschäftsmodell. Man kommt rum und trifft Leute. Oh, ich glaube, ich muss da mal hin. Das ist ein Klient von deinem Vater.«

Ich drehte mich um und tatsächlich gab mein Vater ihr Handzeichen, dass sie zu ihm kommen sollte. Sie trank ihr Wasserglas in einem Zug leer und ging über den Rasen zu ihm.

Jen und ich blieben zurück.

»Ganz schön viele alte Kerle hier«, sagte Jen. »Dein Vater hätte für dich noch ein paar jüngere Leute einladen können.«

»Du meinst, weil die Party nicht so richtig für mich war?«, sagte ich. Meine Stimme klang enttäuschter, als ich wollte.

Jen presste die Lippen zusammen. »Es tut mir leid, Emma.«

Sie drückte kurz meinen nackten Arm und schaute mich mit ihren großen, grauen Augen an. Jenna hatte die Situation ziemlich genau verstanden. Sie mochte vielleicht nicht die Sensibelste sein, was Geld anging, weil sie ein Leben ohne Geld nicht kannte. Aber sie war keineswegs doof.

»Er will halt Geschäfte machen. Aber ist ja trotzdem nett. Wäre ziemlich undankbar von mir, sich darüber zu beschweren«, sagte ich.

Lindy huschte gerade ins Haus. Wahrscheinlich würde sie sich jetzt davonstehlen, wo mein Vater ihre Dienste nicht mehr brauchte. Er war jetzt von Valentina in Beschlag genommen worden und machte angetrunken etwas zu laute Witze mit den letzten Gästen.

»Mit Lindy hat er sich echt die eifrigste Assistentin der Welt besorgt. Nur verstehe ich nicht, warum sie eigentlich so übereifrig ist und woher sie die Begeisterung für Immobilien nimmt, wenn sie eigentlich getanzt hat.«

»Und sie hat keinen Stil«, stellte Jen trocken fest. »Sie sollte sich mal ein luftigeres Kleid kaufen, dieses blaue Kostüm ist wirklich ziemlich trostlos.«

Acht

In der nächsten Woche hatte ich ausnahmsweise Spätschicht. Ich wachte trotzdem schon um sieben auf und konnte nicht mehr einschlafen, so sehr hatte mich schon an das frühe Aufstehen gewöhnt. Inzwischen war ich fast immer allein für die Frühschicht verantwortlich und Belle tauchte erst später auf, meistens einigermaßen müde. Sie spielte in einer Band mit dem klangvollen Namen *Death of the Prom Queen*, wenn sie abends lange weg war, so viel hatte ich schon herausgefunden. Ihre anfängliche Totalabneigung gegen mich hatte sich in schlecht gelaunte Toleranz gewandelt. Wahrscheinlich sollte ich dankbar sein. Wenn mir das Café und seine wunderschöne Atmosphäre nicht schon so ans Herz gewachsen wären, hätte ich schon gekündigt.

Ich fieberte dem Wiedersehen mit Asher entgegen, gleichzeitig war ich mir auch unsicher, wie ich mich verhalten sollte. Der Kuss hatte mich ganz schön durcheinandergebracht und ich wusste nicht so richtig, was er jetzt bedeutete. Wie viel er bedeutete. Wahrscheinlich genau so viel, wie ich direkt danach vermutet hatte: Es war ein Startschuss gewesen. Jetzt musste man sehen, wie es weiterging.

Ich beschloss vor der Arbeit die paar Hundert Meter zum Strand runterzugehen und ein wenig mit nackten Füßen im Sand zu laufen, um meine Gedanken zu sortieren. Der Strand war nicht voll, die meisten Besucher waren Jogger oder Hundebesitzer, die ihre Hunde Bälle und Stöcke aus dem Wasser holen ließen. In einem der Jogger erkannte ich meinen Vater, der fast an mir vorbeigelaufen wäre. Ich rief nach ihm. »Papa! Ich wusste nicht, dass du gerade joggen bist.«

Er schreckte aus seinen Gedanken auf, lachte und verfiel in Schritttempo. »Du fängst heute erst später an?«, fragte er und atmete keuchend.

Ich nickte. »Sag mal, wie bist du eigentlich auf Lindy gekommen? Sie hat mir bei der Party erzählt, dass sie eigentlich Tänzerin werden wollte. Ein ungewöhnlicher Hintergrund.«

Er stützte die Arme in die Hüften und lehnte sich nach vorn, um besser atmen zu können. Dann richtete er sich auf und atmete noch ein letztes Mal tief durch. Er fing sich schnell, er war fit.

»Sie hat sich beworben. Und sie ist sehr gut. Und ...« Er zuckte mit den Schultern. »Sie ist nicht verwöhnt. Sie macht sehr viel für nicht so viel Geld. Die Einstellung finde ich gut. Erst mal Leistung bringen, bevor man was fordert.«

Ich nickte. »Hatten sich viele beworben auf deine Anzeige?«

»Es war eine Blindbewerbung. Sie kam genau zur rechten Zeit und eine persönliche Assistentin hat einfach perfekt gepasst.«

Ich nickte. Ich konnte mir nicht helfen. Irgendetwas war komisch an der Geschichte. Dass sie so plötzlich Häuser und die Immobilienbranche mochte. So sehr, dass sie aus Detroit kam, nur weil sie bei meinem Vater arbeiten wollte, als gäbe es dort keine Immobilieninvestoren? Dad lief weiter und ich schrieb Jen eine Nachricht.

Sie antwortete: »Du bist paranoid. Das ist bloß Eifersucht. Lass dir Rat von einer Gebrandmarkten geben: Es lohnt sich nie, auf die

Arbeit oder die Liebhaberin deines Vaters eifersüchtig zu sein. Glaub mir.«

Ich seufzte und setzte meinen Spaziergang fort.

Als ich am Nachmittag verschwitzt vom Radeln im *Bitter End* ankam, war Leo gerade dabei, Kisten mit Lebensmitteln in einen altmodischen VW-Bus einzuladen.

»Du hast aber wirklich sehr viel Hunger heute«, sagte ich.

»Geht ins Tierheim«, sagte er.

»Ins Tierheim?«, fragte ich verdutzt. »Aber die können doch keine Muffins an die Tiere verfüttern?«

»Sie machen ein *Fundraising.* Und ich sponsere ein paar Snacks für die Veranstaltung.« Er hob eine Kiste voller Tee, Kaffee und Milchtüten auf den Container. Seine Schultern wirkten wesentlich breiter als sein Brustumfang, wenn er etwas hochhob. Oder eigentlich immer, wenn man einmal darauf achtete.

»Du schaust mich an, als würde ich etwas Verbotenes tun. Ist mit meinem Onkel abgesprochen, die Spende.«

»Ist es das gleiche Tierheim, von dem du Buttons adoptiert hast?«

Er nickte und stützte seine Hände in die Hüften. Auf seinem Shirt zeichneten sich ein paar dunkle Flecken ab, wo er schwitzte. Mir fiel auf, dass er ziemlich feingliedrige Hände hatte, dafür dass es ansonsten ja wenig Zierliches an ihm gab. Seit der merkwürdigen Begegnung in der Bücherei hatte sich unser Verhältnis irgendwie verändert, auch wenn schwer zu sagen war, wie genau. Er hielt Abstand zu mir, als liefe er sonst Gefahr, dass ich mich aufdrängen würde? Keine Ahnung. Aber irgendwie hatte ich das Gefühl, dass er mich jetzt mehr wahrnahn und nicht gleich als Erzfeind einordnete. Ich sollte auf jeden Fall aufhören auf seine Hände zu starren, das wirkte langsam etwas seltsam.

»Buttons ist wirklich süß. Ich wollte auch immer eine Katze. Aber ich durfte nur einen Vogel haben, einen Wellensittich.« Keine Ahnung, warum ich ihm das jetzt erzählte. Ich schluckte, als ich an meinen Wellensittich dachte.

»Du könntest ein Tier aus dem Heim adoptieren. Dort suchen immer viele ein Zuhause.«

»Wenn ich weiß, wo ich wohnen werde, und auch genug Zeit habe. Mir ist schließlich bewusst, wie viel Verantwortung ein Haustier bedeutet. Und ich möchte mich immer selbst drum kümmern können«, sagte ich. »Auf andere kann man sich ja nicht immer verlassen«, fügte ich leiser hinzu. Meine Stimme drohte zu brechen und ich räusperte mich schnell.

Er blickte mich einen langen Moment an.

Schnell beugte ich mich über mein Fahrrad und schloss es ab. Sein Blick machte mich nervös.

»Du fährst mit dem Fahrrad zur Arbeit? Immer? Wohnst du nicht in Bridgehampton?«, fragte er.

Es überraschte mich irgendwie, dass er das wusste. Für seine Verhältnisse war er ja richtig gesprächig heute. Am Einstellungstag hatte ich zwar eine Adresse von dort angegeben, war aber überrascht, dass er sich das gemerkt hatte. Ich war noch mal doppelt froh, nicht *Sandpiper Road* geschrieben zu haben.

»Ich habe noch keinen Führerschein. In Deutschland macht man den erst mit achtzehn und er ist sauteuer, weil man Fahrstunden nehmen muss und nicht einfach mit einem Freund üben kann. Und ich kann immer noch nicht mit Schaltung fahren und wenn ich nicht insgesamt noch ein bisschen übe, falle ich in zwei Wochen durch die Prüfung«, erklärte ich.

Er nickte und ließ die Tür des Wagens zuschlagen.

»Ich fahre das nachher rüber und helfe noch hier aus, weil Karen erst später kann.«

Damit ging er voraus ins Café. Der gesprächige Moment war scheinbar vorüber.

Es war gerade ziemlich viel los im *Bitter End*. Min-Ji war da, Belle, ich und Leo. Leider war mir in jeder Sekunde bewusst, wenn Leo in der Nähe war. Oder wenn sein Arm zufällig meinen streifte. Wenn er sich an mir vorbeischob und so nah kam, dass ich die Wärme seines Körpers spürte. Gleichzeitig versuchte ich besonders cool zu sein, weil ich natürlich wusste, dass Belle ihn wie ein Schießhund bewachte und nur darauf wartete, dass ich mit ihm flirtete. Und ich wollte ja auch gar nicht mit ihm flirten. Eigentlich.

Ich eilte zwischen Garten, Café und Kaffeemaschine hin und her. Sobald ich in den Garten trat, brannte die Sonne, im Innenraum hatten wir die Klimaanlage hochgedreht, weil die Kunden sich beschwert hatten, eine Temperatur-Achterbahn. Immerhin war ich inzwischen routiniert bei der Arbeit und Leo und Belle konnten eigentlich nichts an mir auszusetzen haben. Als ich gerade getrocknete Teeblätter in die bauchigen Gläser hinter der Theke nachfüllte, ging die Tür auf. Asher und Matt betraten das Café. Sofort überrollte mich eine Welle der Nervosität. Asher! Wie sollte ich mich denn jetzt verhalten? Ich konnte ihn ja hier schlecht zur Begrüßung küssen. Aber ich würde ihn wahrscheinlich auch sonst nicht küssen, wir waren ja nicht zusammen. O Gott, Nerven behalten. Immerhin unterhielten die beiden sich, während sie eintraten. Zum Glück, so konnten sie nicht meinen vor Überraschung geöffneten Mund sehen. Sie sahen aus, als kämen sie gerade vom Strand. Irgendwie hätte ich nicht gedacht, dass sie tatsächlich kommen würden, wie Asher angedeutet hatte. Das *Bitter End* war ziemlich anders als die Läden wie das *White Swan*, wo sie sonst hingingen, nicht schick, trendy oder cool. Einerseits freute ich mich, sie zu sehen, aber mein Herz klopfte wahrscheinlich vor allem deshalb so nervös, weil ich mir nicht sicher war, ob es so eine gute Idee war, die beiden mit Belle und Leo in einem Raum zu haben. Immerhin war Leo gerade verschwunden. Die Jungs schlenderten zur Theke und grinsten mich an.

»Wir haben gehört, dass die schönsten Kellnerinnen im *Bitter End* arbeiten«, sagte Asher. Er hatte eine Hand in der Hosentasche vergraben und zwinkerte mir zu. Dann ließ er den Blick zu Belle wandern, die konzentriert an der Espressomaschine stand und sich taub stellte. O nein. Belle verstand mit Sicherheit nicht, dass Asher das scherzhaft meinte.

»Hi, was möchtet ihr trinken?« Ich versuchte mich so businessmäßig wie möglich zu verhalten und das aufgeregte Pochen in meinen Schläfen zu ignorieren. Vielleicht besser, wenn Belle gar nicht wusste, dass ich die beiden kannte. Leider bewegte sie sich nicht aus meiner Nähe weg.

»Der Strand war super heute. Wir haben ein paar Bilder gemacht. Matt baut seine Instagram-Seite auf, um eine Weltreise zu finanzieren. Du wirst der neue Jay Alvarrez, nicht wahr?« Er klopfte Matt auf die Schulter.

Matt gluckste. »Ja, ich brauche noch meine Alexis. Mit sexy Freundin bekommen die Bilder viel mehr Likes«, sagte er. Ich wünschte mir, dass sie leiser sprachen. Sie meinten es nicht ernst. Oder nur so halb. Ich konnte Belles Gedanken förmlich hören.

Asher nahm einen Latte, Matt einen Eistee.

»Gehst du später noch mal raus, Emma?«, fragte Matt dann leider, als sie ihre Getränke entgegennahmen. Okay, damit war klar, dass ich sie kannte. Ich gab eine vage Antwort und die beiden setzten sich mit ihren Getränken an einen der Tische. Beide hatten feuchte Haare. Eigentlich hatten sie meistens feuchte Haare.

»Was für Vollidioten«, murmelte Belle scheinbar zu sich selbst, aber laut genug, dass ich sie hören konnte. »Sexy Freundin für Likes, weil man es nicht allein schafft. Arm.«

Auch wenn sie auf den Kuchenteller starrte, den sie gerade vorbereitete, war klar, dass sie wusste, dass ich hinter ihr stand und sie sehr genau hören konnte.

»Kann es sein, dass du nicht ganz vorurteilsfrei bist?«, sagte ich.

Belle blickte erstaunt hoch. Normerweise ignorierte ich ihre Bemerkungen.

»Sein Insta mit scharfer Freundin auf Vordermann bringen? Dazu braucht man keine Vorurteile.«

»Vielleicht haben andere Menschen ebenfalls Humor und meinen nicht jedes Wort ernst?«, fragte ich zurück.

Sie zuckte mit den Schultern. Asher und Matt unterhielten sich, ich war mit den anderen Kunden beschäftigt, aber es wäre bestimmt besser, wenn sie gleich wieder gehen würden. Als ich zu ihnen schaute, winkte Asher mich heran. Ich schaute mich kurz um, ob Leo und Belle da waren, aber beide waren gerade nicht in Sichtweite, nur Min-Ji.

»Ja? Bestellungen werden am Tresen aufgenommen«, lächelte ich.

»Sorry, ich kann wirklich nicht so lang privat reden, sonst bekomme ich Ärger«, fügte ich leise hinzu und blickte sie flehend an.

»Dauert nicht lang. Am Samstag machen wir eine Party«, sagte er. »Wollt ihr beide vorbeikommen, Jen und du?«

»Samstag, ja, ich frage sie mal«, sagte ich, als würde irgendein Zweifel bestehen. Mein Blick fiel auf Leo, der wieder aus der Küche hereingekommen war und dessen blaue Augen leider sehr genau auf mich zielten. Schnell beugte ich mich über den Tisch, um ihn abzuwischen, damit man mir nicht vorwerfen konnte, dass ich faul rumstand.

»Du kommst aber auf jeden Fall«, sagte Asher und umfasste mit einer Hand mein Handgelenk, sodass ich mit dem Wischen aufhören musste.

Er lächelte mich an. Sein Gesicht war ziemlich nah vor meinem, was es nicht leichter machte, mich zu konzentrieren.

»Ich lasse erst los, wenn du zustimmst«, grinste er.

»Jaaaa«, flüsterte ich und schüttelte ihn ab. Ich musste ein Kichern unterdrücken.

»Wird nicht zu groß, aber auch nicht zu klein. Es wird lustig«, versprach er. »Und du brauchst noch meine Adresse«, fügte er hinzu.

Das stimmte. Ich warf unruhig einen Blick zurück. Leo war immer noch da, aber immerhin schaute er nicht. Ich musste mich beeilen.

»Halt mal dein Handy an meins«, sagte Asher.

Ich zog es schnell aus meiner Tasche und hielt es neben seins, um die Kontakte zu übertragen.

»Es ist eine Poolparty«, sagte Matt. »Bikini mitbringen oder wasserfeste Kleidung«, zwinkerte er, während die beiden aufstanden, um das Café zu verlassen.

»Danke für den Hinweis«, sagte ich und klapperte übertrieben mit den Augenlidern. »Ohne Wasser geht es bei euch ja irgendwie nicht.«

Als ich zurück zum Tresen kam, blickte Leo mich mit schräg gelegtem Kopf an, während er zwei Cappuccinos fertig machte. »Du gibst den Gästen deine Telefonnummer? Deshalb läuft der Laden momentan so gut.«

»Nein, ich kannte sie schon«, sagte ich. Hatte er jetzt mein Augenklimpern ernst genommen? Nein, konnte er eigentlich nicht.

»Asher Buchanan«, sagte er.

»Du kennst ihn?«, fragte ich ehrlich überrascht.

»Ja, ich weiß, wer die Buchanans sind. Wundert mich jetzt nicht wirklich, dass du sie kennst.«

Diesmal rollte ich mit den Augen. Seufzend arbeitete ich weiter. Jen hatte recht. Ich sollte mir einfach nicht so viele Gedanken darüber machen, was andere von mir dachten. War doch deren Problem.

Als eine Minute Zeit war, schickte ich eine kurze Nachricht an Jen. »Rate mal, wer gerade im *Bitter End* war. Am Samstag sind wir beide auf Ashers Party eingeladen.«

Dann kam ein erneuter Gästeansturm. Für eine Weile konnte ich nicht mehr an Asher denken, mich nicht ärgern, sondern wir arbeiteten alle zusammen, um den Andrang zu bewältigen. Immerhin, mein Job war nicht in Gefahr, weil es im *Bitter End* schlecht lief. Jim, der Stammgast, kam vorbei und während er sich den schönsten Chocolate Chip Cookie aussuchte, erzählte er von seinem Nachbarhaus, das die Besitzer wohl endgültig aufgeben würden.

»Man könnte es so schön herrichten. Ist jahrelang verkommen.

Vielleicht wird's vom Käufer renoviert, das Haus hat so viel Geschichte.«

»Wo ist es denn?«, fragte ich. Ich hatte nicht vergessen, was Lindy gesagt hatte. Vielleicht konnte ich ja wirklich etwas herausfinden und meinem Vater nützlich sein.

»Eines der ersten Häuser auf der Butterfield Lane.«

Dann hetzte ich weiter zwischen Theke, Küche, Garten und Tischen im Innenraum hin und her. Irgendwie hatten alle besonders komplizierte Bestellungen heute, Sojamilch Latte, Coconut Cappuccino oder Mandelmilch mit Ahornsirup, Salat ohne Dressing, Salat mit doppeltem Dressing, das Sandwich ohne Käse. Es schien eine Sache des Ehrgefühls zu sein, nichts zu bestellen, wie es auf der Karte angeboten wurde. Plötzlich holte mich ein bekanntes Gesicht aus dem Arbeitsflow. Jen.

»Ich kann gerade nicht«, raunte ich ihr zu, als sie sich an einen Tisch setzte.

»Ich wollte mir nur mal diesen Belle-Teufel aus der Nähe anschauen«, flüsterte Jen zurück. Zu laut.

»Nein, du hattest gehofft, dass Matt noch da ist«, flüsterte ich zurück.

»Sie waren wirklich da?«, fragte sie aufgeregt.

»Ich glaube, sie haben die klassische Strategie gefahren. Durch den Umweg über mich wollte Matt sicherstellen, dass du zur Party kommst. Ich wurde nur benutzt.«

»Quatsch«, sagte Jen. Aber ich erkannte diesen Gesichtsausdruck wieder, den ich noch von früher kannte. Sie bemühte sich vergeblich, ein Grinsen zu unterdrücken, das gleiche Grinsen, das sie schon als Kind gehabt hatte, wenn sie eine Sportmedaille gewonnen hatte und nicht zeigen wollte, wie stolz sie eigentlich war.

»Aber danke trotzdem. Saucool. Ich liebe das *Bitter End*«, bekräftigte Jen und stellte ihre Tasche auf einen freien Stuhl, sodass ein großes Chanel-Logo gut sichtbar war. So plakativ, dass es eine Fälschung sein könnte, aber sie war mit Sicherheit echt. Jen bekam jede Menge teure Sachen von ihrem Vater geschenkt. Zusätzlich reichte ihre Mutter Kleidung an sie weiter, die älter als die aktuelle Saison war. Jen erfüllte wieder alle Vorurteile von Belle und Leo. Aber es sollte mir nicht peinlich sein. Sie war meine Freundin. Klar hatte sie Fehler, aber sie besaß ein richtig gutes Herz. Ich kannte sie, wie man nur einen Menschen kennen konnte, den man bereits als Kind getroffen hatte. Bevor jemand seinen Charakter und das Verhalten auf optimale Außenwirkung getrimmt hatte.

»Ich war viel zu lange nicht mehr hier. Es ist total schön geworden. Alles sieht wieder aus wie in seinen besten Zeiten, das ganze Verstaubte ist weg, und der Rest hat seinen alten Charme trotzdem behalten.« Sie hatte ihre verspiegelte Sonnenbrille aufgelassen und unter ihrem weit ausgeschnittenen Tanktop lugte ein Designer-Bikini hervor. Ihre Bikinis konnte man immer problemlos Marken zuordnen, dieser hier war von Burberry.

»Ja, es ist echt ein besonderer Ort. Wenn Belle gut gelaunt ist, ist alles perfekt.«

»Das Essen sieht auch köstlich aus. Und interessante Bilder.« Sie sprang auf und lehnte sich nah an die Wand, um eins genau zu betrachten. »Sind das alles Gebäude aus New York?«, fragte sie.

Ich sah mich um. Wir sprachen zu lange. »Ja, die hat Leo gemacht«, flüsterte ich.

»Ist Leo der neue Besitzer?«

Ich zuckte mit den Schultern. »Er leitet es für seinen Onkel. Belle ist jedenfalls schon länger da als Leo.«

»Der schlecht gelaunte scharfe Chef!?«

»Äh, ja. Aber du wirst nicht mit ihm reden. Eiskaffee?«

»Er ist da?«

»Bitte, tue mir einen Gefallen und benimm dich nicht peinlich.«

»Du hast Angst, dass ich dich blamieren könnte?«, grinste Jen. »Die Angst ist berechtigt.«

Ich knuffte sie in die Schulter und eilte zurück zur Theke. Ich bediente noch zwei andere Gäste, dann brachte ich ihr den Eiskaffee. Sie war aufgestanden und betrachtete eine der Grafiken an der Wand.

»Die sind wirklich toll«, sagte sie. »Kann man die kaufen?«

»Anscheinend nicht, sagt Belle«, antwortete ich.

»Sollte Leo aber verkaufen. Ich würde eins nehmen.«

»Das wirst du jetzt bitte nicht fragen. Bitte am besten sowieso nicht auffällig benehmen.«

»Ich werde versuchen, Leos Vorurteile nicht zu enttäuschen«, sagte Jen und zog den Ärmel ihres Shirts, der nur halb auf ihrer Schulter lag, nochmal weiter nach unten. Sie amüsierte sich über ihren eigenen Witz.

Ich rollte mit den Augen und kicherte. »Und ich darf dann wieder gegen das Image ankämpfen, das du verschuldet hast und bei der Hitze zwei Wochen hochgeschlossen rumlaufen. Vielen Dank«, raunte ich ihr zu.

»Was kannst du als Snack empfehlen?«, fragte Jen gut gelaunt. Sie betrachtete die handgeschriebene, kopierte Speisekarte. Belles Handlettering war anmutiger, als man es ihr je zutrauen würde.

»Die Brownies sind köstlich, außen hart, innen weich«, sagte ich.

»Ich will ja nicht unbedingt Kohlsalat essen, aber ein Brownie ist mir jetzt doch zu viel in der Bikinisaison.«

»Omelett aus Eiweiß mit Vollkornbrot?«

»Klingt besser. Ich wollte gleich noch zur Barre-Fusion-Stunde mit Colleen.«

»Warst du heute nicht schon beim Tennis?«, fragte ich.

»Nee, heute war Ruhetag.«

»Hallo?«, sagte jemand von einem anderen Tisch. »Kommt mein Salat noch?«

»Entschuldigung«, sagte ich zu dem Gast und lief los. »Ich schaue sofort nach.«

Belle kam mir schon in schnellen Schritten entgegen. »Kann ich kurz mit dir sprechen, Emma?«, sagte sie.

Ich folgte ihr Richtung Tresen und ein beklommenes Gefühl breitete sich in meinem Magen aus.

»Das ist kein Ort, um sich mit Freundinnen zu verabreden, okay? Dafür ist hier zu viel zu tun«, sagte sie, sobald wir außer Hörweite waren.

»Sorry, sie hat einen Eiskaffee und ein Omelett bestellt.«

»Du kanntest sie gar nicht?«

»Doch, aber …«

»Okay …«, sagte Belle. »Und nur damit etwas klar ist: Wir servieren hier nichts umsonst, okay? Das hatten wir auch schon genug.«

»Nein, natürlich nicht«, sagte ich. Wieso schaffte sie es eigentlich immer, dass ich mich wie ein Loser fühlte?

Kurz danach kam Leo zurück, der eine Weile hinten im Büro gewesen war. Das hatte mir jetzt noch gefehlt, erst Asher und Matt und dann Jen. Ich warf Jen einen eindringlichen Blick zu, aber sie war damit beschäftigt, ihre gefühlt fünfhundert täglichen Nachrichten zu beantworten.

Leos Blick glitt durch das Café und blieb tatsächlich an ihr hängen. Kein Wunder. Ihr Shirt war komplett über eine Schulter gerutscht, unablässig drehte sie eine blonde Haarsträhne um ihren Finger und hatte ihren Rücken so durchgedrückt, dass, nun ja, man konnte sie irgendwie nicht übersehen. Genau in diesem Moment blickte sie ebenfalls zu Leo. Manchmal war ich mir nicht sicher, ob sie nicht doch telepathische Fähigkeiten hatte.

Sie lächelte Leo zu, als hätte es die peinliche Szene am Strand nie gegeben. Stimmt, ihr war es ja auch nicht peinlich. Leo erkannte sie scheinbar auch wieder und ging mit einem kleinen Lächeln auf ihren Tisch zu. Ich verspürte einen winzigen Nadelstich in der Brust. Warum lächelte er Jen mit ihrer Chanel-Tasche und dem glänzenden Kirschlipgloss-Mund so freundlich an, während er bei mir meist abweisend war? Ich hatte ihm schließlich nichts getan. Ich hörte, wie sie etwas zu ihm sagte, konnte ihre Worte aber nicht verstehen. Mein Herz pochte ziemlich schnell. Jen wusste, dass Leos und mein Verhältnis das Gegenteil von innig war – entweder würde sie Leo schockieren oder ihn für sich gewinnen wollen. Keine Ahnung, welchen Weg sie gehen würde. Zum Glück kam da das Omelett aus der Küche und ich brachte es an ihren Tisch. Ich tat so, als würde es mich überhaupt nicht interessieren, was sie sprachen, aber wahrscheinlich zitterten meine Ohren vor Anspannung. Sie redeten über die Vergangenheit des *Bitter End*, wenn ich das richtig aufschnappte.

Danach wischte ich die Theke, bediente andere Gäste. Räumte gespülte Gläser in die Regale. Konzentriert. Bloß nicht Belle noch ärgerlicher machen. Und nicht drüber nachdenken, was Jen gerade von sich gab, und nicht ständig hinschauen. Ich machte mir schließlich auch ein Bild von jemandem durch seine Freunde und ich konnte mir gut vorstellen, dass Leo nur das sah, was er sehen wollte, und Jen es vielleicht sogar darauf anlegte.

»Zwei Latte, bitte«, ertönte eine bekannte, tiefe Stimme nah an meinem Ohr. Ich blickte hoch. Ich schreckte fast vor seinen intensiven Augen zurück, als er so nah vor mir stand.

Leo legte den Kopf schief. Er sah nicht rasiert aus, aber auch nicht wirklich unrasiert, was seine sonstigen Gesichtszüge irgendwie betonte, besonders seine Augen und Lippen.

»Ist das jetzt Arbeitsverweigerung? Habe ich das nicht nett genug gesagt?«, fragte er, als ich scheinbar nicht angemessen schnell reagierte.

»Äh, nein. Ich meine doch. Also für dich oder für … Jen?«, fragte ich.

Er schien einen Moment verwirrt zu sein. Dann flog ein Ausdruck des Verstehens über sein Gesicht.

»Einen für Jen und einen für mich«, erklärte er.

Ich nickte und ging zur Espressomaschine. Das hatte mir gerade noch gefehlt. Dass er sich mit Jen anfreundete. Wobei, eigentlich wäre es ja gar nicht schlecht. Keine Ahnung, irgendwie fühlte sich das kompliziert an. Und … unfair? Seine Blicke kribbelten in meinem Nacken und ich versuchte sie zu ignorieren, während ich die Milch aufschäumte. Kontrollierte er jetzt, ob ich alles richtig machte? Irgendwie dachte ich manchmal, dass er in seiner ironischen Art doch mit mir flirtete, auch wenn das natürlich Schwachsinn war. Oder hoffte ich das sogar? Nein, ich war ja kein Masochist! Ich konnte mir irgendwie selbst nicht mehr trauen oder meine eigenen Gefühle deuten. Zumindest sollte der Latte natürlich extra schaumig werden, damit er merkte, dass ich es konnte.

Nach einer gefühlten Ewigkeit unter seinen nervtötenden Blicken nahm er die Latte, brachte einen mit einem Lächeln zu Jen, die sich inzwischen die Lippen noch mal mit Gloss eingeschmiert hatte, und ging danach mit Belle nach hinten ins Büro. Ich atmete auf. Inzwischen war auch Karen gekommen, die mich später ablösen würde. Ich nahm ein Glas Leitungswasser als Vorwand, um noch mal schnell zu Jen zu gehen.

»Dein Chef ist total goldig. Er ist weniger schlecht gelaunter, scharfer Chef als hauptsächlich scharf«, sagte Jen, als ich ihren Teller nahm, um ihn abzuräumen. »Hast du mal die Augen gesehen? Krass. Das ist doch nicht normal.« Das Brot hatte sie nicht angerührt. Kohlenhydrate behandelte sie wie eine Art Gift, sie aß auch bei Sandwiches meistens nur den Belag.

»Vielleicht ist er in dich verliebt. Du kannst ihm ja deine Nummer geben«, sagte ich ironisch. »Ich sag's auch nicht Belle, damit's keine Haue gibt.«

»Ich sollte mir wirklich auch einen Job suchen, wenn man dann mit solchen Typen arbeitet. Ich weiß gar nicht, was du hast. Du solltest mal meine Tennislehrerin sehen, das ist eine Kampfmaschine, die kein Pardon kennt.«

»Glaub mir. Er war wesentlich netter zu dir als zu mir. So freundlich schaut er mich nie an.«

»Warte mal, bist du etwa eifersüchtig?« Sie riss die Augen auf. »Hey, das ist überflüssig. Ich will nur Matt. Und der ist leider zurückhaltender als Asher. Du kannst den scharfen Chef wirklich gern nehmen«, sagte sie viel zu laut. »Wobei da ja noch Asher wäre.« Sie senkte den Kopf und sah mich von unten an. »Nicht, dass du diesen Sommer noch Zentrum eines Eifersuchtsdramas wirst.«

»Jen. Leise. Ich bin *nicht* eifersüchtig. Es gibt auch kein Drama. Das ist der allergrößte Quatsch.«

Obwohl ich Jen wirklich gern mochte, war ich doch irgendwie ganz froh, als sie ging. Nur in meinem Kopf wirbelten noch alle Gedanken durcheinander.

Neun

Endlich war Wochenende. Jen und ich hatten uns während der Woche nur dreimal gesehen, das Wetter war mies gewesen, weshalb wir nicht an den Strand gegangen waren und auch keine Surfer mehr gesehen hatten. Außerdem hatte Jen eine harte Trainingswoche im Tenniscamp gehabt.

Jen hatte mir für die Party bei Asher Klamotten geliehen, eine leicht durchsichtige, kurze Bluse, die in Richtung bauchfrei ging – so ein Ding hätte ich früher nicht mal gegen Bezahlung angezogen – und einen kurzen Faltenrock, ebenfalls in Weiß, der bei jedem Schritt wippte. Sie behauptete, dass ich großartig aussähe. Es waren Jen-Klamotten, aber meine Garderobe gab irgendwie nichts her und ich wollte nicht das gleiche Kleid anziehen, das ich auf meiner Party angehabt hatte. Und inzwischen war ich ein kleines bisschen braun. Wenn ich jemals so etwas tragen konnte, dann jetzt.

Wir hatten schon beim Anziehen die ganze Zeit Adele gehört und waren ziemlich aufgedreht.

»Ich sage dir, heute passiert was. Ich weiß es soooo genau«, sagte Jen.

Ich war ebenfalls aufgeregt und gleichzeitig hatte mein Magen sich zusammengezogen, sodass ich mir nicht vorstellen konnte, etwas zu essen. Nicht gleich, nicht später oder überhaupt irgendwann noch mal.

Wir öffneten das Verdeck von Jens Auto und sie drehte sofort wieder Musik auf. Laut. Gerade noch hatten wir uns die Haare schön hingeföhnt, jetzt waren sie uns egal, zu gut fühlte sich der Wind in unseren Gesichtern an. Auf meinem Schoß vibrierte mein Handy. »Kannst du morgen zwei Stunden von meiner Nachmittagsschicht übernehmen? Du kannst dafür morgens erst um neun anfangen«, schrieb Belle.

Sie bat mich um einen Gefallen. Und dann noch einen, der mir sehr gelegen kam. Vielleicht würden wir uns doch noch anfreunden. Denn dass ich morgen so früh arbeiten musste, hatte mir doch einen kleinen Dämpfer versetzt. Neun Uhr war spät für mich. Trotzdem, so einfach war das nicht.

»Ich dachte, Leo mag keinen Schichtentausch«, sandte ich eine Nachricht zurück. Das musste sie schließlich wissen.

»Er kommt sowieso erst später. Das machen wir unter uns aus. Also, du kommst um neun und bleibst länger?« Am Ende hatte sie sogar einen Smiley hinzugefügt.

Ein frustrierter Seufzer entfuhr mir. Es war verrückt. Ich wollte mich hundertprozentig korrekt verhalten. Gegenüber Leo und gegenüber Belle.

»Bitte?«, kam eine weitere Nachricht. Belle war nicht wiederzuerkennen. Ich überlegte noch einen Moment. Belle hatte zumindest durch die Blume gesagt, dass Leo davon nichts wusste. Aber Belles Sympathie zu gewinnen war genauso wichtig, wenn ich im *Bitter End* bleiben wollte, schließlich war sie länger dort als Leo.

»Geht klar«, schrieb ich schließlich zurück, aber richtig wohl fühlte ich mich dabei nicht. Immerhin musste ich dann nicht um sechs losfahren, sondern erst um halb neun.

Als Jens roter Käfer um kurz nach acht vor dem hypermodernen Haus der Buchanans anhielt, hatte man erst den Eindruck, vor einem Ufo gelandet zu sein. Wir parkten auch gar nicht wirklich vor dem Haus, sondern vielmehr darunter. Denn der Parkplatz lag zwischen Stahlträgern und Stelzen, auf denen das Fundament des Hauses ruhte.

Wir liefen eine Treppe zum Haus hinauf, die mich an die geöffnete Luke eines Ufos aus einem Science-Fiction-Film erinnerte. Oben angekommen standen wir im Wohnzimmer, einem minimalistisch eingerichteten Raum, der zum Meer hin komplett offen war. Allerdings war das nicht das Erste, was ich sah. Das Erste war Leo, der uns mit einem Freund entgegenkam und offensichtlich dabei war, die Party, die doch gerade erst anfing, wieder zu verlassen.

»Oh«, sagte er, als er mich erkannte. Sein Blick streifte mein luftiges Outfit mit der langen roten Korallenkette, die Jen mir noch verpasst hatte. »Party-Modus?«, fragte er mit hochgezogener Augenbraue.

»Ihr geht gerade schon?«, fragte Jen und lächelte ihn mit ihren knallrot geschminkten Lippen an.

»Ist nicht so meine Party, Elton hatte mich mitgenommen.« Leo lächelte Jen an. Und wieder hatte ich den Eindruck, dass er ihr den roten Lippenstift und ihr sexy Outfit nicht übel nahm. Er zeigte auf seinen Freund, der zur Begrüßung nickte. »Aber ich glaube, dir wird es gefallen«, sagte Leo dann, während er mich anblickte. Ich hätte ihn erwürgen können für den ironischen Ton in seiner Stimme.

Ich zuckte lässig mit der Schulter, als wäre mir egal, was er dachte.

Und dann war er schon weitergegangen, die Treppe hinunter. Er hatte ausgesehen wie immer: Sneakers, Shorts und ein T-Shirt. Plötzlich kam ich mir total verkleidet vor. Als wäre ich im falschen Outfit. Auf der falschen Party. Im falschen Haus.

Jen traf Bekannte und ich schlenderte ein wenig allein weiter. Das Haus von Asher Buchanans Eltern war wie eine Vision des berühmten Bauhaus-Architekten Frank Lloyd Wright.

Es stand in der ersten Reihe am Strand, direkt hinter der Düne, ein perfektes Rechteck von Haus. Daneben waren noch zwei weitere lange, schmale Bungalows, die zum Meer hin verglast waren.

Vor dem Hauptgebäude war ein Pool in den Boden eingelassen, noch ein Rechteck, diesmal in graublau, eine Farbe, die auf die matten Holz- und Betontöne des Hauses abgestimmt war. Die Rasenfläche war von schnurgeraden Wegen durchzogen, nirgends wuchs eine Pflanze ungezähmt. Eigentlich liebte ich nostalgische Häuser, aber dieses war auf jeden Fall faszinierend.

Die Scheibe zum Garten war komplett im Boden versenkt, keine Schwelle war übrig geblieben. Jedes Detail des Hauses war atemberaubend.

Auf der Wiese standen andere Mädchen und Jungen in Trauben zusammen und nein, ich war keineswegs overdressed. Die Mädchen gaben alles: sie hatten teure Handtaschen und glänzende Mähnen, die nicht verrieten, dass es hier Strand, Wind und Sand satt gab. Ich fand Jen in ihrem weißen Spitzenkleid und wir holten uns Himbeer-Martinis aus der Außenküche, wo eine Art Bar aufgebaut worden war. Im Garten stand ein Bierfass, an dem man sich selbst bedienen konnte.

Asher war angeblich irgendwo draußen, aber Jen fand sofort wieder ein paar Leute, die sie kannte, und Brooke Vanderbilt war natürlich auch wieder da. Sie begrüßte mich, als wäre ich eine gute Freundin, machte Small Talk und nach dem ersten Martini fühlte ich mich so, als würde ich dazugehören. Wenn man mich hier in meinem teuren Outfit mit der Gruppe stehen sah, würde das wohl auch jeder denken.

Wir waren nicht direkt zu Beginn gekommen, deshalb war die Stimmung schon jetzt ziemlich ausgelassen. Der DJ legte immer unwiderstehlichere Beats auf. Ich erhaschte einen Blick auf Asher. Sofort machte mein Herz vor Aufregung einen Sprung und ich dachte an Jens Worte. Hätten wir damals in der Siebten doch bloß in die Zukunft schauen können und uns auf dieser Party gesehen – wir wären wesentlich entspannter gewesen. Und ich wusste, dass ich gleich mit ihm sprechen würde, diese Sicherheit gab mir ein Gefühl der Leichtigkeit. Ich ließ mich von Jen auf die Tanzfläche ziehen, die auf der Terrasse neben dem Pool war, der inzwischen türkis beleuchtet wurde, scheinbar wechselte er die Farben. Vom Meer wehte eine angenehm kühle Brise herüber, während wir ausgelassen tanzten. Über uns waren schon die Sterne zu sehen, es war eine absolut magische Nacht. Natürlich hatte ich schon bemerkt, dass uns einige der anderen Surfer-Boys beobachteten. Asher war nicht dabei, aber Matt. Jen hatte es natürlich auch mitbekommen, so wie sie tanzte. Obwohl sie wahrscheinlich immer tanzte, als stünde sie auf einer Bühne.

Irgendwann brauchte ich etwas zu trinken, aber an der Theke neben der Bar gab es nur Bier und Cocktails, also bat ich um einen mit extra wenig Alkohol. Jen tanzte mit einem anderen Gast, wobei ich mir sicher war, dass sie nur wartete, bis Matt Zeit für sie hatte. Er beobachtete sie nämlich genau, ich hatte ihn ein paarmal dabei ertappt. Momentan taten die beiden noch, als wären sie mit anderen Leuten beschäftigt, es war aber klar, dass das nur ein Vorspiel zum Höhepunkt war, wenn sie endlich miteinander sprechen würden.

Als ich Richtung Meer ging, fiel mein Blick auf Asher. Okay, zugegeben, ich war losgegangen, um ihn wie zufällig zu treffen. Er lehnte mit einem anderen Typen an der Außenwand des Bungalows. Als sich unsere Blicke trafen, raunte er seinem Freund etwas zu und schlenderte mir dann entgegen. Er trug Jeans und dazu ein schwarzes Oberhemd, das ziemlich weit aufgeknöpft war und ein Stück gebräunte, glatte Brust zeigte. Er sah tatsächlich nicht viel anders aus als in meinen Träumen in der Siebten, es war total verrückt. Nur hatte er mich da nicht angestrahlt, sondern, nun ja, mich nicht mal bemerkt, wenn ich ihn *aus Versehen* angerempelt hatte. Nicht, dass ich das je gemacht hätte. Oder vielleicht doch.

»Hi, Em«, sagte er. »Hoher Besuch aus dem *Bitter End.*« Es gefiel mir, dass er seinen Freund sofort stehen ließ. Und auch die bösen Blicke einiger umstehender Mädchen störten mich nicht. Im Gegenteil, sie schmeichelten mir sogar, denn sie sahen mich als ernsthafte Konkurrenz an. Ich jagte in ihrem Revier. Obwohl ich verrückterweise noch nicht mal aktiv jagte. Oder jemanden *versehentlich* anrempelte. Asher kam ja von ganz allein zu mir.

Nicht weit entfernt umtanzte eine weitere Gruppe ein Bierfass, als sei es der heilige Gral. Heute würden sicher noch einige Dinge passieren, die Stoff für Hamptons-Klatsch liefern würden, das lag in der Abendluft.

»Und, hast du Spaß? Deine Freundin Jen tanzt ja ziemlich ausgelassen. Nicht, dass sie Matt das Herz bricht«, sagte Ash.

»Ich würde mir nicht zu große Sorgen machen.« Ich ließ meinen Blick über die Tanzenden gleiten und da war sie, natürlich im Zentrum der Tanzfläche.

»Willst du mal Segeln gehen? Ihr könntet nächste Woche mitkommen. Die Yacht von meinem Dad ist in Sag Harbor und er möchte uns mitnehmen. Habt ihr Lust?«

»Oh, das klingt cool. Ich bin mir sicher, dass Jen Lust hat.«

»Und du?« Er blickte mir sehr gerade in die Augen. Ich schaute zurück, aber er wandte sich nicht ab. Er schien es darauf anzulegen, wer länger hinschauen konnte. Und mein Herzschlag beschleunigte sich wie auf Kommando. Trotzdem hatte ich langsam das Gefühl, dass mein Gehirn nicht mehr völlig aussetzte, wie die ersten paar Mal, als er sich mit mir unterhalten hatte.

Ich nickte. »Ich war noch nie segeln. Helfen kann ich nicht viel.«

»Keine Sorge, ich kann auch immer nur Hilfsjobs machen. Mein Dad nimmt das Kapitänsamt sehr ernst«, sagte er grinsend.

»Mein Dad nimmt eigentlich nur seinen Beruf sehr ernst«, sagte ich.

»Klar, meiner auch, unsere Väter sind sich nicht ganz unähnlich«, antwortete Asher.

Wir tranken beide gleichzeitig einen Schluck aus unseren Gläsern und ich ließ den Blick über die anderen schweifen, über ihre schicke Kleidung, die Drinks, ihre gebräunte Haut und sonnengebleichten Haare. Ashers Haut leuchtete golden, als hätte er schwedische Vorfahren. Seine helle Haut schien die Sonne geradezu aufgesogen zu haben.

»Was macht dein Job im *Bitter End*?«, fragte er. »Sah ganz schön stressig aus.« Er blickte mich aufmerksam an.

»Das Café gefällt mir einfach. Es hat so eine warme Ausstrahlung – anders als einige der Angestellten.« Ich dachte an Leo. Wischte den Gedanken wieder weg. Irgendwie fiel mir nicht so richtig viel ein, worüber ich reden konnte. In der Hinsicht hatte sich in den letzten fünf Jahren nicht so viel geändert.

»Ich jobbe auch noch diesen Sommer«, sagte Asher glücklicherweise.

»Ach, echt?«, fragte ich. »Und wo?«

»Ich helfe meinem Dad in der Firma. Ich wollte eigentlich im *Surfer's Dream* arbeiten, aber er meinte, da wären zu viel Idioten«, erklärte er.

»Aber hättest du es nicht trotzdem machen können?«

»Ist es irgendwie nicht wert. Ich kann das perfekte Surfboard für jeden Kunden rausfinden. Aber das interessiert meinen Vater nicht. Und er hätte mich den ganzen Sommer lang jeden Tag daran erinnert, dass der Job unter meiner Würde ist. Ich kenne ihn, da ist er sehr ausdauernd. Er ist nicht umsonst da angekommen, wo er ist.«

Er begrüßte zwei andere Jungs mit ausgeblichenen Haaren und ähnlich sonnendurchtränkter Haut. Einen davon kannte ich vom Strand, wenn ich mich nicht täuschte. Wahrscheinlich würde ich sie leichter in Badeshorts und mit nacktem Oberkörper erkennen.

»Das Haus ist wirklich abgefahren«, sagte ich, als sie weitergegangen waren.

»Es ist nicht schlecht«, nickte Asher. »Bei uns weiß man nur nie, wie lange wir in einem Haus wohnen bleiben, weil Dad ständig irgendwo einen besseren Deal wittert. Ich weiß gar nicht, wie oft wir schon umgezogen sind. Und meine Stiefmutter findet das Haus sowieso zu klein.« Da schienen sich Immobilien-Investoren wohl zu ähneln.

»Zu klein? Es ist nicht sonderlich klein«, sagte ich.

»Es hat kein Fitnesscenter, keinen Fitnessraum, keinen Innenpool. Hatten wir alles im letzten Haus. Aber die beiden sind sich nie einig: Helen will es immer größer haben, Dad will immer so nah am Wasser sein wie möglich.«

»Harte Probleme«, konnte ich mir nicht verkneifen zu sagen.

»Wenn du die beiden mal streiten gehört hast, verstehst du, dass es wirklich harte Probleme sind. Und ich habe keine Lust, dass sie sich wieder scheiden lassen. Den Stress braucht niemand mehr.«

»Ich fände es auch schade, wenn mein Vater sein Haus wieder verkaufen würde.«

Es war irgendwie ganz angenehm, mal nichts vertuschen zu müssen, weil man sonst sofort als Mega-Bonze abgestempelt würde.

»Soll ich dir mal eine Hausführung geben?«, frage Asher und schob seine Haare nach hinten. Irgendwie hatte ich das Gefühl, dass wir jetzt endlich bei einem Satz angekommen waren, der uns weiterbrachte. Das bekannte Kribbeln kam zurück. Ich musste aufpassen, nicht auf seine Lippen zu schauen, die ich schließlich schon einmal geküsst hatte. Nicht lang. Aber trotzdem.

»Klar«, sagte ich. Wir wurden immer noch beobachtet und einige Mädchen schienen der Meinung zu sein, dass Asher definitiv zu viel Zeit mit mir verbrachte, wenn ich die bösen Blicke richtig deutete. Man konnte ihm wirklich keinen Vorwurf machen, wenn er gelegentlich arrogant wirkte. Wie sollte man denn auch normal bleiben, wenn man ständig so hemmungslos angeschmachtet wurde, nur weil man gut aussah, surfte und einen superreichen Daddy mit einem riesigen Haus hatte?

Asher drückte sich von der Wand ab, an der er gelehnt hatte, und stellte seinen Becher ab. Das Bier und Junkfood, das ich ihn hatte essen sehen, hatten wirklich keinerlei Spuren an seinem Körper hinterlassen.

»Möchtest du mein Zimmer sehen?«, fragte er und beugte sich näher zu mir. Mit einer Hand strich er kurz über meine Wange. Ich wich nicht zurück. Mein Pulsschlag beschleunigte sich wie ein Rennwagen beim Startschuss. Ashers Geruch hüllte mich ein. Er roch nach einer Mischung aus seinem zitronigen Aftershave und Bier, die überraschend anziehend war.

Mein Hals war plötzlich trocken. »Sicher«, sagte ich endlich. »Ich hoffe, es ist aufgeräumt.«

Asher lachte und griff nach meiner Hand. Er führte mich die breiten Stufen hoch ins Haus, ließ mich auch nicht los, als wir im oberen Flur ankamen. Im Gegenteil. Seine Hand umfasste meine fest und sanft, während er mich durch lange, puristische Flure führte und Türen zu perfekt aufgeräumten Zimmern öffnete: Holz, Beton und Naturfarben begrüßten uns. Dazwischen hing abstrakte Kunst. Die Fenster waren so konzipiert, dass man manchmal kaum wusste, ob man gerade ein Gemälde anschaute oder aus dem Fenster ein Stück Meer sah.

Als Kind hatte ich nie darüber nachgedacht, wie teuer die Wohnungen waren, in denen ich mich in New York bewegt hatte, die Apartments, die an der Upper East Side mit klassischen Kronleuchtern und Antiquitäten dekoriert waren. Es hatte mich nicht beeindruckt, mir war es einfach normal vorgekommen. Jetzt war mir wahnsinnig bewusst, wie weit weg dieses Leben von meinem Leben in Deutschland war.

»Wissen deine Eltern, dass du die Party machst, haben sie damit kein Problem?«, fragte ich, während wir einen weiteren Gang entlangliefen. »Auch nicht dein pingeliger Vater?«

»Meine Stiefmutter ist verreist und mein Vater ist in der Stadt. Er weiß, dass ich eine Party mache, er weiß nur nicht so genau, wie viele Leute kommen.« Er zuckte mit den Schultern. »Aber das Personal ist seine Pingeligkeit gewohnt. Wir werden morgen alle Spuren verwischen ...«

Wir liefen weiter den modernen Flur entlang.

»Gleich kommt der Höhepunkt. Mein Reich«, sagte er und zwinkerte. »Oder möchtest du erst noch was trinken? Hier vorn ist die Küche.«

Er ging auf eine weitere Tür zu. Mit der freien Hand rieb er sich den Nacken. Ich sah nur seinen hellen Hals, der unter den Haaren hervorkam. Erst jetzt fiel mir ein, dass er vielleicht auch nervös sein könnte.

»Ja, gerne, Wasser«, erwiderte ich, bevor ich nachdenken konnte.

»Wasser?«, wiederholte er belustigt und ich wurde rot. Ich hätte Wodka sagen sollen oder Bier, zumindest Red Bull, aber mir war so heiß und ich hatte schon einige Drinks hinter mir. Ich wollte wirklich nur Wasser.

Der nächste Raum war die Küche. Sie war größer als die gesamte Wohnung meiner Mutter in Ratingen. Man konnte kaum erkennen, wo ein Schrank war, alle Oberflächen waren absolut glatt konstruiert. Der Kühlschrank hatte zwei breite Türen, die so massiv waren, dass ich mich fragte, ob man sie mit beiden Händen aufziehen musste, wenn man mal schnell die Butter rausholen wollte. Wenn dies nur das Wochenendhaus war, wie sah dann eigentlich das Haus oder die Wohnung der Buchanans in Manhattan aus?

Ich nahm einen Schluck von dem Glas Wasser, das Ash mir hinhielt. Hinter meiner Stirn setzte abrupt ein stechender Schmerz ein.

»Au«, entfuhr es mir.

»Hirnfrost?«

»Das Wasser ist super kalt«, sagte ich entschuldigend.

Asher trat an mich heran, legte erst die Handballen auf meine Stirn und drückte dann mit dem Daumen vorsichtig auf die Stelle zwischen meinen Augen, wo es zog.

»Das hilft meistens«, sagte er und schaute konzentriert auf meine Stirn, während ich auf seine Lippen vor mir starrte. Seine Hand war warm und schien die Kälte tatsächlich zu vertreiben. *Jetzt,* dachte ich nur. Gleich. Mein ganzer Körper begann schon erwartungsvoll zum Leben zu erwachen.

Da schlug die Küchentür mit Schwung auf und ein Typ in langen, gestreiften Bade-Bermudas trat selbstbewusst in die Küche. Er war offensichtlich im Pool gewesen und hinterließ eine feuchte Spur auf dem teuren Boden. Ich wollte erschrocken zurückspringen, aber Asher legte beschwichtigend eine Hand auf meine Schulter. Ihn schien weder der Junge noch die achtlose Tropfspur zu überraschen.

»Keine Sauereien in der Küche, kleiner Bruder«, sagte der Typ. Ich suchte in seinem Gesicht nach Ähnlichkeiten zu Ash, fand aber keine. Er grinste anzüglich, ignorierte mich aber sonst, als sei es nicht nötig, mich kennenzulernen. Was war das bitte für ein Arschloch? Seine Badehose hing so tief, dass man Angst hatte, auch nur in die vage Richtung zu schauen, weil man sich direkt wie ein Voyeur vorkam.

»Du hast null Manieren, Jason«, sagte Asher und schüttelte den

Kopf. »Das ist Emma«, er zeigte auf mich, »und das ist mein Bruder Jason.«

»Meine Stirn tat weh«, erklärte ich unsere Position. »Asher wollte mir nur das Haus und sein Zimmer zeigen«, fuhr ich fort, weil ich irgendwie das Gefühl hatte, mich gegen seine Vermutungen wehren zu müssen.

»Ach ja, du weißt schon, dass das Code für was anderes ist, oder?«, sagte er.

Leider fiel mir gerade absolut keine schlagfertige Antwort ein.

»Meine Stirn tut auch weh. Aber meine Therapie sieht anders aus. Ich hatte hier noch eine Flasche Wodka, wenn ich mich richtig erinnere ...« Er zog eine der riesigen Kühlschranktüren auf. Der Kühlschrank war voll bis oben hin, allein schon die Fruchtsaft-Kollektion nahm ein ganzes Regal ein.

»Musst du morgen nicht zum Training mit der Nationalmannschaft?«, fragte Asher.

»Übermorgen. Da kann ich heute noch mal trinken. Schöne Party. Wofür kleine Brüder doch manchmal gut sind«, grinste er.

Inzwischen hatte er die Wodkaflasche aus dem Kühlschrank geholt.

»Sie ist heiß«, sagte er und nickte mit dem Kopf zu mir, als wäre ich überhaupt nicht im Raum.

Es reichte.

»Sie hat auch ein Gehirn«, sagte ich. »Das heißt, sie kann dich verstehen, und der Sprache ist sie sogar auch mächtig. Außerdem hat sie einen schwarzen Gürtel in Taekwondo. Und in Situationen wie dieser bin ich darüber sehr, sehr froh«, sagte ich und schob Asher zur Seite.

Jason schaute erst überrascht, dann gluckste er: »Und sie ist schlagfertig. Mann, schwarzer Gürtel? Und du bist dir sicher, dass du weißt, worauf du dich einlässt, kleiner Bruder?«

»Klappe, Jason. Es reicht«, sagte Asher und seine Stimme war härter geworden. Er beugte sich zu mir. »Lass uns gehen. Ignoriere ihn einfach.« Er griff wieder nach meiner Hand und nur zu gern folgte ich ihm aus der Küche heraus.

»Viel Spaß«, rief Jason hinter uns her. Dann hörten wir nur noch das Rauschen der Eiswürfelmaschine.

»Ich weiß, das ist dein Bruder, aber ...« Ich schüttelte den Kopf.

»Mein Stiefbruder. Aus der ersten Ehe meiner Stiefmutter. Er ist ein Idiot«, sagte Asher schlicht. Für einen Moment hatte ich fast Mitleid mit Asher, dass er in diesem perfekten Haus wohnte mit Leuten, mit denen ihn weder Familie noch Freundschaft verband.

Asher führte mich eine schlichte, holzfarbene Treppe nach oben, an noch mehr Räumen vorbei.

»Sag mal, gibt es eigentlich keine persönlichen Gegenstände im ganzen Haus? Irgendetwas muss man doch mal rumliegen lassen.«

»Wie gesagt, mein Vater ist pingelig.« Er blieb vor einer Tür stehen, drehte sich kurz zu mir um. »Bereit?«

Natürlich war das ein Witz gewesen, trotzdem fühlte es sich an, als würde meine Körpertemperatur noch mal ein Grad hochfahren. Er öffnete die Tür und knipste das Licht an. Sein Zimmer sah eigentlich genauso aus wie die anderen Zimmer, nur ein Regalbrett bestand aus einem Surfbrett. Darauf waren Fotos aufgereiht und dazwischen lagen ein paar Muscheln.

»Oh, etwas Persönliches«, sagte ich, nahm eine Muschel aus dem Regal und betrachtete die Fotos.

»Hawaii, da war ich im letzten Sommer surfen. Es war gigantisch«, sagte er. Das Zimmer hatte eine eingebaute Schlafkoje, die sehr gemütlich aussah. Schnell schaute ich weg.

»Ich hoffe, in deinem Zimmer in New York sind ein paar mehr persönliche Sachen. Sieht fast wie ein Hotel aus«, bemerkte ich.

»Doch, es gibt welche. Soll ich dir was zeigen?«, flüsterte Asher in mein Ohr. Er wartete auf meine Antwort. Vorhin in der Küche wäre ich fast gegangen. Aber Asher war nicht Jason. Sie waren noch nicht einmal verwandt. Ich griff nach seiner Hand. Die ganze Zeit war ich schon so aufgeregt gewesen, aber jetzt, jetzt wollte ich, dass etwas passierte.

»Ja. Gerne.«

Er umfasste meine Hand fester und zog mich in Richtung der Schlafkoje.

Mein Herzschlag beschleunigte sich noch mal, das Blut in meinem Kopf begann zu surren, als hätte man einen Stein in einen Bienenschwarm geworfen. Asher. Ich fand ihn attraktiv. Schon so lange. Fünf ganze Jahre. Ein Haufen Mädchen draußen würden ziemlich viel dafür tun, hier mit Asher zu stehen. Aber dann, irgendwie …

Er schien meinen Widerstand zu spüren.

»Keine Angst, es ist total harmlos.« Er legte sich flach auf die weiße Überdecke auf seinem Bett und klopfte auf den Platz neben sich, als würde er einen Hund rufen. Ich legte mich neben ihn, als wäre ich von ihm hypnotisiert und müsste jeden Befehl ausführen, den er mir gab. Dabei hatte er mich nicht hypnotisiert. Schließlich hatte ich mich irgendwie selbst hypnotisiert. Schon vor Jahren. So fühlte es sich an, als würde die Art, wie mein Körper auf ihn reagierte, gar nicht eins sein mit mir selbst, als wären wir ein klein wenig unterschiedliche Einheiten. Sobald wir lagen, knipste er das Licht aus. Neben seinem Bett musste ein weiterer Schalter sein. Mein Herz klopfte so heftig, dass er es hören musste. Erstaunlich, dass es im Dunkeln nicht vor Anstrengung glühte.

Unsere Beine berührten sich. Von draußen klangen die Geräusche der Party zu uns. Asher. Ich hatte das Gefühl, dass jetzt irgendein ganz großer Moment gekommen war. Ich sollte irgendetwas ganz Besonderes fühlen. Und mein Herz klopfte ja auch wie verrückt. Aber komischerweise musste ich plötzlich an meine Konfirmation denken, als ich verkrampft versucht hatte, etwas besonders Heiliges zu denken, und stattdessen daran gedacht hatte, dass der Pastor einen sehr dicken Bauch hatte, der manchmal hinter dem Altar festzustecken schien.

»Siehst du sie?«, fragte Asher in die Dunkelheit. Seine Stimme klang jetzt anders, dunkler.

»Was?«, fragte ich. Mir war schwindelig. Am Alkohol konnte es nicht liegen. Im Gegenteil, gerade wünschte ich mir fast, dass ich mehr getrunken hätte.

»Ich habe jede Nacht einen Sternenhimmel«, sagte er. Und dann sah ich es. Oben an der Decke leuchteten Sterne. Aber nicht diese gelben, neonfarbenen zum Ankleben, die ich früher auch mal gehabt hatte. Das hier war eine viel ausgetüfteltere Projektion, die an die Decke geworfen wurde. Es waren Lichter, einige heller als andere: ein kleines Planetarium.

»Das ist ja cool«, entfuhr es mir.

»Ich kann sogar den Sternenhimmel von verschiedenen Hemisphären einstellen. Wenn du dir vorstellen möchtest, dass du in Bali unter dem Sternenhimmel liegst, sind das nur ein paar Klicks.«

Einen Moment lang schwiegen wir und starrten an die Decke. Aber ich dachte nicht mehr an die Sterne. Ich fühlte Ashers Arm neben meinem, die Hitze, die er abstrahlte. Hatte er sein Bein nicht gerade extra näher an meins geschoben? Ich dachte daran, dass wir hier zusammen auf seinem Bett lagen, und irgendwie … wusste ich nicht mehr, ob ich das wirklich wollte.

Aber nein, natürlich wollte ich es! Ich hatte es immer gewollt. Und vielleicht war ich nicht schüchtern, wenn ich während eines Taekwondo-Wettkampfs auf der Matte stand. Jetzt aber war ich viel zu schüchtern. Das war Asher. Ich hatte nur Angst. Und Angst sollte man überwinden.

Mit einem Ruck rollte ich mich auf die Seite. Ashers Gesicht war ganz nah, dann kam es noch näher, ich sah die Wölbung seiner Lippen in der Dunkelheit. Ich lehnte mich noch ein Stück nach vorn, ließ mich von der Wärme leiten, die zunahm, je näher ich kam. Dann schloss er den Abstand zwischen uns und unsere Lippen trafen aufeinander. Schon war eine Hand in meinem Nacken und begann meinen Hals zu streicheln, während ich spürte, wie seine Zunge sich einen Weg in meinen Mund bahnte. Seine Zunge. Mein Herz pochte noch so schnell wie vorhin. Aber mein Kopf war jetzt merkwürdig klar. Ich konnte die Bewegungen seiner Zunge fast sezieren. Als würde ich gerade einen Film analysieren. Ich wusste genau, was seine Hände taten, sie streichelten mich in kreisenden Bewegungen. Nein, er war sanft, liebevoll, vielleicht war sein Kuss ein kleines bisschen zu nass. Ich küsste ihn zurück, versuchte mitzumachen. Ich hatte schon mal jemanden geküsst, sogar mehr als einmal, ich wusste schließlich schon, wie es ging, und hatte es auch aufregend gefunden. Vorsichtig drückte er mich zurück, bis ich auf dem Rücken lag und er seitlich über mir. Seine heiße Hand streichelte meinen Bauch, der in dem kurzen Oberteil ohnehin ziemlich frei lag. Auch das fühlte sich irgendwie gut an, aber irgendwie auch fremd. Ich sah mich, wie man sich angeblich sieht, wenn man gerade gestorben ist und irgendwo im Raum schwebt. Aber ich war natürlich nicht tot, sondern küsste gerade Asher, den ich mein ganzes Leben lang hatte küssen wollen, das war etwas anderes und sollte sich definitiv nicht so anfühlen, als wäre ich gerade gestorben. Ich zog meinen Bauch ein, damit er sich flacher anfühlte, was er allerdings als Aufforderung verstand, seine Hände weiter hoch in Richtung meines BHs zu schieben.

Ich öffnete die Augen. Eine merkwürdige Perspektive. Was fühlte er wohl gerade? Wie fühlte es sich für ihn an? Wie fühlte *ich* mich wohl für ihn an? Ashers Nacken, den ich gerade streichelte, glühte. Wieso hatte ich eigentlich gerade mindestens so viele Gedanken wie bei meiner Abiturprüfung vor ein paar Monaten, als ich versucht hatte, diesem düsteren Theaterstück von Heinrich von Kleist eine Bedeutung abzuringen?

Aus dem Flur drang ein lautes Poltern zu uns. Dann ein Kichern. Das Kichern kam mir bekannt vor. Ich erstarrte. Asher löste seine Lippen von meinen und die Bewegungen seiner Hand stoppten.

»Schhh«, sagte Asher. »Die sind bestimmt gleich weg.«

Es kicherte nochmal auf dem Flur, diesmal schien es näher zu sein. Ashers Atem ging schnell.

Wir blickten gemeinsam Richtung Tür. Meine Augen hatten sich an die Dunkelheit gewöhnt. Ich hatte sie ja auch schon vorher geöffnet. »Ich glaube, das ist Jen«, flüsterte ich leise.

»Wieso meinst du?«

»Ich erkenne ihr Lachen, es ist ziemlich auffällig.«

In diesem Moment öffnete sich mit einem leisen Klicken die Tür und ein helles Dreieck wurde auf den dunklen Holzboden geworfen.

O nein. Wir lagen hier im Dunkeln auf Ashers Bett. Hoffentlich war es wirklich Jen. Und hoffentlich hatte sie nicht zu viele Leute dabei.

»Das hier ist Ashers Zimmer. Aber für ihn ist das okay, wenn wir reingehen«, hörte ich eine etwas kratzige Stimme, die ich nicht sofort zuordnen konnte. Matt? Asher blieb regungslos liegen und schien ebenfalls zu lauschen. Ich hätte mich am liebsten im Schrank versteckt.

»Bist du sicher? Ich hätte das nicht so gern«, kicherte Jen.

»Hey, er ist mein bester Freund. Er hat überhaupt kein Problem damit, wenn wir beide hier reingehen. Ich muss dir zeigen, was er über seinem Bett hat.« Ja, es musste Matt sein. Vielleicht waren sie zumindest nur zu zweit?

»Ich hätte generell nichts dagegen, aber hier ist schon belegt«, rief Asher laut und so nah neben mir, dass ich zusammenfuhr. Asher legte beruhigend eine Hand auf meinen Arm. Dann setzte er sich auf. Ich kam ebenfalls hoch. Es war mir schon jetzt sensationell peinlich, dabei war es noch dunkel.

Matt und Jen waren schlagartig verstummt. Dann ging das Licht an.

»Oh«, sagte Jen. Erst sah sie überrascht aus, dann prustete sie los. Ich sprang aus dem Bett und blinzelte in den Raum. Ich wollte vielleicht auch, dass man sah, dass wir angezogen waren und nichts passiert war. Also nichts, was das Entfernen von Kleidung beinhaltete. Es war peinlich, aber immerhin waren es nur die beiden und nicht irgendwelche anderen Freunde, die ihren Dates Ashers Planetarium zeigen wollten. War das etwa eine Art Standardprogramm, um Frauen klarzumachen?

»Du hast Emma *Sterne gezeigt«,* sagte Matt und wackelte spielerisch drohend mit seinem Zeigefinger.

»Du wolltest Jen die Sterne zeigen«, erwiderte Asher, aber er schien etwas genervt, dass Matt ihm den Moment versaut hatte. Es *war* also ein Standardprogramm.

»Ich muss zur Toilette«, flüsterte ich Jen zu. Sie sah mich eindringlich an, als könnte sie so meine Gedanken lesen.

»Wir Mädels müssen mal ins Bad«, verkündete sie dann und schob mich aus dem Zimmer. Dabei fing sie an zu glucksen. Ich musste irgendwie auch glucksen. Und ein paar Sekunden später prusteten wir beide los und fingen schrecklich an zu lachen. Es war einfach so absurd.

»Und, wie waren die Sterne?«, fragte sie und malte Gänsefüßchen in die Luft. Wir warteten vor dem Badezimmer, das natürlich besetzt war.

»Eindrucksvoll«, sagte ich und riss die Augen betont auf.

»Du warst echt schneller als ich. Ich kann es nicht fassen. Habt ihr euch geküsst?«, fragte Jen.

Ich nickte langsam. »Ja, wir haben uns geküsst.«

»Ah, ich wusste es.« Jen quietschte, aber immerhin bemühte sie sich, es leise zu tun. »Ihr seid so süß zusammen. Em, das freut mich total für dich.«

»Ja«, nickte ich. »Es ist toll. Aber auch irgendwie unwirklich«, sagte ich. »Du hast Matt noch nicht geküsst? Ich war echt schneller als du?«

»Nein. Und ja. Und ich glaube, in Ashers Zimmer wird es jetzt auch nicht mehr passieren. Außerdem ist mir dieser Sternenhimmel zu abgenudelt. Das haben die doch schon hundertmal gemacht.« Sie stupste mich an. »Soll schließlich was Besonderes sein.« Die Badezimmertür ging endlich auf. »Ich würde sagen, wir brauchen einen Neustart.«

Als wir ein paar Minuten später gemeinsam aus dem Badezimmer kamen, etwas frischer und besser gelaunt nach ein paar weiteren Lachanfällen, setzte draußen ein neuer Beat ein. Matt und Asher waren nirgends zu sehen, vielleicht waren sie noch in Ashers Zimmer und warteten auf uns?

»Komm, wir gehen eine Runde tanzen. Hat noch nie geschadet, sich ein bisschen rarzumachen«, grinste Jen. »Ganz ehrlich, die Party ist auch grandios.«

Als wir auf die Terrasse traten, wurden wir von einem dröhnenden Bass empfangen, der unsere Mägen zum Vibrieren brachte. Der DJ hatte noch mal aufgedreht. Erstaunlich, dass sich keine Nachbarn beschwerten. Überall standen halb leere Flaschen herum, rote Becher mit Sommerbowle oder Bier, die Ersten planschten in voller Kleidung im Pool. Auf der Wiese standen einige in nasser Kleidung oder Badehose, neben dem Pool tanzten ein paar Mädchen im Bikini.

Jen holte noch etwas von der Bowle. Aber auch, wenn ich mich deutlich nüchterner fühlte als die anderen, wollte ich nichts mehr trinken. Jen nahm meine Hand und führte mich zur Tanzfläche. Für ein paar Minuten drehte ich mich mit ihr auf der Tanzfläche. Aber ich fühlte mich fehl am Platze. Vielleicht musste man betrunken sein, um sich hier richtig wohlzufühlen. Die Magie des Abends, die ich vorhin gespürt hatte, war verflogen.

Ich wollte plötzlich nach Hause. Ich kam mir wie ein Fremdkörper vor, auch wenn ich Asher gerade geküsst hatte. Vielleicht sogar deswegen? Es war alles so verwirrend.

»Ich kann nichts mehr trinken, es ist schon nach zwei. Morgen muss ich die Frühschicht übernehmen. Ich muss zwar erst um neun anfangen, aber das ist immer noch zu früh.«

»Komm, einmal kann man ja ein bisschen müde sein. Du kannst da schließlich auch Kaffee trinken, so viel du willst!«, sagte sie und versuchte mich davon zu überzeugen, weiterzutanzen.

»Da ist Matt«, sagte ich, weil ich sah, wie er gerade aus dem Haus kam.

Jen seufzte. »Okay. Du kannst dich ja von Asher verabschieden. Ich gehe noch mal zu Matt und dann bringe ich dich nach Hause, okay?«, sagte Jen.

»Jen. Du solltest sowieso ein Uber-Taxi nehmen. Bleib doch noch. Ich nehme mir auch eins. Du kannst nicht mehr fahren.«

»Ich gehe natürlich mit dir. Ich gehe nur kurz zu Matt. Da drüben ist Asher.«

Tatsächlich. Asher war aus dem Haus getreten, seine Haare sahen zerwühlt aus, aber sonst wirkte er wie immer. Er wurde direkt von einem anderen Mädchen in Beschlag genommen. Ich würde einen Moment abwarten, bis er allein war, und ihm dann sagen, dass ich gehen musste. Jen war zu Matt gegangen und ich schlenderte weiter zu dem anderen Bungalow, der mit runtergelassenen Scheiben wie ein offenes Haus war. In der Mitte des Raums, einer Art Wohnzimmer, saß ein zierliches, hellblondes Mädchen mit einer Gruppe von anderen Jungs und Mädchen auf dem Fußboden: Brooke Vanderbilt. Sie spielten irgendein Trinkspiel und grölten.

Gerade hob Brooke den Kopf und ihr ziemlich glasiger Blick fiel auf mich.

»Hi, Emma! Du bist wieder da. Ich habe dich vorhin schon gesehen, aber dann warst du plötzlich verschwunden.« Sie zwinkerte. »Willst du mitspielen?«

»Nein, nein, danke«, sagte ich schnell.

»Es macht Spaß. Die Nacht ist noch jung. Wir machen später ein Lagerfeuer am Strand und sehen uns dann den Sonnenaufgang an«, sagte sie.

»Hast du Jen gesehen?«, fragte ich, einfach, um irgendetwas zu sagen, das mir einen Grund geben würde, schnell wieder weiterzugehen.

»War sie nicht den ganzen Abend mit Matt unterwegs?«, nuschelte Brooke. »Kann das sein?«, fragte sie laut in die Runde, »Jen und Matt?« Oh nein, das wollte ich Jen jetzt nicht antun. »Ah, da ist sie schon«, sagte ich schnell und lief dorthin zurück, wo ich Jen und Matt vorhin gesehen hatte.

Jen kam mir schon entgegen. »Willst du nicht doch bleiben? Wir schauen uns später den Sonnenaufgang am Strand an. Das wird bestimmt total schön«, sagte sie. Sie hatte ihre Schuhe ausgezogen und war barfuß.

»Jen, bitte bleib. Ich fahre einfach allein.«

»Kannst du die Arbeit nicht einmal ausfallen lassen? Jeder kann doch mal absagen«, sagte Jen.

»Ja, aber nicht ein paar Stunden vorher«, erwiderte ich.

»Ohne dich ist es nur halb so schön!«

»Sei mir nicht böse. Allerdings bin ich *dir* böse, wenn du nicht dableibst und für uns beide Spaß hast«, sagte ich.

»Okay«, seufzte sie. »Wenn das für dich wirklich in Ordnung ist.«

Wir umarmten uns fest zum Abschied.

Auf dem Weg zurück zum Haus kam Asher mir entgegen. Sein Gesicht hellte sich auf, als er mich sah.

»Ich dachte schon, du wärst weg. Ich musste gerade ein paar Leute aus Dads Schlafzimmer vertreiben.« Er blieb vor mir stehen und lächelte. »Alles okay? Kommst du mit zum Strand, schwimmen zum Sonnenaufgang?« Er trat näher heran und nahm meine Hand.

»Ich muss ab neun im *Bitter End* sein. Vorher muss ich unbedingt noch etwas schlafen.« Ich zog mein Handy aus der Tasche und drückte auf den Home-Button. Der Bildschirm blieb dunkel.

»Wirklich nicht, kann ich dich nicht irgendwie überreden?« Er strich eine Haarsträhne hinter mein Ohr zurück. »Wir hatten zu wenig Zeit.« Er hob eine Augenbraue.

»Es ist mein Job«, beharrte ich. »Ist wichtig. Mein Handy ist leer, könntest du mir vielleicht ein Taxi rufen?«

»Okay«, sagte er, als er merkte, dass ich es ernst meinte. Er tippte auf seine Taxi-App.

»Es kommt sofort und ist schon bezahlt. Aber wir sehen uns bald, nicht wahr, spätestens zum Segeltrip? Ich bin leider ein paar Tage nicht auf der Insel.« Er blickte mir tief in die Augen. Er sah süß aus, wenn er so schaute. Seine Augen wirkten größer als sonst. Hinter der aufwendigen Fassade war er ein ziemlich netter, normaler Junge. Dann trat er einen Schritt nach vorn und umarmte mich fest. Er roch zwar ein wenig nach Bier, aber nicht unangenehm.

»Sonst machen wir demnächst unser eigenes Sonnenaufgangsschwimmen«, flüsterte er in mein Ohr und ich spürte, wie seine Lippen mein Ohr entlangfuhren. Langsam lösten wir uns voneinander und er ließ seinen Arm von meinem Rücken heruntergleiten.

»Emma Brinkley«, flüsterte er. »Ich habe mich sehr über Ihren Besuch gefreut.« Dann küsste er mich auf den Mund. Sanft, mit weichen Lippen. »Bis bald.«

Asher Buchanan und Emma Brinkley. Hätte mir das vor fünf Jahren jemand erzählt, ich hätte es nicht geglaubt.

Zehn

Ich war völlig am Ende, als ich nur wenige Stunden später aufs Fahrrad stieg, um zum *Bitter End* zu radeln. Vielleicht war es doch kein Vorteil, wenn Eltern einem keine Zeit vorgaben, wann man wieder zu Hause sein musste. Mein Kopf dröhnte. Zum Schluss hatte ich mich so nüchtern gefühlt, aber nun merkte ich, dass ich vielleicht doch zu viel Alkohol getrunken hatte. Ich fuhr den Weg zur Arbeit wie in Trance, während ich an gestern Abend dachte. Asher. Einzelne Bilder tauchten vor mir auf. Das Planetarium. Asher und ich in der Schlafkoje. Das Haus, in dem es keine persönlichen Gegenstände gab. Die wechselnden Farben des Pools im Garten. Die Sterne über Ashers Bett, die ich angesehen hatte, während er mich geküsst hatte. Er hatte mich noch mal geküsst, so richtig. Das erste Mal nach der Party war wirklich ein Anfang gewesen.

Ich verstand eigentlich gar nicht, was er an mir mochte. Hatte ich verpasst, dass ich cool geworden war? Vielleicht half es auch, dass ich europäisch war und damit irgendwie exotisch.

Mir war heiß, obwohl es noch vor neun Uhr war, knallte die Sonne vom Himmel. Meine Beine fühlten sich an wie aus Gummi. Ich wünschte, ich hätte schon die Führerscheinprüfung hinter mir, aber so wie es im Moment aussah, würde ich sogar durchfallen. Vielleicht sollte ich den Termin verschieben.

Als ich um neun Uhr mein Fahrrad am *Bitter End* abstellte, war mir sofort klar, dass etwas nicht stimmte. Hinter den Scheiben war alles dunkel, das »Wir haben geschlossen«-Schild an der Tür hatte noch niemand umgedreht. Eine Frau in einer pinken Jogginghose hatte die Hände gegen ein Fenster gelegt und lugte ins Innere. Gerade war ich noch müde gewesen, jetzt war ich hellwach. Was war das denn? Wo war Belle? Sie hatte doch gesagt, dass sie heute Morgen hier sein würde, auch wenn wir offiziell anders eingeteilt waren.

»Macht ihr jetzt doch noch auf? Was ist los?«, fragte die blonde Frau, die ich schon häufiger gesehen hatte.

»Ja, natürlich, kommen Sie doch rein. Ich weiß auch nicht, was los ist. Setzen Sie sich einfach schon mal, es geht sofort los«, beschwichtigte ich sie, während ich den Schlüssel im Schloss umdrehte.

Ausgerechnet am Wochenende, wo am meisten Umsatz gemacht wurde. Ich knipste das Licht an, drehte das Schild an der Tür um, Handgriffe, die schon Gewohnheit geworden waren.

Wo war Belle?

Nur Buttons kam freudig auf mich zugerannt und wollte gestreichelt und gefüttert werden. Ich fuhr einmal über seinen flauschigen Kopf. Es fühlte sich eher an wie Daunen als Fell.

»Tut mir leid, ich habe keine Zeit«, flüsterte ich ihm zu.

Dann rannte ich nach hinten und öffnete die Türen zur Terasse. Der Laden hatte sich schon aufgeheizt und ich hatte das Gefühl, keinen Sauerstoff zu bekommen.

Mein Handyakku war immer noch leer. Während ich die Maschinen hochfuhr, schüttete ich Buttons schnell etwas Futter in seinen Napf und wühlte in meiner Handtasche nach dem Ladegerät. Natürlich hatte ich es zu Hause vergessen. Es war zum Verrücktwerden! Ich rannte in den Innenhof. Auf dem Treppenabsatz lag noch das Gebäck.

Ich brachte es rein und bediente erst einmal die Kundin. Aber auch die Köche waren nicht da. Sie waren wahrscheinlich wieder gegangen, weil sie keinen Schlüssel hatten. Ich musste Belle und Leo anrufen.

Schon wieder erklang das zarte Klingeln, welches das Öffnen der Eingangstür begleitete. Mein Kopf tat weh und meine Augen fühlten sich entzündet an. Ich nahm noch ein paar weitere Bestellungen auf, die Sojamilch war aus, jemand brauchte extra lange, um einen Muffin auszusuchen. Ich musste in Leos Büro gehen und von dort anrufen. Wenn der übliche Wochenendwahnsinn um halb elf losging, konnte ich den Ansturm gar nicht allein bewältigen.

Schon wieder ging die Tür auf. »Einen kurzen Moment, bitte«, sagte ich dem Kunden, der sich der Theke näherte, und rannte schnell nach hinten ins Büro. Belles Nummer stand auf der Telefonliste neben dem Telefon, immerhin. Ich begann ihre Nummer einzutippen, als ich den Windzug von der hinteren Tür spürte. Ich schnellte herum. Leo.

»Hi«, sagte ich und lies den Hörer sinken. Mein Hals wurde trocken. Im Café hatte sich wahrscheinlich schon eine lange Schlange gebildet. »Ich wollte gerade Belle anrufen …«

»Kannst du mir bitte mal erklären, was hier los ist?«, schnaubte er. Auf seiner Stirn erschien eine senkrechte Falte. Er war sauer. Kein Wunder.

»Das Restaurant von gegenüber hat mich angerufen. Warum war niemand hier? Wer bedient denn gerade?«, fragte er.

»Ich wollte gerade alles klären, mein Handy ist leer, niemand war hier, auch die Köche nicht und …«

»Du meinst, niemand bedient?« Die Falte zwischen seinen Augen wurde noch steiler. Sein Blick war kalt.

»Ich bin erst gerade gekommen und …«

»Aber du hattest doch Frühschicht!«

»Wir hatten eigentlich ausgemacht, dass ich um neun …?«

»O Mann. Jetzt geht der Mist wieder los. Auf der Party versumpft?« Leo war ernsthaft sauer und versuchte gar nicht, es zu verstecken. »Wir hatten doch echt was anderes vereinbart!«

»Aber die Köche sind nicht da, Belle hat …«

»Wärest du so nett, die Kunden zu bedienen? Mir ist dieses Café tatsächlich wichtig. Für meinen Onkel ist es *überlebenswichtig.* Und ich möchte es ihm nicht pleite übergeben, wenn er zurückkommt. Dafür brauche ich allerdings verlässliche Mitarbeiter. Kannst du jetzt reingehen und bedienen, bitte? Ich rufe die anderen an und mache solange die Küche.« Er nahm mir den Hörer aus der Hand. »Wir reden später.«

Er war wütend. Aber ich war mindestens genauso wütend. Auf Belle, auf Leo und vor allem auf mich. Mein Magen hatte sich zusammengezogen, klein und hart wie ein Kieselstein und in meinen Augen sammelten sich Tränen der Wut. Es war so unglaublich unfair. Aber ich konnte auch nicht sagen, dass Belle mit mir getauscht hatte. Ich wusste doch, dass er nicht wollte, dass wir Schichten tauschten, und dann hätte ich Belle noch mitverraten. Er hatte mich gestern gesehen. Und ich konnte mir sehr leicht vorstellen, wie übermüdet ich aussah.

Ich drehte mich um und ging in den Hauptraum. Zumindest die

Kunden wollte ich nicht länger warten lassen. Meine Kleidung klebte am Rücken, hoffentlich hatten sich keine Schweißflecken gebildet.

Die nächste Stunde beeilte ich mich, alle zu bedienen. Keine Fehler machen, erst einmal diesen Tag hinter mich bringen. Als Min-Ji kam, lieh sie mir ihr Ladegerät. Genau, als ich nachschauen wollte, ob Belle mir geschrieben hatte, kam Leo.

»Kannst du bitte deinen Instagram-Stream zu einem anderen Zeitpunkt pimpen? Das wäre echt hilfreich«, sagte er trocken.

»Ich wollte doch nur …« Er deutete auf die Schlange vor dem Tresen. Ja, er hatte ja recht. Aber ich wollte endlich verstehen, was gestern passiert war.

Die Köche waren inzwischen gekommen, nur Belle war immer noch nicht da. Endlich kam ich dazu, einen Blick auf mein Handy zu werfen. Keine Nachricht. Ich schaute in meine E-Mails. Und ja, da war eine. Um elf Uhr abends hatte sie eine kurze Mail geschrieben. »Schichtentausch geht doch nicht. Du musst um halb sieben anfangen wie immer. Sorry.«

Keine Erklärung. Ich hatte natürlich nicht geantwortet. Warum hatte sie nicht wie zuvor eine SMS geschickt? Mein Handy war sowieso leer gewesen, aber trotzdem!

Nachmittags kam Belle, um die Spätschicht zu übernehmen. »Was war das bitte?«, fauchte ich, als wir nebeneinander hinter der Theke standen. »Du hast mich voll auflaufen lassen. Du kannst doch nicht davon ausgehen, dass ich so spät noch meine E-Mails lese!«

»Wieso meinst du?«, fragte sie und sah mich unschuldig an. »Du warst doch lange weg, da schaut man doch mal rein.«

»Man guckt doch nicht auf gut Glück mitten in der Nacht in sein Postfach! Außerdem war mein Handy leer.«

Belles Wangen waren gerötet. Ihr Blick sprang umher, als würde er Halt suchen. Hatte sie ein schlechtes Gewissen? Warte mal. Das war etwas anderes. Genau. Sie hatte mich tatsächlich mit Absicht auflaufen lassen. Einfach so.

Bei Schichtende ging ich zu Leo ins Büro. Es gab keine Klimaanlage, nur ein kleiner Ventilator drehte sich in einer Zimmerecke und verteilte die Hitze. Mein Herz pochte und der Stein in meinem Magen war immer noch da. Leo saß an seinem Schreibtisch und bearbeitete irgendwelche Rechnungen. Er hatte einen Arm aufgestützt und sein blaues T-Shirt spannte am Rücken. Der Raum wirkte immer irgendwie kleiner, wenn er darin saß.

»Leo, es tut mir echt leid wegen heute Morgen. Das war ein … Missverständnis. Ich will mich nicht rechtfertigen. Es kommt nicht wieder vor.«

Er blickte zu mir hoch. In seinem von der Sonne gebräunten Gesicht wirkte sein Blick besonders eindringlich.

»Ich verstehe nicht, warum du mich nicht sofort angerufen hast.«

»Als Erstes wollte ich Belle anrufen. Und mein Handy war leer. Und dann kamen schon die Kunden und …«

»Und du konntest noch nicht klar denken«, ergänzte Leo und ließ mich nicht aus den Augen. »Bisschen viel gewesen letzte Nacht? War ja auch aufregend. So viele A-Lister, und die Chance auf einer Party bei Asher Buchanan zu sein, da … kann man schon mal alles vergessen.« Seine Stimme klang bitter.

»Das ist nicht fair.«

»Bevor mein Onkel mir das Café übergeben hat, gab es Probleme. Er braucht es. Ich bin kein erfahrener Café-Besitzer und gebe mein Bestes. Genau deshalb kann ich niemanden gebrauchen, auf den ich mich nicht verlassen kann. Vielleicht ist es schwer vorstellbar, dass Menschen hier nicht arbeiten, um einen lustigen Job zu haben, sondern um davon zu leben. Um zu *überleben*. Ihre Existenz hängt davon ab.«

Das hatte gesessen. Ich war total perplex. Und wütend.

»Ich weiß genau, was es heißt zu arbeiten und Geld zu verdienen. Du bist …«

Den Rest verkniff ich mir. Schnell presste ich meine Lippen zusammen und bemühte mich, an etwas anderes zu denken. Ich durfte nicht ausrasten. Schließlich brauchte ich diesen Job. Wirklich. Ich wusste doch genau, wie schwierig es gewesen war, überhaupt eine Stelle zu finden. Ich holte tief Luft.

Leos Kiefer war hart zusammengepresst. Seine Augen waren dunkel und sein ganzer Körper angespannt. Ich las Enttäuschung und Wut in seinem Gesicht. Natürlich hatte ich Mist gebaut, aber es war etwas übertrieben, wie beleidigend und ungerecht er deshalb war. Es war ja schließlich nicht nur meine Schuld.

»Es wird nicht wieder passieren. Versprochen«, wiederholte ich so ruhig wie möglich. Ich ignorierte jeden Stolz, der in mir war, sodass ich mich taub anfühlte. Das hatte ich geübt. Ich hatte schon einige erniedrigende Momente in meinem Leben durchgestanden, in denen ich mich einfach selbst taub gemacht hatte.

Leo blickte mich an. »Belles Schwester kann ab nächster Woche aushelfen.« Er nahm einen Umschlag von seinem Schreibtisch und drückte ihn mir in die Hand. »Ich glaube, es ist besser so. Hier ist das Geld, das ich dir schulde.«

Damit stand er auf, nahm seinen Rucksack und verließ das Café durch den Hinterausgang. Ich war fassungslos. Er gab mir noch nicht mal die Chance zu antworten. Das war wahnsinnig unfair. Am liebsten wäre ich ihm hinterhergerannt oder hätte ihm irgendetwas Beleidigendes nachgerufen. Aber was hätte es schon gebracht? Ich hatte ihn schon am ersten Tag angebettelt mich anzustellen. Wie oft sollte ich das eigentlich noch machen? Ich musste morgen noch mal alle Läden abklappern, die Eisdielen, die Marktstände, die Strandbars, vielleicht war ja jemand ausgefallen. Es musste einfach einen Job geben.

Belle würde ich mir vorknöpfen. Aber jetzt war kaum der richtige Zeitpunkt dafür. Ich konnte nicht garantieren, dass ich nicht ausfällig werden würde, egal, wie viele Kunden danebenstanden. Es war echt zum Heulen. Der pralle Umschlag in meiner Hand war nicht zugeklebt und mit Zwanzigdollarnoten gefüllt, Hundertdollarnoten benutzte niemand und im Café durften wir sie gar nicht annehmen. Für das Geld hatte ich ziemlich viele Morgen gearbeitet, war viele Meilen geradelt. Ich spürte, wie ein Schweißtropfen meinen Bauch herunterrann. Ich ließ das Geld einmal durch meine Finger gleiten und dann legte ich den Umschlag mitten auf den altmodischen kleinen Schreibtisch aus Holz. Buttons saß auf einem seiner Lieblingsplätze auf der Fensterbank und schaute zu. Er hatte den Kopf schiefgelegt und schlug langsam mit dem Schwanz, als würde er überlegen.

»Manchmal glaube ich, dass du das einzig vernünftige Lebewesen in diesem Café bist, Buttons. Vielleicht sollte ich dir das Geld für ein neues Katzenkissen geben.«

Mein Blick wanderte noch einmal zurück zu dem Bündel Scheine. Vielleicht würde er denken, dass mir das Geld ohnehin nichts bedeutete. Vielleicht würde er sich noch bestätigt fühlen. Aber das war mir gerade egal. Auf diese Art wollte ich es jedenfalls nicht. Dann ging ich ebenfalls durch die Hintertür nach draußen. Hatte Belle mich echt auflaufen lassen, damit ihre Schwester stattdessen im Café arbeiten konnte? Sie war schließlich schon fünf Jahre hier und wusste, wie Leo tickte. Ich hatte eine Nachricht von Jen, die heute Abend ausgehen wollte. Sie wollte mit Sicherheit über Matt sprechen. Über Asher. Die Party gestern schien nicht nur unwirklich, sondern auch Jahre her. Ich würde Jen später zurückrufen. Stattdessen schob ich mein Fahrrad zum Secondhandshop, der zwei Häuser weiter lag. Dort band ich meine Haare neu zusammen und zog mein Shirt zurecht, damit es nicht an meiner Haut klebte, und betrat den Laden.

»Entschuldigung, könnte ich bitte mit der Chefin sprechen?«, sagte ich zur Verkäuferin neben der Kasse. »Ich wollte fragen, ob diesen Sommer vielleicht noch eine Aushilfe benötigt wird.«

In den nächsten Stunden stellte ich diese Frage noch viele Male, ohne Erfolg. Der einzige Job, den ich angeboten bekam, war in der Wäscherei, schwarz. Für vier Dollar in der Stunde könnte ich dort Wäsche falten. Damit würde ich wirklich nicht weit kommen. Es war zum Verzweifeln.

Immerhin trocknete mir der Fahrtwind auf dem Heimweg die Tränen, die mir trotz aller Mühe, sie zu unterdrücken, über die Wangen liefen. Ich war gar nicht wirklich traurig. Ich war vielmehr sauer. Besonders auf mich selbst, dass ich mich trotz meines schlechten Gefühls auf den Schichtentausch mit Belle eingelassen hatte. Ich wusste doch, dass man so ein Gefühl nie ignorieren durfte. Das gleiche ungute Gefühl, das einen überkam, wenn man einen Geldschein lose in eine nicht sonderlich tiefe Jackentasche stopfte. Man wusste schon, während man es tat, dass man das nicht tun sollte.

Ich schrieb Jen eine Nachricht, dass ich leider nicht mitkommen könnte, ich würde mich morgen melden. Dann schaltete ich mein Handy aus.

Als ich nach Hause kam, saß mein Vater auf der Terrasse. Es war vollkommen windstill und in der Luft lag eine merkwürdige Spannung. Dad saß etwas nach vorn gebeugt am Gartentisch und wirkte niedergeschlagen. Plötzlich kam er mir viel älter vor.

»Hallo, Papa«, begrüßte ich ihn und setzte mich neben ihn.

»Emma«, sagte er. »Schön, dass du da bist. Hast du schon etwas gegessen?«

Ich schüttelte den Kopf.

»Vorhin habe ich Thai bestellt. Steht noch was davon in der Küche, wenn du magst.«

Ich ging zurück in die Küche und holte mir etwas von dem Gericht mit würzigem Käse und Spinat. Es duftete lecker, lauwarm würde es immer noch schmecken.

»Ist Martha gar nicht da? Sie ist immer so nett zu mir«, sagte ich, als ich neben ihn auf den Stuhl rutschte.

»Martha ist im Urlaub«, sagte er und stocherte in seinem Rest Curry. »Bei dir läuft alles gut?«, fragte Dad dann. Seine Stimme klang merkwürdig tot.

»Ja, schon«, stotterte ich. Gerade noch hatte ich ihm mein Herz ausschütten wollen. Aber ich spürte, dass er gerade keine Nerven für schlechte Nachrichten hatte. Ich ehrlich gesagt auch nicht. »Und bei dir?«

»Das ist gut. Vielleicht musst du mich später durchbringen. Im Moment läuft es zäh. Ich könnte jetzt wirklich diese eine Unterschrift gebrauchen.« Er schaute in die Ferne.

»Dad, das bekommst du bestimmt hin«, sagte ich. So redete er sonst nie. Er sagte nicht, wenn es schlecht lief, nie. »Im Café hat letztens ein Stammgast erzählt, dass ein Haus verkauft wird. Eines der ersten Häuser in der Butterfield Lane. Ich kann noch mal nachfragen.«

Er schüttelte den Kopf. »Ich bräuchte gerade eher einen Käufer. Wie war es bei den Buchanans gestern? War Barron auch da?«

»Nein, er wollte wohl nicht sehen, wie so viele Jugendliche sein Haus verwüsten. Asher meinte, sein Vater verkauft immer die Häuser, in denen er wohnt, wenn er ein gutes Angebot bekommt. Willst du dieses hier auch bald verkaufen?«, fragte ich. »Es ist so wunderschön, auch wenn es natürlich ziemlich groß ist.«

»Für ein gutes Angebot würde ich im Moment alles verkaufen«, murmelte er. »Wenn Buchanan mir eins macht, auch ihm.« Er grunzte, als hätte er gerade einen Witz gemacht. Es lag keinerlei Sentimentalität in der Stimme.

»Vielleicht suche ich mir noch einen anderen Job. Oder vielleicht fange ich doch bei dir an«, sagte ich. »Ich würde dich gern unterstützen, egal wie.« Ich lächelte ihm zu. Mir fiel auf, dass ich selten diejenige gewesen war, die ihm Mut zugesprochen hatte.

»Gefällt dir das Café nicht mehr?«

»Doch, nur mein Chef ist etwas schwierig.«

»Das ist sein Job. Im Grunde wird von einem erwartet, dass man schwierig ist«, erwiderte er.

»Meinst du, du hast irgendwann noch mal Zeit, Autofahren mit mir zu üben? Ich habe Angst, dass ich durch die Prüfung sause«, sagte ich.

»Nächste Woche? Vielleicht kann auch Lindy mit dir üben? Ja, mit Führerschein könntest du mich unterstützten, ohne eher nicht«, sagte er ohne große Emotionen.

Ich stand auf. »Ich muss ins Bett. Der Tag war lang und gestern war es auch spät. Gute Nacht, Dad.« Ich lehnte mich nach vorn, um ihn zu umarmen.

»Gute Nacht, Emma. Falls du Asher noch mal siehst … Valentina hatte da den Verdacht, dass Asher ein Verehrer von dir ist, vielleicht bekommen wir es ja mal hin, dass wir ihn zusammen mit seinem Vater treffen …« Er zwinkerte mir zu, als wäre das ein Lichtblick.

»Ja, mal sehen«, sagte ich und schluckte. Ich ging durch die Küche zurück ins Haus und stellte meinen Teller in die Spülmaschine. Dad war nicht wirklich darauf eingegangen, dass ich für ihn arbeiten wollte, und schien sich über mein Interesse auch nicht sonderlich zu freuen. Vielleicht hatte er mit Lindy einfach genug Hilfe. Ich schaute noch mal auf die Terrasse. Er saß immer noch da, seine Schultern waren eingefallen. In der Küche war es überraschend unordentlich. Klar, mein Vater war gar nicht gewohnt, selbst aufzuräumen.

Elf

»Bin im Tennisclub, wir haben früher Schluss, kommst du vorbei? Wir müssen quatschen«, schrieb Jen.

Ich würde eh erst am Nachmittag weiter auf Jobsuche gehen, dann war die Chance größer, die Eigentümer anzutreffen. Also radelte ich zum *Hamptons Country & Tennis Club.*

Von außen wirkte das Clubhaus wie ein ganz normales, wenn auch großes Wohnhaus im typischen Hamptons-Stil aus grauem Holz mit weißen Fensterrahmen, das in die Jahre gekommen war. Aber wie auf Sylt, wo in gewöhnlich aussehenden, reedgedeckten Häusern Chanel-Geschäfte untergebracht waren, wusste ich von Jen, dass es ein Vermögen kostete, hier Mitglied zu werden, und die Wartelisten für Jahre ausgebucht waren.

Ich setzte mich auf die Terrasse und beobachtete Jen, die auf dem Center-Court Doppel spielte. Alle Tennisspieler trugen die vorgeschriebenen reinweißen Outfits. Es hatte hier wahrscheinlich zur Zeit des echten Great Gatsby nicht viel anders ausgesehen.

Endlich kam Jen durchgeschwitzt und mit rotem Kopf vom Platz. »Komm, wir fahren direkt zum Strand. Ich gehe lieber gleich ins Meer, statt zu duschen«, sagte sie zur Begrüßung.

Wir verfrachteten mein Fahrrad auf die Rückbank und fuhren im Käfer zum Strand.

»Ich bin gefeuert worden«, sagte ich, während ich versuchte, mir die Haare aus dem Gesicht zu halten, die der Wind hartnäckig in meine Augen blies. »Aber darüber können wir auch später reden. Wie war es mit Matt? Ich weiß sehr wenig, dafür, dass schon mehr als vierundzwanzig Stunden vergangen sind.«

»Du bist gefeuert worden?«, fragte Jen fassungslos. »Vom scharfen Chef höchstpersönlich oder von der muffeligen Amy-Winehouse-Kellnerin?«

»Eine Kombination. Ich bin mir nicht sicher, ob ich in eine Falle von Belle getappt bin – jedenfalls hat Leo mich dann gefeuert.«

»Was bildet der sich eigentlich ein? Aber keine Sorge, mir fällt schon was ein, wie wir zurückschlagen können.«

»Ich hätte diesen Job ziemlich dringend gebraucht. Ich brauche das Geld für das Studium in New York. Mein Vater kann mir da im Moment nicht wirklich helfen. Aber bitte nicht weitersagen. Sieht nicht so gut aus bei ihm. Soll sich aber nicht verbreiten.«

»Wenn es drauf ankommt, kann ich schweigen«, sagte Jen schnell. »Das weißt du ja.«

»Und ich habe trotz allem gern im *Bitter End* gearbeitet. Alleine wegen des flauschigen Katers.« Ich war viel trauriger über den Jobverlust, als erklärbar war. Schließlich hatte mich dort niemand auf Händen getragen. Aber mein Magen zog sich zusammen bei dem Gedanken, dass das *Bitter End* für mich gestorben war.

»Ja, der war süß. Oder du arbeitest wirklich für deinen Vater.«

»Dafür bräuchte ich endlich den Führerschein. Und eigentlich schien er nicht so begeistert von der Idee.«

»Du bist sicher nicht einfach nur zu stolz, ihn zu fragen?«

»Glaub mir, ich bin nicht sonderlich stolz. Sonst hätte ich noch ein paar andere Sachen gesagt, als ich gefeuert wurde wie die letzte Dumpfbacke ohne jedes Verantwortungsgefühl.« Außerdem sah es bei meinem Vater schlechter aus, als Jen dachte.

Inzwischen waren wir am Strand angekommen und machten uns auf den Weg zu unserem üblichen Liegeplatz.

»Du findest bestimmt einen neuen Job. Ich kann auch im Tennisclub fragen, die haben im Sommer immer Aushilfen, okay? Mir wäre es natürlich lieber, du fragst deinen Vater, dann hätten wir mehr Zeit füreinander und du bräuchtest mir nicht die Limo einzuschenken. Aber ich verstehe dich schon.« Sie lächelte mitfühlend.

»Ich werde es erst noch mal selbst versuchen. Aber vielleicht komme ich darauf zurück.«

Bald saßen wir mit nassen Badeanzügen vom Schwimmen auf unseren Handtüchern. Das kühle Wasser hatte gutgetan, ich fühlte mich frischer und mein Kopf war klarer. Jen stellte ihren kleinen Lautsprecher auf, drapierte ein Buch auf ihrem Handtuch und cremte sich sorgfältig ein. Aber ich durchschaute sie. Jen wartete auf die Jungs.

»Können wir jetzt über die anderen wichtigen Sachen reden? Du und Asher. Was wird das jetzt? Werde ich deine Trauzeugin? Was ist passiert?! Also, so ganz genau. Details.«

Ich kicherte. »Er ist süß«, sagte ich, legte mich zurück auf mein Handtuch und schaute in den Himmel. Er war verlässlich blau.

»Wie, das war's? Das sind keine Details.« Aber irgendwie klang ihre Stimme etwas belegt. Als würde sie etwas belasten. Das war mir vorhin gar nicht aufgefallen, weil ich so mit mir selbst beschäftigt gewesen war.

Ich rollte mich auf den Bauch, sodass ich neben Jen lag.

»Neee. Erst kommst du. Was ist passiert, nachdem ich gegangen bin? Was genau war mit Matt? Er will doch genauso was von dir, da besteht kein Zweifel. Wenn du nicht hinsiehst, klebt sein Blick jede Sekunde an dir.«

»Es war schon okay«, sagte sie ausweichend. »Er ist wirklich toll.«

»O nein. *Okay?* Wie jetzt?«

»Wir haben uns an den Strand gelegt und ganz lang gequatscht. Es war sehr schön.«

»Allein?«

»Nein, die anderen waren noch da.«

»Und? Ist was passiert?«

»Wir haben Händchen gehalten.«

»Und dann?«

»Nichts. Er will mich wiedersehen.« Sie zuckte mit den Schultern.

»Aber das ist doch total schön? Du wirkst gar nicht mehr überzeugt. Findest du ihn doch nicht mehr so gut? Hat er irgendetwas Doofes gesagt oder gemacht?«

»Wir haben nicht geknutscht.«

Ich musste lachen. Jen nahm ein bisschen Sand in die Hand und ließ ihn durch ihre Finger rieseln.

»Das ist tatsächlich untypisch für dich. Du bist doch so ein Knutschmonster.«

»Glaub mir, es lag nicht an mir. Ich habe mich mehrfach in Position gebracht. Er ist mir ausgewichen.«

»Du klingst wie eine beleidigte Fünfjährige. Hallo, er will dich wiedersehen? Das ist doch viel besser als so eine One-Night-Knutschgeschichte.«

»Oder er ist sich unsicher, ob er mich will.« Sie sah total beunruhigt aus.

»Du willst doch wirklich was von ihm, oder? Mehr als nur eine kurze Affäre.«

»Schon. Er ist wirklich cool.«

»Und?«

»Naja, ich habe ihm echt mehrere Chancen gegeben, mich zu küssen. Vielleicht will er mich ja gar nicht, sondern nur als Kumpel oder so.«

Ich prustete los. »Ich finde es sympathisch, dass er nicht so schnell ist.«

»Mich verunsichert das.«

»Du bist verrückt«, sagte ich. »Ist das so ein New-York-Ding? Das alles ganz schnell gehen muss?«

»Oh, das glaube ich jetzt nicht«, sagte Jen plötzlich und blickte hinter mich. Ich konnte nichts sehen, weil ich ja auf dem Bauch lag. »Dreh dich noch nicht um, aber da kommt jemand, den du kennst.« Sie fixierte mich eindringlich und hielt mich mit einer Hand davon ab, mich umzudrehen. »Du musst mir dann gleich auch alles erzählen«, sagte sie.

Irgendwie ahnte ich schon, wer da kam. Asher. Mein Herzschlag beschleunigte sich sofort wieder. Ich freute mich darauf, ihn zu sehen. Aber ich wusste überhaupt nicht, wie ich mich jetzt verhalten sollte. Oder was ich wirklich über den Abend dachte – meine eigenen Gefühle waren plötzlich so schwer zu verstehen. Ich hatte noch überhaupt keine Zeit gehabt, in Ruhe darüber nachzudenken. Was ich gerade empfand, fühlte sich fast mehr wie Panik an als Verliebtheit.

»Hi, Emma, kann ich dich mal kurz sprechen?« Bei der Stimme zuckte ich zusammen und mein Herzschlag beschleunigte sich noch weiter. Dann drehte ich mich langsam um. Genau. Da stand nicht Asher, ich erblickte keine blonden Haare, keinen goldbraunen Surfer. Stattdessen stand ausgerechnet Leo in einem mittelblau verwaschenen T-Shirt hinter mir. Schwarze Haare, blaue Augen, die gegen die Sonne blinzelten. Er blieb vor unserem Handtuchlager stehen. Seine Hände steckten in den Hosentaschen.

Jen blickte zu mir. »Ich gebe euch ein bisschen Privatsphäre«, raunte sie mir zu. »Er sieht nicht so sauer aus, wie du ihn beschrieben hast.« Sie lächelte mir aufmunternd zu, richtete sich auf und sprang auf die Füße.

»Ich habe Durst, ich hole mir mal was«, sagte sie laut. »Hi, Leo«, fügte sie lässig hinzu, als sie an ihm vorbeiging, und machte sich auf in Richtung der kleinen Strandbar.

Ich saß inzwischen kerzengerade auf meinem Handtuch. Warum tauchte er hier auf? Was wollte er noch von mir?

»Emma«, begann Leo. Sein Blick sah völlig anders aus als gestern im Café. Er wirkte nicht wütend. Sein Kinn war auch nicht mehr so komisch angespannt, stattdessen war sein Blick offen, eher … schuldbewusst? Er presste die Lippen einmal kurz zusammen. »Emma«, wiederholte er noch mal.

»Hi«, sagte ich, aber es klang eher wie ein Krächzen. Dann räusperte ich mich, griff nach meinem Shirt, zog es über und stand ebenfalls auf.

Ich mochte nicht zu ihm hochsehen, während ich mit ihm sprach.

Vielleicht hatte ich jetzt die Chance, doch noch die Dinge zu sagen, die seit gestern in mir hochkochten.

»Ich wollte mich entschuldigen«, sagte Leo, bevor ich damit anfangen konnte. Er verzog den Mund, als würde er sich auf die Lippe beißen. Er senkte den Kopf.

Für einen Moment war ich sprachlos.

»Du konntest nichts dafür«, sagte er. »Ich habe mich zu schnell aufgeregt. Und ich weiß, dass Belle manchmal nicht so einfach ist.«

»*Nicht so einfach?* Nicht so einfach bedeutet für mich nicht, dass ich urplötzlich einfach gefeuert werde. Ich habe ihr nichts getan. Von der ersten Sekunde an hat sie mich abgelehnt. Seit meinem Vorstellungsgespräch. Nicht, dass du dich überschlagen hättest mich anzustellen. Aber ich verstehe nicht, was da passiert ist und…«

»Ich will mich für mein Verhalten entschuldigen«, unterbrach er mich. Er wollte offensichtlich nicht weiter über Belle reden.

»Du weißt noch mehr«, stellte ich fest.

Er zuckte hilflos mit den Schultern. »Ich weiß, dass du nichts dafür konntest an dem Morgen. Ich bin ausgerastet. Ich habe meinem Onkel gegenüber so ein schlechtes Gewissen, wenn etwas nicht läuft und … es tut mir leid. Ich wollte fragen, ob du wieder im *Bitter End* arbeiten würdest. So eine gute Mitarbeiterin wie dich hatten wir selten. Das haben Belle und Min-Ji auch schon gemerkt.«

Ich war platt. Damit hätte ich jetzt am allerwenigsten gerechnet. Ein Kompliment.

»Was war das mit Belle?« Ich verschränkte die Arme. »Ich glaube, ich habe eine etwas genauere Erklärung verdient.« Sein Auftritt bestätigte meine Vermutung, dass alles Absicht gewesen war, auch wenn Leo es mir nicht erzählen wollte.

Er schaute mich einen Moment an. Irgendwie schien er zu dem Schluss zu kommen, dass er mich nicht abwiegeln konnte.

»Sie hat mir erzählt, dass sie dir erst sehr spät eine Nachricht geschickt hat. Das war nachlässig von ihr, sie wollte dich nicht rausmobben. Aber sie hat sich auch nicht angestrengt. Das ist einfach ... du passt in ihr Feindbild. Du erinnerst sie an meine Ex-Freundin. Sie glaubt, sie muss mich beschützen.«

»Vor mir?«

»Ich musste ihr hoch und heilig versprechen, dass ich nicht auf dich stehe.«

Wenn es eine Antwort gab, mit der ich nicht gerechnet hatte, dann war das diese hier.

»Das ist absurd«, sagte ich.

»Belle meint es nicht böse.«

»Ach so«, sagte ich ironisch. »Das war also nett gemeint.«

Ich wusste wirklich nicht, was ich sagen sollte.

Er schaute mich mit gegen die Helligkeit zusammengekniffenen Augen an.

Aber so richtig lange konnte ich Leo auch nicht anschauen. In meinen Gedanken hallten die zwei Sätze nach, als hätten sie ein Echo: *Du erinnerst sie an meine Ex-Freundin* und *Ich musste versprechen, dass ich nicht auf dich stehe.*

»Jim hat schon nach dir gefragt. Buttons würde sich auch freuen. Und ich habe das Gefühl, du magst den Laden.«

Da hatte er recht.

»Und? Kommst du wieder?«

Ich zuckte mit den Schultern. »Ich weiß nicht.«

»Es würde mich wirklich sehr freuen«, wiederholte Leo.

»Würde Belle sich auch freuen?«

»Sie würde sich auch freuen. Sie ist nicht so gut mit Entschuldigungen.«

»Ich muss mir das alles noch mal überlegen.«

Aber er schien nicht mehr aufgeben zu wollen.

»Und wenn ich dir anbiete, mit dir für die Führerscheinprüfung zu üben? Mein Auto hat Schaltung«, bot er an. »Deutsches Qualitätsauto, ein Volkswagen.«

Ich musste gegen meinen Willen grinsen, so zerknirscht wie er vor mir stand. »Bettelst du gerade?«

»Nur ein bisschen. Wir vermissen dich alle im *Bitter End*. Nicht nur Jim.« Er grinste schräg. Wusste er, dass er ein irgendwie unwiderstehliches Lächeln hatte, und setzte das bewusst ein? Warte mal, checkte er mich gerade ab? Nein, sein Blick war schon wieder auf mein Gesicht gerichtet.

Ich wandte mich ab. Er sollte nicht sehen, wie sehr ich mich über den Satz freute. »Okay.«

»Das war ein Ja?« Langsam breitete sich das Lächeln auf seinem ganzen Gesicht aus und brachte es zum Leuchten. »Jetzt bin ich aber erleichtert. Kommst du gleich morgen früh wieder?«

Ich nickte langsam. Und versuchte nicht zu doll zu lächeln, auch wenn meine Mundwinkel mir fast entglitten. Ich freute mich viel zu sehr, ins *Bitter End* zurückzukommen. Es fühlte sich gut an, dort zu arbeiten, in dem liebevoll eingerichteten Café, mit dem flauschigsten Kater der Welt, mit dem schönen Geschirr, den Holztischen. Außerdem spürte ich sein Lächeln aus völlig unlogischen Gründen im Bauch.

»Das ist cool.« Er schien nicht richtig zu wissen, was er noch sagen sollte. »Vielleicht kann ich dann doch noch beruhigt eine Runde surfen gehen.«

»Wo gehst du eigentlich immer surfen? Hier bist du nie.«

»Ich fahre meist hoch nach Montauk. Da sind die Wellen verlässlicher und länger.«

»In Montauk war ich noch nie«, sagte ich. »Kenne ich nur aus einem Buch.«

»Es lohnt sich. Vielleicht machen wir als Bonus mal eine Fahrstunde in Montauk.«

Jetzt grinste ich.

»Aber ich muss dich warnen, sind möglicherweise nicht so viele A-Lister dort.«

Ich boxte ihn kurz in den Arm. »Wenn du noch einmal in meiner Gegenwart dieses Wort benutzt, koche ich nie wieder einen Kaffee für dich.«

Leo grinste. Sein Lächeln war ansteckend. Wir blickten uns in die Augen. Es fühlte sich völlig anders an als zuvor. Als wäre eine unsichtbare Wand, die vorher zwischen uns gewesen war, heruntergefahren worden und wir sahen uns zum ersten Mal wirklich an. Seine Augen leuchteten. Und weil ich so gar nicht auf der Hut war, ging sein Blick durch mich hindurch, nein, tiefer in mich hinein, ich spürte den Blick im Magen und bis in die Fingerspitzen. Ich schaute Richtung Wasser. Jetzt waren doch einige Surfer zu sehen.

Leo blickte auf seine Uhr. »Morgen um halb sieben?«

Ich nickte.

»Danke, Emma.«

Und dann drehte er sich um und ich folgte ihm mit Blicken. Aber er wandte sich nicht mehr um.

Kurz danach kam Jen atemlos zurück. Sie musste darauf gelauert haben, dass er ging. Ich hatte schon gesehen, dass Matt und Asher nicht zum Strand gekommen waren. Aber vielleicht war das ganz gut so.

»Und jetzt möchte ich bitte alles ganz genau wissen. Asher, scharfer Chef, Job, einfach alles.«

»Jen! Du musst mir versprechen, nie *scharfer Chef* zu sagen, wenn er in der Nähe ist, okay? Falls er das je mitbekommen sollte, würde ich das nicht überleben, so psychisch.«

Sie grinste gespielt böse. »Das kann ich nicht versprechen. Schieß los.«

Zwölf

Am nächsten Morgen radelte ich wieder ins *Bitter End.* Ich fühlte mich energiegeladen und war geradezu aufgedreht.

Belle sah weniger fertig aus als sonst und vor allem weniger grimmig. Als ich kam, machte sie gerade mal wieder ein Foto von sich selbst. Ich hatte schon gemerkt, dass sie ab und zu ganz gern Bilder von sich postete. Als sie sich ihren üblichen Black Eye braute, zwei Espresso in einer Tasse mit schwarzem Kaffee – ab wann fiel Koffein eigentlich unter das Betäubungsmittelgesetz? Gab es so was wie eine Koffeinvergiftung? –, machte sie mir gleichzeitig ungefragt einen Coconut Latte. Das hatte sie noch nie gemacht. Hatte sie tatsächlich ein schlechtes Gewissen? Vielleicht war das ihre Art, Entschuldigung zu sagen? Ganz so leicht würde ich ihr jedenfalls nicht verzeihen. Wir mussten uns später auf jeden Fall noch aussprechen. Buttons war den ganzen Morgen schnurrend um meine Beine gestrichen, als wollte er sich für die anderen entschuldigen, immerhin.

Wir wechselten uns fliegend an der Theke und den Tischen ab, die Handgriffe waren Routine und ich konnte bei der Arbeit immer wieder meine Gedanken schweifen lassen. Ich stellte meine Playlist namens *Favorite Coffeehouse* an. Sie bestand aus vielen leisen Gitarrenklängen, einer Prise der Kultband *New Orange County* und sentimental-nostalgischem Country. Und Belle änderte sie auch nach dreißig Minuten nicht! Ja, sie musste definitiv ein schlechtes Gewissen haben.

Die Stammgäste Jim, Jerry, Ellen und Sophie kamen und ich servierte ihnen den üblichen Cappuccino oder Cinnamon Latte. Ich machte ein paar Witze mit ihnen. War es ein schöner Tag für einen Blueberry-Muffin oder für Haferflocken-Muffins? Es fühlte sich alles so gut an. Ich liebte den Geruch der gemahlenen Kaffeebohnen, von Haferkeksen und Buttermilch-Scones, der in der Luft lag.

Um elf kam Leo. Nachdem ich seinen Namen auf dem Schichtplan gesehen hatte, war mein Blick schon mehrmals zur Tür gewandert, um zu schauen, wann er kam. Ich wartete auf ihn. *Ich musste Belle schwören, dass ich nicht auf dich stehe* – dieser Satz hallte immer noch in meinem Kopf nach und machte komische Dinge mit mir. Der Satz war auch schuld daran, dass ich heute ein dunkelgrünes, sackartiges T-Shirt trug und Shorts, die völlig ausgeblichen waren. Ich hatte mich absichtlich nicht geschminkt und meine Haare zu einem einfachen Knoten auf dem Kopf zusammengerollt. Er sah ziemlich anders aus als Belles kunstvolle Hochsteckfrisuren. Ich würde mich jedenfalls nicht in jemanden verwandeln, der ihn anschmachtete und mit ihm flirtete, wie es das wohl schon einmal gegeben hatte. Trotzdem. Schlimmer noch war, dass der Satz auch in meinem Magen nachhallte, wo es sich anfühlte, als hätten sich ein paar unruhige Motten dahin verirrt.

»Wenn du willst, kann ich dir heute um sechs die erste Fahrstunde geben«, sagte Leo, als ich ihm eine Bestellung über den Tresen reichte, voll damit beschäftigt zu vertuschen, dass seine Nähe mich durcheinanderbrachte, seit diese gläserne Wand weg war. Allein, dass ich mich darum bemühen musste, war so falsch. Bei seiner Frage wäre mir der Chai Latte fast aus der Hand gefallen.

»Heute?«

»Ist das so schlecht?«, fragte er zurück.

»Nein, also, nein. Heute um sechs klappt gut. Ich hoffe, dein Auto ist nicht zu neu.« Er war niemand, der Dinge aufschob.

»Glaub mir, das ist die einzige Sorge, die du nicht haben musst. Ich hole dich ab?«

»Zu Hause?«, fragte ich verdutzt.

Er nickte. »Ich bin dein Chef. Ich habe Zugang zu allen geheimen Daten«, grinste er.

Nur war es ja Marthas Adresse, die ich bei meiner Einstellung angegeben hatte. Aber gut, das würde ich hinbekommen.

Ab Viertel vor sechs wartete ich vor Marthas Haus. Mein Fahrrad hatte ich neben ihrem Haus abgestellt. Martha wohnte in einem kleinen Haus aus grauen Schindeln zu Untermiete, aber sie war ja ohnehin nicht zu Hause. Ich hatte mir ein anderes T-Shirt angezogen und Turnschuhe, aber mich bemüht, nicht auszusehen, als hätte ich mich angestrengt. Um fünf vor sechs hielt der VW-Bus vor dem Haus.

»Hi, Leo«, sagte ich durch das geöffnete Fenster und zog die Tür auf.

»Hi«, sagte er grinsend. Schnell glitt ich auf den Beifahrersitz.

»Du hast nicht übertrieben. Der Bus sieht von Nahem echt uralt aus.«

»Sag ich doch. Ich glaube, er gilt schon als Oldtimer. Aber die Dinger halten ewig.«

»Du hast keine Angst um ihn?«

»Ich habe riesige Angst um ihn. Hey, das war ein echtes Opfer, das ich da gebracht habe. Ich dachte, wir fahren zu einem Parkplatz und üben da erst mal. Wenn du mit dem unübersichtlichen Bus hier parken kannst, kannst du mit jedem Auto parken.«

»Gut«, erwiderte ich. »Klingt vielversprechend.«

Eine Viertelstunde später erreichten wir einen Parkplatz, der zu einer Sportanlage gehörte, die in den Schulferien verlassen war.

»Ein paarmal bist du aber schon gefahren?«

»Ja, mit meinem Vater. Und ich hatte fünf Fahrstunden. Ich bin aber nicht allzu talentiert.«

Er verzog das Gesicht.

»Rechts ist Gas, links die Bremse. Ganz links die Kupplung. Gas und Bremse mit dem gleichen Fuß. Dem rechten.« Er führte es mir vor. Ich lehnte meinen Kopf zu ihm rüber, um genau zuzuschauen. Es fühlte sich plötzlich viel enger im Auto an, als es objektiv war.

»In der Theorie bin ich immer gut. Nur praktisch …«

Wir tauschten die Plätze. Ich war wirklich aufgeregt. Es war warm im Auto und meine Finger waren schwitzig. Eine Schweißperle lief meinen Nacken herunter. Die Fahrstunde mit meinem Dad war auch schon eine ganze Weile her.

»Emma, entspann dich«, sagte Leo und umfasste kurz meinen Arm. »Du bekommst gleich einen Krampf in den Fingern.« Er griff nach meiner Hand und löste die Finger vom Lenkrad. Dadurch merkte ich erst selbst, wie verkrampft ich es umklammert hatte. Die Berührung machte meine Anspannung allerdings nicht besser. Leo war einfach sehr nah, viel zu nah, egal, was ich mir rational überlegte. Ich reagierte auf ihn. Es war anders als mit Asher. Leo hatte ich nicht jahrelang angehimmelt, im Gegenteil, seit der ersten Begegnung war es mehr als holprig zwischen uns gewesen. Ich konnte es mir nicht erklären. Auf ihn reagierte ich nicht nur mit hektischer Kurzatmigkeit. Es war noch ein anderes Gefühl dabei, irgendwie … *tiefer.* Und aus irgendeinem Grund war das noch viel verwirrender. Ich versuchte, mich auf die Straße zu konzentrieren.

»Der VW klemmt manchmal etwas beim Schalten. Aber wie gesagt: Wenn du mit dem Ding klarkommst, kann dich nichts mehr schrecken.«

Ich drückte die Kupplung durch, drehte den Schlüssel um. Der Motor sprang an und ich gab langsam Gas. Mit einem kleinen Satz setzte sich der Bus in Bewegung.

»Huch«, entfuhr es mir. Ganz langsam beschleunigte ich, ließ mir Zeit, in den nächsten Gang zu schalten.

»Kupplung treten, schalten, Kupplung langsam loslassen«, leitete Leo mich an. Ein weiterer Hüpfer. »Laaaangsam«, sagte er, seine Stimme klang nun etwas nervöser.

Nach ein paar Runden wurde es besser und ich versuchte mich im dritten Gang. Als ich einmal kurz zu Leo herüberschaute, sah ich, dass er seine Finger fest in den Sitz verbohrt hatte.

»Oh«, sagte ich, »du bist weniger cool, als du tust. Nicht, dass das Abdrücke hinterlässt oder du aus Versehen ein Stück Polster herausreißt.«

»Irgendwie hatte ich gedacht, dass du übertreibst, als du gesagt hast, dass du gar nicht Auto fahren kannst.«

»Ich habe es so geschildert, wie es ist. Wie kommst du darauf, dass ich übertreiben würde?«

»Naja, du hattest ja auch etwas übertrieben, was deine Erfahrung mit Kaffeemaschinen anging.«

»Hey, ich habe viele YouTube-Videos über Espressomaschinen gesehen. Und in der Kneipe, wo ich gejobbt habe, gab es auch eine Kaffeemaschine. Nur war das eben eher so ein Oldschool-Teil mit Filter. Ein bisschen übertreiben ist bei Bewerbungen völlig normal, das wird quasi sogar erwartet, hat mein Vater mal gesagt.«

»Okay. Jetzt parken wir zwischen den Streifen da drüben«, wies er an.

Ich fuhr mit Schwung zwischen die beiden Linien und brachte das Auto zum Stehen.

»Gott, Fahrstunden sind wirklich viel nervenaufreibender, als ich dachte«, sagte Leo, der jedes Mal zusammengezuckt war, wenn sein Wagen ein komisches Geräusch von sich gegeben hatte. Er rieb sich die Stirn, wobei er mich mit dem Ellenbogen streifte.

»War es so schlimm?«

»Naja, war alles etwas holprig, aber für den Anfang gar nicht sooo schlecht«, sagte Leo gnädig.

Wir übten noch ein paarmal rückwärtsfahren und einparken. Wenn ich mich über die Schulter nach hinten drehte, war Leo noch näher.

Seine Wangen waren gerötet, als würde er bei jeder Fehlkupplung mit seinem Auto mitfühlen. Trotzdem lachten wir ziemlich viel. Er ärgerte mich, ich ärgerte ihn zurück. Und irgendwie war alles ganz anders als sonst. Jetzt, wo er nicht mehr mein kritischer Boss war, sondern – ja, was war er denn jetzt eigentlich genau? Ein Freund?

Irgendwann blieben wir stehen und öffneten die Wagentüren, um mehr frische Luft ins aufgeheizte Auto zu lassen. Eine Klimaanlage gab es nicht.

»Noch eine Stunde auf dem Parkplatz und dann kannst du auf die Straße, denke ich.«

»Ich finde es selbst gruselig, dass Leute wie ich hier einfach auf der Straße fahren dürfen.«

»Du lernst es schnell. Dazu braucht man kein Talent. Nur Routine.«

»Willst du sagen, dass ich kein Talent habe?«, fragte ich und legte den Kopf schief.

»Das hast du gesagt. Aber ich glaube, mit ein bisschen Übung brauchst du dir zumindest nicht mehr auf die Lippen zu beißen, sodass sie fast zu bluten anfangen.«

»Oh«, sagte ich und fuhr mir mit der Zunge über die Lippen. Ein leicht metallischer Geschmack blieb zurück. »Ich bin tatsächlich schweißgebadet und mit den Nerven fertig.«

»Ich bin als Beifahrer mindestens genauso verschwitzt und mit den Nerven fertig wie du. Ich hätte eine Lösung. Sollen wir noch kurz ins Wasser, bevor ich dich zurückbringe?« Er zog fragend eine Augenbraue nach oben und klopfte mit dem Zeigefinger auf die Ablage. War er letztlich auch ein klein bisschen verunsichert von unserem neuen, freundschaftlicheren Verhältnis?

»Klar«, sagte ich. »Solange du zum Strand fährst.«

Er nickte. Als wir ums Auto herumliefen, um den Platz zu tauschen, wären wir fast gegeneinandergestoßen. Wir lachten beide etwas verlegen.

»Warst du schon mal am Sammy's Beach? Der ist ziemlich nah.«

»Ich gehe meistens zum Mecox oder in Southhampton an den Strand. Sonst wird mir das mit dem Fahrrad zu weit«, sagte ich.

»Dieser ist ganz anders. Ein wilderer Strand. Ohne so viele Leute. O nein, warte mal, gehst du auch hin, wenn keine A-Lister da sind?«, fragte er und setzte ein betont schockiertes Gesicht auf.

»Hey, ich habe nur unter der Bedingung eingewilligt, weiter im *Bitter End* zu arbeiten, dass dieser Ausdruck nicht mehr benutzt wird.«

»Long Island ist klein, aber sogar in den Hamptons gibt es noch wildere Ecken«, fuhr Leo unbeirrt fort.

»Ich würde den Strand gern sehen.«

Die Sonne stand schon sehr tief und das Licht hatte sich verändert. Leo war losgefahren und die Konturen der Bäume in dem Waldstück, das wir durchquerten, waren geradezu surreal erleuchtet.

»Du hast also noch ein bisschen Zeit? Bis wir da sind und dann wieder zurück in Bridgehampton, dauert es schon eine Stunde.«

»Kein Problem«, sagte ich. »Ich habe heute nichts mehr vor.« Im gleichen Moment ärgerte ich mich ein wenig, dass ich das zugegeben hatte. War das jetzt komisch, dass ich mit meinem Boss einen derartigen Ausflug machte? Er sah zwar nicht aus wie ein Chef mit seinen Shorts und dem dunklen Bartschatten, aber er *war* schließlich mein Boss. Für einen Moment überlegte ich, ob das alles unpassend war wegen Asher. Wir gingen schwimmen. Er hatte mir eine Fahrstunde gegeben.

Nein, das bedeutete ja gar nichts. Und Asher und ich – da wusste ich genauso wenig, was das alles bedeuten sollte.

Nach ein paar Meilen fuhren wir vom Highway ab. Leo nahm kleinere Straßen und dann fuhr er durch waldigeres Gebiet. Es war kein lichtarmer Wald, kein Tannenwald, sondern Laubwald, der viel Sonne zum Boden durchlies, der mit freundlichen Moosen und kleinen Büschen bedeckt war. Hier sah es ganz anders aus als an den gepflegten Stränden der Hamptons, anders als an der knuffigen, aber schicken Einkaufsstraße in Southhampton. Und es war nicht nur der Wald, auch die Häuser wirkten hier wilder und natürlicher. Die Luft war frischer und es wurde um einiges kühler. Mir lief ein kleiner Schauer über den Rücken.

»Willst du mein Sweatshirt? Da hinten liegt eins.« Leo deutete auf einen grauen Pullover, in dem ich ihn schon häufiger gesehen hatte.

Ich schüttelte den Kopf. »Ist schon okay.« Der Gedanke, seine Kleidung anzuziehen, erschien mir irgendwie viel zu persönlich.

»Was ich noch nicht ganz verstehe, ist – hast du die ganzen letzten Jahre in Deutschland gelebt?«

Ich nickte. »Seit meine Eltern geschieden sind. Und meinen Vater habe ich eher in den Ferien an irgendwelchen anderen Orten getroffen. Ich war kaum in den USA.« Mir fiel auf, dass das eigentlich die erste wirklich persönliche Frage war, die er mir stellte.

»Bist du schon vor dem Café immer in die Hamptons gekommen, um deinen Onkel zu besuchen?«

Er nickte. »Ja, eigentlich schon immer.«

»Gab es das *Bitter End* da schon?«

»O ja, das gab es. Da war ich früher schon oft.«

»Und hat dein Onkel es da auch betrieben?«

Leo nickte wieder.

»Wohin ist er denn verreist?«, fragte ich.

Der Wald lichtete sich wieder. Wir waren noch mal abgebogen und kamen auf einem kleinen Parkplatz zum Stehen.

»Wir sind da«, sagte Leo, ohne auf meine Frage einzugehen. Irgendwie hatte ich das Gefühl, dass er mir etwas verschwieg. Er stellte den Motor ab und wir blieben noch einen Moment lang sitzen. Vielleicht wurde uns beiden bewusst, dass wir hier allein zusammen hingefahren waren. Dass wir für Chef und Angestellte ziemlich viel zusammen gelacht hatten. Vielleicht war das aber auch nur in meinem Kopf. Vielleicht kam er sonst mit Belle hierher.

Wir ließen unsere Schuhe im Auto und nahmen den kleinen Pfad, der zum Strand führte. Der Strand war viel schmaler als die Strände an der Südseite, weniger aufgeräumt von den Spuren der Natur. Überall lagen Muscheln und stellenweise waren Felder aus Algen angeschwemmt worden. Wahrscheinlich wurde das alles von den anderen Stränden aufgelesen und weggefegt.

»Du liebst das *Bitter End*, nicht wahr?«, fragte ich. Auch wenn er Dinge verschwieg, immerhin war er redseliger als sonst. Anscheinend spürte auch er, dass die unsichtbare Wand verschwunden war.

Leo hielt einen Moment inne und blickte suchend in meine Augen. Er schien dort die Bestätigung zu finden, die er brauchte, denn er fuhr tatsächlich fort. »Ja, das tue ich. Meine Tante ist seit drei Jahren weg. Mein Onkel hat das nicht so gut verkraftet.«

»Und deshalb hilfst du ihm?«, sagte ich.

Leo schüttelte den Kopf, als wollte er etwas abschütteln. »Er hilft mir. Ich brauchte auch eine Pause von meinem Wirtschaftsstudium. Damit ich mir überlegen kann, wie es weitergeht«, sagte er.

Er war schon auf dem College gewesen.

»Gefällt dir dieser Strand?«, fragte er.

Es war natürlicher, ungezähmter und wunderschön. An der Wasserfront gab es ein paar wenige Häuser, einige davon lugten zwischen der bewaldeten Düne hervor. Keine Häuser, die imponieren sollten oder versuchten, das Meer mit riesigen Glasfenstern eindrucksvoll in Szene zu setzen. Vielen der eher kleinen Holzhäuser sah man an, dass der starke Wind, der auf sie einblies, Spuren hinterließ.

»Er ist zauberhaft.« Lächelnd sah ich mich um – und schreckte zurück. »Ach Gott, was ist das!?« Ich zeigte auf das Gerippe eines riesigen Krebses einige Meter vor mir. Es war eine Art Monsterkrabbe mit einem runden Panzer. Mindestens doppelt so groß wie meine Hand mit gespreizten Fingern.

Leo hob den leeren Tierpanzer auf. »Das ist eine Hufeisenkrabbe. Die gibt es schon seit Millionen von Jahren.«

»Die sieht so aus, als wäre sie selbst Millionen von Jahren alt, wenn du mich fragst«, sagte ich.

»Ich habe die früher immer gesammelt, um sie abzuzeichnen. Ich kann dir ungefähr fünfzig Bilder von Hufeisenkrabben geben, falls es dich interessiert.« Er war stehen geblieben und drehte sich zu mir um. »Okay, einmal kurz rein und dann zurück.«

»Wo rein? Du willst wirklich noch ins Wasser? Ich bin schon genug abgekühlt.«

Das Meer lag grau vor uns, wenn auch die rosigen Farben des

Sonnenuntergangs und die golden angestrahlten Wolkenberge darüber freundlich waren.

»Danach fühlst du dich super.« Er zog sich mit einem Ruck das Shirt über den Kopf. »Komm, nur einmal eintauchen. Das Meer ist nicht tief an dieser Stelle und die Wellen sind nicht gefährlich, hier gibt's keine komischen Strömungen.«

Er grinste. Ich fixierte sein Gesicht. Vor allem, weil ich nicht auf seinen Körper schauen wollte. Mir wurde schon wieder komisch schwindelig. Er hatte eine Badeshorts drunter. Okay, dann würde ich eben mit meinem neuen Kumpel schwimmen gehen. Eine kleine Abkühlung war wahrscheinlich angebracht.

»Ich habe keinen Bikini drunter«, sagte ich.

»Ist doch egal. Geh in Unterwäsche. Ich schaue auch nicht hin.« Er lachte. »Komm, ich gehe vor.«

Warum nicht. Ich zog mir meine Shorts herunter und nach kurzer Überlegung streifte ich auch mein Shirt ab. Dann rannte ich ihm nach in Richtung Wasser. Die Muscheln piksten unter meinen Füßen und der Wind war kühl. Aber trotzdem, es war ein gutes Piksen, eine gute Kälte. Ich fühlte mich lebendig. Ich rannte immer weiter, auch als ich das Wasser erreichte, bevor ich zu viel darüber nachdenken konnte. Und bevor ich zu lange in meiner Unterwäsche vor Leo herumstand. Gerade heute hatte ich auch noch Wäsche an, die nicht dazu geeignet war, sie irgendjemandem zu zeigen. Das hatte ich nicht so geplant wie meine Schlabberoutfits bei der Arbeit, das war einfach die vergraute Wirklichkeit meiner gemütlichen, gestreiften Baumwollunterhose und eines hautfarbenen BHs. Daraus hätte mir nicht mal Belle einen Strick drehen können. Trotzdem wollte ich verhindern, dass Leo Gelegenheit hatte, mich wirklich in dem Outfit zu sehen.

Das Wasser war kalt und raubte mir einen Moment lang den Atem. Schnell schwamm ich einige Züge, um mich abzulenken. Leo tauchte sogar mit dem Kopf ins eisige Wasser, das würde ich dann doch nicht tun. Ich schwamm eine kleine Runde und rannte dann wieder an den Strand. Leo kam kurz nach mir aus dem Wasser, was mich dazu brachte, noch schneller zu laufen. Denn im nassen Zustand wurde meine Unterwäsche leider auch nicht gerade schöner. Immerhin war sie nicht weiß und wurde durchsichtig.

»Aaaah«, kreischte ich. »Das ist *so* kalt!«

»Ich habe nichts anderes behauptet«, sagte er grinsend.

Ich griff nach meinen Sachen und hielt sie mir vor die Brust. »Einen Moment!«, rief ich und rannte weiter, hinter eine Reihe Dünengras und einen angespülten Baumstamm mit Zweigen, der etwas Sichtschutz bot. Schnell streifte ich die nasse Unterwäsche ab und zog die trockenen Sachen über. Kein BH also, na toll.

Kurze Zeit später saßen wir wieder im VW-Bus, der mittlerweile auch abgekühlt war. Jetzt erst spürte ich wirklich, wie kalt es gewesen war. »Kannst du die Heizung anmachen?«

Auf Leos Armen hatte sich ebenfalls eine Gänsehaut gebildet, die ihn aber überhaupt nicht zu stören schien.

»Willst du immer noch nicht mein Sweatshirt? Ich habe es erst einmal angehabt seit der letzten Wäsche, falls es das ist, was dich beunruhigt.«

Genau, das war es, was mich beunruhigte. Aber anders, als er meinte. Mich beunruhigte, dass er es überhaupt getragen hatte. Aber jetzt nahm ich es trotzdem. Mir war einfach zu kalt. Und ehrlich gesagt würde ich es sogar dann gern überziehen wollen, wenn es nicht sonderlich kalt wäre. Es würde vertuschen, dass ich keinen BH trug.

Und natürlich roch es nach Leo. Nicht stark und ich konnte noch nicht einmal genau sagen, wonach es im Besonderen roch. Waschmittel? Junge? Meer? Aber es roch gut. Und es war wahnsinnig weich.

Eine halbe Stunde später hielt der VW-Bus vor Marthas Haus.

»Danke für die Fahrstunde, Boss«, sagte ich und versuchte ganz cool zu sein. Dies war schließlich kein unangenehmer Moment nach einem Date, wo nicht ganz klar war, ob man sich jetzt zum Abschied küssen sollte oder nicht. Warum nur fühlte er sich irgendwie genauso an …?

»Ich fürchte, du brauchst noch ein paar Fahrstunden.« Er zwinkerte. Dann klopfte er zum Abschied gegen den Rahmen des heruntergekurbelten Fensters und fuhr davon.

Dreizehn

Ich wartete, bis das Auto ganz verschwunden war. Dann holte ich mein Fahrrad von der Stelle hinter dem Busch, wo ich es abgestellt hatte, und radelte nach Hause. Zum Glück war es nicht sonderlich weit und zum Glück trug ich Leos warmes Sweatshirt.

Vor der Haustür merkte ich, dass ich nur meinen Fahrradschlüssel dabeihatte. Es war zum Heulen. Tagsüber sperrten wir die Tür sowieso nicht ab, aber jetzt war ausnahmsweise abgeschlossen. Ich versuchte meinen Vater anzurufen. Er ging nicht dran. Und Martha war ja im Urlaub. Vielleicht war eine Terrassentür auf? Niemand in den Hamptons schloss gründlich ab. Keiner hatte Angst vor Einbrechern oder Ähnlichem. Vielleicht gab es auch einfach zu viele Bodyguards hier und das Terrain war zu mühsam für Diebe. Inzwischen war es ziemlich dunkel, nur ums Haus herum war die zeitgeschaltete Hausbeleuchtung angesprungen.

Ich lief von außen durch die Garage, die immer offen stand, und tatsächlich, die Tür von der Garage ins Haus war ebenfalls unverschlossen. Erleichtert und erschöpft streifte ich meine Turnschuhe ab und schob die Tür auf. Eine heiße Dusche würde mich aufwärmen. Vielleicht ein warmer Tee.

Ich dachte an Leo und wie wir zusammen ins Meer gerannt waren, an die Dämmerung, welche die Grüntöne des Dünengrases zum Leuchten gebracht hatte. Ich dachte an seine Silhouette im Halbdunkel des Autos, später. Es war so besonders gewesen. Aber vielleicht war das auch nur ich, die das so empfand. Vielleicht dachte er nicht eine Sekunde mehr daran und war einfach nur froh, seine Pflicht erfüllt zu haben. Es war mir nicht klar, was er beim Abschied gemeint hatte. Ich brauchte noch ein paar Stunden, aber hieß das, dass er mir noch ein paar Fahrstunden geben würde? Oder eher, dass ich mir dringend jemanden suchen musste, der mir noch etwas beibrachte? Aber egal, was er gemeint hatte, der Abend hatte mich glücklich gemacht. Auch wenn mir klar wurde, dass ich keine Sekunde an Asher gedacht hatte. Und hätte ich das nicht tun müssen? Ich wurde aus mir selbst nicht mehr schlau.

Ein Geräusch drang plötzlich aus dem Arbeitszimmer meines Vaters. Das Herz schlug mir sofort bis zum Hals. Mein Vater war doch gar nicht hier? Mir wurde klar, wie allein ich hier war. Als würde ich eines dieser Videos im Zeitraffer sehen, das erst die Erde aus dem Weltraum zeigte, dann immer weiter reinzoomte bis zu mir, im Flur, in diesem Haus in Bridgehampton. Niemand war in der Nähe, selbst das nächste Haus stand ein ganzes Stück weg. Aber nein, jetzt nicht hysterisch werden. War Dad vielleicht doch aus der Stadt zurückgekommen? Ich würde nur ganz vorsichtig durch die Scheibe schauen und dann definitiv nicht den Helden spielen, wie diese Verrückten in Filmen, die völlig allein mit einem Handfeger bewaffnet einen Einbrecher angingen und sich dann wunderten, dass sie kurz später gefesselt in einen Kleiderschrank eingesperrt wurden. Oder tot waren.

Mein Herz hämmerte gegen meinen Brustkorb, hoffentlich hörte sich das nur für mich so laut an. Ich hielt den Atem an und lauschte noch mal intensiv.

Da war definitiv ein Geräusch. Als würden Papiere rascheln. Durchsuchte jemand die Unterlagen meines Vaters? Ich nahm mein Handy aus der Tasche und tippte schon mal die Notrufnummer ein. Und auch wenn ich keinen Regenschirm zur Hand hatte, besaß ich schließlich wirklich den schwarzen Gürtel in Taekwondo. Ich war auch unbewaffnet nicht völlig wehrlos, damit rechnete niemand. Dann schlich ich mich ganz langsam in Richtung des Arbeitszimmers. Ich würde einfach nur um die Ecke schauen, dann sofort verschwinden und die Polizei anrufen. Nein, ich wollte mich nicht als Held aufspielen, aber ich wollte auch nicht der Vollidiot sein, der seinem eigenen Vater die Polizei auf den Hals hetzte.

Nie war das Rascheln meiner eigenen Kleidung so laut gewesen. Zentimeter für Zentimeter schob ich mich nach vorne. Ganz vorsichtig linste ich um die Ecke.

Es war nicht mein Vater. Eine Frau stand mit dem Rücken zu mir im Büro und fast hätte ich schon auf die Anruftaste gedrückt, so angespannt war ich. Aber nein, Nerven behalten. Ich blinzelte. Sie besaß einen wippenden, dunklen Pferdeschwanz. Und trug ein dunkelblaues Kostüm, das ich schon sehr oft gesehen hatte. Zu oft. *Lindy!* Mit gesenktem Kopf und feuerroten Wangen durchsuchte sie irgendwelche Akten.

Ich atmete aus und räusperte mich. »Entschuldigung?«

Lindy schrie auf und sprang dabei vom Tisch weg.

»Oh mein Gott! Du bist zu Hause.« Ihre Wangen glühten. »Ich habe mich so wahnsinnig erschreckt.«

»Entschuldigung«, wiederholte ich. Sie zitterte vor Schreck. »Das wollte ich nicht.« Eine merkwürdige Stimmung lag im Raum. »Ich habe mich mindestens genauso erschreckt«, beteuerte ich. »Ich dachte, hier wäre niemand.«

»Ich musste nur ein paar Sachen nachgucken und etwas holen«, verteidigte sie sich schnell. Ihre Wangen sahen fleckig aus. »Ich wollte niemanden stören. Ich dachte, dass niemand zu Hause ist. Ich hatte vorher extra geklingelt«, sagte sie.

»Es ist doch gar kein Problem«, beruhigte ich sie, weil sie wirklich völlig aufgelöst war. »Es tut mir leid, dass ich dich so erschreckt habe. Ich dachte schon, ich hätte die zweifelhafte Ehre, den ersten Einbruch in den Hamptons seit zwanzig Jahren erleben zu dürfen.«

Lindy schob hektisch alle Papiere zusammen. »Ich wollte sowieso gerade gehen, ich will dich gar nicht länger stören.«

»Nein, nein. Ich wusste nur gar nicht, dass du einen Schlüssel hast. Schau doch in Ruhe zu Ende. Ich gehe in mein Zimmer.«

Meine gewöhnliche Abneigung gegen sie wurde irgendwie geringer, als ich sie in so kopflosem Zustand dort stehen sah.

»Nein, vielleicht kommt gleich dein Vater. Ihr möchtet ja auch mal eure Ruhe haben und den Feierabend genießen.«

»Mein Vater ist ziemlich sicher in der Stadt«, sagte ich, überrascht, dass ich ausnahmsweise mal besser informiert war als Lindy.

Aber Lindy hatte schon ihre Tasche genommen, war in ihre Pumps geschlüpft und auf dem Weg zur Tür.

»Bis bald, einen schönen Abend«, rief sie zittrig und dann war sie weg.

Kopfschüttelnd ging ich in die Küche. Lindy war vor mir geflohen, als hätte ich die Pest. Ich machte mir einen Ingwertee und trat auf die Terrasse. Es war dunkel, wegen des hellen Mondlichts konnte man dennoch ein Stück Meer erkennen, es hatte sich beruhigt. Es wirkte, als legte es sich abends ebenfalls schlafen, angeblich hing das mit der Thermik zusammen. Leos Sweatshirt war angenehm warm. Ich schaute an mir herunter. Unwirklich, dass ich es trug.

Morgen würde ich wieder ins *Bitter End* fahren. Ich freute mich darauf, auch wenn Belle sich bisher nur auf ihre indirekte Weise entschuldigt hatte und wir uns noch nicht ausgeprochen hatten. Ich nippte an meinem Tee und schaute in den Himmel. Er war schöner als die komische Projektion über Ashers Bett. Asher, ich wusste nicht so recht, wie ich ihm gegenübertreten sollte. Er schien den Abend bei der Party schön gefunden zu haben. Und ich war einfach zu nervös gewesen, um ihn zu küssen, ohne dabei die ganze Zeit darüber nachzudenken, dass ich ihn küsste. Das nächste Mal würde besser werden. Trotzdem wanderten meine Gedanken immer wieder zu dem Abend mit Leo zurück.

Als ich kurz darauf im Bett lag, betrachtete ich lange die Schatten, welche ein Baum vor dem Fenster auf die sich im Wind bewegenden Vorhänge warf. Aber irgendwann musste ich dennoch eingeschlafen sein.

Am nächsten Morgen vor der Arbeit traf ich meinen Vater in der Küche, als er sich gerade zum Joggen am Strand aufmachen wollte. Er musste gestern Nacht ganz spät noch angekommen sein und trug vollständig schwarze Sportkleidung und einen Schrittzähler. Schon jetzt war er verschwitzt, wahrscheinlich hatte er bereits im Fitnessraum Gewichte gehoben, was er häufig tat. Außerdem war es heute wieder warm und der kühle Wind hatte sich gelegt. Er war nicht rasiert und seine Wangen und Kiefer waren von schwarzen Bartstoppeln überzogen. Er könnte einer Werbekampagne für Zigaretten, edlen Bourbon oder teure Designeruhren entsprungen sein, wo Firmen Männer einsetzen, die Erfahrung und Weltgewandtheit ausstrahlten.

»Du fährst schon wieder los?«, begrüßte er mich. »Es tut mir leid, dass ich das mit dem Autofahren nicht geschafft habe bisher. Es sind einfach ein paar Projekte in der Pipeline und manchmal läuft nicht alles so glatt, wie man das gerne wollte. Aber man muss da einfach durchpowern, verstehst du?« Er klang so, als würde er sich selbst motivieren wollen. Er hob den Arm und spannte seinen Bizeps an, um seine Worte zu untermalen. »Wie ist es in deinem Café?«, fragte er.

»Besser. Sie behandeln mich jetzt mit mehr Respekt. Du musst mal vorbeikommen.«

»Toll, Emma. Du hast dich durchgebissen. Das ist eine wichtige Eigenschaft, glaub mir«, sagte er, was mich stolz machte.

»Ich habe mich gestern übrigens ganz schön erschreckt, als Lindy hier plötzlich aufgetaucht ist.«

»Lindy war gestern da?« Er nahm ein Glas Wasser und trank es leer.

»Ja, sie musste ein paar Sachen holen. Haben eigentlich noch mehr Leute einen Schlüssel, um reinzukommen? Nicht, dass ich demnächst aus Angst vor einem Einbrecher den Alarm auslöse.«

»Niemand hat einen Schlüssel. Lindy hat auch keinen.«

Mein Vater drehte sich Richtung Spüle, um sein Glas aufzufüllen. So konnte er nicht die Fassungslosigkeit sehen, die zweifellos auf meinem Gesicht geschrieben stand. Bei mir hatte es gerade klick gemacht. Mir war die merkwürdige Stimmung, als ich Lindy überrascht hatte, nur zu präsent. Klar hatte sie sich erschrocken. Aber mehr noch, sie hatte sich *ertappt* gefühlt. Sie hatte etwas Verbotenes getan. Und sie hatte mich nicht verbessert, als ich angenommen hatte, dass sie einen Schlüssel besaß. Im Gegenteil, sie hatte diese Annahme dankbar als Erklärung angenommen. Irgendetwas stimmte hier überhaupt gar nicht. Und ich würde herausfinden, was es war.

»Vielleicht könnten wir nachher eine Runde Autofahren üben«, sagte ich, als ich meinen Vater zum Abschied kurz umarmte. Ich musste los.

Mein Vater nickte mehrmals hintereinander, wippend, so wie ich nickte, wenn jemand sagte: »Wir sollten mal gemeinsam Kaffee trinken gehen«, und überhaupt gar keine Lust darauf hatte. Schon wieder fühlte ich einen Stich im Magen. Manchmal war ich mir gar nicht sicher, ob ich meinen Vater für mich gewinnen konnte. Ich wusste noch nicht mal, wie gut ich ihn eigentlich kannte.

Während des ganzen Tages konnte ich nicht erwarten, dass meine Schicht zu Ende ging. Leo kam heute nicht und ich war ganz froh darüber. Es hätte mich nur noch mehr durcheinandergebracht. Belles Anti-Flirt-Antennen hätten wahrscheinlich sofort angeschlagen. Und das hätte unser langsam besser werdendes Verhältnis nur sofort wieder zerstört. Auf ihre grummelige Art war sie inzwischen einigermaßen nett zu mir. Sie hatte mir sogar eine Aufnahme ihrer Band vorgespielt, den *Death of the Prom Queen*. Vielleicht sollte ich mich mit der Nicht-ganz-Entschuldigung zufriedengeben. Erstaunlicherweise fand ich die Musik richtig gut. Es war eine Mischung aus rockigem Soul mit überraschend folkloristischen Elementen. Die Texte waren humorvoll. Und Belle konnte so gefühlvoll singen, dass es unter die Haut ging. Damit hatte ich irgendwie nie gerechnet.

Zu Hause ging ich gleich in das Arbeitszimmer meines Vaters, der noch unterwegs war. Ich fühlte mich merkwürdig, außerdem war die Luft draußen drückend. Angeblich würde ein Gewitter kommen.

Es war ein wunderschönes Zimmer mit Blick in den Garten, einem antiken Holzschreibtisch und einer Sammlung von Globen. Wie der Rest des Hauses sagte auch dieses Zimmer nichts über meinen Vater aus, sondern war vollständig vom Vorbesitzer übernommen.

Anschreiben, aufwendig gedruckte Broschüren von neuen Immobilienprojekten und eine Sammlung von Visitenkarten lagen auf dem Schreibtisch. Ich zog die Schublade auf. Hatte Lindy dort nicht irgendetwas hineingestopft, als ich reingekommen war? In der Schublade waren nur Mappen mit alten Arztrechnungen, wenn ich das richtig überschauen konnte, und Bankunterlagen, die völlig veraltet waren. Dad hatte Konten in Deutschland, den USA und der Schweiz.

Ich zog eine der Schranktüren auf, die sie beim Gehen zugestoßen hatte. In dem Schrank stand ein weiteres Sammelsurium von vergilbten Aktenmappen. Hauptsächlich waren es Dokumente, die nichts mit Immobilien zu tun hatten. Eine Akte hieß *Apartment Park 6*. Das war das Apartment, in dem wir gewohnt hatten, als ich noch in New York gelebt hatte. Was sollte Lindy denn damit? Der Ordner mit den Unterlagen von meinen alten Kindermädchen schien ebenfalls hastig zurückgeschoben worden zu sein.

Ihr Verhalten machte überhaupt gar keinen Sinn. Vielleicht suchte sie irgendetwas, womit sie meinen Vater erpressen konnte? Oder sie wollte an sein Vermögen. Sie führte definitiv etwas ganz Seltsames und mit Sicherheit Illegales im Schilde.

Eine Stunde später hatte ich das Internet durchkämmt. Online konnte ich keine Lindy Bosworth finden, die mit einem Foto von ihr verknüpft wäre. Die Person, die sie behauptete zu sein, war nicht auffindbar. Ich spürte Panik in mir aufsteigen. Aber natürlich musste das nichts bedeuten. Ich suchte vergeblich nach ihrem Lebenslauf, doch der war bestimmt auf dem Computer meines Vaters gespeichert. Sein PC stand auf dem Schreibtisch, aber ich kannte das Passwort nicht. Mittlerweile war ich mir ganz, ganz sicher, dass ich irgendeine sehr unangenehme Wahrheit über Lindy finden würde. Und ich musste schnellstens herausfinden, was es war, bevor sie meinem Vater schaden konnte. Und uns allen.

Vierzehn

In der folgenden Nacht gewitterte es tatsächlich. Die Spannung, die sich in den letzten Tagen aufgebaut hatte, entlud sich in heftigem Blitzen und dauerndem Wetterleuchten, das den Garten in kurzen Intervallen grell erleuchtete. Dazu ging ein heftiger Regen nieder. Nach der Hitze der letzten Tage, wo man, wenn man tagsüber aus den klimatisierten Räumen des Hauses ins Freie getreten war, gegen eine heiße, unsichtbare Wand gelaufen war, konnte man aufatmen. Die Temperatur sank auf 25 Grad.

Heute Abend würde ich Asher wiedersehen. Eine Freundin von ihm hatte Geburtstag und gab eine Party im *White Horse*. Er hatte mich auf die Gästeliste setzen lassen, Jen war sowieso eingeladen.

Nachmittags lagen Jen und ich auf den weichen Sesseln im Haus ihres Vaters. Hinter den riesigen Fenstern lag ein bleifarbenes Meer, darüber alle nur denkbaren Grauschattierungen des Himmels, der wohl zeigen wollte, was er konnte. Es hatte schon über zwei Stunden durchgeregnet.

Jen war den Ausblick gewohnt, aber ich konnte mich nicht sattsehen daran. Sie hatte ihre Füße auf die Lehne gelegt und scrollte durch die neuesten Serien auf dem überdimensionalen Bildschirm über dem Kamin, aber wir konnten uns für keine entscheiden. Ich erzählte Jen, was mit Lindy vorgefallen war.

»Und ich bin mir eigentlich sicher, dass sie nach Geld sucht. Vielleicht ist sie eine Trickbetrügerin und hat so was schon mehrmals gemacht.«

»Dann hätte sie sich mehrere Kostüme leisten können«, sagte Jen. »Sie sieht nicht aus, als hätte sie Kohle.«

»Das kann ja auch Teil von ihrem Plan sein«, erwiderte ich. »Oder sie will meinen Vater erpressen. Deshalb sucht sie irgendwie belastendes Material. Das würde erklären, warum sie die komischen Akten durchkämmt hat. Aber sie hatte auch die Akten von alten Auslandskonten in den Fingern. Keine Ahnung, was besser ist.«

»Krass«, sagte Jen und wiegte den Kopf hin und her. »Ich würde normalerweise sagen, dass du in der Eifersuchtsschleife gefangen bist. Aber das hört sich wirklich verdächtig an.« Sie richtete sich auf und schlürfte bedächtig den Rest ihrer Cranberryschorle mit dem Strohhalm. Jen liebte Skandale. Das war schon früher in der Schule so gewesen.

»Du musst deinen Vater warnen. Sie hat bestimmt die Zugangsdaten zu seinen Konten und so was, um Überweisungen zu machen. Die Sekretärin von meinem Vater ist jedenfalls das heimliche Zentrum der Macht. Die weiß beruflich und privat einfach alles.«

»Mein Vater ist total von Lindy begeistert. Sie hat ihn völlig für sich eingenommen. Ohne, dass ich etwas Handfestes habe, wird er das total abtun, das weiß ich schon jetzt.«

»Du musst sie überführen. Wir sollten ihr eine Falle stellen.«

»Ich glaube, du hast zu viel *How to Get Away with Murder* geschaut. Im Internet gab es nichts über sie. Und die Ordner, die sie angeschaut hat, waren an sich harmlos. Das hat es fast noch gruseliger gemacht. Das waren private Sachen von früher. Dazu hätte sie doch erst recht keinen Anlass. Vielleicht hat sie gehofft, noch ein geheimes Schweizer Nummernkonto zu finden? Wäre meinem Vater durchaus zuzutrauen, dass er eins hat. Er hasst Steuern.«

»Das klingt wie aus einem Horrorfilm. Hast du *Die Hand an der Wiege* gesehen? Lindy könnte so eine Psychopathin sein, die von eurer Familie besessen ist, sich das Vertrauen erschleicht, um deinen Vater zu ermorden und in Einzelteilen an die Möwen in Long Island zu verfüttern.«

Ich starrte Jen mit offenem Mund an. »Danke schön, Jen. Jetzt kann ich richtig ruhig schlafen.«

»Das war natürlich übertrieben. So schlimm wird es schon nicht sein.«

»Oh, ja. Jetzt fühle ich mich besser. Sie könnte meinen Vater erpressen wollen. Dabei hat er gerade genug andere Dinge, mit denen er sich auseinandersetzen muss.«

»Schau dir doch mal ihre Bewerbung an, wo sie zur Uni gegangen ist und was sie gearbeitet hat und so was. Und dann würde ich da einfach mal anrufen. So grundlegende Detektivarbeit ist ja nicht schwer. Vielleicht solltest du *mehr* Serien schauen, dann wüsstest du das.«

Ich konnte nicht behaupten, dass mich das Gespräch mit Jen beruhigte. Im Gegenteil. »Jetzt erzähl du lieber mal, wie es gestern mit Matt gelaufen ist.« Jen und Matt waren gemeinsam essen gewesen.

»Das war doch ein echtes Date. Ich hätte gedacht, du platzt vor Mitteilungsbedürfnis.«

Jen zog die rechte Augenbraue hoch. Sie wirkte verunsichert.

Dann ließ sie sich zurück in den Sessel fallen und legte die Beine auf den Tisch. Sie kaute am Strohhalm, um Zeit zu schinden.

»War es nicht gut?«, fragte ich verdattert nach.

»Er will es langsam angehen lassen«, sagte Jen mit Grabesstimme und zupfte ihr himbeerfarbenes Sweatshirt zurecht.

»Was denn genau?«

»Alles.« Sie zuckte mit den Schultern, schlug die Beine übereinander und schaute mit leidendem Gesichtsausdruck zu mir herüber. »Er will mich erst einmal kennenlernen, bevor wir weitergehen.«

»Das hat er wirklich gesagt? Wann denn?«

»Also … als wir rumgemacht haben.«

»Ach so! Das klang nach deiner Beschreibung jetzt so, als wäre gar nichts passiert. So weit wart ihr also schon. Aber … das ist doch eigentlich total schön«, beruhigte ich sie. »Er findet dich doch ernsthaft toll.«

»Ja, schon«, sagte Jen ohne jegliche Überzeugung.

»Du meinst, du bist sauer, weil er nicht sofort mit dir in die Kiste will? Das kann nicht dein Ernst sein.«

»Ich glaube, er hat sich erschrocken. Er denkt, dass ich alles viel schneller will als er.«

Ich musste ein Lachen unterdrücken. »Aber Jen, ich erschrecke mich auch manchmal vor dir. Du bist so direkt. Das kann einen einschüchtern. Vielleicht denkt er, dass du schon so viel erlebt hast, und befürchtet, deinen harten Maßstäben nicht zu genügen.«

»Du hast jetzt nicht ernsthaft von *harten Maßstäben* geredet!«

»Doch, leider ja.« Ich duckte mich zur Seite, weil Jen ein weißes Kissen nach mir warf, das neben ihr gelegen hatte. Dann prusteten wir gleichzeitig los.

Als wir uns beruhigt hatten, schüttelte Jen langsam den Kopf. »Warum sollte er Angst haben? Dieser Satz *Er hat Angst vor einer Beziehung* ist doch so ein typischer Satz, den sich Mädchen einreden, die nicht wahrhaben wollen, dass der Typ nichts Ernstes von ihnen will. Darüber habe ich mich früher lustig gemacht. Matt sieht so gut aus, er hat mit Sicherheit jede Menge Erfahrung. Es ist bestimmt etwas anderes.«

Jen sah unglücklich aus.

»Warum sollten denn Jungs, nur weil sie gut aussehen, besonders viel Erfahrung haben?«

»Du meinst, er ist Jungfrau?«, flüsterte Jen aufgeregt. Ihre Augen waren weit aufgerissen und ihre Stimme quietschte.

»Ja, und? Kann doch sein.«

»Also, so verhält er sich nicht.«

»Du verhältst dich auch nicht so. Wie sollte er sich überhaupt jungfräulich verhalten? Wegrennen, wenn er ein Mädchen sieht? Vielleicht ist er ja auch religiös und möchte sich für die Ehe aufsparen? Oder er tut nur cool, weil er vor den Jungs sein Gesicht nicht verlieren will.«

»Neee, das kann nicht stimmen. Er ist in Ashers Clique. Die haben auf jeden Fall schon jede Menge Mädchen gehabt. Ich meine, Dexter, der andere in der Clique, war doch letztes Jahr mit der Mutter von einem aus der Madison High zusammen, so richtig im Mrs.-Robinson-Style.«

»Das sagt doch nichts über Matt aus. Wer war denn seine letzte längere Freundin?«

Jen zuckte mit den Schultern. »Weiß nicht, er hatte glaube ich keine so richtig lange.«

»Bingo.« Man konnte davon ausgehen, dass Jen das genau recherchiert hatte. »Siehst du, vielleicht hat er noch nie.«

Jens Mund blieb offen stehen. Dann verzog sie das Gesicht.

»Das wäre natürlich echt bescheuert. Wie soll ich denn lernen, wie es geht, wenn er auch keine Ahnung hat.«

»Dann lernt ihr es eben zusammen. Wenn du von Sex redest, klingt das so, als müsste man das lernen wie Tennis spielen.«

»Aber küssen haben wir doch früher auch geübt!«

»Du verwechselst mich. Wir beide haben noch mit Barbies gespielt. Ich habe nie küssen geübt.«

»Stimmt. Das war später, mit Mel.«

»Du hast Mel geküsst?« Mel war eine Klassenkameradin von uns gewesen.

»Nur zum Üben. Ich wollte nicht so unerfahren wirken.«

»Du kannst einen wirklich immer wieder überraschen. Kein Wunder, dass Matt eingeschüchtert ist.«

»Aber wenn er auch keine Ahnung hat, wird das nicht unglaublich peinlich, wenn keiner weiß, wie es geht? Stell dir mal vor, man bekommt es dann überhaupt nicht hin?«

»Was meinst du mit hinbekommen genau? *Reinbekommen?*«, fragte ich unschuldig.

»Aaah, Emma! Das hast du gerade nicht wirklich gesagt! Ich bin doch sonst immer diejenige, die solche Sachen sagt. Das dürfte das erste Mal sein, dass du einen Spruch gebracht hast, der *mir* peinlich ist.«

»Irgendwann ist immer das erste Mal«, sagte ich lächelnd.

»Wieso hat jetzt eigentlich alles, was wir sagen, so eine Nebenbedeutung?« Jen schüttelte den Kopf.

»Wir wissen ja noch nicht genau, ob es stimmt. Aber falls es stimmt, ist das doch total rührend, dass er keine Erfahrung hat. Du bist die Erste. Ich glaube, danach fühlt er sich für immer mit dir verbunden.«

Jen starrte mich an. »Naja, ich habe mir jetzt noch nicht so genau überlegt, ob wir heiraten wollen, wenn ich ehrlich bin.«

»Siehst du. Er will eben, dass es etwas ganz Besonderes wird. Er wird ja sein Leben lang an dich denken. Deshalb lernst du ihn ja erst mal kennen.«

»Falls er mich nochmal trifft.« Jen hielt sich kurz beide Hände vor die Augen.

»Jetzt bin ich verwirrt. Warte mal, hat das was damit zu tun, dass er Angst vor dir haben könnte? Du meinst so richtig *Angst?* Angst, dass er wegläuft? Horrorfilm-Angst mit schwitzigen Händen und Albträumen?«

Jen schwieg einen Moment.

»Ich habe das Gefühl, wir haben die Rollen getauscht«, murmelte sie.

Noch immer hielt sie ihr Gesicht versteckt und schüttelte den Kopf. So verschämt hatte ich sie noch nie gesehen.

»Jen?«

»Er hat meine Hand aus seiner Hose genommen.«

»O Gott. Was?!«, kreischte ich.

»Danke. Jetzt fühle *ich* mich besser.«

»Was hast du denn in seiner Hose gemacht?«

»Emma, jetzt streng doch mal deine Fantasie an!«

»Zu welchem Zeitpunkt hast du ihm denn die Hand in die Hose gesteckt?«

»Was wird das jetzt? Eine psychologische Beratung? Oder Aufklärung? Bist du in Deutschland nicht aufgeklärt worden? Was denkst du denn, was ich in seiner Hose gemacht habe!?«

»Ich frage doch nicht warum, sondern wann. Das ist ein Unterschied.«

Jen stöhnte. »Na, als wir uns geküsst haben.«

»So direkt? Also, wieviel Zeit ist denn vergangen, bis du deine Hand in seine Hose gesteckt hast, nachdem ihr angefangen habt, euch zu küssen?«

»Nicht so viel. Ich wollte ihn ja nicht so lange warten lassen. Also, ich meine, wir haben uns schon vorher ein paar Minuten geküsst. Und … ich dachte, er erwartet das irgendwie von mir.«

»Du hast es gemacht, weil du dachtest, dass er es wollte? Aber wolltest du es denn auch?«

»Natürlich wollte ich es auch. Du kennst mich doch! Aber ich dachte eben, dass er es auch möchte. Ich wollte ihm ein klares Zeichen geben, dass ich zu allem bereit bin. Und ich sage jetzt mal, nachdem meine Hand in seiner Hose war, wies eigentlich alles darauf hin, dass er es auch wollte.«

»Wie meinst du das jetzt?«

»Emma. Das erkläre ich jetzt nicht.«

»*Oooh,* ach so meinst du das. Und dann?«

»Dann hat er mein Handgelenk umfasst und meine Hand zur Seite geschoben. Und dann hat er gesagt, dass wir uns Zeit lassen sollten. Und kurz danach musste er nach Hause.«

»Also, ich finde da keinen Fehler. Ich finde das cool.«

Jen seufzte. »Und bisher hat er sich noch nicht gemeldet.«

»Wann war es denn?«

»Na, gestern Abend.«

»Jen. Da halte ich jede Sorge für übertrieben.«

»Hoffentlich ist das Wetter besser, wenn wir segeln gehen«, lenkte sie plötzlich vom Thema ab. »Ich hatte eigentlich gedacht, wir liegen in Bikinis an Bord und nicht in Schlechtwetter-Ölzeug.«

»Das Wetter ist morgen schon wieder anders. Es soll nur zwei Tage regnen oder so was und ich glaube, wir wollten eh erst danach los. Wir werden es heute Abend erfahren.«

Für einen Moment betrachteten wir beide das Meer und die Wolken. An einigen Stellen drangen jetzt Sonnenstrahlen durch die Wolken und brachten deren Ränder zum Leuchten, als würde sich die Sonne bereit machen zum Durchbruch.

»Ich fass es immer noch nicht ganz. Und beim Segeln wirst du dann direkt der Familie vorgestellt. Du wirkst viel zu ruhig.«

Jen schien schnell wieder in ihre alte Zuversicht zurückzufinden. Sie war nie lange betrübt. Ich streifte meine Sandalen ab und winkelte die Füße an. Der Sessel war so groß und gemütlich, dass man hier auch schlafen könnte. Das ganze Haus war überdimensional, man fühlte sich wie in Alice im Wunderland. Vielleicht war das der Sinn des Ganzen, man sollte sich klein fühlen wie beim Betreten eines Palastes.

»Bist du schon aufgeregt wegen heute Abend? Nicht, dass Asher noch zu einem Stalker wird«, kicherte Jen.

»Das glaube ich wohl kaum«, sagte ich.

»Du wirkst irgendwie gar nicht so aus dem Häuschen, wie ich das gedacht hätte, nachdem du so lange auf diesen Moment gewartet hast«, bemerkte Jen.

Ich seufzte. »Dir entgeht wirklich nichts.«

»Es ist aber nicht wegen dem scharfen Chef?«, fragte Jen prompt und fixierte mich mit ihren großen grauen Augen.

»Quatsch«, erwiderte ich. Dann zögerte ich. »Oder, ich weiß nicht«, fügte ich nach einem Moment hinzu. Wenn ich es jemandem erzählen konnte, dann doch Jen. »Ich bin irgendwie nicht normal. Ich fand Asher immer so toll. Jetzt, wo er mich gut findet, bin ich mir plötzlich nicht mehr sicher. Dabei ist es ja noch nicht einmal so, dass er nicht nett zu mir ist oder sonst was. Er ist definitiv netter zu mir als Leo. Jedenfalls verlässlich netter. Aber trotzdem.«

»Du suchst die Herausforderung«, stellte Jen nüchtern fest.

»Was für eine Herausforderung?«, fragte ich.

»Ich glaube, du hast bloß Angst. Es ist viel einfacher, jemanden unverbindlich aus der Ferne anzuhimmeln. Jetzt will Asher was von dir und du bekommst Schiss. Das ist normal. Du schaffst das schon.«

»Er hat viel mehr Erfahrung als ich«, entfuhr es mir.

»Sei froh. Ich sag doch: Du hast Panik. Das ist so ähnlich wie bei meiner Stiefschwester, die Schauspielerin werden will. Sie war noch nie bei einem Casting. So kann sie nie eine Absage bekommen und nie enttäuscht werden. Das ist sicherer. Sie hält sich ihren Traum warm.«

»Ich … ich bin mir irgendwie nicht mehr sicher, ob ich Asher überhaupt … *so* mag.«

»Was? Er ist doch total süß!«

»Ich weiß auch nicht. Ich kenne ihn ja eigentlich gar nicht.«

»Man verliebt sich immer, ohne sich wirklich zu kennen.«

»Ja, trotzdem. Ich kann es nicht beschreiben, es ist nur so ein Gefühl.«

»Falls ich Matt gestern nicht für immer vergrault habe, wären wir eigentlich beide am Ziel. Hat nur ein paar Jahre gedauert ...«, lächelte Jen. »Freue dich zumindest für einen Moment. Zweifel kannst du dann später haben.«

Ich seufzte. Vielleicht hatte Jen recht. »Du hast ihn sicher nicht vergrault.«

»Warten wir einfach das Segeln ab und machen uns so lange nicht zu viele Gedanken. Noch eine Folge *Gilmore Girls?«,* fragte sie.

Ich nickte.

»Aber Leo ist echt scharf. Es ist nicht so, dass einen das nicht verwirren könnte«, grinste sie.

»Eins muss ich dir noch erzählen. Ich war gestern mit Leo am Strand, er hat mir eine Fahrstunde gegeben.«

»Der scharfe Chef hat dir eine Fahrstunde gegeben? Und das erzählst du erst jetzt? Du hast gesagt, er hätte sich entschuldigt, aber das klingt anders.«

Ich zuckte mit den Schultern. »Er will nichts von mir. Das war seine Entschuldigung für den Rausschmiss.«

»Und wieso eine Fahrstunde am Strand?« Jen kniff die Augen zusammen.

»Wir waren erst auf einem Parkplatz. Aber sein Auto ist aus dem letzten Jahrhundert. Wortwörtlich. Das war vor der Erfindung von Klimaanlagen und wir sind fast eingegangen in der Hitze. Und dann waren wir zum Abkühlen noch schwimmen.«

»Scharfer Chef steht auf dich. Ich bin mir sicher.« Sie wackelte schelmisch mit den Augenbrauen.

»Nee, das glaube ich nicht.«

»Wenn sogar Asher auf dich abfährt – dann wohl mindestens der scharfe Chef.«

»Er musste Belle versprechen, dass er nicht auf mich steht.«

»Waaaaas? Das ist das Absurdeste, was ich je gehört habe. Und bedeutet auf jeden Fall genau das Gegenteil.«

Ich zuckte mit den Schultern. Aber in mir drin war Chaos. Und irgendwo, *ganz tief* drinnen freute ich über ihre Worte. Was wäre, wenn sie recht behielte?

»Ach du meine Güte, dass ich diesen Sommer noch diesem Schauspiel beiwohnen darf: Asher gegen *scharfer Chef*. Das ist echt das Allerbeste.«

Ich hielt mir die Ohren zu. »Wenn du noch einmal *scharfer Chef* sagst, muss ich dich leider hauen. Schnell, mach *Gilmore Girls* an!«

Abends wartete ich, bis mein Vater seinen Laptop im Arbeitszimmer ausgepackt hatte. Ich hatte mir einen kleinen Plan zurechtgelegt. Er machte das fast immer gleich, wenn er von der Arbeit kam. Dann beantwortete er noch ein paar Mails. Wenn auf etwas Verlass war, dann darauf, dass mein Vater ein völliger Workaholic war.

Natürlich klingelte irgendwann sein Telefon. Während er telefonierte, lief er häufig auf der Terrasse umher und kreiste ums Haus.

Ich schickte irgendein Dokument, dass ich angeblich ausdrucken wollte, an seinen Computer. Dann ging ich zu ihm nach draußen und wartete, bis sein Gesprächspartner am anderen Ende der Leitung, vielleicht war es sogar Lindy, länger sprach.

»Ich muss mal was ausdrucken. Gibst du mir dein Passwort? Mein Computer findet den Drucker nicht«, sagte ich leise. Ich war trotz meiner guten Absichten plötzlich total aufgeregt.

Er blickte mich einen Moment an, ohne mich zu verstehen, weil er gleichzeitig seinem Telefonat folgte.

»Passwort?«, wiederholte ich noch mal leise.

Er hob den Finger, um mir zu zeigen, dass er noch einen Moment brauchte. Darauf war ich vorbereitet, drückte ihm ein Stück Papier und einen Bleistift in die Hand und lächelte ihn unschuldig an. Es funktionierte. Natürlich, letztlich war ich seine Tochter. Er käme nie auf die Idee, dass ich ihn ausspionieren wollte. Er legte den Zettel auf einen Terrassentisch und schrieb das Passwort drauf: *Emma02.*

So wenig Zeit er mit mir auch verbrachte, so hatte ich es immerhin geschafft, als sein Passwort herzuhalten.

Schnell ging ich in sein Arbeitszimmer und druckte mein Alibi-Dokument aus. Danach verschwand ich schnell wieder. Er sollte nach seinem Telefonat mehr oder minder vergessen haben, dass er mir das Passwort gegeben hatte. Es war eigentlich nicht in Ordnung, dass ich meinen Vater so austrickste. Aber mir fiel einfach keine andere Lösung ein und ich schob mein schlechtes Gewissen zur Seite.

Fünfzehn

Jen hatte mir ein weißes Kleid mit einem bestickten Gürtel geliehen, das eigentlich sehr schön war. Aber ich hatte irgendwie keine Lust, es anzuziehen. Plötzlich kam es mir falsch vor. Ich zog meine Jeans und ein schwarzes Shirt an, bürstete mir die Haare. Wimperntusche. Auch die Sommersprossen versuchte ich nicht wegzuschminken. Als ich fertig war, sah ich immer noch aus wie ich.

Das *White Horse* war ein elegantes Hotel mit Restaurant. Die Party fand in einem der Veranstaltungsräume statt, den jemand gemietet hatte. Ich wusste noch nicht mal, wer die Party gab. Schon beim Betreten des Hotels war klar, wo ich hinmusste. Die dröhnenden Beats wiesen mir den Weg. Obwohl es erst acht Uhr abends war, schien die Party dem Geräuschpegel nach zu urteilen schon in vollem Gange zu sein. Vor dem Partyraum standen Türsteher und ein Mädchen mit einem Headset.

»Das hier ist eine private Veranstaltung«, sagte das Mädchen und lächelte mich freundlich, aber auch ein wenig mitleidig an. Stimmt, in meiner Jeans sah ich vielleicht nicht wie ein geladener Partygast aus.

»Ich weiß«, entgegnete ich. »Wegen der bin ich hier. Emma Brinkley, ich stehe auf der Liste.« Ich brachte das eigentlich ganz lässig heraus. Vielleicht hatte ich mich doch schon eingelebt.

Das Mädchen schaute auf ihren Tablet-Computer und deutete dann auf die Tür, wohl um zu zeigen, dass ich jetzt eintreten konnte. Als ich die weiße Tür mit der goldenen Klinke aufzog, schallte mir die Musik noch mal doppelt so laut entgegen und zwei Mädchen mit ziemlich glasigen Augen stießen im Vorbeigehen unsanft gegen mich. Sie waren auf keinen Fall alt genug, um legal Alkohol zu trinken. Aber das schien keinen zu stören und auch von niemandem kontrolliert zu werden.

Ich sah mich im Vorbeigehen in einem goldgefassten Spiegel und brauchte einen kurzen Moment, um zu verstehen, dass ich mich dort selbst sah. Meine Haare waren heller geworden, weniger rötlich, mehr blond. Obwohl ich so viel Zeit im Café verbracht hatte, hatte ich auf jeden Fall Farbe bekommen, allein schon von der Fahrradfahrt jeden Tag.

Die meisten Mädchen waren wesentlich schicker als ich, aber irgendwie war ich trotzdem froh, so gekommen zu sein, wie ich war. An der Wand hing ein großes Banner, auf dem in goldenen Buchstaben »Happy Birthday, Kate« stand. Okay, zumindest wusste ich jetzt, auf wessen Feier ich gelandet war. Im Saal verteilt standen Tische, an denen vielleicht vorher gegessen worden war, jetzt wurden sie zur Bühne umfunktioniert. Zwei Jungs mit durchnässten Shirts standen sich gegenüber und besprühten sich mit Champagnerflaschen. Dabei wurden sie von den Umstehenden angefeuert.

Ich erkannte einige Gesichter, die ich am Strand gesehen hatte. Brooke war da und sogar Kunden des *Bitter End*.

Dann erspähte ich endlich Jen auf einem der Tische und neben ihr, natürlich, Matt und Asher. Sofort begann mein Herz schneller zu schlagen. Viel schneller. Und mein Magen zog sich zusammen.

Das war neu. Ich war nicht mehr der Pawlowsche Hund. Es war eine andere Aufregung. Es war … eigentlich wäre ich plötzlich gern wieder umgedreht. Als Asher mich erkannte, winkte er mir weit ausholend zu, sprang vom Tisch und kam mir entgegen. Er trug ein rosafarbenes Leinenshirt, beige Shorts und weiße Turnschuhe. Strahlend griff er nach meiner Hand und zog mich zu sich heran. Er küsste mich zwischen Wange und Mund.

»Endlich bist du da. Ich habe dich vermisst.« Er roch nach Wein oder Champagner. Mit einer Hand half er mir auf den Tisch, bevor er selbst nachkam, mir ein Glas in die Hand drückte und aus einer absurd großen Magnum-Flasche einschüttete. Es ging so schnell, dass ich außer *Hi* nichts sagen konnte.

»Du musst ein bisschen aufholen«, rief er mir zu und lächelte. Vorsichtig nahm ich einen Schluck.

Er stellte die Flasche wieder in den silbernen Eiskühler zurück. Natürlich waren wir von misstrauischen weiblichen Blicken genau dabei beobachtet worden, wie wir gemeinsam auf den Tisch geklettert waren. An diese Aufmerksamkeit hatte ich mich noch nicht gewöhnt.

»Wer ist denn das Geburtstagskind? Ich komme mir komisch vor, mich hier einzuschleichen.«

»Quatsch, hier sind total viele Leute, die sie nicht kennt. Warte mal.«

Er schaute über die Menge, dann schien er jemanden entdeckt zu haben und winkte.

»Was machst du da?«, fragte ich.

»Du hast gesagt, dass du Kate nicht kennst. Dann ändern wir das. Sie gibt die besten Partys, du solltest sie sowieso kennenlernen«, sagte Asher. Er ließ seine Hand meinen Rücken heruntergleiten und ließ sie liegen, als er unten angekommen war. Es war nicht mein Hintern, aber es war auch nicht so wirklich mein Rücken. Ich spürte den Druck seiner Hand auf jeden Fall deutlich durch meine Jeans.

Er lehnte sich an mein Ohr. »Komm mit.« Er lallte ein bisschen. Wir stiegen wieder vom Tisch und er nahm stattdessen wieder meine Hand und führte mich durch die Menge. Ich war ganz froh, dass seine Hand nicht mehr an meinem Po lag. Er hielt vor einem dunkelhaarigen Mädchen in einem gelben, weit ausgestellten Kleid und mit auffällig großen, braunen Augen. Er küsste sie auf die Wange.

»Kate, ich habe meine Freundin Emma mitgebracht. Sie kommt aus Deutschland«, erklärte er. »Sie wollte das Geburtstagskind kennenlernen.«

»Hi, Emma«, sagte Kate aufgedreht. Ihr Blick ging zurück zu Asher. »Deine Freundin? Habe ich das richtig verstanden?« Sie legte den Kopf schräg.

»Vielleicht?«, sagte Asher und zwinkerte. »Sie ist auf jeden Fall mein Date heute.«

Kate riss begeistert die Augen auf. »Willkommen auf meiner Party! Die Freunde meiner Freunde sind auch meine Freunde. Ich hoffe, du hast Spaß«, strahlte sie. Sie war fast zu fröhlich und gut gelaunt, konnte man sich wirklich so sehr über jemand Wildfremden freuen? Aber dann quietschte sie erfreut, als sie eine weitere Freundin sah, die ein riesiges Geschenk dabeihatte, das in rotes Papier eingepackt war. »Geschenke sind doch verboten«, rief sie und rannte ihr entgegen.

»Jetzt hast du sie getroffen«, sagte Asher. »Sie mag es, alle zu kennen.« Nach einem Moment fügte er hinzu: »Lass uns feiern, dass du gekommen bist. Es gibt immer was zu feiern«, grinste er.

Wir bahnten uns einen Weg durch die ausgelassene Menge zurück zu Jen, blieben aber einen Moment neben dem Tisch stehen, weil Asher noch ein paar andere Bekannte getroffen hatte. Er stellte mich vor, er war wirklich sehr höflich.

»Das ist Emma«, erklärte er jetzt und legte seine Hand um meine Schulter, »und das ist Josefine.« Diesmal sagte er nur meinen Namen und irgendwie war ich fast erleichtert, dass er mich nicht als seine Freundin vorstellte. Er schob das Mädchen, das neben ihm stand, in meine Richtung. Eine braunhaarige Schönheit, die ein bauchfreies Oberteil und Sandalen mit einem großen Gucci-Logo trug, lächelte mich freundlich an. An ihrem Arm baumelte ein Diamantarmband. Eigentlich konnte es nicht echt sein, so jung wie sie war, aber bei ihr war ich mir nicht sicher. Alles an ihr sah teuer aus.

»Woher kennst du Asher?«, fragte sie, als Asher sich abgewandt hatte.

»Ich kenne ihn noch aus der Schule. Ich habe nur die letzten paar Jahre in Deutschland gewohnt und jetzt sind wir uns wieder über den Weg gelaufen«, erklärte ich.

»Wo wohnst du hier?«

»Mein Vater wohnt in Bridgehampton.«

»Ich liebe Bridgehampton. Das ist irgendwie entspannter als dieser ganze Southhampton-Shit.«

Was auch immer sie damit meinte. »Und du?«

»Amagansett. Aber im Moment bin ich bei meinen Großeltern in Southhampton.«

Dann wandte Josefine sich an Asher. »Asher, deine Freundin ist ja so süß. Wir müssen ihr noch mehr von den Hamptons zeigen«, strahlte sie. »Wir sollten direkt morgen was unternehmen«, schlug sie vor. Josefine war ebenfalls zu freundlich. Trotzdem hatte ich wie bei Kate gar nicht den Eindruck, dass sie zu mir freundlich war, es ging eher darum, ihr eigenes Image als *strahlend, freundlich und fun* zu zementieren. Und wahrscheinlich ging es auch um Asher.

»Ich habe leider gar nicht so viel Zeit. Ich arbeite im *Bitter End*«, warf ich ein. Ich konnte mir nicht vorstellen, dass Josefine und ich *BFFs* werden würden. Nein, es lag nicht am Gucci-Logo, es war einfach ein Gefühl. Und auf meine Gefühle wollte ich ja jetzt mehr hören.

»Ich *liiiiebe* das *Bitter End*«, sagte sie. Sie liebte scheinbar viele Dinge.

»Früher sind Mum und ich immer hin, wenn wir in Southampton shoppen waren. Da gab es für mich immer Eiscreme bei der *Fudge Company* und dann einen Kaffee für meine Mutter im *Bitter End*. Dann, keine Ahnung, seit ein paar Jahren irgendwie nicht mehr … vielleicht sollte ich mal wieder kommen.«

Ein neuer Song begann zu spielen und ein paar Tänzer kreischten begeistert. Es wurde auf den Tischen und zwischen den Tischen getanzt. Ich hatte inzwischen mein Glas doch leer getrunken, mehr aus Verlegenheit als aus dem Wunsch, zu trinken. Josefine tanzte in meine Richtung und zog mich so vertraulich mit zur Tanzfläche, als wären wir doch beste Freundinnen. Als ich mich umblickte, blieb ich abrupt stehen. Ich dachte, dass ich Leo in der Nähe der Tür gesehen hätte – schwarze Haare, blaue Augen, die zu mir geschaut hatten. Ich riss meinen Arm los. Plötzlich kam ich mir merkwürdig fehl am Platz vor auf dieser Party. Ich drehte mich wieder um, aber er stand nicht mehr da. Ich ließ meine Augen über die Menge gleiten, versuchte, ihn wiederzufinden. Aber nein, nichts. So weit konnte er noch nicht gekommen sein. Ich musste mir das gerade eingebildet haben. Ich dachte einfach zu viel an ihn. Viel zu viel.

»Tanzen, Emma. Tanzen!«, rief Josefine zu laut in mein Ohr. Sie begann sich schwungvoll zu drehen. Irgendwie hatte ich den Eindruck, dass sie mich von Asher wegziehen wollte. Keine Ahnung, was hinter diesem Strahlelächeln wirklich in ihr vorging. Da war mir Belles grummelige Art lieber, da wusste man jedenfalls, woran man war. Auch Jen, welche die ganze Zeit Matt nicht von der Seite gewichen war, kam jetzt dazu und tanzte neben mir.

»Er ist echt so goldig«, säuselte sie in mein Ohr. »Ich hoffe, er hat mich bald genug kennengelernt«, zwinkerte sie. Ihr geblümtes Seidentop deckte nur eine Schulter ab, und aus ihren sehr kurzen weißen Shorts traten perfekte, gebräunte Beine hervor. Dazu trug sie hochhackige Sandalen, sodass sie ungewohnterweise größer war als ich. Jen konnte sich zwar sexy drehen, wenn sie jemanden beeindrucken wollte, aber sie erlaubte sich auch mal, total albern zu sein und ihr Lachen und die gute Laune waren einfach ansteckend. Plötzlich waren die kritischen Gedanken von vorhin vergessen. Jen war meine Freundin, hier gab es kein aufgesetztes Lächeln und mit ihr zu tanzen machte einfach Spaß.

Als Jen kurz später zur Toilette ging, stand ich plötzlich neben Matt. Er trug ein geblümtes Oberhemd im Surfer-Style.

»Habt ihr euch abgesprochen mit den Blümchen?«, fragte ich ihn, als Jen verschwunden war.

Er grinste. »Zufall. Aber es könnte auch mehr bedeuten«, meinte er und zwinkerte. Dabei fuhr er sich über die Brust, als wollte er testen, ob sein Hemd noch da war. Oder sicherstellen, dass seine Muskeln nicht verschwunden waren. Wie viel Zeit er wohl mit Gewichtestemmen in einem Fitnessstudio verbrachte um das Ergebnis zu erreichen?

»Und, gefällt dir dein Job?«, sagte er.

»Ja, mir gefällt's ganz gut«, sagte ich. »Aber es geht morgens sehr früh los. Ich werde auch nicht mehr so lange bleiben können.«

»Ist Leo als Boss okay?«, grinste er.

Ich stutzte. Die Nennung des Namens ließ kurz meinen Atem stocken.

»Kennst du ihn denn näher?«, wollte ich wissen. Das überraschte mich. Auch wenn man sich hier natürlich überall kennenlernen konnte, wenn man viel Zeit auf der Insel verbrachte. Aber Leo und Ashers Clique hatte ich nie zusammengebracht.

»Wir sind früher zusammen zur Schule gegangen«, sagte er.

»Was? Er war auch auf der Madison High?«, fragte ich.

»Nein, auf meiner Middle School, Spence.«

»Ach, echt?« Spence war nicht viel anders als meine alte Middle School gewesen, voller verwöhnter Upper-East-Side-Kids. Da hatte ich Leo irgendwie nie eingeordnet.

»Ja, er ist ganz okay«, sagte ich. Mein Puls beschleunigte sich, als ich von ihm sprach. Dass ich heute noch etwas über ihn herausfinden könnte, hätte ich nicht gedacht. Ich sollte nicht über ihn nachdenken, aber wenn ich richtig ehrlich war, dachte ich eigentlich ständig an ihn.

»Wie war er denn in der Schule? Er erzählt nicht viel von der Vergangenheit.«

»Er war ein ziemlicher Streber.« Matt kicherte. »Er hat ja auch in Harvard studiert. Aber man muss sagen, ein Harvardstudium ist echt auch nicht mehr das, was es einmal war, wenn man dann damit in einem Coffeeshop endet«, grinste er.

»Er war in Harvard?«

»Nur ein Jahr. Sein Dad ist bestimmt ausgeflippt, als er sein Studium abgebrochen hat. Die haben schon in Spence ständig irgendwelche Spenden gemacht, damit alles sauber läuft. Die hatten sich bestimmt seine Zukunft nicht im Café ausgemalt. Mich würde nicht wundern, wenn die Harvard schon mal eine Sporthalle gespendet hätten, und jetzt war das alles umsonst«, gluckste er.

Ich war fassungslos.

»Emma, wir vermissen dich hier oben. Letzte Runde«, rief Asher, der immer noch auf dem Tisch tanzte, und hielt mir seine Hand hin. Jen kam ebenfalls zurück und nahm Matt wieder in Beschlag.

»Die hören gleich schon auf, war ja nur ein *Afternoon Bash,* aber wir können noch weiterziehen«, schlug Asher vor.

Matt und Jen nickten begeistert.

Alle begannen sich zum nächsten Lied zu bewegen. Asher drehte sich zu Josefine, die neben ihm auf den Tisch gesprungen war.

Und genauso plötzlich, wie die Glaswand vor Leo verschwunden war, verschwand noch etwas anderes. Vielleicht war es auch an der Zeit, um ehrlich zu sein.

Ich hatte überhaupt keine Lust auf diese Party. Ich wollte auch gar nicht mehr, dass Asher mich umarmte, mich halb auf den Mund küsste und seine Hand auf meinen Po oder sonstwohin legte. Es war mir sogar unangenehm. Ich konnte noch nicht mal erklären, warum. Ash war nett zu mir. Aber der rosafarbene Schleier, den ich vor all den Jahren über ihn geworfen hatte, war verschwunden. Es war, als wäre der Bann des alten Zaubers gebrochen, der noch aus meinen Kindertagen stammte. Ich war überhaupt nicht in Asher verliebt. Diese jähe, aber absolut klare Erkenntnis überraschte mich selbst vielleicht am allermeisten. Aber ich wusste, dass sie stimmte und dass meine Verliebtheit nicht zurückkommen würde.

Um halb war die Party zu Ende, nur bis dahin war der Raum für die Feier gemietet, die schon um sechs angefangen hatte, und plötzlich standen Jen, Matt, Asher und ich auf der Straße, umringt von anderen Teenagern und Twens, die alle überlegten, wo die Party jetzt weitergehen könnte. Die angetrunkene Stimmung war zu gut, um sie jetzt schon versanden zu lassen.

»Ich hole unseren Fahrer«, sagte Asher und tippte auf seinem Handy.

»Kann ich kurz mit dir sprechen?«, fragte ich Asher. Ich wusste, dass es kein guter Zeitpunkt war. Aber es gab dafür schließlich keinen wirklich guten Zeitpunkt. Und ich wollte kein Spiel spielen.

Asher blickte mich an. »Natürlich, was ist?«

Ich zog ihn ein Stück zur Seite, weg von den anderen.

»Ich gehe nicht mit. Ich hätte gar nicht kommen sollen. Es ist …«

»Emma?«, fragte er. Er schaute mich verwundert an. »Was ist los?«

Ich seufzte. »Es tut mir leid. Aber wie … ich glaube, es war ein Fehler. Du bist so wahnsinnig nett zu mir. Und ich war früher total in dich verliebt.«

»Du warst schon früher in mich verliebt?«, grinste Asher. Er kam näher und legte einen Arm um meinen Rücken. Ich schob den Arm sanft, aber bestimmt zur Seite.

Ich nickte. »In der Madison Middle School. Das ist schon lange her. Du warst mein ... Schwarm. Und als du mich vorhin als deine Freundin vorgestellt hast, da ... ist mir klar geworden, dass ich früher mit heute verwechselt habe. Ich hätte dich nie küssen sollen. Es tut mir so leid. Ich wollte dir keine falschen Hoffnungen machen«, sagte ich. Mir traten Tränen in die Augen. Gleichzeitig konnte ich es selbst nicht fassen. Ich, Emma Brinkley, erzählte Asher Buchanan gerade, dass er sich keine Hoffnungen machen sollte.

Asher schaute suchend in meinem Gesicht umher. »Wow«, sagte er. »Okay. Damit habe ich jetzt nicht gerechnet«, sagte er.

»Es tut mit total leid. Ich wollte es irgendwie so sehr, aber ...« Jetzt lief mir tatsächlich eine Träne die Wange herunter. Ich wischte sie schnell weg.

Er hatte die Stirn in Falten gelegt, als würde er versuchen, aus mir schlau zu werden.

»Emma?«, sagte er. »Ich kapiere es nicht so richtig. Ich finde dich cool. Aber, wenn du nicht willst ... Dann eben nicht. Es war ja keine Riesenbeziehung und ... ich habe mir gar nicht so viel dabei gedacht«, sagte Asher, als wollte er sich für seine Gefühle entschuldigen. Er zuckte mit den Schultern.

»Ich wollte es dir nur sofort sagen. Es tut mir leid.«

»Total okay. Es ist nicht dramatisch. Das ist voll in Ordnung. War ja nur knutschen«, wiederholte er noch mal, vielleicht auch, um sich selbst zu beruhigen. Er drehte sich um. Das hätte verletztend sein können. Ich spürte aber nichts. Inzwischen hatte ein schwarzer SUV mit getönten Scheiben vor uns angehalten.

»Leute, wer kommt mit zu mir, um da weiterzufeiern?«, fragte Asher in die Runde. Er schaute mich nicht mehr an. Entweder war es ihm gerade egal oder er überspielte, dass es ihm wehgetan hatte. Ohne mir etwas einbilden zu wollen, ich hatte den Schmerz in seinem Blick gesehen. Es tat mir leid. Aber es war richtig gewesen und ich war froh, dass ich es ihm direkt gesagt hatte.

Die Leute in unserer Nähe jubelten und grölten ihre Zustimmung. »Yeah, Asher. Alle zu Asher!«

Jen und Matt standen etwas abseits. Sie hatten nur Augen füreinander. Eigentlich wollte ich nicht stören, räusperte mich aber schließlich doch extra laut und tippte Jen an der Schulter.

»Ich muss morgen sehr früh arbeiten. Ich geh nach Hause«, flüsterte ich ihr zu.

»Nicht dein Ernst«, sagte Jen.

»Kein Problem, ich hatte Spaß«, sagte ich. Ich würde ihr das mit Asher morgen erzählen. Schließlich wollte ich ihren Abend nicht durcheinanderbringen, denn ich wusste, dass sie es nicht erwarten konnte, mehr Zeit mit Matt zu verbringen.

»Alle einsteigen, das ist mein Van. Der Partybus geht zu uns«, rief Asher und die Ersten stiegen ein. Ich bezweifelte, dass Josefine sonderlich traurig war, dass ich nicht mitkam. Trotzdem ging ich noch mal kurz zu Ash rüber.

»Ich hoffe, du bist nicht böse. Und danke, dass du mich mitgenommen hast. Hoffentlich es war trotzdem okay, überhaupt mitzukommen, zu trinken und Kate alles zahlen zu lassen«, bemerkte ich. »Ich fühle mich schlecht.«

Er brauchte einen Moment, um zu verstehen, wovon ich sprach. Vielleicht war er doch betrunkener, als ich gedacht hatte.

»Mach dir keine Gedanken, Emma. Echt nicht, alles super zwischen uns. Und keine Sorgen wegen Kate, die juckt das nicht mal. Die haben so viel Geld, die merken überhaupt nicht, ob das ihre oder eine andere Kreditkarte war.«

»Naja, ist ja die Kreditkarte der Eltern.«

»Die merken es erst recht nicht.« Asher zuckte mit den Schultern.

»Asher, los geht's«, rief ein anderes Mädchen und zog ihn nach hinten, von mir weg in Richtung Auto. Er ließ sich mitziehen.

»Alles einsteigen, *Party-People*«, kreischte eine andere Stimme.

Ein weiteres Auto hielt neben ihm. Jemand kurbelte die Fensterscheibe runter und Kate und ein paar Freundinnen riefen etwas heraus. Asher hob die Hand und lud sie ebenfalls zu sich ein. Dann setzte er sich auch in den SUV, Jen warf mir noch eine Kusshand zu und sie fuhren davon. Ich schaute dem Auto nach. Ich hätte traurig oder enttäuscht sein können. Aber ich war einfach nur wahnsinnig erleichtert.

Durch die Dunkelheit radelte ich nach Hause, es gab kaum Straßenbeleuchtung, im mattschwarzen Himmel leuchteten die Sterne und der Wind rauschte in den Bäumen. Ich spürte die Pedale gar nicht. Es fühlte sich so an, als könnte ich seit Langem endlich mal wieder richtig frei atmen.

Als ich zu Hause ankam, schliefen mein Vater und Valentina, deren Schuhe ich im Flur gesehen hatte, wohl schon. Vor morgen früh würden sie nicht mehr runterkommen. Leise schlich ich in Dads Arbeitszimmer. Jedes Knirschen des Parketts hallte doppelt so laut wie sonst in meinen Ohren. Vor dem Fenster tanzten die Schatten eines

Baumes. Würde mein Vater doch runterkommen, was sehr unwahrscheinlich war, konnte ich ja sagen, dass ich noch mal mein Dokument ausdrucken wollte oder so etwas. Es war erst kurz nach elf Uhr, aber nach der Party fühlte es sich eher an wie Mitternacht.

Der Computer meines Vaters war zugeklappt, aber, wie immer, nicht heruntergefahren. Er sprang an, sobald ich ihn aufklappte. Konnte es sein, dass mein Vater seinen Computer das ganze Jahr über nie ausschaltete? Es wäre durchaus möglich. Hinter meiner Stirn begann es zu prickeln, als sein Postfach erschien. 827 Mails im E-Mail-Eingang. Wow. Schnell wischte ich mir meine schwitzigen Hände an der Jeans ab und machte mich an die Arbeit. Einige Minuten später hatte ich die Nachrichten nach Personen geordnet und alle Mails von Lindy Bosworth gefunden. Sie schrieben sich täglich, aber ich suchte die ersten E-Mails, die mit ihrer Bewerbung. Zum Glück hatte mein Vater den Papierkorb lange nicht mehr gelöscht, sein Computer war erschreckend chaotisch. Und kurze Zeit später hatte ich sie gefunden: Lindys Bewerbung. Ich leitete die E-Mail an mich weiter und löschte die Weiterleitung aus dem Postausgang. Mit klopfendem Herzen schaltete ich das Licht im Arbeitszimmer aus und schlich in mein Zimmer.

Die nächsten Stunden durchkämmte ich das Internet nach allen Stationen, die ich in Lindys Bewerbung fand: ihre Adresse, ihr College, ihre vorherigen Arbeitgeber. Sie war erst fünfundzwanzig, aber es gab genug, das gelogen sein konnte. Ich stöberte in den sozialen Netzwerken nach ihrem Namen, ihrer Schule, dem College, den Begriffen *Tanzen* und *Detroit*, einfach all den Hinweisen, die ich von ihrem Leben hatte. Nichts.

Ihre plötzliche Leidenschaft für Immobilien nach ihrer jahrelangen Tanzausbildung, von der auf der Bewerbung nur wenig zu erkennen war, erschien mir seltsam. Im Anschreiben hatte sie erklärt, dass sie unbedingt in einem kleinen Unternehmen arbeiten wollte, um maximal in Kontakt mit dem Chef zu sein und dadurch besonders viel zu lernen. Gleichzeitig hatte sie Projekte recherchiert, an denen mein Vater beteiligt war, um zu untermauern, warum sie gerade bei ihm arbeiten wollte. Es wäre ihr *absoluter Traum*, mit ihm zu arbeiten. Sie würde für wenig Geld arbeiten, um zu lernen. Es war unheimlich, wie genau sie meinen Vater recherchiert hatte. Ich musste wieder an Jen denken und an *Die Hand an der Wiege*. Trotzdem, wie eine Psychopatin wirkte sie nicht. Wobei es natürlich das Geheimnis einer echten Psychopatin war, dass man nicht so wirkte.

Ich schrieb mir die Telefonnummern ihrer angeblichen Arbeitgeber heraus. Vielleicht hatte ich ja Glück und konnte ein paar Auskünfte bekommen, die mir weiterhelfen würden.

Sechzehn

Der Sonnenaufgang hatte alles in ein rosafarbenes Licht getaucht, als ich am nächsten Morgen zur Arbeit fuhr. Die Wolken und der Regen schienen vorbeigezogen zu sein. Schwungvoll umrundete ich einige große Pfützen, die sich auf der Straße gebildet hatten. Ich war viel zu früh losgefahren, aber ich wollte meinem Vater und vor allem Valentina aus dem Weg gehen. Ich genoss die kühle Luft, die eine Gänsehaut auf meine Arme zauberte, es würde später bestimmt wieder warm werden.

Vor der altmodisch geschwungenen Tür erkannte ich durch die Glasscheibe die handgeschriebene kleine Tafel mit dem Schriftzug »geschlossen«, den Belle gemalt hatte. Sie hatte wirklich eine wunderbare Schrift und wenn sie das Tagesmenü aufschrieb, sah es jeden Tag anders aus, weil sie so viele Schriftarten beherrschte. Sie konnte alle möglichen Stilrichtungen imitieren, die sie im Internet fand. Vielleicht war das Beste an meinem Job gar nicht das Geld, sondern der Schlüssel, den ich aus meiner Tasche gezogen hatte und der kühl in meiner Hand lag. Es gab zumindest einen Ort, an den ich gehen konnte, wenn ich nicht zu Hause sein wollte. Und Buttons kam mir freudig entgegengesprungen. Er wusste außerdem, dass ich ihm morgens sein Frühstück gab. Sein eines Auge sah mich erwartungsvoll an und er drückte sich schnurrend gegen meine Beine. Lächelnd gab ich ihm ein paar extra Streicheleinheiten. Ich freute mich schon auf die ganze Stunde allein im Café, bevor es losging. Es beruhigte mich, dort zu sein. Ich würde aufräumen.

Aufräumen hatte mir schon immer geholfen, wenn ich durcheinander war. Das hatte ich in Deutschland getan, wenn es mit meiner Mutter unerträglich geworden war. Es entspannte mich, wenn alles ordentlich war, sauber und unter Kontrolle. Wobei ich nicht eine Sekunde bereute, wie der Abend gestern geendet hatte. Aber die Situation mit Lindy ließ mir keine Ruhe. Und wenn ich nicht an Lindy dachte, dann an Leo, was mich in eine Unruhe ganz anderer Art versetzte.

Ich holte das Porzellan aus den Schränken und wischte die Holzregale sauber. Dann sortierte ich alles neu nach Größen. Danach suchte ich alle Salzstreuer und Zuckerdosen heraus, um sie zu polieren und neu aufzufüllen. Ich setzte meine Kopfhörer auf und stellte eine melancholische Playlist mit dem Namen *Rainy Day* an. Sehr sentimental, Leo hätte sich darüber lustig gemacht. Schon wieder Leo. Die Regale mit dem Geschirr ergaben nach Größe geordnet einen schönen Anblick. Belle hätte direkt ein Foto geschossen, um bei ihren Followern Likes einzusammeln. Ein neues Lied setzte ein, *More than this*.

Als sich auf einmal wie aus dem Nichts eine Hand um meinen nackten Arm schloss, schrie ich laut auf. Mein Herzschlag stockte und ich machte einen Satz zur Seite. Die Kopfhörer wurden von der heftigen Bewegung heruntergerissen und mein Handy fiel zu Boden.

Hart knallte mein Rücken gegen die Kante des Holztresens. Ich schrie noch lauter, diesmal nicht vor Schreck, sondern vor Schmerz.

»Ach du meine Güte, sorry«, rief Leo, dessen Gesicht so nah vor mir auftauchte, als wäre er nur in meiner Vorstellung. Aber ich träumte nicht. Dazu war der Schmerz in meinem Rücken zu stechend.

»Bist du völlig bescheuert!«, schrie ich quietschend mit überschlagender Stimme. Mein Herz raste, immerhin schlug es wieder. Ich hielt meine Hand auf die pochende Stelle am Rücken. Es tat höllisch weh.

Leo griff erschrocken nach meiner Hand, aber ich wischte ihn zur Seite.

»Was machst du hier?«, fragte ich mit schmerzerstickter Stimme. »Das Café ist noch geschlossen.«

»Emma. Es tut mir so leid, mein Gott«, sagte Leo, seine Augen dunkelblau vor Besorgnis. Er musste gerade vom Strand kommen. Seine nassen Haare waren vom Wind zerzaust und hatten ein paar feuchte Flecken vorn auf seinem Shirt hinterlassen.

Er bückte sich und hob mein Handy und die Kopfhörer hoch. Dann untersuchte er sie, hielt sie vor mich und blickte mir wieder direkt in die Augen.

»Ich glaube, es ist nichts kaputt. Tut es sehr weh?«

Mein Rücken pochte und ich konnte fühlen, wie sich von der Stelle, in welche die Holzecke gerammt war, sternförmig Hitze ausbreitete. Aber immerhin beruhigte sich mein panischer Herzschlag ein bisschen und ich konnte wieder atmen. Wenn er sich auch weit weniger beruhigte, als er sollte. Ich hob die Augenbrauen, um ihm so mitzuteilen, dass das eine dämliche Frage war.

»Was machst du hier?«, wiederholte ich gepresst.

Leos Blick löste sich nicht eine Sekunde von mir, während er sprach. Es fiel mir schwer, ihm direkt in die Augen zu schauen. Ich wusste nicht, was er in meinen Augen sehen konnte.

»Ich könnte eher fragen, was *du* hier machst, oder? Das Café ist geschlossen. Es hätte ein Einbrecher sein können. Ich konnte nicht damit rechnen, dass du hier frühmorgens deine Ordnungswut auslebst. Es tut mir leid. Aber du musst zugeben, dass du schreckhafter bist als ein Vollblüter auf der Rennbahn kurz vor dem Start.«

»Ich kann auch wieder gehen. Du kannst gerne selbst aufräumen.« Ich trat einen Schritt zurück und suchte nach meiner Tasche, die ich auf einen Stuhl gestellt hatte. Mir schossen Tränen in die Augen.

»Emma. Jetzt sei doch nicht beleidigt. Ich bin doch nur erleichtert, dass du nicht aus Reflex einen deiner Taekwondo-Tritte angewandt hast und ich ohnmächtig hinter dem Tresen liege«, scherzte er.

»Sehr komisch. Es tut noch etwas zu doll weh für Witze.« Trotzdem musste ich leider ein wenig lächeln.

Es tat weh. Und ich konnte irgendwie nicht zu der lockeren Art zurückkehren, die wir gefunden hatten, um miteinander zu reden. Es war alles so anders, empfindlicher. Es ging einfach nicht. Ich warf meine Tasche über die unversehrte Schulter und trat noch ein Stück zurück. Das war ein Fehler. Als ich erneut gegen die Theke stieß, nur ein wenig, knickten mir fast die Beine weg vor Schmerz. »Ahhhhh …«

Leo war sofort neben mir. »O nein, Emma. Lass mal sehen.«

Bevor ich etwas erwidern konnte, hatte er sich so über mich gebeugt, dass er über meine Schulter hinweg meinen Rücken betrachten konnte. Er umarmte mich fast. Seine Nähe kam so unerwartet, dass ich fast genauso erstarrte wie zuvor, nur dieses Mal nicht vor Schmerz. Schon hatte er vorsichtig mein Shirt am Rücken hochgeschoben. Er stand so dicht neben mir, dass sich seine Körperwärme um mich legte. Mein Herzschlag beschleunigte sich wieder. Nicht aus

Angst oder Schreck. Aus Reflex. Ohne dass ich etwas dagegen machen konnte. Sein Atem kitzelte meinen Nacken. Vorsichtig tastete er um die wunde Stelle herum. Mit jeder Sekunde, die es dauerte, wurde ich nervöser. Wobei es nicht so lange gedauert haben konnte. Aber seine Nähe machte komische Dinge mit der Zeit. Und mit meinem Magen.

»Emma, wie hast du das geschafft, mit so viel Wucht in den Tresen zu rennen? So groß ist es hier doch gar nicht, dass du derart viel Schwung holen konntest. Du bekommst einen riesigen blauen Fleck.«

Seine Stimme klang merkwürdig. Obwohl mein Herz pochte wie verrückt, konnte ich mich ansonsten nicht bewegen. Seine Finger umkreisten die Haut um den blauen Fleck leicht wie eine Feder. Vielleicht bildete ich es mir auch ein. Es war wahrscheinlich egal, ob er mich berührte oder nur fast berührte, so intensiv wie ich auf ihn reagierte.

»Aber es ist nichts offen. Das wird nicht nur ein blauer Fleck, sondern ein grün-blau-gelbes Kunstwerk von Monster-Bluterguss. Aber der wird auch wieder verschwinden. Nächstes Jahr auf jeden Fall.«

Er schob mein Shirt zurück und machte einen Schritt zurück, als müsste er schnell Abstand gewinnen. Er fuhr sich durch die Haare und wich meinem Blick aus. An seiner Schläfe hatten sich kleine rote Flecken gebildet.

»Ich hätte nicht gedacht, dass du heute so früh kommst«, sagte er.

»Wieso sollte ich nicht früh kommen?«, fragte ich.

»Ich habe dich gestern gesehen.«

»Wo denn? Du sagst das wie eine Drohung.« Gerade noch war sein Blick so weich gewesen, so offen. Jetzt hatte ich das Gefühl, er würde Rollläden runterlassen und auf Distanz gehen.

»Im *White Horse.*«

Für einen Augenblick blieb mein Mund offen stehen. »Das warst du also doch«, sagte ich. Das hatte ich mir nicht eingebildet. Im Schnelldurchlauf liefen Bilder durch meinen Kopf, was ich dort gemacht hatte, als er mich gesehen hatte.

Gerade wurde es heller. Die Sonne war hoch genug gestiegen, dass die ersten Strahlen durch ein seitliches Fenster einfielen und das Parkett in einem warmen Honigton leuchten ließen.

»Ja, du warst auf Kates Party«, stellte er fest.

»Du kennst Kate?«, fragte ich überrascht.

»Ich habe meine Eltern dort zum Essen getroffen. Sie wollten mir ins Gewissen reden, zurück ans College zu kommen. Aber ich weiß nicht, ob ich da weitermachen will, wo ich aufgehört habe.«

Ich nickte. Es stimmte also doch, was Matt erzählt hatte.

»Du sahst aus, als hättest du Spaß«, sagte Leo. »Deine A-Lister-Anstrengungen scheinen langsam von Erfolg gekrönt zu werden«, fuhr er fort und in seiner Stimme lag plötzlich wieder Abfälligkeit.

Ich spürte, wie mir Tränen in die Augen stiegen, und wandte mich schnell ab. Die Enttäuschung über so viele Dinge schnürte mir fast die Luft ab. Gestern war so falsch gewesen, diese Party, die Leute und dann mein Vater. Ich hatte mir so viel erhofft von diesem Sommer, der so toll angefangen hatte, und jetzt geriet alles aus den Fugen. Ich griff wieder nach meiner Tasche, ohne mich nach ihm umzusehen, einfach um etwas zu tun. Es war ein Fehler gewesen zu kommen.

»Ich bin heute früh nur gekommen, um aufzuräumen. Wird nicht wieder vorkommen. Was hast du überhaupt gegen mich, Leo? Was habe ich eigentlich verbrochen? Ich habe nur einen Job gesucht. Seit der ersten Sekunde, als wir uns getroffen haben, hatte ich verloren.

Du hast mich in irgendeine Schublade gesteckt, aus der ich nicht wieder herauskomme. Dabei solltest du mich jetzt wirklich besser kennen. Ich gebe hier jeden Tag mein Bestes. Ich flirte nicht. Der Koch ist schwul, falls du das noch nicht gemerkt hast. Herrje, ich fühle mich wirklich von niemandem angezogen, mit dem ich zusammenarbeite. Ich mache nichts außer meiner Arbeit. Belle – naja, sie ist nicht unbedingt ein Fan von mir. Aber auch das ist besser geworden, seit du mich rausgeworfen hast. Und dann doch nicht. Zuerst dachte ich, alles wäre besser geworden, nachdem du mir die Fahrstunde gegeben hast. Ich weiß wirklich nicht, was du gegen mich hast. Ich interessiere mich nicht für irgendwelche A-Lister. Ich war auf der Party gestern, klar. Aber das war ein Fehler. Ich mochte die Party nicht und auch die meisten Leute dort nicht. Anders als du mache ich nämlich durchaus Fehler.«

Leo musterte mich konzentriert, Verwunderung stand in seinem Blick. Als würde das, was ich sagte, keinen richtigen Sinn ergeben. »Du mochtest die Leute nicht? Aber Asher …«, wiederholte er etwas verdutzt.

»Nein«, unterbrach ich ihn.

»Emma.« Leo schloss kurz die Augen, als müsste er seine Gedanken neu sortieren. »Ich drücke mich wahrscheinlich nicht gut aus. Oder du verstehst mich ganz falsch.« Er sprach jetzt leise.

»Wie soll ich dich denn sonst verstehen?«, sagte ich. »Ich bin kein Spielzeug, dem man manchmal über den Kopf streichelt und es dann wieder wegschiebt. Ich weiß nicht, warum alle denken, dass ich ein Spielzeug bin.«

»Warum sollte ich denken, dass du ein Spielzeug bist?«

»Manchmal bist du nett zu mir. Du gibst mir eine Fahrstunde.

Du bist … witzig. Ich fand den Abend am Strand mit dir schön. Ich dachte, wir wären danach irgendwie … befreundet vielleicht? Ich weiß. Verrückt. Aber dann bist du wieder so abweisend. Unzugänglich.«

Er hing an meinen Lippen, während ich sprach. Einmal huschte ein kurzes Lächeln über sein Gesicht.

»Machst du dich jetzt über mich lustig?«, sagte ich. Ich drehte mich weg, aber er griff nach meinem Arm.

»Warte«, sagte er. »Bitte. Ich mache mich überhaupt gar nicht lustig.«

Langsam drehte ich mich zu ihm zurück. Ich seufzte. Jeder Humor war aus seinem Gesicht verschwunden. Er sah mich bittend an. Okay. Ich nickte kurz. »Okay«, sagte ich laut.

»Ich war gestern bei meinem Onkel. Es ging ihm nicht so gut«, begann er.

»Der Onkel, für den du das *Bitter End* leitest?« Ich verstand gar nichts mehr. Was hatte das jetzt mit seinem Onkel zu tun?

Er nickte.

»Ich dachte, dein Onkel wäre verreist«, sagte ich, »deshalb bist du ja auch hier und leitest das Café für ihn.«

»Er ist im Entzug«, sagte Leo mit leiser Stimme.

»Im Entzug … für Drogen?«

»Für Alkohol«, sagte Leo. »Es ist in den letzten Jahren immer schlimmer geworden mit dem Trinken. Und im letzten Jahr hatte er einen Zusammenbruch. Ich habe ihn gefunden. Seine Leber war kaputt. Er wäre fast draufgegangen und hat es nur ganz knapp geschafft. Ich habe versprochen, dass ich das *Bitter End* für ihn weiterführe, damit er etwas hat, wohin er zurückkehren kann. Wofür es sich lohnt, gesund zu werden. Ich mag nicht so viel darüber reden, weil sich sonst einige das Maul zerreißen. Aber ich bin viel bei ihm. Deshalb ist es mir auch so wichtig, dass wir das Café behalten. Und ich weiß, dass ich komisch bin, was das *Bitter End* angeht. Ich war nicht fair zu dir.«

»Und dafür hast du das College unterbrochen?«

Er nickte. »Meine Eltern sind total sauer auf mich. Sie denken, dass ich hier nur ein Jahr meines Lebens verschwende. Ihrer Meinung nach verkaufen nur Loser Kaffee.«

Ich musste an Asher denken, der etwas Ähnliches über seine eigenen Eltern und den Job im Surfladen gesagt hatte. Aber Asher wollte ich jetzt nicht erwähnen.

»Das *Bitter End* ist es absolut wert«, sagte ich.

»Du brauchst das *Bitter End* mir gegenüber nicht zu verteidigen. Aber meine Eltern sind sauer, vor allem wegen des Studiums.«

Er blickte mich an und kaute auf seiner Lippe, als würden ihn die Dinge, die er sagte, verunsichern.

»Es tut mir leid, dass ich teilweise so abweisend war. Aber du bist kein fluffiges Spielzeug für mich. Und ich habe dir auch garantiert noch nie über den Kopf gestrichen, daran könnte ich mich erinnern.«

Er schluckte. Zögernd legte er seine Hand auf meine Schulter. Sein Blick hing an meinen Lippen, wanderte hoch zu meinen Augen. Aber er konnte sie nicht dort lassen, immer wieder sprangen sie zurück, während er sprach.

Er atmete einmal stoßartig aus, als hätte es ihn angestrengt, das zu sagen. »Und vielleicht fühlst du dich von niemandem hier angezogen. Ich weiß jedenfalls, dass ich das ganz bestimmt nicht von mir behaupten kann.« Die Worte kamen immer schneller aus ihm heraus.

»Und ich habe es wirklich versucht, Emma. Und vielleicht war ich deshalb unfair. Weil ich mir einreden wollte, dass du so bist, wie es bei unserer ersten Begegnung am Strand erschien. Ich muss mich auf das Café konzentrieren. Nebenher versuche ich online ein paar Kurse zu belegen und wollte mich nicht ablenken lassen. Eigentlich kann ich nicht mehr arbeiten, wenn du in meiner Nähe bist. Und das ist schlecht.« Er biss sich auf die Unterlippe. Unschlüssig hob er seine Handflächen kurz von meiner Schulter, die unter seiner Berührung zu pochen begonnen hatte wie mein Herz. Er senkte sie wieder und strich mit dem Daumen meinen Halsausschnitt entlang. Dabei blickte er auf seine Finger, als wäre er selbst überrascht über das, was sie taten. Eine dunkle Strähne fiel ihm in die Augen. Er schlug ungeduldig den Kopf zur Seite, um sie wegzuschütteln. Als sein Blick wieder auf meinen traf, waren seine Augen tiefblau, offen und bittend. »Und ich wünschte, ich …«

»Ich auch«, sagte ich.

Und dann tat ich etwas, was ich noch nie getan hatte. Ich wartete nicht länger. Wartete nicht, bis er näherkam, bis er die Entscheidung übernahm, was mit diesem Moment passierte.

Ich streckte mich ihm entgegen, bis unsere Lippen aufeinandertrafen. Er gab vor Überraschung einen kleinen Laut von sich. Einen Moment lang bewegte er sich nicht, er kam nicht näher, aber er entfernte sich auch nicht. Und schon wieder hörte ich auf zu atmen. Vollständig. Seine Lippen fühlten sich viel weicher an, als sie aussahen. Dann erwachten sie zum Leben. Als wäre er plötzlich aufgewacht und hätte verstanden, was passierte. Er legte seine Hände auf meine Wangen, als wollte er verhindern, dass ich mich wieder entfernte. Er küsste mich nicht langsam zurück, sondern so, als würde er schon eine ganze Weile darauf warten. Er ließ seine Hände von meinen Schultern zu meiner Taille herunterwandern und zog mich noch näher zu sich heran. Seine Intensität berauschte mich und machte mich mutig. Meine Hände fuhren durch seine Haare. Wie oft hatte ich das schon tun wollen. Seine Lippen blieben die ganze Zeit fest mit meinen verbunden. Obwohl sie mit Nachdruck auf meinen lagen, fühlten sie sich auch sanft an, rücksichtsvoll, untersuchend. Aber er war mir nicht nah genug. Ich legte meine Arme um seinen Nacken, spürte die Hitze, die sich dort gebildet hatte, und sein Aufseufzen sandte einen Stromschlag durch meinen Körper. Ich küsste ihn, zog ihn enger heran, er küsste mich zurück, ich konnte nicht unterscheiden, wo seine Hände waren, sein Mund, Wärme, Nähe, alles verschwamm, mein Kopf war voller Sterne. Jedes einzelne Körperteil begann zu surren. Es fühlte sich richtig an, aufregend. Ich wusste nicht, wie lange wir so ineinander verschlungen im goldenen Morgenlicht standen. Aber irgendwann klopfte es an der Tür. Der erste Kunde war da.

Siebzehn

Leo und ich sprangen auseinander und begannen mit der täglichen Arbeit. Ich war überhaupt nicht bei der Sache. Was war gerade passiert? Ich musste mich zusammenreißen, um zu verstehen, was die Leute sagten, die ihre Bestellungen aufgaben, um nicht Kokosnuss-Kaffee statt Sojamilch-Kaffee zu machen oder versehentlich einen Bananenkuchen zu erwärmen, obwohl die Leute einen Eistee wollten. Inzwischen war auch Belle gekommen und irgendwie hatte ich den Eindruck, dass Leo mindestens genauso viel Angst vor ihr hatte wie ich.

Sie sah mal wieder ganz schön erschöpft aus und hatte bläuliche Schatten unter den Augen. Als Erstes braute sie sich wieder ihre gefährliche Eigenkreation aus Kaffee und Espresso. Schon beim Anblick der tiefschwarzen Brühe, die zähflüssig im Becher schwappte, bekam ich Herzrhythmusstörungen.

»Sag mal, nach dem Ding bist du doch high, oder? Darf man dann noch Auto fahren oder fällt das unter das Betäubungsmittelgesetz?«, grinste ich. Ich war aufgedreht. Mir war schwindelig von der merkwürdigen Energie, die Leos Kuss in mich gepumpt hatte.

Sie zuckte mit den Schultern und lächelte noch nicht mal. Plötzlich überlegte ich, dass ihre Augen vielleicht deshalb so aussahen, weil sie gerade geweint hatte.

»Sag mal, ist irgendetwas passiert? Kann ich dir helfen?«

Sie seufzte, aber ich merkte, dass ihr bei dieser Frage Tränen in die Augen schossen.

»O nein, was ist los?«, sagte ich. Ich hatte in ein Wespennest gestochen.

Sie wischte sich eine Haarsträhne von der Stirn hinter das Ohr, wobei ich das Tattoo auf der Unterseite ihres Unterarms sehen konnte. Es war ein kleiner Bogenschütze, ihr Sternzeichen, wie sie mir mal verraten hatte.

»Ich habe mich mit meiner Schwester gestritten. Sie will weg von hier. Wir sind ihr scheinbar nicht gut genug.«

»Wer ist ihr nicht gut genug?«, fragte ich verwirrt. »Wer ist *wir?*«

Belle seufzte. »Wir ist … ich. Und sie. Wir haben immer alles zusammen gemacht. Wir wohnen zusammen, wir sind *Death of the Prom Queen*. Und jetzt hat sie einen Job bekommen und diesen Typen kennengelernt und will nach Pennsylvania. Dabei hätte sie doch hier arbeiten können.«

Ich fragte jetzt nicht nach, ob sie versucht hatte, mich loszuwerden, um ihrer Schwester meinen Job zu geben.

»Sie möchte vielleicht nicht weg von dir, sondern nur zu dem Freund und dem Job. Deshalb hat sie dich doch nicht weniger lieb. Manchmal muss man sich auch eine Weile trennen, um wieder zusammenzufinden. Immerhin hast du eine Schwester, mit der du so viele schöne Momente erlebt hast. Ich habe mir immer Geschwister gewünscht.«

»Wenigstens hast du niemanden, der dich einfach so verlassen kann. Wenn man niemandem zu nahesteht, kann einen auch niemand zurücklassen.«

»Das stimmt. Aber das ist die Logik von jemandem, der immer jemanden hatte«, sagte ich.

Sie wollte widersprechen. Dann hielt sie inne. Es war gerade nicht viel los im Café. Das Wetter war fantastisch, die meisten Sommergäste waren wahrscheinlich gerade am Strand.

»Du hast gar keine Geschwister?«, fragte sie, als wäre das schwer vorstellbar.

Ich schüttelte den Kopf.

»Der Typ ist auch echt nicht toll«, sagte sie.

»Du bist eifersüchtig.« Ich dachte daran, wie Jen das zu mir gesagt hatte.

»Das ist nicht alles.«

»Wolltest du deshalb, dass ich nicht mehr hier arbeite?« Ich biss die Zähne zusammen. Jetzt war es mir doch rausgerutscht.

Belle drehte sich weg und schäumte Milch auf. Sie versteckte sich hinter dem Rauschen des Milchaufschäumers.

»Das war total bescheuert von mir mit der Mail. Aber ich wollte dich nicht rausmobben, echt nicht«, sagte sie und malte dabei sehr sorgfältig ein Herz auf den Cappuccino. »Ich dachte am Anfang irgendwie, dass du anders bist. Leo hatte letztes Jahr eine Freundin, die uns alle verrückt gemacht hat.«

Mein Herzschlag setzte aus. Leos Ex-Freundin. Wie konnte ich jetzt mehr herausfinden, ohne dass Belle merkte, wie sehr ich darauf brannte, alles zu erfahren?

»Wie soll ich das verstehen? Ich ähnele dieser Freundin, die du nicht mochtest?«

»Sie hat ihn hängen lassen, als er nicht mehr der Harvard-Sunnyboy war und sie wirklich gebraucht hätte. Und glaub mir, in der Stimmung mit ihm zu arbeiten war kein Spaß. Das wollte ich nicht noch mal erleben.«

»So richtig hast du meine Frage nicht beantwortet«, sagte ich. »Sehe ich so aus wie sie oder bin ich wie sie?«

Belle zuckte mit den Schultern und brachte ein Sandwich zu einem Tisch. »Ich dachte am Anfang einfach, du wärst wie sie. Sie hatte auch immer ziemlich viele Verehrer. Alles angeblich ganz unverfänglich. Sie stand auf Typen aus gutem Hause. Hatte immer mehrere auf einmal an der Angel. Sie war blond. Aber keine Sommersprossen. Keinen Rotstich.« Belle lächelte wieder etwas fröhlicher.

»Danke, dass du dachtest, ich wäre wie sie«, murmelte ich. Trotzdem, wenn sie erst mal nichts mitbekam von Leo und mir, war es wahrscheinlich besser. Von uns. Leo und Emma.

Leo kam aus dem Büro zurück ins Café und besprach etwas mit Belle. Er blickte zu mir und lächelte, bevor er ging. Ich hatte das Gefühl, als wäre ich fünf Kilo leichter geworden, weil in meinem Kopf nur noch Luftblasen waren, kein Gehirn mehr. Dann schaute ich zu Belle. Sie blickte mich sehr genau an und hatte die Stirn in Falten gelegt. Lang konnte man ihr wahrscheinlich nichts vormachen. Wir würden uns früher oder später etwas überlegen müssen.

Achtzehn

Sobald Leo weg war, kontrollierte ich auf meinem Handy, ob mir jemand geschrieben hatte. Es war so unglaublich. Unser Kuss hatte so früh am Morgen stattgefunden, es fühlte sich wie ein Traum an, als um die Mittagszeit die Sonne durch die Scheiben brannte. Was war das jetzt genau? Wir hatten uns geküsst und er hatte zugegeben, dass er in mich verliebt war. Oder auf jeden Fall, dass er sich von mir angezogen fühlte …? Wahrscheinlich fuhr er gerade wieder zu seinem Onkel, wenn es ihm so schlecht gegangen war. Er würde mir später eine Nachricht schreiben, nahm ich an. Ich musste mit Jen sprechen. Sie wusste ja noch gar nichts. Alles ging so schnell, mein Leben in Long Island fand in einer Art Turbomodus statt. Aber wenn ich Jen jetzt eine Nachricht schrieb, würde sie keine Ruhe geben und mein Handy würde in ein Dauersurren verfallen, bis ich alles erzählt hatte. Also musste Jen noch kurz warten, denn bei aller Verliebtheit hatte ich erst mal etwas Wichtigeres zu tun.

Als ich zu Hause ankam, nahm ich mein Telefon und die Nummern, die ich mir rausgesucht hatte, und ging in den Garten, wo mich niemand hörte. Ich rief bei der ersten Firma auf Lindys Lebenslauf an und fragte nach ihr, als wäre sie eine aktuelle Mitarbeiterin.

»Tut mir leid. Wir haben leider keine Mitarbeiterin mit dem Namen Lindy Bosworth.«

»Frau Bosworth und ich hatten uns damals das *Chase-Bank-Development* angeschaut.« Ich bemühte mich, mit einer dunklen, erwachseneren Stimme zu sprechen. »Da es sich um ein großes Objekt handelt und die Provision im sechsstelligen Bereich liegt, wollte ich sie nicht außen vor lassen. Frau Bosworth hatte sich damals schließlich sehr eingesetzt.«

Es war ziemlich leicht zu lügen. Dieses Chase-Projekt hatte ich online recherchiert. Da ging es um eine große Verkaufsprovision, das würden sie sich bestimmt nicht entgehen lassen wollen.

Die Dame am Telefon stutzte, wie ich gehofft hatte. »Gut, ich werde noch mal die Gesamtdatei durchschauen, falls Frau Bosworth nur aktuell nicht mehr bei uns ist.«

»Sie war noch sehr jung, vielleicht war sie ja noch in der Ausbildung oder nur eine temporäre Praktikantin«, sagte ich, als ich meine Chance erkannte.

»Jeder, der hier gearbeitet hat, ist in der Datei. Geben Sie mir einen Moment.«

Bingo. Ich lief vor dem Poolhaus hin und her, weil ich nicht stillsitzen konnte. Der Wind zerzauste meine Haare.

Nach einer Minute sagte sie: »Sind Sie noch dran? Es tut mir leid. Eine Lindy Bosworth hat hier nie gearbeitet. Es hat auch keine andere Lindy oder noch nicht mal jemand mit den Namen Bosworth hier gearbeitet. Sind Sie sicher, dass Sie bei der richtigen Firma sind?«

Ich seufzte und versuchte, meine Aufregung zu vertuschen. »Okay, ich spreche noch mal mit meinem Mann. Vielleicht liegt ja doch ein Missverständnis vor.«

Dann legte ich auf. Mein Herz klopfte. Es passte einfach nicht zusammen. Oder es passte besonders gut zusammen. Ich rief eine weitere Arbeitsstelle an – mit dem gleichen Ergebnis. Ihr College überprüfte ich nicht, das konnte ja sogar stimmen. Wobei ich nicht überrascht gewesen wäre, wenn selbst das gelogen war. Ich wusste noch nicht, wie ich weiter vorgehen sollte.

Schließlich ging ich in mein Zimmer und holte mein Übungsbuch raus, um für die theoretische Führerscheinprüfung zu üben. Die Seiten der Broschüre waren vom Wasser wellig und hart geworden und Sand rieselte heraus. In drei Tagen war schon die theoretische Prüfung, das hatte mir gerade noch gefehlt. Mein Kopf brummte, ich konnte mich nicht konzentrieren. Vor allem durfte ich nicht alle zwei Minuten mein Handy nach einer Nachricht von Leo kontrollieren.

So cool konnte mein Vater nicht sein, dass er es nicht zumindest nachprüfen würde, was mit Lindy los war. Ihm musste klar sein, wie gefährlich es war, eine Lügnerin zu beschäftigen. Er konnte ihr nicht den Zugang zu seinen Dokumenten, Bankzugängen und überhaupt allem geben.

Leo hatte mir immer noch nicht geschrieben, aber Jungs waren ja oft nicht so die Nachrichtenschreiber. Von Jen hingegen hatte ich heute schon vier Nachrichten bekommen.

Endlich hörte ich Motorgeräusche vor dem Haus. Ich sprang ans Fenster und sah, wie Lindy aus dem Auto stieg. Mein Vater war nicht in Sichtweite. Es war schon spät am Nachmittag, der Himmel war diesig. Mein Vater würde wahrscheinlich später separat kommen.

Ich hörte, wie die Haustür hinter Lindy zufiel. Es war, wie tagsüber üblich, nicht abgeschlossen gewesen.

»Hallo, ist jemand da?« Sie musste im Flur stehen und ins Haus rufen.

Ich setzte an zu antworten, dann überlegte ich es mir blitzschnell anders und blieb still. Nein, ich hatte keine Angst vor ihr, egal wie viele Horrorgeschichten Jen noch erzählte. Aber ich wollte sehen, was sie tat. Ich konnte schließlich immer behaupten, dass ich meine Kopfhörer getragen und sie deshalb nicht gehört hätte. Überhaupt, seit wann war ich ihr Rechenschaft schuldig?

Sie rief noch mal, dann wurde es komplett still im Haus.

Ich fasste mir ein Herz und schlich mich aus meinem Zimmer. Auf dem Weg nach unten ließ ich die knarrenden Treppenstufen aus. Lindy war nirgends zu sehen, sie würde wohl wieder im Arbeitszimmer meines Vaters sein, da war ich mir sicher. Im Flur standen ihre Schuhe, die blauen Pumps. Konnte es doch sein, dass sie vielleicht nur dieses eine Paar besaß? Wollte sie meinem Vater wirklich Geld stehlen?

Ich schlich durch die Küche auf die Terrasse, um von draußen durchs Fenster zu schauen. Und tatsächlich. Sie war im Arbeitszimmer. Sie hatte die Schreibtischlampe angemacht und den Aktenschrank hinter der Tür geöffnet. Schon wieder durchsuchte sie die privaten Akten. Sie hatte eine davon auf den Tisch gelegt, blätterte zügig durch die Seiten. Sie versuchte tatsächlich an die finanziellen Informationen meines Vaters zu kommen.

In diesem Moment schreckte sie hoch, als hätte sie etwas gehört. Sie blickte kurz zu Tür, dann schlug sie den Ordner zu und schob ihn eilig in den Schrank zurück. Okay, damit war es wohl klar. Warum sollte sie sich so verhalten, wenn sie nichts Verbotenes tat? Ich machte einen entschlossenen Schritt nach vorn, sodass sie mich durchs Fenster sehen konnte. Die Schiebetür war abgeschlossen. Sie zuckte zusammen und schaute direkt in meine Augen. Ihr Mund klappte auf und ihre Augen wurden immer größer. Sie wusste, dass ich sie beobachtet hatte. In diesem Moment kam mein Vater zur Zimmertür herein. Er blickte dabei aufs Handy und machte erschrocken einen Schritt zurück, als Lindy ihn ansprach. Sie begrüßten sich, dann glitt ihr Blick wieder zu mir. Ich klopfte an die Scheibe. Mein Vater schaute hoch. Ein Ausdruck des Erkennens glitt über sein Gesicht. Mit schnellen Schritten kam er zum Fenster und öffnete mir die Terrassentür.

Lindy war blass und sie ließ mich nicht aus den Augen. Ihre großen, blauen Augen sahen bittend aus.

»Schatz, wie schön, dass du zu Hause bist«, sagte mein Vater. Kurz ließ er sein Handy aus den Augen, aber er wirkte abwesend und gestresst. Eigentlich hatte ich ihn in meiner ganzen Zeit hier kaum anders gesehen.

»Was hast du da gerade gesucht?«, wandte ich mich an Lindy.

Ihre Schultern fielen ein Stück nach vorn. Hatte sie jetzt ernsthaft gedacht, dass ich nichts sagen würde? Nachdem ich gesehen hatte, wie sie die Bankunterlagen meines Vaters durchwühlt hatte?

»Ich ... habe ein paar Dinge nachgeschaut«, sagte Lindy. Ihre Finger zitterten. Es war eindeutig und ihre Reaktion machte noch viel deutlicher, dass sie gerade etwas getan hatte, was sie auf keinen Fall hätte tun dürfen.

»Wer hat dich hier hereingelassen?«, fragte ich.

»Die Tür war offen«, sagte Lindy.

Sie hatte recht. Diesmal war die Tür offen gewesen. Sie hatte sich nicht hereinschleichen müssen.

Mein Vater schaute von seinem Handy hoch. Die merkwürdige Stimmung war zu ihm durchgedrungen und er schaute verwirrt von Lindy zu mir und zurück.

»Du meinst, du musstest dich nicht wie beim letzten Mal reinschleichen? Das letzte Mal, als ich dich ebenfalls gesehen habe, wie du Akten durchgeschaut hast. Und es sind keine Akten, die etwas mit der Arbeit zu tun haben.«

Mein Vater sah verwirrt von Lindy zu mir und zurück. Seine Augen hatten rot unterlaufene Ränder, als wären sie etwas entzündet. Er hatte keine Ahnung, was hier vor sich ging.

»Papa, hast du eigentlich irgendetwas auf Lindys Lebenslauf kontrolliert?«, fragte ich.

»Was meinst du?«, erwiderte er perplex. Immerhin war dies einer der seltenen Momente, wo ich seine volle Aufmerksamkeit hatte und er nicht versuchte, irgendwelche Nachrichten zu beantworten, während wir sprachen.

»Naja, fragt man bei den Referenzen nicht mal nach? Einfach um zu wissen, ob irgendetwas von dem stimmt, was auf dem Lebenslauf steht?«

Lindy war kreidebleich geworden. Ihr ganzes Verhalten spornte mich nur noch an, weiterzumachen. Sie schüttelte langsam den Kopf. Sollte das eine Bitte sein, nicht weiterzumachen? Nachdem sie offensichtlich alle angelogen hatte? Stellte sie sich vor, dass ich zuließ, dass sie meinen Vater belog und bestahl?

Mein Vater blickte zu ihr. »Lindy?«, fragte er. Immerhin fiel ihm trotz aller Lindy-Besessenheit auf, dass sie sich nicht äußerte. Sich nicht verteidigte. Dass sie kreidebleich im Zimmer stand und noch nicht einmal den Versuch machte, sich zu verteidigen.

»Frag sie doch einfach mal, ob sie bei Lexington Real Estate gearbeitet hat«, schlug ich vor.

»Ich verstehe nicht. Natürlich hast du da gearbeitet«, sagte mein Vater an Lindy gewandt und legte die Stirn in Falten.

Ich stöhnte. Warum war mein Vater bei allem, was Lindy anging, eigentlich so schwer von Begriff?

»Niemand dort kennt dich, Lindy. Du hast dort nie gearbeitet.« Ich hatte vorher noch winzige Zweifel gehabt. Schließlich konnte es sein, dass sie anders geführt wurde, bei einer Unterfirma angestellt gewesen war, was auch immer. Aber ihr Verhalten war so eindeutig, dass es mich selbst überraschte, dass jemand, der so lange gelogen hatte, jetzt nicht in der Lage war, sich zu verteidigen.

Lindy holte tief Luft. Ihre Augen waren immer noch weit aufgerissen. Mein Vater blickte sie erwartungsvoll an, für meinen Geschmack immer noch viel zu gutgläubig.

»Also, ich weiß nicht, was ich sagen soll, wie ich es erklären soll«, murmelte Lindy.

»Du hast übertrieben, oder?«, fragte mein Vater. »Ganz ehrlich, die meisten übertreiben in ihrem Lebenslauf. Du hast so viel Ahnung von Immobilien, mir ist doch egal, wo du vorher gearbeitet hast«, sagte er.

Ich war fassungslos. Mein Vater hatte offensichtlich kein Problem damit, angelogen und hintergangen zu werden. »Was hast du dir da gerade für Kontonummern aufgeschrieben?«, fragte ich.

Jetzt wurde mein Vater doch etwas hellhörig. »Kontonummern?«

»Sie hat den Wandschrank nach Dokumenten durchsucht. Auch unsere privaten Dokumente, die alten Rechnungen, die Ordner mit deinen ausländischen Konten.«

Mein Vater blickte verblüfft zu mir. Natürlich, ihm war nicht klar, dass ich von seinen ausländischen Konten wusste. »Sie hat Ordner in der Hand gehabt aus der Zeit, als wir in New York gewohnt haben. Mit Mom«, konnte ich mir nicht verkneifen hinzuzufügen. Normalerweise erwähnte ich meine Mutter nicht, genauso wenig, wie ich meinen Vater meiner Mutter gegenüber erwähnte.

»Lindy, du weißt, wie sehr ich dich schätze, aber das verwirrt mich schon. Was hast du da gesucht? Und stimmt es, dass du das schon einmal ohne mein Geheiß getan hast?«

»Der Rest auf dem Lebenslauf stimmt auch nicht«, unterbrach ich. Ich hatte natürlich nicht jedes Detail kontrolliert, aber ich schoss jetzt einfach ins Blaue. »Die zweite Firma war ebenfalls gelogen.«

»Lindy, kannst du dich dazu äußern?«, fragte mein Vater. Seine Stimme hatte sich verändert. Der verständnisvolle Tonfall war verschwunden. Endlich wurde der Blick meines Vaters misstrauischer und sein Lächeln weniger freundlich. Wie viel Geduld konnte er mit jemandem haben, der ihn offensichtlich belog und hintergangen hatte?

»Stimmt es, was Emma hier behauptet?«, wiederholte er.

Aber ich brauchte mich gar nicht weiter aufzuregen, denn in diesem Moment antwortete Lindy mit leiser Stimme.

»Es stimmt.«

»Was stimmt?«, fragte mein Vater, dessen Augen sich weiteten. Auch ich dachte erst, ich hätte mich verhört.

»Mein Lebenslauf ist nicht korrekt«, bestätigte sie noch einmal.

»Und du hast meine Unterlagen durchsucht, so wie Emma gesagt hat?«

Jetzt war seine Stimme hart und schneidend.

Lindy blickte zu mir, als suchte sie Hilfe. Dafür war ich wohl kaum die Richtige.

»Wie konntest du das tun? Mein Vater hat dir so vertraut«, sagte ich stattdessen. Trotz allem war ich fassungslos. Nicht zuletzt, dass sie es einfach zugab, als wäre nichts dabei.

Inzwischen war Lindy total blass. Alle Farbe war aus ihr herausgesogen. Sie wirkte wie versteinert. Nur ihre blauen Augen leuchteten dunkler als zuvor. Dass sie sich überhaupt nicht versuchte zu verteidigen, machte es geradezu unheimlich.

»Ich habe gelogen«, sagte Lindy, »ich habe nie bei diesen Firmen gearbeitet. Es war alles ein Fehler. Es tut mir leid.«

Und damit griff sie nach ihrer Tasche, ihrer Jacke, und ging hinaus in den Flur.

»Willst du ihr nicht hinterherlaufen?«, fragte ich meinen Vater, der perplex vor mir stand.

Er schien aus einer kurzen Schockstarre zu erwachen und folgte ihr rasch. Ich hörte, wie sie sich kurz unterhielten.

Ich ging in die Küche, um sie besser zu verstehen. Mein Vater sprach laut, Lindy leise, kraftlos. Dann wurde es still. Es blieb eine Weile still.

Dann hörte ich, wie er langsam in die Küche kam.

Wir blickten uns einen Moment schweigend an.

»Was war das?«, fragte mein Vater erschüttert.

»Du lässt sie einfach so gehen? Hat sie das Auto genommen?«, fragte ich. »Du musst doch irgendetwas machen!«

»Sie hat das Auto stehen gelassen. Sie nimmt sich bestimmt später ein Taxi«, sagte mein Vater.

»Sie hat dich belogen und deine Sachen durchsucht. Hast du keine

Angst um deine Bankkonten, deine privaten Informationen?«, sagte ich. Mein Vater war viel zu ruhig. »Was hat sie denn gesagt?«

Mein Vater sah immer noch aus, als hätte ihm jemand einen Eimer Eiswasser über den Kopf gekippt.

»Sie hat nur noch mal gemeint, es täte ihr leid und sie hätte einen Fehler gemacht. Sie hätte nichts genommen. Es ergibt überhaupt keinen Sinn.«

»Dad. Das ist doch total *strange* und kriminell. Wer weiß, was sie sonst noch gemacht hätte. Und ich finde die Tatsache, dass sie erst alles dransetzt, diesen Job zu bekommen, um ganz eng mit dir zusammenzuarbeiten, und dann aber sofort, wo du sie entlarvst, abhaut, noch viel verdächtiger. Die hat doch einen totalen Knall«, sagte ich. »Ich weiß nicht, ob du sie einfach gehen lassen kannst. Wer weiß, was ihre wirkliche Absicht ist«, sagte ich.

»Ich bin mir sicher, dass sie nichts leergeräumt hat«, antwortete mein Vater.

»Ich glaube, du kannst überhaupt nicht sicher sein, du solltest das sofort kontrollieren«, sagte ich. »Ich habe gesehen, wie sie verschiedene Bankunterlagen durchgegangen ist.«

»Sie hat nichts mitgenommen«, sagte er.

»Woher willst du das wissen?«, fragte ich aufgeregt.

Mein Vater sah resigniert aus. »Ich kontrolliere alles ständig ganz genau. Trotzdem, du hast recht, ich werde noch mal nachsehen«, sagte er. »Aber auf die entscheidenden Dinge hatte sie keinen Zugriff.« Er schien sich sehr sicher zu sein.

»Du solltest trotzdem alle Zugangsarten ändern, Passwörter oder so was, falls sie welche kennt.«

Er nickte. Dann ging er langsam in sein Büro und setzte sich an den Schreibtisch. Ich verstand nicht, warum er so ruhig war. Warum er nicht sofort alles durchging. Es machte mich irgendwie wütend.

»Ich mach es«, sagte er und sah mich abwartend an. »Das hat mir jetzt gerade noch gefehlt. Als hätte ich nicht genug Chaos.« Er schaute noch mal hoch zu mir. »Danke, Emma. Ohne dich … Danke einfach. Aber jetzt, jetzt muss ich erst einmal schauen, was ich mache.«

In diesem Moment klingelte tatsächlich sein Telefon. Mittlerweile hasste ich dieses Telefon nur noch.

Er zuckte entschuldigend mit den Schultern und ging ran.

Ich trottete aus dem Zimmer. Mein Puls, der gerade noch aufgeregt gepocht hatte, beruhigte sich langsam. Waren hier eigentlich alle durchgedreht? So ein Verhalten war doch nicht normal! Lindy haute nach diesen Vorwürfen einfach ab. Mein Vater regte sich kaum auf, ließ sie einfach gehen. Hätte er einen Grund gefunden sie zu behalten, sogar nur einen ganz fadenscheinigen, hätte er auch das gemacht. Ich verstand das alles nicht. Frustriert warf ich mich auf mein Bett.

»Gute Nacht, Emma« schrieb Leo endlich.

»Gute Nacht, Leo« schrieb ich zurück, nachdem ich ungefähr fünfzig Nachrichten angefangen und wieder gelöscht hatte. Es war neutral. Gleichzeitig konnte ich einmal seinen Namen tippen. Wieso nur machte es so wahnsinnig viel Spaß, seinen Namen zu tippen? Vermutlich wäre es noch schöner, ihn zu sagen. Einmal. Oder mehrfach.

Am nächsten Tag hatte ich frei. Ich war nicht froh darüber. Ich wollte ins *Bitter End*. Nein. Ich wollte Leo sehen. Ich telefonierte mit Jen und erzählte ihr, was passiert war. Sie schien erstaunlicherweise nicht allzu überrascht. Bloß den Begriff *scharfer Chef* musste ich ihr umso dringender abgewöhnen. Nur ungern gestand ich mir ein, dass ich mein Telefon nicht aus der Hand legte, und hoffte, dass Leo sich melden würde, um zu fragen, ob ich nicht noch eine Fahrstunde haben wollte. Aber mein Telefon blieb stumm. Leo. Leo. Leo.

Bevor ich mich zu sehr ärgerte, dass ich mich passiv meinem Schicksal auslieferte, schickte ich ihm selbst eine Nachricht. In welchem Jahrhundert lebten wir denn? War ich jetzt emanzipiert oder nicht?

»Wann können wir uns sehen?«, fragte ich. Und dann wartete ich. War das jetzt zu direkt gewesen? Aber wie sollte man das denn auch indirekt formulieren? Konnte man diese Nachrichten eigentlich auch zurückholen? Konnte man nicht.

»Ich kann morgen früh, aber nicht so lange. Fahrstunde und kurz schwimmen?«, schrieb Leo zurück. Es hatte nur fünf Minuten gedauert, die sich aber angefühlt hatten wie drei Stunden. Wie konnte das sein? Weil ich mir so viele Gedanken gemacht hatte über meine Frage, die Formulierung, über alle Arten, wie man die paar Worte missverstehen könnte. Ich hatte Gedanken von drei Stunden in normalem Denktempo innerhalb von fünf Minuten wie im Schnellkochtopfmodus gedacht. Deshalb fühlte sich mein Kopf auch so heiß an und meine Wangen begannen zu prickeln, als würden kleine Nadeln darin stecken.

»Um neun? Ich hole dich ab«, schrieb er.

»Ja!«, antwortete ich. Erst danach fiel mir ein, dass er noch dachte, dass ich bei Martha wohnte. Aber das musste ich ausführlicher erklären, schließlich wollte ich nicht, dass es wieder ein Missverständnis gab. Das musste ich persönlich machen, nicht am Telefon. Ich würde morgen einfach noch mal dorthin radeln.

Neunzehn

Im Licht der Morgensonne fuhren wir schon wenige Stunden später über den überraschend leeren Montauk Highway. Vielleicht waren die verwöhnten Sommergäste, die nur bei optimalen Temperaturen ihren Fuß ins Wasser steckten, zu Hause geblieben, weil heute nicht ganz so schönes Wetter war. Bestimmt waren alle beim Shopping oder aßen überteuerte Crab Cakes in Bridgehampton.

Leo und ich hatten uns mit einem harmlosen Kuss auf die Wange begrüßt. Auch wenn er sich in mir drin nicht harmlos angefühlt hatte. Ich musste mich zusammenreißen, ich war so aufgeregt, die Luftblasen in meinem Kopf waren nicht weniger geworden.

Wir fuhren zum verlassenen Parkplatz und ich übte anfahren, parken und schalten. Immerhin hörte sich der Bus langsam nicht mehr so an, als würde er Schmerzen haben, wenn ich versuchte, den Gang zu wechseln. Es war eigentlich nicht so schwer. Ich parkte rückwärts und seitlich ein.

»Meinst du, ich habe eine Chance, die Prüfung zu schaffen?«

Leo zuckte mit den Schultern.

»Hey, du musst mich jetzt aufbauen. Ich dachte, du bist Amerikaner, die sind doch für ihre krankhaft optimistische »You can do it!«-Haltung bekannt.«

»Meine Vorfahren müssen überehrliche Holländer gewesen sein

oder so was. Aber du hast schon eine Chance«, sagte er nicht sonderlich überzeugt.

»Ich glaube, du sagst besser nichts mehr«, murmelte ich.

»Em, du schaffst es. Ich will nur sicherstellen, dass du noch viele Fahrstunden bei mir nimmst«, lächelte Leo und umfasste meinen Arm. »Okay, sollen wir noch kurz zum Strand?«, fragte er.

Auf die Frage hatte ich irgendwie gehofft. Ich nickte.

»Ich kann nicht so lange, aber wir können zum Cameron Beach fahren, da sind einfache Wellen, wenn du surfen lernen willst. Ich habe Boogieboards dabei, die sind einfacher als ein richtiges Board.«

»Okay. Diesmal habe ich auch Badesachen mit«, grinste ich und deutete auf meine Tasche.

»Mir gefiel dein letztes Outfit auch ziemlich gut«, sagte Leo.

»Ich wusste es doch. Du hast sehr wohl hingeschaut.«

Wir bogen am Mecox Strand ab und fuhren die Dune Road entlang, die ihren Namen zu Recht trug. Sie führte direkt hinter der Düne entlang, wo gerade hypermoderne Villen entstanden.

Am Ende der Straße lag der Parkplatz zu einem weiteren Strand. »Privatstrand. Nur für Anwohner«, stand auf einem großen Schild.

»Hier dürfen wir nicht parken«, sagte ich zu Leo.

Leo grüßte den Jungen in unserem Alter, der vor einer kleinen Holzbude saß und aufpasste, dass niemand Unbefugtes zum Strand fuhr. Hauptsächlich schien er in sein Handy vertieft. Aber er grüßte zurück, als würde er Leo kennen.

»Okay, so löst man das also. Man ist Anwohner oder man kennt sich eben.«

»Hamptons-Regeln«, sagte Leo und zuckte mit den Schultern.

Kurz vorher hatte es so ausgesehen, als würde es anfangen zu regnen. Aber jetzt war der Himmel wieder graublau. Und der Strand war einigermaßen ausgestorben.

Unter einem Handtuch zog ich meinen Bikini an. Ich musste mir dringend einen Badeanzug besorgen, der einem nicht ständig von den Wellen heruntergerissen werden konnte.

An dieser Stelle führte eine lange Sandbank ins Meer, perfekt, um den Wellen entgegenzulaufen, deshalb hatte Leo kommen wollen. Der Sand zwischen meinen Zehen war von Muscheln durchsetzt. Die Strömung zog an den Beinen, aber trotzdem hatte man keine Angst, zu weit rausgezogen zu werden, weil es so flach war. Anfangs war das Wasser kalt, aber nur die ersten paar Sekunden, dann spürte man die Kälte nicht mehr, außerdem war es im Vergleich zum Wind einigermaßen warm.

Leo war braun, sein Gesicht, sein Körper. Nur ein heller Streifen am Rand seiner blauen und etwas verblichenen Badeshorts verriet, dass das nicht seine natürliche Hautfarbe war.

Er hatte mir ein leuchtend gelbes Brett gegeben und kurz gezeigt, wie ich es halten sollte. Es war nicht kompliziert. Nur musste man lernen, den richtigen Zeitpunkt zu finden, um in die Welle zu springen.

Mit weit ausgestrecktem Arm zeigte Leo auf geeignete Wellen, die noch ein ganzes Stück entfernt waren. Seine Haare klebten feucht an seinem Kopf, seine Augen strahlten im Kontrast zum grauen Meer. Wir brachten unsere Bretter in Position und sprangen auf, wenn die Welle unter uns war. Ein paarmal wurde Leo auf einer Welle davongetragen, während ich zurückblieb. Dann klappte es auch bei mir. Ich jubelte. Wenn man den richtigen Zeitpunkt wählte, war es kinderleicht. Die Wellen waren lang und erstaunlich stark, sie trugen uns weit bis ans Ufer, als würde ein Riese uns auf einem Tablett tragen. Es war berauschend so dahinzugleiten. Ich konnte verstehen, warum einige Surfer Risiken in Kauf nahmen, um gewaltige Wellen zu reiten. Wie musste sich das anfühlen, wenn schon diese kleine Welle so ein High brachte?

Wir lachten uns zu, wenn wir gleichzeitig dieselbe Welle erwischten. Am Ufer rappelten wir uns wieder auf und sprinteten zurück ins Meer, bis wir völlig außer Atem waren.

»Wir müssen aufhören«, rief Leo mir über den Wind zu, als wir es noch einmal geschafft hatten, auf der gleichen Welle bis zum Ufer zu gelangen. »Ich muss gleich los.«

Wir trockneten uns kurz ab und standen danach nebeneinander. Ich bückte mich nach einer Muschel, die perfekt weiß im Sand schimmerte. Am liebsten würde ich sie alle mitnehmen, solche Muscheln hatte ich in dieser Größe und Anzahl einfach noch nie gesehen. Leo griff nach meiner Hand. Er ließ sich auf sein Handtuch sinken und zog mich mit, sodass ich dicht neben ihm kniete. Meine nassen Haare tropften auf sein Bein und ich musste versuchen, ihn nicht wie hypnotisiert anzuschauen. Wir hatten so wenig an. Er war so nah.

»Beim Surfen bist du eindeutig talentierter als beim Autofahren«, sagte Leo.

»Soll ich das als Kompliment verstehen oder ist das eine Beleidigung meines Fahrstils?«, fragte ich grinsend. Ich musste irgendwie schon den ganzen Morgen grinsen. Hoffentlich sah ich nicht zu dämlich aus.

»Ich habe dir wirklich bisher zu wenige Komplimente gemacht«, sagte Leo. Dann erschien ein kleines Lächeln um seinen Mund. »Wobei ich dir mehr gemacht habe, als du denkst. Nur habe ich sie nicht laut ausgesprochen. Aber sie waren häufig in meinem Kopf.«

Er griff nach einer nassen Haarsträhne, die sich um meinen Hals gewickelt hatte. Vorsichtig zog er sie zur Seite. »Ich mag es zum Beispiel, wenn deine Haare nass sind. Wenn du im Wasser warst, sieht man dein Gesicht besser. Die Sommersprossen auf deiner Nase und auf deinen Wangen gefallen mir.« Vorsichtig schob er seinen Zeigefinger über meine Wange. Ich spürte die Berührung tief in meinem Bauch.

Ich lächelte. Es war so unwirklich. »Ich mag auch, wenn du im Wasser warst. Du siehst dann so glücklich aus.«

Er war so nah. Sein Gesicht. Seine Augen. Seine Lippen. Ich wollte diesen Kuss von ihm, der in der Luft lag. So sehr sehnte ich mich danach, ihm näher zu kommen.

Er legte seine Hand auf meine Schulter. Er roch frisch nach dem Meer. Erst pressten wir unsere Stirnen gegeneinander und blickten uns an. Dann fanden unsere Lippen zusammen. Er legte seine Hände um meinen Rücken und zog mich auf seinen Schoß. Nur zu bewusst war ich mir, dass außer den Badesachen nichts zwischen uns war. Es fühlte sich gut an, wie seine feuchte Haut an meiner haftete. *Zu* gut für einen öffentlichen Strand vielleicht. Seine Brust an meiner Brust, sein Bauch an meinem Bauch. Seine Lippen auf meinen Lippen. Ich konnte sein Herz spüren, es pochte in meinen Körper hinein, als würde es meinem Herzen ein Zeichen geben. Unsere Körper schmiegten sich aneinander.

Seine Hand an meinem Rücken war warm. Der Sand an seinen Fingern war rau. Er zog eine Spur von Küssen meine Wangen herunter. Er küsste mich am Hals und mein Magen fiel in den leeren Raum.

Dann küsste er meine Lippen und sein Kuss sandte Funken durch meinen Körper. Warm und etwas feucht vom Wasser. Salzig.

»Emma, lange können wir hier nicht so sitzen. Es kommen schon gelegentlich Leute vorbei. Und sie bekommen den falschen Eindruck – oder genau den richtigen Eindruck, was es nicht besser macht. Ich fühle mich so von dir angezogen, als wärst du ein Stern nach einer Supernova. Ist kein toller Vergleich, aber mir fällt nichts Besseres ein. Mir fällt eigentlich häufig nicht viel ein, wenn ich mit dir zusammen bin. Es ist erstaunlich, dass ich überhaupt reden kann. Ich glaube, du weißt gar nicht, was du mit mir machst. Vielleicht sollten wir uns nicht im Badezeug treffen«, sagte er und klang leidend.

Wenn seine Berührungen und seine Nähe mich atemlos machten, seine Worte konnten es genauso. Es war verrückt.

»Aber ich muss wirklich los. Und das Schlimme ist, dass ich heute in die Stadt muss. Aber ich wollte dich unbedingt noch sehen. Ich komme so schnell es geht zurück. Es gibt so viel zu … bereden. Und so«, sagte er. Er hatte eine Hand von mir in seine genommen und spielte mit meinen Fingern.

»Wie lang bist du weg?«

»Nur zwei Tage.«

»Das ist lang«, sagte ich. Er beugte sich nach vorn und küsste mich noch mal auf den Mund. Auf meine Wange. Auf meine Schläfe.

»Ich weiß«, sagte Leo und schaute mir dabei in die Augen. »Viel zu lang.«

Und ich fürchte, dass ich ziemlich selig grinste, als er das sagte. Aber es war irgendwie auch egal, denn Leo grinste mindestens genauso.

»Sag mal, stimmt es, dass die Grafiken im Café von dir sind?«, fragte ich, als wir wieder im Auto saßen. Die Luft um uns war geladen, als würden kleine Energieteilchen darin herumschwirren.

Sein Kopf schnellte zu mir herum.

Dann zuckte er mit den Schultern. »Ein paar schon.«

»Die mit den Gebäuden, nicht wahr? Du magst Gebäude. Verkaufst du die Bilder auch?«

»Hat Belle erzählt, dass sie von mir sind?«

»Ich habe sie gefragt.« Konnte ich ihn jetzt eigentlich all die Dinge fragen, die ich schon die ganze Zeit wissen wollte? »Willst du das Café für länger machen?« Es gab so viel, was ich über ihn wissen wollte. Alles.

Er blickte einen Moment zu mir. »Ich weiß es nicht genau.«

»Was hast du denn studiert?«

»Business«, sagte er und seufzte. »Architektur interessiert mich. Aber das ist für meine Eltern kaum besser, als ein Café zu führen.«

»Wir sind da«, sagte er kurz darauf und stoppte den Bus vor Marthas Haus. »Ich muss leider wirklich sofort weiter.«

Fast hätte ich ihn gebeten weiterzufahren, ich hatte vergessen, ihm die Sache mit meiner Adresse zu erklären. Er brachte mich so durcheinander. Aber jetzt lehnte er sich vor, um mich zum Abschied zu küssen.

Erst küsste er mich ganz zart, dann doch intensiver. Er konnte sich genauso wenig zurückhalten wie ich. Wir konnten beide der aufgeladenen Atmosphäre nicht widerstehen. Ich ließ meine Hand in seinen Nacken gleiten. Seine Hand lag auf meinem Bein. Er sollte nicht gehen, doch nach einem Moment griff er nach meiner Hand in seinem Nacken und schob sie seufzend zurück. Er war außer Atem.

»Ich muss wirklich los, Emma. Jetzt. Nein. Vor fünfzehn Minuten.«

Ich drückte ihm einen letzten Kuss auf die Lippen, rutschte vom Sitz herunter und stieg aus. Wir lächelten uns noch kurz an.

»Bis bald!«, sagte Leo. Und dann war er weg.

Als ich kurze Zeit später mit dem Fahrrad losfahren wollte, ging die Haustür des kleinen Holzhauses auf, in dem Martha wohnte, und sie trat heraus.

»Martha?«, fragte ich baff.

»Emma?«, fragte sie mindestens genauso überrascht zurück. »Was machst du denn hier bei mir?«

»Ich … ich war zufällig in der Nähe«, stotterte ich. »Ich habe mein Fahrrad hier. Ich dachte, du wärst im Urlaub. Bist du schon zurück?«, fragte ich, um zu vertuschen, wie merkwürdig es war, dass ich hier war.

Sie nickte. »Ja, ich war bei meiner Verwandtschaft.«

»Sehe ich dich dann morgen wieder?«

Für einen Moment schaute sie mich schweigend an. »Emma, leider nein. Ich arbeite jetzt woanders«, entgegnete sie dann.

Mir klappte die Kinnlade herunter. »Du arbeitest woanders? Aber warum denn?«, fragte ich.

»Das musst du deinen Vater fragen, Emma.« Sie presste die Lippen zusammen.

»Was? Was ist denn passiert? Habt ihr euch gestritten? Ich dachte, er wäre immer so zufrieden gewesen mit deiner Arbeit.«

Martha nickte. »Schon«, sagte sie. »Ich muss jetzt zu meinem Job.« Sie lächelte mich entschuldigend an und eilte zu ihrem Auto. Stirnrunzelnd sah ich ihr nach. Was war das denn? Ich musste unbedingt Dad fragen, was los war. Ich hatte eine Ahnung, aber so schlimm konnte es einfach nicht sein. Schließlich hatte er erst gerade diese Party gegeben und mich teuer ausgeführt. Das konnte nicht der Grund sein.

Zwanzig

Am nächsten Morgen war viel los im *Bitter End*. Dad hatte ich bisher nicht gesehen. Von Asher nichts mehr gehört. Er konnte nicht allzusehr darunter gelitten haben, dass ich kein Interesse an ihm hatte.

Min-Ji und Karen waren da und ich musste einer neuen Aushilfe alles erklären. Ich zählte schon zu den erfahrenen Mitarbeitern, so schnell war das gegangen. Aber es stimmte, ich brühte den Espresso, ohne wirklich darüber nachzudenken, gab die Order nach hinten, wenn die Sandwiches ausgingen, und machte Witze mit den Stammgästen.

»Wie kann ich Ihnen helf …?«, sagte ich, als der Nächste in der Schlange aufrückte. Das *helfen* kam nur zur Hälfte raus. Denn als ich hochschaute, stand ausgerechnet Lindy vor mir.

Doch sie sah völlig anders aus als üblich. Sie trug eine Jeans und ein graues T-Shirt. Die Haare, die sie sonst so akkurat frisiert hatte wie die New Yorker Geschäftsfrauen, waren unordentlich zu einem Pferdeschwanz gebunden. Sie war ungeschminkt. Gleichzeitig fiel auf, wie hübsch sie eigentlich war – nein, nicht hübsch. Lindy war *schön*. Sehr groß und zierlich, eine vollkommene Figur, dazu besaß sie riesige, tiefblaue Augen in einer perfekten Schattierung, die mich ein wenig an die Augen meines Vaters erinnerten.

»Wir müssen reden«, sagte sie.

»Wir haben geredet«, antwortete ich knapp. »Und du kannst froh sein, dass mein Vater dich nicht anzeigen will. Du hast echt Nerven hier aufzutauchen.«

»Wir müssen reden«, wiederholte sie noch mal im gleichen Tonfall, ausdruckslos wie die emotionslose Stimme eines Navigationssystems. Als hätte sie diesen Satz schon lange vorher in ihrem Kopf immer wieder wiederholt.

»Wir müssen überhaupt gar nichts. Du kannst jetzt etwas bestellen oder besser gleich wieder gehen«, zischte ich.

Lindy bewegte sich nicht. Sie wirkte auf die gleiche emotionslose Art entschlossen wie ein Roboter. Es war unmöglich zu wissen, was sie dachte.

»Einen Earl-Grey-Tee«, sagte sie und nickte nachdrücklich.

Meine Güte, die Frau war echt irre. Ich drehte mich widerwillig um und bereitete den Tee zu. Direkt in einem To-Go-Becher, damit sie gar nicht auf die Idee kam, zu bleiben. Vielleicht war es am besten, vorerst einfach das zu tun, was sie sagte, und falls sie auffällig wurde, würde ich einfach gleich die Polizei rufen. Ich konnte nicht fassen, dass sie hier einfach so auftauchte. Aber ich wollte im überfüllten Café keine Szene machen. Ich stellte den Earl Grey auf die Holztheke, ohne sie noch einmal anzuschauen. Dass es der Lieblingstee meiner Mutter war, ärgerte mich noch mehr. Lindy legte das Geld auf die Theke. Ich nahm es und bediente den nächsten Kunden.

Fassungslos sah ich zu, wie sie sich an einen kleinen runden Tisch am Fenster setzte. Sie wollte tatsächlich hierbleiben! Nach allem, was sie getan hatte! Was um Himmels willen wollte sie von uns? Sie konnte froh sein, dass mein Vater die Sache auf sich beruhen ließ! Notfalls würde ich sie selbst anzeigen. Ich dachte an Stalker, Amokläufer, an alle möglichen komischen Geschichten, die ich schon gehört hatte. Unruhig arbeitete ich weiter, während ich sie so gut es ging im Auge behielt.

Lindy blieb die nächste Dreiviertelstunde in dieser Ecke sitzen. Sie schaute auf ihr Handy. Trank den Tee. Sie verschwand kurz nach draußen.

Ich erlaubte mir, jetzt kurz auf mein eigenes Handy zu gucken. Leo hatte mir eine Nachricht geschrieben: »Vermisse dich«. Ich lächelte.

Dann kam Lindy erneut zum Tresen. Als sie drankam, bestellte sie tatsächlich noch einen Tee. Mir fiel auf, wie die Blicke der Männer an ihr haften blieben. Ihr Gesicht war ausgesprochen hübsch und ihr Körper in Jeans und T-Shirt, ohne das formlose dunkelblaue Kostüm, war wie der einer Gazelle. Sie sah aus wie ein Model. Ihr dunkelblaues Kostüm war wie eine Verkleidung gewesen. Sie hatte eine Rolle gespielt. Als hätte sie ihre Schönheit extra versteckt. Während ich sie weiter beobachtete, wurde ich immer wütender.

Irgendwann verlor ich die Nerven. Es war weniger los und Min-Ji hatte alles im Griff. Ich stampfte zu ihr. »Okay«, sagte ich. »Fünf Minuten.«

Lindy sprang auf und ging voraus nach draußen.

»Wie geht es deiner Mutter?«, fragte sie, als wir ein paar Meter weiter gegangen waren und etwas zurückgesetzt in der Einfahrt standen, wo ich meistens mein Fahrrad abstellte. Ihre Unterlippe zitterte.

»*Was* hast du gerade gefragt?«

»Wie geht es deiner Mutter?«, wiederholte sie. Ich hatte mich nicht verhört. Vielleicht war sie doch einfach völlig durchgeknallt und ihr normales, und wie ich heute noch mal festgestellt hatte, extrem hübsches Äußeres war eine täuschende Fassade, wie bei fleischfressenden Pflanzen, die besonders attraktive Blüten entwickelten. Ich würde nicht darauf hereinfallen und mich nicht ablenken lassen.

»Meine Mutter ist in Deutschland«, sagte ich ungeduldig und verschränkte die Arme, »und um sie geht es hier wohl kaum.«

»Ist sie immer dort? Kommt sie nie mehr in die USA?«

»Nein.« Ich hatte geantwortet, bevor ich so richtig darüber nachdenken konnte, dass ich auf diese merkwürdigen Fragen nicht eingehen sollte. Was wurde das hier? Ich funkelte Lindy an und nahm unbewusst eine festere Fußstellung ein, wie ich es beim Taekwondo gelernt hatte.

»Emma, ich habe nie bei der Immobilienfirma gearbeitet. Ich habe noch nie so gelogen wie auf dieser Bewerbung. Und ich wollte nichts stehlen. Es tut mir leid«, sagte sie.

Okay, sie war definitiv absolut durchgeknallt. Sollte ich ihr jetzt verzeihen? Sie wirkte so, als wollte sie meine Absolution oder zumindest eine Umarmung von mir.

»Lindy, was willst du?«, fragte ich.

»Ich wollte zu deinem Vater.«

»Das habe ich verstanden. Hast du ja mit dem ganzen Aufwand auch hinbekommen. Warum? Hast du ein Bild von ihm gesehen und dich verliebt, so wie andere das bei Justin Bieber tun? Oder wolltest du ihn als Karriereleiter benutzen? Ihn für einen Konkurrenten ausspionieren?«

Sie schnaubte durch die Nase.

»Du hast Dad jeden Wunsch von den Lippen abgelesen und alles getan, um ihn zufriedenzustellen«, fügte ich hinzu. »Warum?«

»Ich wollte ihn kennenlernen«, sagte sie.

»Kannst du mir jetzt nicht einfach endlich mal direkt sagen, was los ist? Du klingst völlig crazy.«

Wieder blickte sie mich flehend mit ihren großen blauen Augen an. So wie gestern, als ich sie entlarvt hatte.

»Dein Vater und mein Vater und deine Mutter und meine Mutter …« Sie setzte neu an. »Meine Eltern haben mich adoptiert.«

»Du bist adoptiert?« Ich versuchte ihre Worte und alles, was passiert war, wie ein großes Puzzle zusammenzusetzen. Versuchte irgendetwas daraus zu formen, das Sinn machte. Ich hatte das Gefühl, die Synapsen in meinem Gehirn surrten wie ein aufgeregter Bienenschwarm, leider ohne Erfolg. Es mussten noch essenzielle Puzzleteile fehlen.

»War deine Mutter früher als Model in New York? Sie heißt Sabina, nicht wahr? Sie war damals bei der Agentur Prestige Models.«

Ich nickte langsam. »Woher weißt du das? Darüber spricht sie nie. Sie hasst ihre alte Agentur. Hast du das etwa auch aus den ganzen Unterlagen?« Lindy sah mir in die Augen und holte tief Luft.

»Emma, ich glaube, du bist meine Schwester.«

Einundzwanzig

Wir saßen seit Stunden im *Bitter End*, hinten am Tisch im Garten, der am weitesten weg von allen war. Das hatte ich noch nie gemacht. Schließlich bedeutete das weniger Geld, weil sich weniger Kunden hinsetzen konnten. Immerhin hatte ich Min-Ji gesagt, dass ich Schluss machte und mich austragen würde.

»Ich habe leider auch noch nicht alle Antworten. Es fing alles damit an, dass meine Adoptivmutter sehr krank wurde. Sie brauchte eine Knochenmarkspende. Ich habe gegen ihren Willen testen lassen, ob mein Knochenmark geeignet ist. Der Arzt hat mir dann gesagt, dass es leider nicht passt, weil wir nicht verwandt sind. Er wusste nicht, dass meine Eltern es mir nie erzählt hatten.«

»Und dann hast du sie gefragt?«

Lindy nickte.

»Ja, sie haben es sofort zugegeben. Glaub mir, die letzten Monate waren … überraschend. Meine Eltern wissen auch nicht viel über meine Herkunft. Aber sie wussten, dass ich das Baby von einem Model und einem Investmentbanker war, die beide noch sehr jung waren. Sie konnten noch die Namen der beiden bei der Adoptionsvermittlungsstelle herausfinden. Und dann habe ich natürlich angefangen zu recherchieren wie verrückt. Wie passt das denn zu dem, was du von deinen Eltern weißt?«

Ich starrte sie an. »Meine Mutter ist mit siebzehn als Model nach New York gegangen. Sie kommt aus Voerde, einem Kaff am Niederrhein. Sie hat noch eine Kiste im Keller mit ihrer alten Setkarte. Und Fotos mit Prominenten aus der Zeit, Michael Douglas, Elton John, sie war auf allen möglichen Partys damals. Früher haben meine Eltern noch gelegentlich darüber geredet. Sie war ihrer Agentur hörig, die haben sie auf Premieren geschickt, auf große Events. Sie hat alles gemacht, was die gesagt haben. Während der Zeit hat sie meinen Vater kennengelernt. Sie ist Modeshows für Chanel gelaufen, für Yves Saint Laurent, Calvin Klein, Guess and Jordache.«

»Und dann?«

»Jetzt hasst sie die ganze Branche. Sie sagt, sie wäre skrupellos und würde die Träume der jungen Mädchen ausnutzen.« Mein Gott. Es passte alles zu gut zusammen, war fast zu verrückt, als dass sie es sich ausdenken konnte.

»Ich bin nicht durchgeknallt und versuche mich in eure Familie einzuschmuggeln«, sagte Lindy, als hätte sie meine Gedanken gelesen. »Wir können einen Bluttest machen.«

Ich schaute Lindy noch mal genau an. Ihre Figur, ihr Aussehen, die blauen Augen. Jetzt fiel es mir auf, natürlich. Es waren dieselben Augen, die mein Vater hatte. Es war … *wahr.* Vielleicht sah sie unseren Eltern sogar ähnlicher als ich. Die Figur meiner Mutter, Haar- und Augenfarbe meines Vaters. Bei mir war es eher umgekehrt.

»Ich glaube dir, dass du dir das nicht ausgedacht hast«, sagte ich. »Ich glaube dir, dass du es selbst glaubst. Und … es könnte tatsächlich stimmen.«

»Ich könnte ja auch einfach völlig bekloppt sein. Und glaub mir, ich will gern einen Bluttest machen. Auch für mich.« Sie blickte mich aus ihren großen, blauen Augen an.

»Mom ist kein glücklicher Mensch. Sie hat Depressionen. Sie lehnt vehement alles ab, was mit Glamour und Mode zu tun hat, und meint, die alte Agentur habe ihr Leben zerstört. Dass ich hierherkomme, hielt sie für eine schlechte Idee und denkt, dass ich mich hier korrumpieren lasse.« Während ich das aussprach, war ich wieder geschockt von der Tatsache, wie gut die Puzzleteile sich weiter zusammenfügten.

Lindy hing mit ängstlich aufgerissenen Augen an meinen Lippen. »*Mom.*«

Natürlich. Für sie war das noch viel surrealer.

»Verstehe mich nicht falsch. Ich habe eine Mom. Eine ganz wundervolle Mom. Sie wird es auch immer bleiben. Ich hatte eine tolle Familie in den letzten Jahren. Aber sie sind in mancher Hinsicht ganz anders als ich. Ich habe mich manchmal wie ein Fremdkörper gefühlt«, sagte sie, und es war schon wieder, als hätte sie meine Gedanken gelesen.

»Soweit meine Eltern wissen, hat deine Mom mich mit 18 oder 19 bekommen – genau als ihre Karriere durch die Decke ging? Ihre Karriere war alles, was sie hatte, schließlich hatte sie keine Eltern mehr und die Agentur hat sie wohl dabei unterstützt, eine Adoptivfamilie zu finden. Ich habe dann …«, Lindy räusperte sich, »gestört?«

»Lindy«, sagte ich. »Ich habe keine Großeltern mehr. Meine Mutter ist Waise.« Es war völlig unglaublich. Ich schaute wieder in ihre Augen, die Augen meines Vaters. Plötzlich stürzten so viele Gefühle auf mich ein, als würde eine Welle über mir zusammenschlagen. Konnte es sein, dass ich hier tatsächlich mit meiner Schwester saß? »Wow«, brachte ich noch heraus.

Eine Träne rollte über Lindys Gesicht, die sie nicht zu bemerken schien.

Ich lehnte mich nach vorn über den Tisch und drückte ihre Hand. »Das ist völlig, völlig verrückt«, flüsterte ich.

»Du siehst ein bisschen aus wie … Dad«, sagte sie zu mir.

»Du auch«, sagte ich. »Gemischt, du hast Moms Figur, es könnte stimmen.« Mein ganzes Gesicht kribbelte. Es war so unglaublich.

»Mein Gott, Lindy. Weiß Dad, was los ist?«

Ihr Gesicht verzog sich. Sie schüttelte den Kopf. Plötzlich erschien Panik in ihrem Blick.

»Du musst mir versprechen, es noch niemandem zu sagen. Unsere Mutter war so jung und stand so stark unter dem Einfluss der Agentur. Aber er, wie konnte er das zulassen? Wie konnte er eine Tochter weggeben und dich dann annehmen, weil du zu einem besseren Zeitpunkt dazugestoßen bist?« Ein bitterer Tonfall hatte sich in ihre Stimme geschlichen. Wie zurückgewiesen sie sich fühlen musste.

»Lindy, an mir ist er auch nicht wirklich interessiert«, sagte ich. Es tat weh, es auszusprechen. Aber es tat auch gut. »Ich dachte die ganze Zeit, er verbringt mehr Zeit mit dir als mit mir.«

Wir blickten uns an. Und plötzlich erschien ein winziges Lächeln auf Lindys Gesicht. Kein schadenfrohes, natürlich freute sie sich nicht darüber, was ich gerade gesagt hatte. Es war ein Lächeln unter Menschen, die sich verstanden, die dasselbe erlebt hatten. Ein Lächeln unter Schwestern. Ich lächelte zurück.

»Ich hatte eigentlich gehofft, dass ich Preston überreden kann, mir Geld für die Behandlung meiner Mutter zu geben. Sie kostet ein Vermögen und meine Adoptiveltern haben kein Geld. Und keine vernünftige Krankenversicherung.«

»Aber warum sagst du es Dad nicht einfach? Ich weiß, dass es bei ihm nicht rosig aussieht. Aber die Rechnung wird er mit Sicherheit irgendwie bezahlen.«

»Ich glaube, das geht momentan nicht«, sagte Lindy.

»Was meinst du?«

»Dein Vater, also unser Vater, ist völlig überinvestiert. Er braucht dringend einen neuen Investor. Sonst platzt die Blase. Sie ist eigentlich sogar schon halb geplatzt.«

»Wie jetzt?«

»Er hat sein Geld versenkt und kann seine Kredite nicht mehr bedienen. Er hat überhaupt kein Bargeld mehr. Ich habe mein Gehalt auch nicht mehr bekommen.«

»Aber wie hat er dann die Party letztens bezahlt?«

»Es war alles auf Kredit. Wenn die einmal ausgereizt sind, ist es ganz schnell vorbei. Und glaub mir, es ist schon fast soweit. Er hat Deadlines. Er hofft auf den Deal mit Buchanan, aber der lässt sich sehr viel Zeit.«

»Deshalb ist er so fixiert auf ihn.«

»Er muss fixiert sein. Wenn er nicht innerhalb der nächsten Woche die Unterschrift bekommt, ist es vorbei, dann gibt es keinen Aufschub mehr. Selbst wenn er mir das Geld für meine Mutter geben wollte, könnte er nicht. Er hat überhaupt nichts mehr.«

»Aber das Haus?«

»Komplett beliehen. Und überbewertet. Sogar bei Verkauf blieben noch Schulden zurück.«

»Was heißt das?«

»Es gehört der Bank. Die hat ihm den Wert geliehen. Den hat er investiert und verloren, so wie es aussieht.«

»Wie konnte das passieren?«

»Er ist zu gierig geworden, würde ich sagen«, sagte sie. »Zu ungeduldig. Und ein paar Deals haben nicht geklappt.« Wir tauschten besorgte Blicke.

»Wo wohnst du denn eigentlich?«

Sie wich meinem Blick aus.

»Lindy?«

Sie seufzte. »Ich habe in einem Zelt geschlafen. Ich schlafe die ganze Zeit in einem Zelt, im Wald Richtung East Hampton. Ich baue es erst abends auf. So spare ich mir die Unterkunft. Ich war mit einem Stipendium auf der Tanzakademie. Aber ich habe es aufgegeben, als ich Mom helfen musste. Also meiner jetzigen Mom. Ich spare, so viel ich kann.«

»Du schläfst im Wald? Nicht dein Ernst.« Ich hatte das Gefühl, dass meine Unterlippe zitterte. Vielleicht war es gar nicht meine Unterlippe, vielleicht war es Lindys Unterlippe und ich fühlte nur, was sie fühlte. Ihre Augen glänzten feucht und ich versuchte ebenfalls, die Tränen zu unterdrücken. Ich griff wieder nach ihrer Hand.

»Komm«, sagte ich zu ihr. »Komm mit mir, Lindy. Wir haben noch so viel zu besprechen. Du bleibst bei uns. Wir überlegen uns einen Plan.«

Ich drückte ihre Hand ganz fest. Sie war warm, ohne heiß zu sein, zart, obwohl Lindy so groß war. Alles an ihr war lang und zart.

Sie war meine Schwester. Ich konnte es nicht fassen. Und trotz aller Probleme, die noch lange nicht bewältigt waren, freute ich mich für den Moment einfach wahnsinnig.

»Wir schaffen das alles irgendwie. Zusammen«, versprach ich.

Zweiundzwanzig

Ich hatte tatsächlich eine Weile lang nicht mehr an Leo gedacht, was mir vorher unmöglich erschienen war.

»Asher und Barron Buchanan haben uns morgen Nachmittag zu einer Bootstour eingeladen«, erzählte mein Vater, als er endlich nach Hause kam. Lindy wartete oben in einem der unbenutzten Gästezimmer, bis wir uns eine gute Strategie überlegt hatten.

»Oh, wirklich? Das glaube ich kaum«, erwiderte ich. »Vermutlich hat er dich eingeladen.«

»Ich dachte, du bist mit Asher befreundet?«, sagte mein Vater.

»Schon, aber … nicht so eng.« Nein, ich wollte das nicht mit meinem Vater besprechen.

Ich hielt es noch einen Moment zurück, aber ich musste es aussprechen. »Warum bist du so scharf auf die Buchanans, Dad?«

Er lachte künstlich. »Barron ist ein genialer Geschäftsmann«, sagte er und zuckte mit den Schultern.

»Ich glaube, ich möchte da nicht mitfahren«, sagte ich.

Mein Vater blickte mich völlig überrascht an. »Aber es wird ganz toll«, sagte er eindringlich. »Ganz locker. Deine Freundin Jen kommt auch mit.«

»Ich möchte trotzdem nicht«, sagte ich.

Er blickte suchend in mein Gesicht. Dann seufzte er. »Ich

möchte ein Geschäft mit Buchanan machen. Es wäre sehr gut für uns.«

»Hast du Probleme, Dad? Was ist eigentlich mit Martha? Ich habe sie zufällig getroffen, aber sie meinte, sie arbeitet jetzt woanders. Aber sie wollte mir nicht sagen, warum.«

»Sie hat es dir nicht erzählt?«, fragte er.

Ich schüttelte den Kopf.

Er blickte mich länger an. »Es wäre wirklich gut, wenn du mitkämst«, sagte er dann ausweichend.

»Ich glaube nicht, dass ich irgendwie helfen kann. Ich könnte mir vorstellen, dass es sogar besser wäre, wenn ich nicht mitginge. Asher und ich … Das ist nicht so gut.«

Er versuchte scheinbar nachzuvollziehen, was ich sagte. Oder was ich nicht sagte. Dann seufzte er. »Es fällt mir wirklich schwer, das von dir zu verlangen. Aber ich darf das diesmal wirklich nicht vermasseln. Und ich glaube, Asher Buchanan mag dich.«

»Da bin ich mir nicht so sicher.«

»Falls es sich aber herausstellt, dass es gut wäre, wenn du mitkämst, würdest du das für uns tun? Also gerade …«

»Okay«, unterbrach ich ihn, bevor er zu betteln anfing. »Wenn du wirklich meinst, dass es was bringt, werde ich versuchen, dir zu helfen.«

Etwas später ging ich nach oben. Zum ersten Mal dachte ich, dass es auch möglich wäre, dass ich einen Vater hatte, der kein guter Mensch war. So viel Energie hatte ich darauf verwendet, dass er mich mochte. Es war mir so wichtig gewesen, dass er stolz auf mich war, dass er mich liebte. Dass ich so war, wie er es sich wünschte. Plötzlich war ich mir überhaupt nicht mehr sicher, ob mein Vater überhaupt *nett* war.

Ich hatte etwas zu essen mitgebracht und klopfte vorsichtig an Lindys Tür. Eine Tischtennisplatte stand in diesem Gästezimmer, vielleicht hatten die Vorbesitzer den Raum zum Spielen benutzt. Aber alles war ordentlich, weil Martha ja bis vor Kurzem jeden Raum im Haus penibel sauber gehalten und entstaubt hatte. Mein Vater kam nie in diesen Teil des Hauses und sogar wenn die Tür abgeschlossen war, würde er wahrscheinlich einfach denken, dass er den Schlüssel verlegt hätte.

Lindy hatte ihre Sachen geholt und saß im Jogginganzug auf dem Bett. Ich erzählte ihr nur kurz, was passiert war, dann wünschten wir uns eine gute Nacht und ich ging in mein Zimmer.

Ich bezweifelte, dass mich Asher beim Segeln dabeihaben wollte, aber falls meine Anwesenheit doch irgendwie helfen könnte, würde ich mitgehen. Weniger für meinen Vater, sondern eher für Lindy und ihre Mutter. Denn dann wäre mein Vater wenigstens in der Lage, ihr finanziell zu helfen.

Lindy musste meinem Vater bald die Wahrheit sagen. Aber was verstand ich schon von ihren Gefühlen, natürlich brauchte sie Zeit.

Als ich mich todmüde auf mein Bett warf, kontrollierte ich meine Nachrichten.

Jen hatte mir schon fünf SMS geschrieben. Sie und Matt würden tatsächlich zum Segeln gehen. »Matt meinte, du kämst auch mit???«

»Ich denke nicht, dass Asher mich dabeihaben will«, schickte ich zurück, »Das war ein Missverständnis mit Barron, fürchte ich.« Ich überflog die anderen Nachrichten.

»Wie war der Führerscheintest?«

Oh. Mein. Gott. Mir wurde eiskalt. Ich hatte meinen Termin für den theoretischen Test verpasst. Das durfte doch echt nicht wahr sein. Ich hatte einfach vergessen hinzugehen. Wie konnte man nur so völlig bescheuert sein!? Okay, ich hatte eine Schwester gefunden, von deren Existenz ich nicht mal etwas geahnt hatte. Vielleicht war das schon irgendwie ein Grund. Ich ärgerte mich trotzdem. Ich hätte zumindest absagen können, um meine Anmeldegebühr zurückzubekommen, die ich jetzt sogar noch dringender benötigte als je zuvor – auch für Lindy, *meine Schwester*.

Dreiundzwanzig

Am nächsten Morgen radelte ich schneller als sonst ins *Bitter End*. Pünktlich übernahm ich die erste Schicht, nachdem ich immerhin etwas länger Zeit für Buttons gehabt hatte. Ich ging wie auf Wolken, dicke flauschige Schönwetterwolken. Morgen würde Leo zurückkommen. Ich konnte es echt nicht abwarten. So gerne würde ich ihm erzählen, was mit Lindy los war. Aber ich hatte ihr versprochen, es vorerst niemandem zu sagen, und daran hielt ich mich. Wir verstanden uns ja nun, da wir ehrlich miteinander waren, super gut und sie war schließlich meine Schwester. Meine Schwester! Ich könnte es jeden Tag hundertmal im Kopf wiederholen und würde es nie müde werden.

Als ich mittags die Tagessuppe zu einem Tisch brachte, gelbe Linsensuppe, betrat Asher das *Bitter End*. Dass mir nicht der Mund offen stehen blieb, war alles. Er schlenderte in seinen Flip-Flops und mit leicht zerknittertem Hemd über blauen Bermudas zur Theke, wo Belle gerade Kasse machte. Er hatte mich in der Ecke gar nicht gesehen, aber ich merkte wie sein Blick durch das Café wanderte, als würde er etwas suchen. Mich?

»Hey, Hübsche«, sagte er, als er mich erspähte.

Belle stand hinter dem Tresen und sah ihn mit leicht zurückgeworfenem Kopf an. »Wie kann ich dir helfen?«

»Darf ich mich heute auch von Barista Emma bedienen lassen?«, fragte Asher und zwinkerte mir zu. Ich wäre am liebsten im Boden versunken. Vor allem als ich Belles fassungslosen Blick sah.

»Ich mache schon«, sagte ich und kam schnell zur Theke.

»Wusste gar nicht, dass solche Sprüche funktionieren«, murmelte sie, bevor sie in der Küche verschwand. Ich atmete aus. Es war alles andere als angenehm, die beiden gleichzeitig um mich zu haben. Asher wirkte total locker. Als hätte es Kates Party nicht gegeben und unser Gespräch ebenfalls nicht. Als wäre nie etwas zwischen uns gewesen. Er hatte wieder in seine entspannte Art zurückgefunden, in der er Komplimente machte.

»Mein Dad hat mir gesagt, dass wir mit deinem Dad und dir heute noch segeln gehen«, sagte er.

»Dein Vater?«, fragte ich überrascht.

Asher nickte. »Sie wollen wohl einen Deal zusammen machen. Matt und Jen kommen auch. Wir fahren um zwei los und ich wollte dich abholen«, sagte Asher, als wäre es das Selbstverständlichste der Welt.

»Da muss ich noch arbeiten«, sagte ich irgendwie erleichtert.

Ich hörte, wie die Küchentür hinter mir aufging und hoffte, dass es nicht Belle war.

»Kannst du nicht früher gehen?«, sagte Asher. Es war keine echte Frage. Wahrscheinlich war es normal für ihn, sich nicht an Regeln zu halten. Er machte seinen eigenen Regeln.

»Um halb hole ich dich hier ab, sonst wird's zu spät.«

»Ich glaube nicht, dass das so einfach geht«, sagte ich.

Belle trug eine Kiste Sojamilch hinter die Bar. Sie war es wirklich gewesen.

»Sie macht Schicht mit dir?«, fragte Asher. Ich nickte, bevor ich verstanden hatte, was er vorhatte.

»Darf ich diese schöne Barista heute um halb zwei entführen? Du kommst doch sicher auch ohne sie klar?«, fragte Asher, bevor ich ihn davon abhalten konnte.

Und wieder mal ging der Boden unter meinen Füßen nicht auf. Belle zog eine Augenbraue nach oben, warf mir einen mitleidigen Blick zu.

»Natürlich kannst du die *schöne Barista* mitnehmen. Heute ist sowieso nicht so viel los«, sagte sie.

»Siehst du«, sagte Asher und blickte mich etwas selbstgefällig an. »Manchmal muss man nur fragen.« Ich blickte zurück zu Belle. Sie warf mir einen merkwürdigen Blick zu. Sie sah aus, als hätte ich sie persönlich enttäuscht und wäre ein hoffnungsloser Fall. Geradezu angeekelt wirkte sie. Ich seufzte.

Um kurz vor halb zwei kam Asher mit einem roten BMW Cabrio. Er parkte im Halteverbot vor dem Café und hupte. Belle war natürlich an der Theke im *Bitter End*. Perfektes Timing.

»Was ist das denn für ein eitler Sack?«, schnaubte sie.

Ich blickte sie an und holte tief Luft. »Er holt mich doch ab«, erklärte ich. Am liebsten hätte ich erzählt, dass ich mit Leo zusammen war. Hätte ihr alles erklärt.

»Du fährst mit dem Arschloch?«, sagte Belle.

»Ich fürchte, ja«, sagte ich.

Ihr abfälliger Blick regte trotz allem Widerstand in mir.

»Asher ist ganz okay. Er hat einen roten BMW, aber er ist eigentlich ganz okay. Du hast zu viele Vorurteile«, sagte ich und ging nach draußen. Egal wie Asher war, egal wie er wirkte – sie kannte ihn doch überhaupt nicht. Er war ja kein schlechter Kerl.

Wir fuhren über die Seitenstraßen zum Hafen in Sag Harbor auf der anderen Seite. Ein hübscher, kleiner Hafen. Asher war freundlich und gelöst. Lässig. Ich fühlte mich unwohl. Es wirkte alles so ... falsch. Wieso war ich eigentlich so angespannt und Asher so überhaupt gar nicht?

»Man kann mir zumindest nicht vorwerfen, dass ich overdressed bin, weil du mich quasi von der Arbeit entführt hast«, sagte ich. Mir fiel einfach nichts ein.

»Du siehst gut aus, egal, was du anhast«, sagte Asher. Dann lachte er. »Hört sich schleimig an, stimmt aber«, fügte er hinzu. Asher war nicht so stumpf, wie Leo und Belle dachten und wie er gerade klang. Trotzdem verursachte diese ganze Situation Knoten in meinem Magen, so viele, als hätte ich ein komplettes Wollknäuel verschluckt. Vielleicht hätte ich doch ablehnen sollen.

Der Hafen lag geschützt, draußen würde es windiger sein. Vom Parkplatz liefen wir zur dunkelblauen Yacht der Buchanans. Der Lack glänzte, als wäre sie nagelneu, dazu besaß sie einen besonders hohen Mast. Am Kai vor dem Boot standen Jen und Matt. Jen trug Matts Jacke, sie kuschelten sich eng aneinander. Es sah auf jeden Fall so aus, als würde ihre Annäherung Fortschritte machen, auch wenn ich nur in Stichpunkten per Nachrichten über die wichtigsten Entwicklungen informiert worden war.

Wir balancierten hintereinander über die Gangway an Bord. Mein

Vater war tatsächlich schon da. Genauso wie ein paar Crewmitglieder und Barron selbst. Irgendwie hatte ich gedacht, dass wir alleine segeln würden, oder zumindest Barron und Asher, aber vielleicht war das Boot zu groß, um es zu zweit zu steuern. Oder vielleicht machte man es einfach nicht selbst.

»Emma«, rief mein Vater, als er mich sah. Er begrüßte mich besonders herzlich, als hätten wir uns länger nicht gesehen. Vielleicht konnte er seine Begeisterung auch einfach nicht bremsen, weil ich ihm die Möglichkeit gab, sich mit Barron zu verbrüdern. Wo war ich nur hineingeraten.

Kurz darauf legten wir ab. Die Crew huschte an Deck herum, um die Fender einzubringen, Barron steuerte. Er fuhr das Boot aus dem Hafen und kommandierte die Crew und Asher herum. Jen, Matt, mein Vater und ich konnten uns nicht wirklich nützlich machen und saßen auf den Bänken im Cockpit.

Als wir auf offene See fuhren und der Wind auffrischte, wurden die Segel gehisst. Dann übernahm Asher das Steuer. Ich unterhielt mich mit Jen. Barron gab Asher ständig Anweisungen, um die Segel optimal einzustellen, gab vor, wohin er steuern sollte. Beide starrten nach oben, dann passte Asher den Kurs leicht an.

Irgendwann löste die Crew sie ab und mein Vater und Barron gingen zu der vorderen Sitzgruppe, wir vier nahmen die hintere. Matt und Jen belegten eine Seite, Asher und ich die andere.

Das Schiff hatte Fahrt aufgenommen, es fuhr durch die Wellen, als würde es auf Schienen gleiten, die schräg lagen, aber wenn man sich daran gewöhnt hatte, war es angenehm. Wir schaukelten in langen, gleichmäßigen Bewegungen. Gelegentlich trug der Wind etwas Feuchtigkeit in unsere Gesichter. Asher hatte einen Arm ausgestreckt, der hinter mir auf der Rückenlehne lag. Flirtete er mit mir? Ja, tat er. Musste ich das verhindern? Ja, wenn er deutlicher wurde, auf jeden Fall. Gleichzeitig musste ich versuchen, woanders hinzuschauen, wenn Jen und Matt die ganze Zeit übereinander herfielen. Ihr Versuch, unauffällig zu sein, war lächerlich. Als wären Asher und ich blind und würden nicht sehen, wo Matts Hand lag. Aber wir taten tatsächlich einfach so, als würden wir nichts mitbekommen. Außerdem war Jen mit Sicherheit über jede nicht ganz keusch platzierte Hand sehr froh. Ashers und mein Vater, die nicht weit entfernt saßen, schienen sie jedenfalls überhaupt nicht zu stören. Ich konnte mich kein bisschen entspannen und das Segeln genießen.

»Was hast du die letzten Tage gemacht?«, fragte Asher, als wäre das eine total unverfängliche Frage.

»Gearbeitet. Für die Fahrprüfung gelernt, die ich dann verpasst habe«, sagte ich.

»Du hast deinen Fahrtest verpasst?«, fragte er neckend, aber scheinbar beeindruckt von so viel Unbekümmertheit.

»Ich weiß, klingt bescheuert. Aber es ist irgendwie so viel passiert. War nur die Theorie«, erklärte ich. Wie sollten wir diese ganze Zeit eigentlich mit vernünftigen Gesprächen rumkriegen? Ich wollte nur noch weg.

»Schön, dass du mitgekommen bist, Emma«, sagte er und lächelte mich an. Er sah immer noch gut aus, genau wie immer. Seine blonden Haare flatterten im Wind. Aber es berührte mich überhaupt nicht. Er flirtete so unverfänglich, wie er mit jeder Kellnerin flirten würde. Wahrscheinlich hatte ich mir wirklich nur eingebildet, dass es ihm etwas bedeutet hatte, was zwischen uns passiert war. Es war alles nur in meinem Kopf gewesen.

»Dein Vater kommandiert dich ganz schön rum auf dem Boot«, bemerkte ich.

»Beim Segeln ist es noch harmlos«, erwiderte Asher. »Jason und ich sollen ja die Firma übernehmen. Da wird's dann schwierig werden, wenn man was anderes will als er. Aber ganz ehrlich, ich kann mich nicht beschweren.« Er machte eine Geste, die vage auf unsere Umgebung deutete. »Im Windschatten meines Vaters lebt es sich ziemlich gut.«

»Du meinst, du hast ein Boot?«

»Ist nicht schlecht, so ein Boot«, bestätigte er. »Ich wäre ja einfach nur saublöd, wenn ich mich mit ihm überwerfen würde. So einfach an ein gutes Leben komme ich nie wieder«, sagte er.

»Du meinst, du reißt dich zusammen, weil du sein Geld magst.«

Asher zog die Augenbraue nach oben. »Hey, hey, das klingt jetzt aber gar nicht nett, wie du es formulierst. Ist mein Dad. Ich mag ihn.«

»Ich bin mir manchmal nicht sicher, wie gern ich meinen Dad mag, nur weil er mein Dad ist.« Das war mir jetzt so rausgerutscht. Ich wollte es sofort wieder zurückholen.

»Was?«, fragte Asher.

»Wende«, rief Ashers Vater glücklicherweise in dem Augenblick. Ich sollte hier auf keinen Fall schlecht über meinen Dad reden. Dann wäre dieser ganze Ausflug sowieso umsonst. Ich fühlte mich mit jeder Seemeile unwohler, wobei eine Steigerung kaum möglich war. War das nicht genauso berechnend, dass ich hier saß? Wie konnte ich denken, dass er seinen Vater ausnutzte, wenn ich auch nur hier war, um meinem Vater zu einem Deal zu verhelfen? Auch wenn ich mir immer noch nicht sicher war, was meine Anwesenheit bewirken sollte oder was er von mir erwartete. Das Boot wechselte die Richtung, die Segel rauschten, die Winschen drehten sich, dann kehrte wieder Ruhe ein.

Asher starrte ins Segel und schien zum Glück für den Moment vergessen zu haben, was ich gerade gesagt hatte. Ich schaute zu Jen und Matt. Jen saß uns mit durchgedrücktem Rücken gegenüber. Sie hatte ihre Füße gegen den Tisch in der Mitte gepresst. »Ich glaube, mir wird schlecht«, presste sie heraus.

Endlich näherten wir uns dem Hafen. Es hatte viel länger gedauert, als ich zwischendurch gedacht hatte, Distanzen waren auf dem Wasser schwer einzuschätzen. Das Meer war unruhiger geworden und Jen hatte sich schon zweimal übergeben, was Matt allerdings nicht abgeschreckt hatte. Er tröstete sie und hielt dabei erstaunlich wenig Sicherheitsabstand. Sogar ich würde nach der eindrucksvollen Vorführung über der Reling etwas weiter zurückbleiben. Er hingegen hatte ihr noch Tipps gegeben, sich mit dem Wind auszurichten. Ein guter Hinweis, Jen wäre wohl kaum gegen die Böen angekommen und man mochte sich das Ergebnis von einem derartigen Versuch nur ungern vorstellen. Vielleicht war das echte Liebe. Matts fürsorgliches Verhalten bedeutete auf jeden Fall, dass er Jen wirklich mochte. Es sprach für ihn, dass er nicht versuchte sie zu überreden, sofort mit ihm ins Bett zu gehen. Verrückt, worüber Jen sich Sorgen gemacht hatte. Zu meinem Glück hatte Jens Unwohlsein die Pärchenstimmung gänzlich vertrieben und Asher hatte nicht noch mal versucht, sich bei mir anzukuscheln.

»Das war ja ein etwas durchwachsener Ausflug«, bemerkte Asher, als wir in die Hafeneinfahrt einfuhren. »Ich wollte euch etwas Naturerfahrung bieten, aber für Jen war es wohl bisschen viel. Matt«, rief er laut. »Du bist dir aber sicher, dass Jen sich wegen der Wellen übergeben hat und nicht aus anderen Gründen? Emma hier ist nämlich nach wie vor sehr fit. Auf unserer Seite gab es keine Probleme«, sagte er. Während er sprach legte er die Hand um meine Schultern.

Matt drohte ihm spielerisch. Jen brachte noch nicht einmal ein Lächeln zustande. Sie war weißlich-grün im Gesicht, eine Farbe, die ich gar nicht für möglich gehalten hätte.

Mein Vater und Barron hatten sich während der Fahrt an Barrons Whiskeybar bedient und erfolgreich verbrüdert. Jetzt kamen sie zu uns ins Cockpit zurück. Sie redeten gerade über ihre Kinder und waren dabei, sich gegenseitig damit zu übertrumpfen, wie toll ihre waren. Vielleicht sollte ich mal genau zuhören.

»Du weißt ja, ein guter Indikator, ob man gut zusammenpasst, sind die Kinder«, erklärte Barron gerade. »Ich höre da auf meinen Sohn.«

»Unsere Kinder scheinen sich sehr gut zu verstehen. Ich weiß nicht, Barron, ob sie sich nicht *zu* gut verstehen. Schließlich ist das meine Tochter. Du hast keine Tochter, das ist etwas ganz anderes. Deine Tochter möchtest du nicht eine Sekunde aus den Augen lassen«, witzelte er.

Und da überkam mich ebenfalls eine Welle der Übelkeit. Aber nicht vom Seegang. Wie konnte er so etwas sagen? Das war so geheuchelt. Er hatte seine eine Tochter fünfundzwanzig Jahre lang überhaupt nicht sehen wollen und mich, nun ja, es war ja nicht so, dass er sich darum riss, viel Zeit mit mir zu verbringen.

»Ich verstehe, warum er dich nicht aus den Augen lässt. Er hat recht. Das ist gefährlich«, grinste Asher.

Flirtete er jetzt mit mir oder war das einfach ein dummer Macho-Spruch? Ich fühlte mich so wahnsinnig unwohl. Ich sollte nicht hier sein.

Dann standen wir endlich wieder am Kai. Weil Barron noch etwas von Bord holte, konnte ich meinen Vater kurz allein erwischen.

»War das nicht großartig«, sagte er, als ich in seine Nähe kam. »Vielleicht gehen wir jetzt noch was essen.« Seine Augen waren vor Begeisterung aufgerissen.

»Ich würde gern nach Hause. Ich finde das unangenehm mit Asher.«

Plötzlich war sein Blick wieder fokussiert. »Du hast doch gehört, was er gerade über die Kinder gesagt hat«, raunte er mir zu. »Du bist in diesem Deal entscheidend. Du kannst nicht gehen. Ich stehe kurz vor der Unterschrift.«

»Es kann doch jetzt nicht daran hängen, dass ich mit Barrons Sohn flirte. Ich bin doch keine Prostituierte«, sagte ich und hielt seinem Blick ausnahmsweise stand.

Bei dem Wort *Prostituierte* zuckte mein Vater immerhin zusammen. Er schob sich eine Haarsträhne aus der Strin. »Natürlich nicht. Du kannst ja einfach ein bisschen nett sein.«

Ich sagte ihm nicht, dass das haargenau so klang, als wäre ich käuflich. Matt und Jen turtelten vor sich hin. Genau das erwartete Dad auch von mir.

»Lass uns noch etwas essen«, schlug Barron tatsächlich vor, als er sich wieder der Gruppe genähert hatte. Seine blonden Haare waren vom Wind zerzaust und sein Gesicht war gerötet.

»Sehr gern, ich sterbe vor Hunger. Segeln macht hungrig, auch wenn die Crew die Arbeit macht«, antwortete mein Vater und Barron lachte dröhnend. Ich spürte den Blick meines Vaters auf mir.

»Machst du dich über mich lustig?«, sagte Barron und haute meinem Vater auf den Rücken. Sie hatten schon einige Drinks intus.

Asher schaute zu mir. »Double-Date mit Vater.« Er zuckte mit den Schultern. Nein, ich würde das nicht tun. In dieser Sekunde fasste ich einen Entschluss.

Matt wollte Jen nach Hause bringen und wir umarmten uns zum Abschied.

»Nie wieder auf ein Boot. Immerhin bin ich von Luxusyachten geheilt«, sagte sie nah an meinem Ohr. »Wir müssen morgen unbedingt reden. Ich habe wirklich einige Neuigkeiten«, sagte sie mit extra bedeutungsschwerem Tonfall.

»Ich auch«, sagte ich. Daraufhin ging sie ein wenig auf Abstand und blickte mir ins Gesicht. »Okay. Ich rufe dich morgen um acht an. Oder zumindest, wenn ich aufwache.«

»Also eher gegen elf?«

Jen boxte mich in die Seite. Sie und Matt verabschiedeten sich von Barron und Preston und verschwanden Richtung Auto.

Barron und mein Vater gingen vor. Sie waren in ein Gespräch vertieft, jetzt ging es um Immobilien. Mein Vater ging fest davon aus, dass ich zum Essen mitkommen würde. Er drehte sich kein Mal um. Er hatte keine Zweifel.

»Ich muss eigentlich nach Hause«, erklärte ich Asher. Ich war zum Segeln mitgekommen. Jetzt reichte es.

»Wir gehen zum *American Hotel*. Ist wirklich nur hundert Meter entfernt. Wir müssen ja nicht ewig bleiben«, versuchte Asher mich zu überreden.

»Oder sollen wir nachher noch woanders hin?«

»Ich muss nach Hause«, wiederholte ich, als wir ein paar Schritte gelaufen waren. »Ich bin ganz schön fertig«, erklärte ich. Ich wollte schließlich keinen Eklat. Aber ich wollte kein falsches Spiel spielen.

»Nur kurz zum Strand?«

Ich betrachtete sein Lächeln, seine hohen Wangen.

»Was denkst du?«, fragte er.

Ich wusste nicht, was ich antworten sollte.

»Ist das so eine schwierige Frage?«, fragte er lächelnd, als er mein Zögern bemerkte.

Barron und Preston waren schon im Restaurant verschwunden. So viel auch dazu, dass Dad mich nicht aus den Augen lassen wollte.

Ash legte den Kopf schief und fasste mit einer Hand in meine zerzausten Haare.

»Ich hoffe, du hast eine gute Bürste zu Hause. Sonst musst du auf Dreads umsteigen«, grinste er. Vorsichtig drehte er eine Strähne zwischen seinen Fingern. Er kam ein bisschen näher ran.

Ich schaute zu ihm hoch. Er fing meinen Blick auf.

»Du möchtest wirklich nicht zum Strand?«, sagte er. »Du kannst auch noch mit zu mir«, sagte Asher. »Ich denke viel an dich.«

Ich war fassungslos. Er hatte ein schönes Gesicht, einen schönen Mund, sein goldbraunes Gesicht schimmerte. Seine Züge waren sanft. Plötzlich lehnte er sich vorsichtig nach vorn und drückte mir einen Kuss auf den Mund. Ich war völlig überrumpelt.

»Asher«, ich machte einen Schritt zurück. »Es ist … Ich muss einfach nach Hause. Ich hätte nicht mitkommen sollen. Ich wollte dir keinen falschen Eindruck geben. Mein Vater hatte gesagt, ich soll kommen und dann …«

»Schhh«, sagte Asher. »Es war nur eine Frage. Wie kommst du denn nach Hause?«

»Uber-Taxi«, sagte ich schnell. »Gute Nacht.« Ich drehte mich abrupt um und lief davon. Nach ein paar Schritten blieb ich stehen. Ich wandte mich noch einmal um. Aber Asher hatte sich schon weggedreht und war unseren Vätern hinterhergegangen.

Ich blieb völlig verdattert zurück.

Plötzlich sah ich Belle auf der anderen Straßenseite stehen. Sie hielt eine Eiscreme in der Hand. Neben ihr stand ein Mädchen, das Belle ähnelte. Sie sah aus wie eine etwas extremere Version von ihr mit lila gefärbten Haaren und einem sehr kurzen Rock, der nicht dazu gemacht war, den Po zu verdecken, sondern dazu, ihn zu betonen. Über ihre Hand und ihren Unterarm zog sich ein Tattoo, das aussah wie ein indisches Henna-Tattoo. Auch auf ihrem Unterschenkel war ein Tattoo, das ich aus der Entfernung aber nicht genau erkennen konnte.

Beide sahen zu mir herüber. Belle hob ihre Hand in Zeitlupe, um mich zu begrüßen. Oder um mir mitzuteilen, dass sie mich gesehen hatte? Ihr Gesichtsausdruck, soweit ich das von hier erkennen konnte, war merkwürdig versteinert.

Ich hob ebenfalls die Hand und blickte kurz Asher hinterher, der aber schon verschwunden war. Die Mädchen liefen ebenfalls weiter.

Sobald ich im Uber-Taxi saß, versuchte ich Leo anzurufen. Es war mir egal, wie spät es war. Ich wollte nur unbedingt mit ihm sprechen, bevor Belle mit ihm reden konnte. Aber sein Telefon war ausgeschaltet. »Muss unbedingt mit dir reden«, schrieb ich.

Vierundzwanzig

Am nächsten Tag kam ich frühmorgens in die Küche. Ich hatte kaum schlafen können, es war einfach so viel passiert. Meine Schicht im *Bitter End* begann erst später. Leo hatte sich noch nicht gemeldet, aber er würde heute zurück sein. Ich musste ihm alles erklären, bevor er sich, unterstützt von Belle, Schwachsinn zusammenreimen konnte. Außerdem war ich nervös, meinen Vater zu treffen. Dennoch konnte ich nicht bereuen, nach dem Segelausflug gegangen zu sein. Daran durfte das Geschäft nicht gescheitert sein. Trotzdem fühlte sich mein Magen flau an.

Ich schüttete die letzten Bohnen in die Kaffeemaschine und stellte sie an. Sobald um kurz vor sieben Schritte auf der Treppe erklangen, drückte ich den Knopf.

Mein Vater trug einen grauen Jogginganzug, der für einen Sportanzug ziemlich elegant aussah. Irgendwie sah alles an ihm elegant aus. Das war genauso wie bei Lindy, die in schlichter Kleidung fast noch besser aussah, weil dann die Aufmerksamkeit auf ihrer Person lag und nicht auf den Anziehsachen.

»Guten Morgen«, begrüßte ich ihn.

»Guten Morgen«, grüßte er verhalten zurück. »Du warst gestern plötzlich weg.« Er klang keineswegs so, als würde ihm das gefallen.

»Ich habe dir gesagt, dass ich nicht mitkommen möchte. Asher macht sich Hoffnungen.« Ich versuchte nicht aggressiv zu klingen, nicht so, als müsste ich mich verteidigen. Allerdings umfasste ich die Kante der Arbeitsplatte so fest, dass meine Finger wehtaten.

Sein Blick ruhte lange auf mir. Dann zog er eine Augenbraue nach oben. »Du solltest geschmeichelt sein, dass Asher sich Hoffnungen macht. Er ist ein toller Junge.«

»Sein Vater hat viel Geld. Das ist etwas anderes, Dad. Er ist kein schlechter Kerl. Aber ich möchte nichts von ihm. Und schon nach dem Segelausflug hatte er einen falschen Eindruck.«

»Ich hätte einfach mit mehr Unterstützung gerechnet. Es geht um den wahrscheinlich wichtigsten Deal, den ich je hatte. Da muss man zusammenhalten.«

»Ich halte zu dir. Ich bin mit auf den Segelausflug gekommen. Ich will dich unterstützen, aber ich will nicht deswegen jemanden benutzen. Schließlich möchte ich auch nicht benutzt werden.«

»Wenn der Deal nicht klappt, hat das süße Leben in Long Island ein Ende«, sagte er.

»Ich habe dir gesagt, dass ich für dich arbeiten würde. Irgendetwas gemeinsam machen. Das Haus in Long Island ist mir dabei egal, es geht um dich.« Ich gab ihm die Tasse mit dem dampfenden Kaffee. Ich kam mir vor wie ein Indianer, der eine Friedenspfeife weiterreichte. Er presste kurz die Lippen zusammen, als müsste er sich zurückhalten, nicht zu widersprechen.

»Ist es denn gestern nicht trotzdem gut gelaufen? Ich hatte den Eindruck, dass Buchanan und du euch auf dem Trip gut verstanden habt«, bemerkte ich vorsichtig.

Er seufzte. Seine Augen sahen etwas gerötet aus und auf seinen Wangen war ein Bartschatten sichtbar, dennoch wirkte er ruhiger als sonst. »Es wird. Man soll nie vor der Unterschrift feiern, aber ich habe um halb zehn einen Termin mit ihm«, sagte er. Er blickte auf die Wanduhr. »Ich muss duschen.«

»Wirklich? Das ist ja genial.« Spontan fiel ich ihm um den Hals. Ich war total erleichtert. Denn irgendwo in mir drin hatte ich doch noch Sorge gehabt, dass ich etwas kaputtgemacht hatte. Gerade jetzt, wo es um so viel ging. Um mehr als mein Dad wusste. Dad wirkte fast ein bisschen verlegen von meinem Gefühlsausbruch.

»Kommst du nachher und wir feiern ein bisschen? Ich kann deutsche Pfannkuchen machen. Ich muss heute erst nachmittags zur Arbeit«, sagte ich.

»Ich wollte eigentlich noch reinfahren«, sagte er. Mit *rein* meinte er in die Stadt.

»Kannst du nicht heute von hier aus arbeiten? Ich habe noch eine Überraschung für dich«, sagte ich. So beharrlich war ich sonst nicht. Ich lächelte ihn an. Wenn nötig, würde ich noch viel mehr darauf bestehen. Es sollte heute sein. Wenn es gerade gut lief, war das der beste Zeitpunkt.

Er wiegte den Kopf. »Du führst doch etwas im Schilde?«

Wenn er sich anstrengte, hatte er Antennen für andere. Die meiste Zeit war er eben nur mit sich selbst beschäftigt. Aber vielleicht konnte auch er sich noch ändern?

»Pfannkuchen?«, wiederholte ich.

»Okay, Boss«, sagte er. »Ich bin so um elf zurück.«

»Versprochen«, sagte ich. Und hob die Hand, dass er einschlagen konnte. Er legte den Kopf zur Seite. »Manchmal wird man aus der eigenen Tochter nicht schlau«, sagte er.

Aber als er gegangen war, ging ich wie auf Wolken. Irgendwie wusste ich, dass alles anders werden würde. Dass es richtig gewesen war, auf mich selbst zu hören, und dass er das tief innen drin auch verstanden hatte.

Ich brachte Lindy einen Bagel mit Frischkäse ins Zimmer. Seit Martha weg war, war der Kühlschrank wesentlich leerer geworden. Ich konnte mir nicht vorstellen, dass mein Vater kein Geld mehr für Lebensmittel hatte, aber er dachte wahrscheinlich überhaupt nicht daran, dass das Essen nicht von allein in seinem Kühlschrank auftauchte. Trotzdem war es gerade praktisch, dass Martha nicht mehr kam. Es sah zwar inzwischen wesentlich unordentlicher aus als sonst, aber es war perfekt, um eine offiziell nicht vorhandene Schwester unterzubringen.

Wir saßen im Schneidersitz voreinander auf der gestreiften Bettwäsche. Lindy war ein ganzes Stück größer als ich und irgendwie wirkte alles, was sie tat, graziler als bei mir. Sie trug ein weites T-Shirt, auf dem »Brooklyn« stand, und weiße Shorts.

»Schieß los«, sagte sie und nahm einen Schluck aus der dampfenden Teetasse mit Earl Grey, die ich ihr hochgebracht hatte. War ihre Leidenschaft für Earl Grey von meiner Mutter vererbt? Konnte man so etwas vererben?

Ich erzählte ihr vom gestrigen Abend, vom Segeltrip.

»Du musst heute mit Preston reden. Mit Dad. Glaub mir, der Zeitpunkt ist günstig. Es ist gut gelaufen gestern, auch wenn ich mir mit Asher wie ein Verräter vorgekommen bin.«

Sie verharrte mit ihrem Tee in der Hand und seufzte. »Ich habe solche Angst. Und wenn es doch alles gar nicht stimmt?«

»Lindy. Es stimmt auf jeden Fall. Es sind zu viele Details, die passen. Und den Test kannst du immer noch machen.«

»Und wenn er sich überhaupt nicht freut?«

»Dann hast du mich. Du wirst mich immer haben«, sagte ich. »Natürlich wird er sich freuen. Er ist kein super engagierter Vater, nein, aber wer sollte sich nicht über seine Tochter freuen?«

Mein Telefon vibrierte.

»Du brauchst heute nicht kommen«, schrieb Belle. »Schichtwechsel«.

Ein Stein fiel in meinen Magen, nein, gleich mehrere. So etwas hatte sie noch nie geschrieben.

»Was?«, fragte Lindy und lehnte sich nach vorn.

»Nichts«, sagte ich. »Das … muss jetzt warten.« Ich bildete mir das mit Sicherheit ein. Ich machte mir ohnehin immer zu viele alberne Gedanken.

»Du siehst mir nicht so aus, als könnte es warten.« Ich nickte ihr dankbar zu. Sie war meine Schwester. Irgendwie schien sie mich zu verstehen, ohne dass wir uns lange kannten. Es war verrückt.

»Moment.«

Ich schrieb zurück: »Okay, andere Zeit heute.« Das klang lässig, als würde ich nicht an gestern denken, wie sie und Belles Schwester vor mir gestanden hatten. Was sie gedacht haben könnten und ob das irgendwie mit dieser Nachricht zusammenhing. Vielleicht wollte Belle wirklich nur die Zeit verlegen und ich war überempfindlich.

»Heute nicht«, kam zurück. Belle war niemand, der Emojis benutzte, es war eben Belle. So war sie einfach. Es musste nichts heißen, oder? Trotzdem hatte ich ein schlechtes Gefühl.

»Es ist ein Missverständnis. Belle aus dem Café hat mich gestern mit Asher gesehen und ich glaube, sie hat einen falschen Eindruck bekommen«, erklärte ich Lindy.

Lindy legte den Kopf schief. »Was für ein Missverständnis?«

»Das wird wieder. Darum geht es jetzt nicht. Dad duscht gerade und hat dann einen Termin mit Buchanan. Wenn er zurückkommt, gehst du hin. Wir können nicht ewig warten. Irgendwann wird ihm auffallen, dass hier noch jemand ist, egal wie groß das Haus ist.«

»Ich weiß nicht«, sagte Lindy.

»Ich bin mir ganz sicher«, nickte ich. »Der Zeitpunkt ist optimal. Und wir müssen ihm ja auch etwas Zeit geben, zu verdauen, dass er eine Tochter hat, bevor wir ihm von deinen Problemen erzählen. Angst ist dazu da, um überwunden zu werden. Wenn man jeder Angst ausweicht, entwickelt man sich nicht weiter. Wenn du der Angst folgst, bist du auf dem richtigen Weg.« Ein weiser Spruch, den Jen mal gebracht hatte, die ihn von irgendeinem teuren Trainer hatte, der sie coachen sollte, um Panik bei Bewerbungsgesprächen zu überwinden.

Zwanzig Minuten später hatte Dad geduscht und das Haus mit einem frischen Hemd bekleidet verlassen. Ob die ihm auch irgendwann ausgingen? Vielleicht war alles doch weniger schlimm, als Lindy und ich dachten? Wenn Lindy mit ihm gesprochen hatte, würde ich auch noch ein paar Fragen an ihn haben. Lindy machte sich ebenfalls fertig. Sie war wahnsinnig nervös, aber wie nervös man in so einem Moment war, konnte ich mir kaum vorstellen, wenn ich schon zittrige Finger hatte, als ich Mehl, Eier und Butter herausholte, um den Pfannkuchenteig anzurühren. Ich bereitete den Teig ohne Backpulver oder Backnatron zu, anders als die Amerikaner es taten.

Nach einiger Zeit kam Lindy herunter, sie bebte fast vor Aufregung. Ich schälte Äpfel und zerschnitt sie in dünne Scheiben und gab ihr etwas zu tun, um sie abzulenken. Mein Vater konnte nach gestern und dem Gespräch gleich bestimmt ein paar Pfannkuchen mehr vertragen. Er hatte vorhin nichts gegessen. Abwechselnd buken wir Apfelpfannkuchen, so wie meine Mutter sie machte. Nicht die dicken, amerikanischen Pfannkuchen mit Ahornsirup, sondern deutsche Pfannkuchen, dünn wie Crêpes, in Butter gebacken und mit dünnen Apfelscheiben.

Lindy erzählte mir währenddessen von zu Hause. Von ihren Adoptiveltern, die sich wundervoll anhörten und die sie immer unterstützt hatten, obwohl sie und ihre Ziehschwester ganz andere Interessen hatten als Lindy. Sie hatte sich trotz aller Liebe manchmal wie ein Alien gefühlt. Die Erkenntnis, gar nicht ihre leibliche Tochter zu sein, war auf gewisse Weise auch eine Befreiung gewesen. Es erklärte, warum sie so anders war, und sie hatte sich mit ihren Eltern darüber versöhnt, dass sie es ihr nicht erzählt hatten. »Ich vermisse sie ziemlich«, sagte Lindy zum Abschluss.

»Wenn Dad von Buchanan zurückkommt, gebe ich dir Zeit, mit ihm zu reden. Nur ihr beide.« Ich griff nach ihrer Hand.

»Ich bin so unglaublich aufgeregt.« Ihr Atem ging tatsächlich sehr schnell und sie war käseweiß.

»Quatsch. Jetzt mach dich nicht verrückt. Ich bleibe in der Nähe, bis alles gut läuft. Ich lasse dich nicht im Stich.«

Immer noch keine Nachricht von Leo. Eine Stunde später hörten wir erneut, wie ein Auto vor der Tür stoppte. Ich ging nach draußen, als mein Vater ausstieg. Mein Magen zog sich vor Aufregung zusammen. Ich würde ohnehin nicht in der Lage sein, auch nur einen einzigen Pfannkuchen zu essen. Ich wollte ihm entgegengehen, ihn ein wenig vorbereiten, damit er nichts tat, was Lindy erschrecken würde.

»Hi, Dad«, sagte ich, als sich die Autotür seines BMW öffnete. »Du hast Besuch.« Ich platzte geradezu. Es war so weit. »Die Pfannkuchen sind auch fertig. Aber ich glaube, der Besuch möchte gern erst mit dir allein sprechen«, lächelte ich. Mein Herz schlug schnell und laut. »Schau mal in der Küche.«

Mein Vater holte umständlich seine Aktentasche aus dem Auto. »Valentina?«, fragte er. Seine Stimme klang merkwürdig dumpf. »Sie ist zurückgekommen?« Er sagte das so, als wäre er überrascht und keineswegs erfreut darüber. Vielleicht hatte ich da etwas verpasst. Mir würde es nicht besonders leidtun, wenn Valentina ausgemustert wäre. Als er sich zu mir umdrehte, wusste ich sofort, dass etwas ganz falsch lief. Seine Ausstrahlung erinnerte mich an ein Meer im Sturm.

»Und«, fragte ich schon deutlich zurückhaltender. »Hat alles geklappt?« Eigentlich kannte ich die Antwort schon.

»Dieser Buchanan glaubt echt, er könnte alles besser«, donnerte er.

Ich wich einen Schritt zurück, als hätte er mir gedroht. Seine Stimme war so beißend und aggressiv, auch wenn er sich nicht gegen mich richtete. »Quatsch. Warum sollte er das denken?«

Er stand dort immer noch in seinem gebügelten Hemd, das unter den Armen zerknittert und verschwitzt aussah. Er kam mir plötzlich so fremd vor, so weit weg wie noch nie. Wie sollte er eine neue Tochter akzeptieren, wenn er noch nicht mal die alte wollte?

»Ich kann jetzt nichts essen.« Er schleuderte seine Aktentasche auf den Boden. »Verdammt«, fluchte er und hob sie wieder auf.

»Dad. Hat es nicht geklappt? Das tut mir leid.«

»Und alle wollen nur Geld von mir. Alle. Rechnungen, meine Ex-Frau, Valentina. Alle genießen es, hier zu sein. Dir gefällt mein Haus doch auch, das ist doch nur so ein Teenager-Gerede. Wenn alles weg wäre, würdest du nämlich ganz schnell Asher anrufen. Ich habe die Nase voll. Endgültig.« Und damit stampfte er ins Haus.

Wie betäubt blieb ich stehen. Er war frustriert, er wusste vielleicht gar nicht richtig, was er da sagte. Dennoch bohrten sich seine Worte tief unter meine Haut.

Lindy. Lindy war drinnen und wartete mit den Pfannkuchen auf ihn. Das schien plötzlich völlig absurd. Ich hatte ihr versprochen, dass ich meinen Vater vorbereiten würde. Da hatte ich mich ja direkt als superverlässliche Schwester gezeigt.

Gerade, als ich ihm hinterherrennen wollte, fuhr ein weiteres Auto auf die geschwungene Einfahrt vor unserem Haus. Es war ein Auto, das ich sehr gut kannte, beziehungsweise ein Bus. Leos Bus. Ich stand immer noch völlig perplex vor dem Haus, als er aus dem Bus stieg und mir mit schnellen Schritten entgegenlief. Ein paar Meter entfernt blieb er stehen.

»Emma«, sagte er. »Du wohnst wirklich hier.«

»Du bist zurück?« Er trug ein weißes Hemd, was er selten tat, damit wirkte er so angezogen. Das weiße Hemd ließ seine Haut noch brauner erscheinen und bildete einen Kontrast zu seinen Haaren.

»Ich bin wahrscheinlich ein totaler Idiot, zu kommen. Aber ich will dir nicht noch einmal Unrecht tun.« Er holte noch mal Luft. »Und ich kann dich sowieso nicht feuern, weil ich kein Recht dazu habe. Du bist eine große Hilfe im *Bitter End*. Aber ich wollte dich einfach bitten, nicht mehr zu kommen.«

Mir wurde auf einen Schlag eiskalt.

»Leo.« Ich machte einen Schritt auf ihn zu. Er wich mit dem Oberkörper zurück.

»Was ist los?«, fragte ich.

»Ich glaube, das weißt du besser als ich.« Leos Stimme klang nicht verärgert. Er klang bitter.

»Ich weiß überhaupt nicht, was los ist«, beharrte ich.

»Ach wirklich.«

»Ja, wirklich«, sagte ich. Panik stieg in mir hoch. Leo war so kalt.

»Du meinst, du bist gar nicht mit Asher zusammen?«, sagte er.

Ich fasste mir an die Stirn. »Das ist es, was du denkst. Natürlich bin ich nicht mit Asher zusammen, was für eine völlig bescheuerte Idee.«

»Ist sie wirklich so bescheuert?«, fragte Leo noch mal. »Oder küsst du einfach auch viele Typen, mit denen du gar nicht zusammen bist.«

»Leo. Ich will nichts von Asher. Überhaupt gar nichts. Das hat Belle einfach falsch gesehen. Warum glaubst du ihr eigentlich mehr als mir?«

»Du hast Asher gar nicht geküsst? Belle hat sich das ausgedacht?«

Seine Augen bohrten sich in meine. Sein ganzer Körper war angespannt. Ich wollte nicht lügen. Ich wollte die Wahrheit erzählen. Denn die Wahrheit musste schließlich reichen.

»Nicht so, wie sie denkt.«

Leo fuhr sich durch die Haare. Die Haare, durch die ich eigentlich fahren wollte. »Du merkst schon, dass sich das sehr bizarr anhört.«

»Du bist der Einzige, den ich küssen will.«

»Und Asher nur, wenn gerade besonders schönes Segelwetter ist?« Seine Stimme klang hart und verletzt. Ich atmete aus.

»Das ist echt nicht fair.«

»Ich finde das auch nicht fair. Weißt du, Emma, ich habe das schon mal alles mitgemacht. Und deshalb glaube ich Belle. Ich habe mir nicht ausgedacht, was ich dir an dem Morgen im Café gesagt habe. Aber ich weiß genau, was los ist.«

»Alles, was ich dir gesagt habe, stimmte«, sagte ich.

Er schloss kurz die Augen. »Wirklich?«, sagte er dann zweifelnd. Aber es klang nicht überzeugt. Eher im Gegenteil.

Mein Herz begann bei jedem Wort schneller zu schlagen. Was redeten wir hier? Es machte überhaupt keinen Sinn. Wir sollten uns umarmen. Jetzt.

»Aber ich war gerade bei dir zu Hause.«

»In welchem Zuhause, ich bin doch hier.« Ich war verwirrt.

»Du weißt nicht, wovon ich rede? Das Haus sah etwas anders aus als dieses hier. Kleiner. Graues Holz.«

»Martha«, entfuhr es mir. »Du warst bei Martha. Ich kann dir das erklären.«

»Du kannst erklären, dass du eine falsche Adresse angegeben hast bei der Bewerbung? Okay, vielleicht gäbe es da noch irgendwelche Gründe. Aber kannst du auch erklären, warum ich dich da mehrmals abgeholt habe? Deshalb standest du natürlich immer vor der Tür und hast schon auf mich gewartet. War ja nicht wirklich dein Haus.«

»Ich wollte nicht, dass du weißt, dass ich hier wohne.«

»Warum?«

»Du warst am ersten Tag so gemein zu mir. Hätte ich Sandpiper Lane geschrieben, hättest du mich doch überhaupt nicht angestellt. Dann hätten sich alle deine Vorurteile bestätigt.«

»Und dann hättest du ja nicht so einen unterhaltsamen Job im

Bitter End haben können? Ich habe keine Ahnung, was du da wolltest. War das eine Wette?«

»Geld«, sagte ich. »Es stimmt alles, was ich erzählt habe. Nur die Adresse nicht.«

Leo schüttelte nur abweisend den Kopf. Klar, wie alle konnte er sich nicht vorstellen, dass ich tatsächlich deswegen arbeitete.

»Nachdem Belle mir von eurer zufälligen Begegnung in Sag Harbor erzählt hat, wollte ich dich sehen. Ich bin schon gestern Abend zurückgekommen, sehr spät. Ich wollte es nicht glauben. Und sie wollte es nicht erzählen. Aber ich bin froh, dass sie es getan hat. Ich kam mir schon ziemlich bescheuert vor, als ich plötzlich Martha getroffen habe. Sie war wohl mal eure Haushälterin. Aber nein, du bist ja so eine Art Aschenputtel, das alles im Hause selber macht.«

Jedes Wort saugte einerseits Energie aus mir. Andererseits machte es mich unglaublich wütend.

»Und jetzt bin ich hierhergefahren. Wolltest du gerade wieder zu Martha radeln und dich dann von mir abholen lassen, wenn wir uns später sehen?«

Mir stiegen Tränen der Wut in die Augen.

»Nein, ich wollte es dir heute erzählen. Aber es sind eben noch ein paar andere Dinge passiert. Ich habe meine Schwester getroffen, von deren Existenz ich bis vor ein paar Tagen noch nicht einmal etwas wusste. Mein Vater … ist pleite. Aber wenn du jetzt einfach hier angefahren kommst und mir nur alles Mögliche an den Kopf wirfst und einfach nur alles bestätigt siehst, was du bestätigt sehen willst, dann brauche ich dir wohl auch nichts mehr zu sagen. Ich habe auf meinen Bauch gehört. Ich habe einfach etwas gefühlt. Ganz ehrlich, sonst hätte ich mich nicht so in dich verliebt, wie ich es getan habe.

Du warst anfangs nicht sonderlich nett zu mir. Es ist aber trotzdem passiert. Weil ich … ich habe auf das gehört, was hinter deinen Worten lag.«

Leo stand immer noch da. Er war so aufgebracht. Sein ganzer Körper war angespannt, als würde er gleich einen Kampf austragen müssen.

»Du kannst denken, was du willst. Du kannst ein paar Dinge sehen und daraus Schlüsse ziehen. Aber warum sollte ich das alles tun? Warum? Das macht doch keinen Sinn.«

»Ehrlichkeit ist mir wichtig. Ich möchte mir nicht aus den Geschichten von dir die heraussuchen müssen, die stimmen«, sagte er ruhiger, dafür schneidend. Hart.

»Es ist nicht so kompliziert. Hast du dir nicht die Frage gestellt, warum ich gelogen habe? Vielleicht weil du mich abgelehnt hast, nur weil du von der ersten Sekunde an Vorurteile gegen mich hattest, die du offensichtlich immer noch nicht überwunden hast. Manchmal sehen die Dinge anders aus, als sie sind. Und ich habe einen Fehler gemacht. Ich habe sogar viele gemacht. Aber es ist auch deine Besessenheit. Du warst nicht nur in Spence. Wenn deine Eltern riesige Spenden für Spence gemacht haben und du in den Hamptons groß geworden bist, dann war dein Leben ebenfalls ziemlich weich gepolstert. Jedenfalls in den Augen der anderen. Damit willst du jetzt nichts mehr zu tun haben. Jetzt leitest du das *Bitter End*. Kein Harvard mehr. Keine Privilegien. Eigentlich hätte ich erwartet, dass du mehr Verständnis dafür hast, wenn jemand nicht wegen irgendetwas verurteilt werden möchte, womit er nichts zu tun hat. Wo er einfach nur reingewachsen ist, ohne je etwas dazu getan zu haben. Gerade du müsstest das am besten verstehen.«

Lindy. Was tat ich hier? Ich musste zu Lindy! Zu Lindy und meinem Vater. Ich drehte mich um und rannte los.

»Hattest du recherchiert, ob ich einen angemessenen Hintergrund habe, um als Fahrlehrer für dich in Frage zu kommen?«, rief Leo mir bissig hinterher.

Ich blieb abrupt stehen. Hatte er das wirklich gerade gesagt? Meine Wangen brannten. Ich war so wütend. Meine Fingernägel gruben sich in meine Handflächen. *Nein.* Lindy. Sie war jetzt wichtiger. Ich lief wieder los.

Hinter mir hörte ich, wie der Motor des Busses angelassen wurde.

Lindy kam mir schon in der Eingangshalle entgegen. Ihre frisch gewaschenen Haare waren noch feucht. Tränen mit Wimperntusche gemischt liefen ihr über das Gesicht und hinterließen lange Schlieren. Es war also nicht gut gelaufen. Natürlich nicht.

Hinter mir hörte ich, wie der rasselnde Motor von Leos Bus sich entfernte.

»Wer war das, was war hier los?«, fragte Lindy verwirrt.

Ich winkte ab. »Was ist passiert? Wo ist Dad?«, fragte ich.

Sie blieb vor mir stehen. Aus ihren Augen strömten weiterhin Tränen, als wäre irgendwo ein Hahn aufgedreht und vergessen worden.

»Emma, ich muss hier einfach weg. Bitte.«

Ich nickte. »Okay.«

In der Einfahrt stand noch der BMW von meinem Vater. »Komm«, sagte ich.

Der Schlüssel steckte und saurer konnte mein Vater wohl sowieso nicht mehr werden. Lindy setzte sich ans Steuer, ich wollte lieber nicht fahren. Ich schob alles, was gerade mit Leo passiert war, ganz weit weg. Ich konzentrierte mich auf Lindy und darauf, wie ich ihr helfen konnte.

»Gib mir einen Moment. Ich erzähle dir alles, wenn wir da sind«, sagte Lindy und versuchte ihr Schluchzen unter Kontrolle zu bringen. Ich leitete sie zu Sammys Beach, wo ich mit Leo gewesen war. Sie ließ das Fenster herunter und der Wind trocknete ihr Gesicht. Es war wenig Verkehr und schon zwanzig Minuten später stellten wir das Auto auf dem Parkplatz ab. Nur ein einziges anderes Auto stand dort. Hier würden wir Ruhe haben.

Die vielen grauen und weißen Muscheln, die einen dichten Bodenbelag bildeten, knirschten unter unseren Füßen, als wir kurz darauf am Meer entlangliefen. Die Brandung war stark und warf meterhohe Wellen, sodass vom Strand nur ein schmaler Streifen geblieben war.

Ich gab Lindy eine kurze Zusammenfassung, was vorher zwischen mir und meinem Vater passiert war, bevor er zu ihr reingegangen war, genau als Leo gekommen war.

»Natürlich musstest du mit Leo sprechen, Emma«, sagte Lindy. »Ich glaube, du hättest eh nichts ändern können.«

»Wie ist es denn genau abgelaufen? Wie hast du es ihm gesagt? Was hat er gemacht?«

»Ich habe ihn mit *Hallo, Dad* begrüßt.«

»Hat er geschaltet?«

»Nicht sofort. Erst hat er geglaubt, dass ich mein ausstehendes Gehalt haben möchte, und er hat sofort gesagt, dass ich das vergessen könnte, weil ich ihn im Stich gelassen hätte.« Sie schüttelte den Kopf. »Dann habe ich gesagte, dass ich denke, dass ich seine Tochter bin. Dass ich das Mädchen bin, dass er mit Sabina hatte, bevor du kamst.«

»Und hat er es abgestritten?«

Lindy schüttelte den Kopf. »Er hat sich hingesetzt und lange gar nichts gesagt. Es war völlig verrückt. Ich habe schon überlegt, ob er es vorher geahnt hat. Denn drei Sätze später hat er mich gefragt, ob ich nun gekommen sei, um Geld von ihm zu holen. Dann hat er hysterisch gelacht und gesagt, zu blöd, er hätte keins mehr.«

»Das hat er nicht getan!«

»Hat er leider doch.« Lindy bückte sich nach einer geschwungenen Muschel mit einem glänzenden rosafarbenen Innenleben.

»Was für ein Arschloch.« Wir schwiegen beide einen Moment. »Damit hätte ich einfach niemals gerechnet«, versuchte ich sie zu trösten. »Er muss wahnsinnig frustriert gewesen sein. Es ist bestimmt genau, wie du gesagt hast. Er hat jetzt gigantische Probleme, wo das mit Buchanan nicht geklappt hat.«

»Du musst ihn nicht verteidigen«, sagte Lindy schlicht.

»Ich möchte ihn auch nicht verteidigen. Ich möchte nur nicht, dass du dich so schlecht fühlst«, sagte ich. »Er hat dich als Tochter gar nicht verdient.«

Lindy blickte zu mir. Dann sah sie zu der Muschel in ihrer Hand. »Ich fühle mich schlecht. Aber ich fühle mich gar nicht so schlecht, wie ich vielleicht sollte«, sagte sie. »Wegen dir. Weil ich dich gefunden habe.«

»Es ist immer noch unwirklich. Du bist mir näher als die meisten anderen, auch wenn wir uns erst seit ein paar Wochen kennen«, sagte ich.

»Ich weiß «, sagte Lindy. »Nein, das ist nicht fair meiner Familie gegenüber. Aber ich fühle so eine besondere Verbindung zwischen uns.«

»Ich auch«, stimmte ich sofort zu. »Oder bilden wir uns das ein? Man kann ja nicht sagen, dass wir uns vorher, als wir noch nichts davon wussten, direkt super verstanden hätten«, sagte ich und wir mussten beide gleichzeitig kichern, egal wie traurig die Situation war.

Wir waren stehen geblieben und schauten über das unruhige Meer in den Horizont. Der Himmel war graublau eingefärbt, durchsetzt von hastigen Wolken. Einige Möwen suchten in den Wellen nach Futter und stürzten abwechselnd hinunter.

»Es macht plötzlich so viel Sinn, wie sich Mom verhält. Warum sie alles ablehnt. Warum sie sagt, dass es viele Opfer nicht wert sind, erbracht zu werden. Meine Mutter sagt ziemlich verrücktes Zeug. Nein, nicht meine Mutter, *unsere* Mutter. Aber wenn ich mir bei etwas ganz sicher bin, dann, dass sie froh sein wird, dich gefunden zu haben.«

»Warum bist du dir da so sicher? Warst du dir bei Dad nicht auch sicher?«

»Nein. Ich war mir insgeheim nicht sicher. Wobei ich mir vorstellen kann, dass er noch zur Besinnung kommt. Momentan steht er neben sich. Er hat sich so in seine Geschäfte verbissen. Im Grunde kann er einem leidtun. Aber Mom … Sie ist schwierig. Manchmal sogar total anstrengend. Aber du … vielleicht erklärt es das alles. Wenn sie die Chance hat, dich kennenzulernen und etwas wiedergutzumachen. Es ist vielleicht einfach der Grund dafür. Warum sie die letzten Jahre so verbracht hat, als würde sie für etwas büßen.«

»Meine Ziehmutter meinte sogar, dass sie froh ist über ihre Krankheit. Sie wüsste nicht, wann sie es mir sonst gesagt hätte, weil sie sich nie getraut hat.«

»Kann ich deine Familie auch mal treffen?«

»Natürlich.« Wir lächelten uns an.

»Wieso hat Mom mich nie gesucht?«, fragte Lindy leise. Ich wusste, dass sie sich zusammenreißen musste.

»Ich weiß es nicht.« Die Fragen, die sich Lindy stellen musste, brachen mir das Herz. »Aber ich kann mir vorstellen, dass sie es sein ließ, um dich nicht aus deinem Leben rauszureißen und zu verwirren. Oder sie *hat* dich gesucht und wir wissen es nur nicht.«

»Meinst du wirklich?«

»Ich könnte es mir gut vorstellen. Sie war die letzten Jahre nicht glücklich.« Ich seufzte und strich mir eine Strähne aus dem Gesicht.

»Du musst Leo nachfahren«, sagte Lindy plötzlich, als wäre ihr das gerade eingefallen. »Ich will dich gar nicht aufhalten. Du magst ihn doch.«

Ich schüttelte entschieden den Kopf. Lindy drückte meine Hand.

»Das Allerschlimmste ist vielleicht, dass Dad ja recht hat. Ich hatte tatsächlich gehofft, Geld von ihm zu bekommen.« Ihre Augen glänzten feucht. »Aber es sind ja nicht nur tausend Dollar. Es sind eher 200 000 Dollar. Das ist für uns völlig unmöglich. Die Behandlung ist gigantisch teuer.«

»Und ich verspreche dir eins: Wir werden Geld für deine Ziehmutter finden. Und ja, auf Dad verlassen wir uns dabei besser nicht. Aber es muss einfach einen Weg geben. Wir sind schließlich in den Hamptons und von stinkreichen Leuten umgeben. Und wenn ich mich persönlich auf Betteltour begebe. Ich meine, auf dem Weg sind wir an einer Veranstaltung vorbeigekommen, wo gerade 50 000 Dollar für einen Spielplatz gespendet werden sollen. Leo hat das Tierheim unterstützt bei ihrem Fundraising.« Ich schluckte kurz bei dem Gedanken an ihn. Ich würde jetzt nicht an ihn denken. »Für ein neues Kino in Sag Harbor wird auch gesammelt. Jede Woche ist mein Vater auf Charity-Veranstaltungen, wo Leute Polo-Ponys für verwöhnte Kids finanzieren. Da werden wir doch Geld für die Behandlung deiner Mutter zusammenbringen!«

»Sie hat keine vernünftige Krankenversicherung. Es ist eine Katastrophe. 20 000 Dollar würden schon einen riesigen Unterschied machen.«

»Das sind die Kosten von der Party im *White Horse*, wo ich vor Kurzem war.«

»Was könnten wir denn machen? Mit Limonadenständen kommen wir nicht allzu weit. Wobei ich schon Kinder gesehen habe, die für ihre Limonaden Zwanzigdollarnoten bekommen haben.«

»Vielleicht sollte ich das als meinen neuen Job anfangen.«

»Oder wir machen einfach selbst eine richtige Charity-Veranstaltung«, schlug Lindy vor.

»Wir können kein Catering machen. Das kostet zu viel. Und selber machen wäre kaum zu bewältigen, wenn es für so viele Leute ist. Außerdem sind die Leute hier total anspruchsvoll mit ihren Krabbenhäppchen und so.« Ich dachte an die Frauen in rosafarbenen Kostümen und die edlen Damen auf der Party von meinem Vater. Allein das Catering für dic Party hatte bestimmt viele Tausend Dollar gekostet. Auf Rechnung. Wie gern hätte ich das Geld jetzt.

»Wir müssten etwas bieten, was nichts kostet, wofür die Leute aber trotzdem etwas zahlen.«

»Ich kenne den Geschmack von den Besuchern dieser Charity-

Veranstaltungen leider gar nicht. Viel mehr weiß ich über die Leute im *Bitter End* – oder, ich mag es kaum sagen, auch die hippen Party-People, denen Asher und Jen mich vorgestellt haben.«

»Aber warum machen wir dann nicht was für die?«, sagte Lindy. »Wir brauchen doch gar nichts für die alten Schnösel machen. Die Jungen haben hier doch genauso Geld.«

»Man könnte etwas aufführen. Wie gut kannst du tanzen, Lindy?«

Sie prustete. »Nee, dafür zahlt niemand was. Singen?«

»Ich kann leider nicht singen. Aber vielleicht finden wir ja eine Band, die für uns spielt. Am Strand spielen doch gelegentlich welche, und in den Bars.«

»Vielleicht finden wir ja jemanden, der umsonst für uns spielt.«

»Belle hat eine Band«, sagte ich. »Aber ich bezweifle, dass sie für uns spielen würde. Und nach meinem angeblichen Verrat an ihrem Leo-Schützling sicher noch weniger. Ich frag sie einfach trotzdem. Sie kann ja Nein sagen.«

»Ich kenne eine Band«, sagte Lindy plötzlich.

»Wirklich? Also eine, wofür man Eintritt nehmen könnte?«

»Ich denke schon«, sagte sie und nickte.

»Wie heißt die Band denn? Kennst du sie so gut, dass sie es machen würden?«

»*New Orange County*.«

»Du kennst *New Orange County*?«, fragte ich beeindruckt.

»Ich war in der Schule mit dem Drummer zusammen. Also nur kurz. Er ist nämlich schwul, wie er dann gemerkt hat. Aber wenn sie Zeit haben, würden sie es bestimmt machen.« Ihre Stimme hatte nun einen helleren Klang, hoffnungsvoller.

»Du bist genial.«

»Nein, du bist genial. Auf die Idee wäre ich alleine nie gekommen.«

»Jetzt brauchen wir noch einen Ort.«

»Ich bin jetzt ein paar Wochen hier. Ich werde einfach alle fragen, die ich kenne.«

Ich hatte mich mit Lindy ins Haus zurückgeschlichen, weil wir meinem Vater heute aus dem Weg gehen wollten. Sie übernachtete auf dem Sofa in meinem Zimmer. Wir wollten heute nicht allein schlafen.

Ich hatte mich ihr gegenüber so zuversichtlich gegeben, wenn es darum ging, das Geld aufzutreiben. Viel zuversichtlicher als ich in Wirklichkeit war. Wo sollten wir einen Ort herbekommen, der sich als Veranstaltungsort eignete. Woher die ganzen Gäste, die Geld dafür zahlen sollten, um zu kommen? Und das alles müssten wir irgendwie umsonst bekommen, sonst würde ja kein Geld übrig bleiben. Wenn ich Leo wenigstens fragen könnte oder sogar Asher, der doch jeden hier kannte. Aber das war unmöglich. Ich durfte nicht an Leo denken. Ich verbot es mir einfach. Es wäre Lindy gegenüber nicht fair, wegen jemandem zu heulen, der einem noch nicht einmal traute. Ich konnte ihn nicht zwingen, mir zu glauben. *Selbstverursachtes Boyfriend-Drama*, wie Jen das nannte, wenn sich jemand aus freien Stücken in einen Idioten verliebte, um sich dann über die schlechte Behandlung zu wundern. Trotzdem breitete sich bittere Enttäuschung in mir aus, sobald ich an Leo dachte. Ich hörte Lindys gleichmäßige Atemzüge neben mir, die schon eingeschlafen war. Lindy. Daran sollte ich denken. War der Deal nicht zustande gekommen, weil ich Asher eine Abfuhr gegeben hatte? Nein, nicht wirklich. Ich musste

Jen nach Ideen für eine Charity fragen, sie kannte sich hier viel besser aus. Vielleicht könnte mir sogar diese Kate irgendwie helfen, oder auch Brooke Vanderbilt? Aber wieso sollten sie irgendetwas für mich tun?

Und irgendwann, nach vielen Stunden inmitten dieser unruhigen Gedanken, die immer wieder zu Leo zu wandern drohten und nur mit viel Kraft unter Kontrolle gehalten werden konnten, schlief ich erschöpft ein.

Fünfundzwanzig

Am nächsten Morgen wollte ich so schnell wie möglich zu Jen. In der Küche traf ich auf meinen Vater, der unrasiert mit einer Kaffeetasse auf der Bank vor dem Fenster saß und nach draußen starrte. Als er mich sah, sprang er auf.

»Ist Lindy nicht dabei?«, fragte er nervös.

»Dad. Wie konntest du das gestern nur tun?«, sagte ich. »Wie konntest du das überhaupt tun? Deine Tochter einfach weggeben?« Ich war gereizt nach der letzten Nacht. Und ich konnte nicht so tun, als wäre alles in Ordnung.

Er blickte mich an und für einen Moment dachte ich, dass er zu schreien beginnen würde. Oder … zu weinen? Aber dann fing er sich.

»Ich muss mit ihr reden«, sagte er barsch.

»Wir bereiten eine Charity-Veranstaltung vor. Ihre Mutter ist sehr krank und wir wollen ihr helfen. Wir werden es schaffen. Aber Dad, Liebe hat nichts mit Geld zu tun. Lindy will nicht dein Geld. Sie wollte ihren Vater kennenlernen.«

Ich hatte extra nicht genau gesagt, wo Lindy war. Ich wusste, dass sie ihn gerade nicht sehen wollte.

Er presste kurz die Augenlider zusammen. Keine Ahnung, was in ihm vorging.

»Es ist doch egal, was andere von dir denken, Dad. Solange alle, die dir wichtig sind, zu dir halten. Ich brauche keine teuren Partys, um irgendwelche Leute zu beeindrucken. Ich wollte nur gern Zeit mit dir verbringen«, sagte ich. Und damit verließ ich das Haus. Wenn er mich rauswerfen wollte, nur weil ich ehrlich war, dann sollte er das tun. Ich würde nicht mehr lügen.

Jen umarmte mich fest zur Begrüßung und wir setzten uns auf die Terrasse, um zu reden.

»Ich dachte schon, du interessierst dich gar nicht mehr für mich«, sagte sie und stellte dabei eine große Cranberry-Schorle mit viel Eis vor mich, von der man schlimmsten Hirnfrost bekommen würde. Hirnfrost gehörte bei Jen zu einem guten Getränk obligatorisch dazu.

»Ich sage das ungern, aber du hattest natürlich total recht«, fuhr sie fort, bevor ich etwas antworten konnte, und zupfte nicht vorhandene Fusseln von ihrer hellblauen Strandtunika.

»Womit hatte ich recht?« Ich hatte keine Ahnung, wovon sie redete.

»Mit Matt.«

Was hatte ich noch mal über Matt gesagt? Es kam mir alles so weit weg vor, als wäre es vor einer Ewigkeit gewesen.

»Ach so, du meinst, dass er in dich verliebt war, obwohl er nicht sofort mit dir ins Bett wollte? Ich glaube, du bist die Einzige, die es überrascht, dass so etwas möglich ist.«

»Er ist so süß«, sagte Jen und ließ den Kopf nach hinten fallen. »Ich bin total verliebt. Und glaub mir, langsam ist gar nicht so schlecht.« Sie wackelte vielsagend mit den Augenbrauen. »Aber bevor ich von mir erzähle … Was war bei dir los? Du hast mir nur Bruchstücke gesagt und wenn ich nicht so mit Matt beschäftigt gewesen wäre, hätte ich dir schon viel früher die Hölle heiß gemacht.«

»Wenn ich dir gleich alles erzählt habe, weißt du auch warum.« Und dann berichtete ich ihr im Schnelldurchlauf, was in den letzten Tagen passiert war, vom Ausflug mit Asher, Leo, und vor allem von Lindy. Ich hatte sie vorher gefragt, ob ich es Jen erzählen durfte.

Sogar Jen brauchte ein bisschen länger, um die ganzen Informationen zu verarbeiten, und hielt sich die Stirn, wahrscheinlich nicht nur wegen des Hirnfrosts.

»Ich kann das mit Leo nicht glauben.«

»Darum geht es jetzt nicht. Das ist das einzige Thema von allen, die ich dir erzählt habe, über das ich nicht sprechen möchte.«

Sie überlegte eine Weile. Dann nickte sie.

»Und jetzt willst du eine Charity-Veranstaltung machen?«

»Ich will Lindy helfen. Wir werden nicht das ganze Geld zusammenbekommen. Aber auch wenn wir ein paar Tausend Dollar auftreiben, wäre das genial. Sie hat ja gedacht, dass sie zumindest bei meinem Vater Geld verdient. Da hat sie noch nicht mal die letzten Gehälter bekommen. Keine Ahnung, wie das mit ihm weitergeht. Er hat so schlimme Dinge gesagt.«

»Er hat bestimmt ein schlechtes Gewissen wegen dem, was er getan hat. Ich bin unausstehlich, wenn ich ein schlechtes Gewissen habe.«

»Du meinst, du bist immer noch nicht in der Lage, dich zu entschuldigen, wie in der Middle School?«, fragte ich sie.

»Ich habe mich gebessert.« Sie hob die Hand, als würde sie ein Ehrenwort abgeben.

»Hast du dich in deinem Leben inzwischen schon ein einziges Mal entschuldigt? Wenn dir früher etwas leidtat, hast du einfach irgendetwas Nettes organisiert und trotzdem vermieden, jemals über das Thema zu sprechen.«

»Ich sag doch, ich bemühe mich, besser zu werden. In meiner Familie gab es noch nie offiziell Probleme. Wir sind gewohnt, alles totzuschweigen.«

»Ich glaube, mein Vater muss sich entschuldigen«, sagte ich. »Kennst du irgendjemanden, den wir fragen könnten, wo wir die Veranstaltung machen könnten? Wir brauchen noch einen Ort, wo die Band auftreten kann. Am Strand ist es schwer, von jedem Eintritt zu bekommen. Es müsste schon ein geschlossener Ort sein. Das Haus von meinem Vater können wir offensichtlich nicht nehmen. Lindy kennt eine Band, die auftreten könnte, *New Orange County*.«

»*Orange County?!* Das ist ja abgefahren«, wiederholte Jen beeindruckt.

»Ich hätte sonst Leo gefragt, ob wir es im *Bitter End* machen können, aber das geht eher nicht mehr.«

»Ich kann meinen Vater fragen«, sagte Jen.

»Deinen Vater fragen, ob ich hier eine Party machen kann? Ich weiß nicht.«

»Ich kann ihn fragen, ob *ich* eine Party machen kann. Ich habe noch eine Geburtstagsparty gut.« Sie zuckte mit den Schultern, als wäre das überhaupt kein Problem. »Dann machen wir es auf meiner Geburtstagsparty, aber jeder muss für den guten Zweck Eintritt bezahlen, statt ein Geschenk mitzubringen, und bekommt zusätzlich noch eine coole Band. Ich habe damit überhaupt gar kein Problem. Und ich würde einfach alle einladen, die allergrößte Party des Jahrzehnts draus machen, sodass jeder kommen *muss*, auch wenn er fünfzig Dollar zahlen muss. Und für Getränke zusätzlich. Hey, es ist ein Konzert. Den Leuten werde ich wohl fünfzig Dollar wert sein. Wem ich das nicht wert bin, der braucht eben nicht zu kommen«, sagte sie selbstbewusst.

Ich lächelte sie dankbar an. »Jen, du bist die Beste.«

»Klar, überlass die Party-Organisation einfach mir. Schließlich hatte ich dir den Sommer deines Lebens versprochen«, sagte sie und hob die Hand. Natürlich schlug ich ein.

Als sie mich zum Abschied umarmte, drückte sie mich extra fest. »Ich weiß, dass du nicht drüber reden willst. Und ich weiß auch, warum. Aber es ist auch wichtig. *Du* bist wichtig. Ich bin da, wenn du ein Ohr brauchst. Leo ist verrückt, wenn er nicht zur Besinnung kommt.«

Damit war alles beschlossen. Wir legten den Termin fest. *New Orange County* würde tatsächlich kommen. Jen bereitete ihre Geburtstagsparty vor. Sie lief zu Höchstleistungen auf bei dem Gedanken, so viel Geld wie möglich mit ihrer Party zu verdienen, statt wie sonst Geld auszugeben. Sie erfand sogar noch zweihundert Dollar teure VIP-Tickets für Fotos mit der Band und Goodie Bags mit signierter CD.

Mein Vater war nach New York verschwunden. Aber er hatte Lindy eine Nachricht hinterlassen und sich für sein Verhalten entschuldigt.

»Vielleicht hat Emma ein paar Dinge schneller begriffen als ich«, hatte er tatsächlich geschrieben. »Ich hoffe, du sprichst noch mit mir, wenn ich zurückkomme.«

Lindy hatte Hoffnung geschöpft und war guter Dinge. Sie war so großzügig in ihrem Denken. Ich wusste noch nicht, wie es mit ihm – und uns – weitergehen würde. Darüber würde ich nachdenken, wenn die Charity-Veranstaltung vorbei war. Und über alles andere auch.

Jetzt überwand ich mich jeden Tag aufs Neue, halbfremde Menschen um Gefallen zu bitten. Aber es war viel leichter, weil es für Lindy war.

Ich rief Kate an, erzählte ihr vom Fundraising für eine kranke Mutter und sie war sofort Feuer und Flamme, die Party bei ihren Bekannten zu promoten. Als ich Brooke Vanderbilt beim Shopping in Southampton begegnete, fragte ich sie genauso. Sie würde ebenfalls ihre Freunde einladen und *New Orange County* war der Hit. Sobald ich die Band erwähnte, waren alle dabei.

»Habt ihr denn Sicherheitspersonal, das alles unter Kontrolle hält?«, fragte Brooke, die wie immer aussah, als käme sie frisch vom Friseur. »Wenn ihr so offen einladet, solltet ihr ein paar Rausschmeißer parat haben, wenn jemand Ärger macht«, schlug sie vor.

Das stimmte. Jen war erstaunlich cool, was das Thema anging. »Nicht so richtig. Die Hausangestellten von Jen kommen, auch der Fahrer und so.«

»Dann habe ich meinen Beitrag für euch gefunden. Mein Vater hat gerade einen genialen neuen Bodyguard aus Schweden eingestellt. Der klappt auch super als Rausschmeißer und kommt bestimmt gern. Ich frage ihn, ob er noch ein paar Freunde mitbringt. Die machen auch optisch echt was her«, sagte sie mit begeistert aufgerissenen Augen.

»Brooke, das wäre tatsächlich toll. Ich glaube, Jen würde sich sehr darüber freuen und ich mich natürlich sowieso.« Ich war mir nicht sicher, ob sie nicht vor allem einen Grund suchte, den attraktiven Bodyguard mit zur Party zu bringen, ohne ihn direkt als ihren neuen Freund vorzustellen. Aber es hörte sich prima an und würde sicher helfen.

Leo hatte sich nicht mehr gemeldet. Aber so traurig ich darüber auch war, er musste mir glauben. Oder eben nicht. Ich hatte ihm alles gesagt.

Meinen Vater hatte ich seit jenem Morgen nicht mehr gesehen. Wenn meine Mutter wüsste, dass er mich hier allein ließ, *uns* allein ließ, würde sie ausrasten. Uns. Lindy und ich hatten beschlossen, meine Mutter nach der Charity-Veranstaltung zu informieren.

Ein Weg stand mir noch bevor. Ich musste ins *Bitter End*, um mein letztes Gehalt und ein paar persönliche Sachen abzuholen. Das hatte ich lange aufgeschoben, aber es half nichts.

Vor den altmodischen Fenstern des *Bitter End* stürzten alle möglichen Gedanken auf mich ein. Ich fühlte mich wieder wie am ersten Tag, als ich dort angefangen hatte. Das war so lange her. Und gar nicht lange her. Auf der Tafel, die auf dem Bürgersteig vor dem Eingang stand, wurde eine neue Kaffeemischung angekündigt, Belle probierte scheinbar eine neue Handlettering-Schrift aus. Mein Magen zog sich zusammen, als hätte jemand eine Schlinge darumgelegt, die sich nun zuzog. Die ganze Zeit hatte ich versucht, nicht an Leo zu denken und auch nicht an das *Bitter End*. Jetzt wusste ich wieder, wie lieb ich diesen Job in so kurzer Zeit gewonnen hatte. Wie fröhlich mich jeder Tag dort gemacht hatte. Ich dachte an Jens Worte. *Wenn es unangenehm ist, gehst du in die richtige Richtung.*

Damit stieß ich die Eingangstür auf. Sofort umfing mich der vertraut würzige Geruch von Kaffee, aufgeschäumter Milch, durchmischt mit dem süßlichen Geruch des Gebäcks in den Glasvitrinen. Ich spürte etwas, das mich ein wenig an Heimweh erinnerte. Trotz allem vermisste ich das Café. An den Tischen saßen einige Gäste und lasen Zeitung, unterhielten sich oder hatten Laptops mitgebracht. Bei ein paar Leuten wusste ich, welches Getränk sie immer bestellten. Hinter der Theke stand Belle und blickte mich mit unverhohlener Überraschung an.

»Was machst du denn hier?«, sagte sie. Es klang weniger feindselig als überrascht.

»Ich muss Leo sprechen.« Es war wie am ersten Tag, Belle, die ihn bewachte.

»Der ist gar nicht da, glaube ich«, sagte Belle. Natürlich.

Ich hatte beschlossen, mich so zu benehmen, als wäre alles total normal und holte meine kleinen, von Lindy gebastelten Poster für die Party aus der Tasche.

»Darf ich ein Poster hier an das Schwarze Brett hängen?«, fragte ich. Ich deutete auf die Pinnwand, wo Besucher ihre Zettel aufhängen konnten. Angebote von privaten Musikstunden, Surfstunden, Polnisch-gegen-Englisch-Sprachaustausch mischten sich mit Verkaufsangeboten von einer Comic-Sammlung und einem Schreibtisch.

»Wenn es passt«, erwiderte Belle schnoddrig. Ihr Lidstrich war heute besonders schwungvoll aufgemalt, ein Zeichen besonders guter oder besonders schlechter Laune. Trotzdem wirkte sie etwas unsicher, so gut kannte ich sie inzwischen schon. Sie wusste auch nicht recht, was sie mit dieser Situation anfangen sollte.

»Es ist für die Charity-Veranstaltung einer … Freundin, die ich mitorganisiere.« Wenn ich jetzt die ganze Geschichte mit meiner Schwester erzählte, wäre das zu verwirrend. »Ihre Mutter hat keine Krankenversicherung, aber Leukämie. *New Orange County* spielt, um etwas Geld für ihre Behandlung aufzutreiben.«

»*New Orange County* spielt? Wirklich?« Sie kniff die Augen zusammen, als wäre sie sich nicht sicher, ob sie mir wirklich glauben konnte.

»Wenn du willst, kannst du natürlich auch kommen. Es kommen ziemlich viele Leute, obwohl die Karten nicht sonderlich billig sind. Wenn du mit *Death of the Prom Queen* Langeweile hast, könntet ihr auch spielen. Wie gesagt, ist für einen guten Zweck«, sagte ich und zuckte mit den Schultern. Ich war nicht böse auf Belle. Sie hatte Leo vielleicht von dem Abend erzählt. Aber es war Leos Problem, was er daraus für Schlüsse gezogen hatte.

»Das ist es, was du jetzt machst?«, fragte sie.

»Ich habe hier nicht freiwillig aufgehört, Belle, sondern weil ich darum gebeten wurde. Das solltest du am besten wissen.«

Sie blickte mich forschend an. Sie musste wissen, was sie angerichtet hatte, als sie Leo von unserem Treffen in Sag Harbor erzählt hatte.

Ich wandte mich schnell ab, bevor ich die Fassung verlor, und hängte mein Poster auf. Als ich mich umdrehte, stand Belle hinter mir und hatte einen Umschlag in der Hand.

»Das lag hinten noch für dich.«

Es war ein Umschlag mit Geld, schon wieder hatte ich ein Déjà-vu. Aber diesmal nahm ich den Umschlag. Es war nicht so, dass ich keinen Stolz hatte. Aber ich hatte das Geld einfach verdient.

Als ich mich gerade umdrehen wollte, kam Belles Schwester aus der Küche.

»Oh, deine Schwester arbeitet jetzt hier?«, fragte ich.

Belle sah mich unsicher an. »Ja, Evie hilft hier aus. Aber nicht für immer.« Sie zupfte sich am Ohr. »Es ist nicht so, wie es aussieht«, fügte sie hinzu. Belle erinnerte sich genauso gut daran wie ich, dass ich mal gedacht hatte, dass sie mich loswerden wollte, um ihrer Schwester meinen Job zu besorgen.

Ich musste fast lächeln, als ich das hörte.

»Ist schon gut. Es ist nicht immer alles so, wie es aussieht. Glaub mir, das weiß ich sehr, sehr genau.«

Und damit drehte ich mich um und verließ das *Bitter End*.

Sechsundzwanzig

Endlich war der Tag der Party gekommen. Lindy, Brooke, Jen, Kate, Matt und noch ein paar andere hatten tatkräftig geholfen – wer hätte gedacht, dass wir in dieser Kombination je etwas zusammen tun würden? Sogar Asher wollte später noch kommen. Wir machten alberne Witze, schleppten Tische hin und her. So viele Leute hatten mitangepackt, um die Party auf die Beine zu stellen. Alle waren so großzügig gewesen, wenn man sie um Hilfe gebeten hatte. Als wären sie dankbar, keine sinnlose Party zu veranstalten und das Geld ihrer Eltern zu verschleudern, sondern zu versuchen, so viel wie möglich für jemand anderen zu erreichen. Mein Herz fühlte sich an, als wäre es in den letzten Tagen gewachsen. Es machte Spaß, alles für Lindy zu tun und nicht an mich selbst zu denken, zudem lenkte es mich von Dad und Leo ab. Lindy und ich waren so fest zusammengewachsen, als würden wir uns schon ewig kennen. Und Jen und mich hatte es ebenfalls enger zusammengeschweißt.

Das Haus war im Partymodus, im Garten konnte man nicht viel kaputt machen und wir würden die Badezimmer im Untergeschoss nehmen. Zudem hatte Jen ein paar Toiletten hinter dem Haus aufstellen lassen. Am Eingang war ein Tisch aufgebaut, wo Jen beim Verkauf der Abendkarten helfen würde. Sie hatte schon ein Online-Zahlungssystem aufgesetzt und viele Tickets im Vorfeld verkauft. Ich hatte keine Zweifel, dass sie persönlich dafür sorgen würde, jede Menge VIP-Tickets zu verschachern. Um Slogans war Jen auch nicht verlegen und ich hatte sie schon Sprüche sagen hören wie: »Wollt ihr jemandem helfen und eine coole Band hören oder noch ein weiteres Paar Schuhe kaufen?«, »Das einzige, was zählt, sind Erinnerungen« oder »Glück kann man kaufen! Verschenk dein Geld und werde glücklich!«

Wir hatten auf zwei Etagen Bars aufgebaut. Einige Getränke waren Teil des Eintrittspreises, andere gab es nur für VIP-Karteninhaber oder gegen zusätzliche Bezahlung. Jen hatte ein perfektes System ausgeklügelt, damit sich alle gut versorgt fühlten und gleichzeitig maximal Geld ausgaben. Ich hatte gar nicht gewusst, wie wahnsinnig geschäftstüchtig sie war. Eine Seite, die ich noch nie an ihr gesehen hatte.

Jens Vater war auf eigenen Wunsch in der Stadt geblieben, weil er zugab, bei den ganzen Gästen zu viel Angst um sein Haus zu haben. Aber Brooke hatte mit ihrem Sicherheitsteam nicht übertrieben, das war eine Schweizer Garde auf Schwedisch. Niemand würde sich freiwillig mit einem von ihnen anlegen.

Die Band würde gleich ankommen, wir rannten ziemlich aufgedreht im Haus herum. Jen alberte mit Lindy, als wären sie selbst seit Jahren beste Freundinnen. Es machte mich froh, die beiden so zu sehen.

Dann aber, um drei Uhr nachmittags, kam Lindy kreidebleich in den Garten, wo wir alle zusammenstanden. Wir waren mit den meisten Vorbereitungen fertig und ziemlich aufgekratzt. Sie hielt ihr

Handy in der Hand, aber konnte erst gar nicht sprechen. Bevor sie etwas erklärt hatte, war klar, dass etwas Schlimmes passiert sein musste.

»Lindy, was ist los? Ist etwas mit deiner Adoptivmutter?«, flüsterte ich und ging ihr entgegen.

Sie schüttelte den Kopf. »Nein, nein. Ich habe einen Anruf von Ben bekommen.«

»Welcher Ben?«

»Der Drummer von *New Orange County*. Ihr Sänger hat eine Lungenentzündung. Sie gehen in zwei Wochen auf Tournee. Er hat totale Bettruhe und sie können auf keinen Fall kommen. Der Sänger hat es total heruntergespielt, weil er es nicht wahrhaben wollte, aber heute früh kam die endgültige Diagnose, sonst hätten sie früher abgesagt.«

»Das kann jetzt nicht wahr sein, oder?«

»Er will versuchen, noch irgendwelche befreundeten Bands zu fragen, ob sie für uns spielen können. Er hatte schon heute früh angerufen, aber mein Handy war leer.« Sie wirkte so zerknirscht, als wären sie und ihr leeres Handy an allem schuld.

»Ach du Scheiße. Das darf nicht wahr sein«, entfuhr es Jen.

»Die Party geht in ein paar Stunden los. Die können wir nicht mehr verschieben. Was sollen wir denn jetzt machen?«, jammerte Kate. »Das wird so aussehen, als hätten wir alle mit einem großen Namen anlocken wollen und dann ist hier nichts.« Sie hatte wahrscheinlich auch ein bisschen Angst um ihr Image als Partyqueen.

»Ich hatte bisher nur Panik, dass das Wetter daneben ist. Dann hätten wir es nach drinnen verlegen müssen und das wäre echt schwierig geworden, wenn jetzt wirklich dreihundert Leute kommen. Aber besser als heute kann das Wetter gar nicht sein. Ich habe ein riesiges Feuer am Strand vorbereitet«, jammerte Brooke.

Alle positive Energie, welche die Luft in den letzten Stunden zum Vibrieren gebracht hatte, war innerhalb von Sekunden verflo gen.

»Ich habe am Anfang noch gedacht, dass alles ganz schön an dieser Band hängt. Aber auf Ben ist total Verlass. Was machen wir denn jetzt?«, fragte Lindy. »Ich habe es versaut.«

»Du bist nicht schuld, Lindy.«

»Können wir einfach sagen, dass es eine normale Party ist und es kostet einfach weniger?«, schlug Jen vor. Aber sie war selbst nicht überzeugt.

»Und es war alles so perfekt«, sagte Lindy.

Ein Auto fuhr in die Hauseinfahrt. Ich schluckte. Das Modell kannte ich. Vielleicht gab es ja noch andere cremefarbene VW-Busse in den Hamptons? Ich hatte keine Zeit darüber nachzudenken, denn die Tür ging auf und nicht Leo kam heraus, sondern Belle. Ihre Haare waren kunstvoll aufgetürmt und sie trug eine zerrissene Strumpfhose unter einem schwarzen, engen Kleid, das ihre Tattoos gekonnt in Szene setzte. Hinter ihr stiegen ihre Schwester Evie in ähnlichem Outfit aus dem Auto, gefolgt von zwei weiteren Mädchen. Eine hatte einen ähnlichen Vibe wie Belle und Evie, die dritte sah völlig anders aus. Sie trug weiße Jeans und ein pinkes T-Shirt und hatte blonde, lange Haare, in denen eine Krone mit dem Schriftzug *Prom Queen* steckte.

»Hi, Emma«, lächelte Belle zurückhaltend. »Darf ich vorstellen: *Death of the Prom Queen.* Meine Band. Wir haben gehört, dass hier ein großer Charity-Event stattfindet. Falls Interesse besteht, würden wir gern mitwirken.« Sie zuckte mit den Schultern und lächelte mich vorsichtig an.

Lindy, Jen und ich warfen uns verwunderte Blicke zu. Vielleicht sah vor allem mein Gesicht verwundert aus, die beiden anderen wirkten ziemlich begeistert.

Ich räusperte mich. »Hi, Belle. Nett, dass du helfen willst, aber *New Orange County* hat gerade abgesagt. Vermutlich seid ihr gekommen, weil ihr mit ihnen spielen wolltet. Ich muss euch enttäuschen. Es ist eine Katastrophe«, sagte ich.

»Ich weiß doch, dass sie krank sind«, sagte Belle und winkte ab. »Ich wäre auch so gekommen. Aber ich kenne Travis, den Sänger. Lungenentzündung, der Idiot. Er hat mich heute früh angerufen und gefragt, ob ich für eine gute Freundin einspringen würde, weil ich ja in der Nähe wohne. Ich hab gesagt, ich wüsste, worum es geht.«

Wir waren sprachlos. »Und ihr würdet hier spielen?«, fragte Lindy vorsichtig, mühsam ein Strahlen unterdrückend.

»Wir sind natürlich viel weniger bekannt als *New Orange County*. Aber wir würden unser Bestes geben. Und *Death of the Prom Queen* macht immer eine erstklassige Show. Da könnte ihr euch drauf verlassen. Falls ihr uns wollt, wären wir dabei.« Belle legte fragend den Kopf schief und ließ ihren Blick über uns gleiten. Sie blieb an mir hängen und biss sich auf die Unterlippe. Ihre Augenbraue wanderte noch etwas höher, als würde sie auf meine Bestätigung warten.

»Ich habe kein Problem damit, nur Plan B zu sein«, meinte sie und verzog die Unterlippe. »Du hast noch was gut, Emma.«

Ich schaute zu Lindy. Auf ihrem Gesicht breitete sich ein Lächeln aus. »*Death of the Prom Queen* wäre natürlich auch der Hammer«, sagte sie.

Ich blickte zurück zu Belle. Ich dachte daran, wie Belle auch nicht sonderlich gut darin war, Entschuldigung zu sagen. Aber diese Entschuldigung war einfach besser als jedes Wort.

»Belle, es wäre absolut großartig und eine große Ehre für uns, wenn du und deine Band für uns spielen könntet.« Ich ging auf sie zu und umarmte sie. Belle erwiderte meine Umarmung etwas steif.

Jen drehte sich um und ihre Augen hatten wieder zu leuchten begonnen. »Mädels. Heute machen wir die beste Party, welche die Hamptons in den letzten Jahren gesehen hat. Seid ihr bereit?«

Wir jubelten zustimmend. Dann klatschen wir uns alle ab. Die Energie war wieder oben.

»Eine Frage noch, Emma. Ich habe meinen Techniker dabei, der beim Aufbau hilft. Ist das in Ordnung?«

»Klar«, sagte ich und stockte. Mein Blick fiel auf den VW-Bus hinter ihr. Leo und ein weiterer Typ hatten angefangen, die Instrumente und Utensilien der Band herauszuräumen.

»Ach so«, entfuhr es mir.

Belle war meinem Blick gefolgt. Sie zuckte mit den Schultern.

»Er hat es selbst angeboten«, sagte sie leise. »Ihr ... also, ich glaube, ihr müsst euch mal unterhalten.«

Leo sah verschwitzt aus und hob gerade einen riesigen Verstärker hoch. Er sah ... gut aus. Das war leider das Einzige, was mir bei seinem Anblick einfiel. Als hätte er meinen Blick gespürt, schaute er zu mir rüber. Er lächelte nicht. Aber er schaute auch keinesfalls böse. Er legte die Stirn in Falten und sah mir einfach in die Augen. Und plötzlich keimte ganz leise die Hoffnung in mir auf, dass alles doch noch irgendwie gut werden könnte. Als wäre ein Lichtstrahl in einen dunklen Raum gefallen. Und dieser Raum war mein Herz.

»Leo«, sagte Jen, bevor ich etwas sagen oder ihn auch nur begrüßen konnte. »Wenn du wirklich helfen willst, dann holst du sofort ein paar deiner Grafiken aus dem Café. Ich weiß, dass wir die bombig versteigern können.«

Langsam löste er seinen Blick von mir, als würde er aus einer ganz anderen Gedankenwelt kommen, und sah zu Jen. Jetzt wurde sein Ausdruck verlegen.

»Sie sind gut. Dafür bekomme ich Geld«, ermutigte sie ihn. »Wenn du das nicht siehst – also ich sehe das. Also auch die Kohle. Wir werden sie nicht billig verscheuern.«

Leo hob hilflos die Schultern. »Sicher«, sagte er. »Wenn du meinst.« Jen nahm ihn sofort in Beschlag. Ich war nicht unglücklich darüber. Das gab mir etwas Zeit, mich zu sammeln.

Ich ging stattdessen zu Lindy, um allein mit ihr zu sprechen.

»Sag mal, meinst du nicht, die Leute sind doch ziemlich enttäuscht, wenn Belle spielt statt *New Orange County*?«, fragte ich sie. Die beiden hatten so begeistert zugestimmt. Aber es musste ihnen doch auffallen, dass eine so bekannte Band wie *New Orange County* und Belle – naja, da lagen Welten dazwischen.

»Ich finde es wirklich klasse von Belle, aber ich möchte nicht, dass die Leute sich reingelegt fühlen.« Ich kaute nervös auf meiner Lippe.

Lindy legt den Kopf schief. »Man merkt, dass du aus Deutschland bist. *Death of the Prom Queen* ist jetzt nicht so unbekannt, wie du scheinbar denkst. Belle arbeitet glaube ich nur noch im Café, weil sie Leo nicht im Stich lassen will. Die ist ja auch immer total überarbeitet. Ich glaube, wir müssen uns keine Sorgen machen. Hast du noch nie ihr Instagram-Konto angeschaut?«

Hatte ich nicht. Aber als ich ein paar Minuten später nachgesehen hatte, wusste ich endlich, dass Belle da nicht umsonst postete: Sie hatte über 700 000 Follower und scheinbar einige glühende Fans. Ich war fassungslos. Scheinbar war ich nicht die einzige, der die Musik gut gefallen hatte. Ich hatte sie total unterschätzt. Es würde schon schiefgehen.

Ein paar Stunden später war die Party schon in vollem Gang, dabei war die Stimmung ausgelassen und fröhlich. Die Wolken hatten sich komplett verzogen und wir wurden sogar mit Sternenhimmel und einem perfekten Sichelmond belohnt. Es war eine der wenigen geradezu lauwarmen Nächte, welche die Hamptons zu bieten hatten. Das Wetter war voll auf unserer Seite.

Ich stand vor dem Haus und genoss einen kurzen Moment der Ruhe. Zum ersten Mal kam ich dazu, überhaupt innezuhalten. Der Ansturm auf die Party war gigantisch gewesen.

»*Death of the Prom Queen* hat nicht zu viel versprochen. Das ist ja eine totale Kultband«, sagte Lindy, die sich bei mir eingehakt hatte.

»Haben sich irgendwelche Leute beschwert?«

»Ich glaube, alle haben sofort vergessen, dass sie nur wegen *New Orange County* gekommen waren. Nur zwei Leute haben ihre VIP-Tickets zurückgegeben. Die anderen sind einfach auf *Death of the Prom Queen* umgestiegen.«

»Die haben bestimmt auch Angst, bei Jen eine Rückgabe einzufordern. Sie droht bestimmt mit diesen schwedischen Kampfmaschinen«, kicherte ich.

Plötzlich sah ich Asher. Er kam mit Matt direkt auf uns zu. Er trug sein übliches Outfit, ein etwas zu weit geöffnetes Leinenhemd.

»Hi, Asher«, sagte ich, als er in Hörweite kam.

»Emma«, nickte er. Er blieb stehen. Matt ging weiter.

»Danke, dass du gekommen bist«, sagte ich. »Jeder Einzelne hilft.«

»Hey, eine coole Party verpasse ich doch nicht, oder?« Seine Zähne leuchteten in der Dunkelheit, als er lächelte.

»Ich hoffe, du bist nicht sauer. Ich habe definitiv falsche Vibes ausgesendet. Das weiß ich.«

»Du meinst, ich habe es mir nicht eingebildet?« Asher lächelte. Irgendwie rechnete ich es ihm hoch an, dass er nicht so tat, als wäre alles anders gewesen. Cool versuchte, wegzuwischen, dass überhaupt etwas gewesen war.

»Ich habe mich früher in der Schule halb darum geprügelt, dein Valentinsbote zu sein. Du warst mein persönlicher Popstar. Ich habe definitiv falsche Vibes ausgesendet. Und es tut mir leid. Und ich habe dich gar nicht klar gesehen. Und ich bin froh, dass ich dich näher kennengelernt habe, trotz allem.«

Er blickte mich kurz nachdenklich an. »Emma. Du bist echt in Ordnung. Und ich fühle mich geschmeichelt, dass ich dein Popstar war.«

»Ash, Baby. Lass mich nicht warten.« Hinter ihm war Josefine aufgetaucht. Sie legte einen Arm um seine Hüfte. Asher grinste schief. Okay, um ihn brauchte ich mir wohl keine weiteren Sorgen zu machen.

»Jen hat gesagt, dass unser Vater online zwei VIP-Tickets gekauft hat.« Lindy hatte sich mir von der Seite genähert.

»Wovon hat er die denn bezahlt?«

»Keine Ahnung. Er hat bestimmt noch irgendeinen Kredit klargemacht. Und in ein paar Monaten ist alles wieder *Highlife*. Morgen will er uns zum Brunch treffen. Er hat mir eine Nachricht geschrieben, dass er etwas gutmachen möchte und uns gern sehen würde.«

Ich drückte ihren Arm.

»Außerdem muss ich dir noch was sagen. Ich habe etwas gemacht«, sagte Lindy.

»Was hast du gemacht?«

»Ich habe Mom das Foto von uns beiden geschickt, das wir letztens am Strand gemacht haben. Das Foto, wo wir versucht haben, einen so ähnlichen Gesichtsausdruck wie möglich zu machen. Ich konnte einfach nicht länger warten. Du wirst es nicht glauben. Sie wusste sofort, dass ich es bin. Sie hat sofort zurückgerufen.«

»Lindy! Wie war es?« Ich umarmte sie stürmisch. Das war ja unglaublich.

»Es war ...« Sie musste sich einmal neu ordnen, weil ihre Stimme zu entgleiten drohte. »Es war gut. Du hattest recht. Sie ... wollte mich nicht stören in meinem neuen Leben und dachte, dass ich sie gar nicht kennenlernen wollte. Sie kommt hierher.«

»Habt ihr schon über ein paar Dinge geredet?«

»Wir haben über mehr geredet, als du dir vorstellen kannst in der kurzen Zeit. Nachdem sie erst geweint hat, hat sie gesagt, dass sie nicht geglaubt hat, dass sie noch eine Chance bekommt. Dass sie es sich nie verziehen hat und auch Preston nie verzeihen konnte, dass er es zugelassen hat. Sie war neunzehn. Ich verzeihe ihr. Sie muss es nur noch selbst tun.«

»Ich verstehe jetzt so vieles«, sagte ich.

»Sie kommt schon morgen oder übermorgen. Es sind Schulferien und sie hat wohl eine Mallorca-Reise abgesagt«, erklärte Lindy.

Lindy zog mich noch einmal in ihre Arme. Ich spürte ihr nasses Gesicht an meinem Hals. »Ich bin einfach so glücklich, dass ich dich getroffen habe. Das ich euch gefunden habe. Du kannst es dir nicht vorstellen.«

»Ich kann es mir nicht vorstellen. Aber ich bin genauso glücklich.«

Wir blieben eine Weile so stehen und umarmten uns einfach. Bis Jen kam, um Lindy von mir wegzuziehen, damit sie bei der Signierstunde helfen konnte. »Ihr könnte euch noch ein ganzes Leben umarmen. Aber jetzt müssen erst mal die Fans von der *Prom Queen* gebändigt werden«, sagte Jen.

Es war Mitternacht. Leo hatte ich seit dem Aufbau nicht mehr gesehen. Als ich Jen das letzte Mal nach dem Zwischenstand gefragt hatte, waren wir schon bei über 17 000 Dollar gewesen. Sie hatte sogar Leos Grafiken für 300 Dollar das Stück verkauft. Und der Abend war noch nicht vorbei! Sicher würden noch einige Cocktails und Merchandise-Artikel verkauft werden, vielleicht spendeten auch einige Gäste von sich aus noch mehr. Es war einfach unglaublich. Ich lief über die große Düne, zog meine Schuhe aus und stellte sie an den Anfang der Strohmatte, die den Weg über die Steine etwas abfedern sollte. Hier standen noch mehr Sandalen. Der Sand zwischen den Zehen war angenehm. Der Wind war einigermaßen warm und streichelte meine Haut. Trotz meines dünnen Tanktops war es nicht kalt. Das Meer breitete sich dunkel in die Nacht aus, aber es hatte sich beruhigt und wirkte freundlich in der klaren Nacht, geradezu samtig.

Ich war so erleichtert, dass es geklappt hatte. Die nächsten Wochen würden noch so viel Neues bringen. Eigentlich war ich in Richtung des Feuers gegangen, das gerade hoch aufloderte. Vielleicht hatten wir es mit dem großen Holzstapel doch etwas übertrieben und Matt hatte es mit dem Brandbeschleuniger etwas zu gut gemeint. Aber es standen schon ziemlich viele Leute um das Feuer und ich hatte keine Lust mich zu unterhalten. Ich hatte heute schon so viel geredet. Ich ging ans Wasser und ließ die sanften Wellen meine Füße umspülen. Als ich mich umdrehte, sah ich jemanden aus Richtung des Lagerfeuers auf mich zukommen. Ich hatte nichts gehört, dazu war die Person noch zu weit weg und der Wind übertönte viele Geräusche. Aber ich erkannte die Silhouette sofort. Und mit jedem seiner Schritte beschleunigte sich mein Puls. Erstaunlich, wie gut ich mir seine Silhouette eingeprägt hatte, ohne dass es mir bewusst gewesen war.

Er kam näher, bis er auf meiner Höhe war, und stellte sich neben mich, sodass die längeren Wellen bis zu seinen Füßen reichten. Er war barfuß wie ich.

Sein Gesicht war im Mondlicht gut zu erkennen. Die Dunkelheit war um diese Uhrzeit noch nicht so dicht. Vom Lagerfeuer drang ein Grölen zu uns und das Feuer loderte noch mal heller auf.

»Hi, Em«, sagte er leise. Er blickte mich aufmerksam an, vielleicht ein wenig wachsam. »Ich wollte dir sagen, dass du recht hattest«, sagte er. »Ich hoffe, du redest noch mit mir. Aber das ist eigentlich der einzige Grund, warum ich hier bin. Also … ich will natürlich helfen. Aber, der eigentlich Grund ist …« Er brach ab.

Es war Leo. Die Silhouette hatte mich nicht getäuscht.

»Die Veranstaltung ist echt toll geworden.«

Ich wusste nicht, was ich sagen sollte. Wir schwiegen und hörten für einen Moment nur dem Rauschen der Wellen zu.

»Ich war unfair zu dir.« Er holte tief Luft. »Wie du schon mitbekommen hast, hatte ich letztes Jahr diese Freundin. Ich kannte sie noch aus der Schule. Unsere Eltern waren befreundet. Als ich Harvard verlassen habe, um das *Bitter End* für meinen Onkel zu übernehmen, war sie ziemlich schnell weg. Sie war gar nicht in mich verliebt gewesen. Sie war in meine Umstände verliebt gewesen. Das Leben, das dabei war. Das … hat mich echt total schockiert. Und sie war nicht die Einzige, die verschwunden ist, als ich vom *geraden* Weg«, bei dem Wort gerade malte er Anführungszeichen in die Luft, »abgekommen bin. Belle will mich beschützen und lebt irgendeinen bizarren Mutterinstinkt an mir aus.« Er zuckte mit den Schultern. »Sie kennt mich schon eine ganze Weile. Aber sogar sie meinte, ich hätte da wohl einen Komplex mitbekommen und wäre jetzt schräg überempfindlich.«

»Belle hat gesagt, du hättest einen Komplex?«

»Als ich das von Asher gehört habe, bin ich ausgerastet. Ich habe einfach nichts mehr gesehen. Es war total unfair. Und dir habe ich auch nicht zugehört. Belle meinte, ich würde einen Fehler machen.«

»Belle. Das … hätte ich jetzt nicht gedacht.«

»Buttons sieht auch schon traurig aus«, sagte Leo. »Es ist nicht das Gleiche ohne dich. Jim meinte, dass *Bitter End Café* wäre weniger bitteres Ende als eher ein *Café au Love* gewesen, als du da warst«, lächelte er. »Er ist glaube ich in dich verliebt und hat mit mir geschimpft, dass ich dich habe gehen lassen. Also als Bedienung«, fügte er nach einer kurzen Pause hinzu.

»Grüß Jim von mir«, sagte ich nur.

Leo seufzte. Sein Umriss war übertrieben klar gegen den Himmel. »Ich weiß, dass ich super bescheuert gewesen bin. Und das nicht zum ersten Mal.« Er blickte mich suchend an. »Mehr als bescheuert sogar.«

»Ich hätte dir meine echte Adresse geben sollen. Ich hätte einfach die Wahrheit sagen müssen«, sagte ich. »Es ist völlig egal, was andere denken. Warum konnte ich dir nicht einfach vertrauen?«

»Weil ich mich die ganze Zeit über die A-Lister lustig gemacht habe?«, fragte Leo.

Kurz lachte ich auf. Dann wurden wir wieder ernst.

»Ich habe meinem Onkel von dir erzählt. Er würde dich gern kennenlernen«, murmelte Leo.

»Mich?«

»Es würde ihm viel bedeuten. Es ... würde mir viel bedeuten. Vielleicht hat er auch die Nase voll, weil ich die letzten Tage nur von dir geredet habe. Er will endlich wissen, wer du bist.«

Eine Gänsehaut breitete sich auf meinen Armen aus, durch seine Worte oder durch den leichten Wind.

»Heute war ein völlig verrückter Tag«, sagte ich, während ich spürte, wie sich eine Leichtigkeit in mir ausbreitete, als würden Schmetterlinge beginnen mit den Flügeln zu schlagen, in meinem Bauch, meinem Kopf, sogar meine Füße fühlten sich plötzlicher leichter an.

»Ich bin froh, dass Belle helfen konnte. Ihre Band ist ziemlich gut, nicht? Ich fürchte, wenn sie noch beliebter werden, muss sie doch im *Bitter End* aufhören. Aber mein Onkel kommt vielleicht bald wieder. Und ich muss mir auch überlegen, was ich tun werde.«

»Da sind wir schon zwei«, sagte ich. »Willst du wieder nach Harvard?«

»Ich habe überlegt, ob ich aufs Pratt Institute in Brooklyn gehen soll. Dort könnte ich Architektur studieren.«

»Der Gedanke gefällt mir«, sagte ich.

»Wieso gefällt dir der Gedanke?«

»New York und Brooklyn, naja, das ist nicht so wie Deutschland und New York. Wir könnten uns sehen. Wir könnten Freunde sein«, sagte ich vorsichtig.

Der Mond brachte seine Wangen zum schimmern. Er gab viel Licht, man konnte die Gesichtszüge des anderen ziemlich gut erkennen, bläulich eingefärbt, aber deutlich.

»Willst du ein Stück mit mir am Strand entlanglaufen?«, fragte er. »Ich glaube, Jen hat die Party im Griff. Sie ist eine Maschine, diese Frau. Die sollte ich vielleicht mal im Marketing fürs *Bitter End* anstellen.«

»Keine schlechte Idee, würde ich sagen.« Eine kleine Pause entstand.

»Wenn du nicht gelogen hättest auf der Bewerbung, hätte ich dich wahrscheinlich nicht angestellt. Und es wäre der größte Fehler überhaupt gewesen«, sagte Leo, während wir uns langsam in Bewegung setzten. Unsere Hände berührten sich, als wir liefen. Nur leicht, es konnte Zufall sein. Bis Leo vorsichtig nach meiner Hand griff. Nur langsam verstärkte er den Druck. Es war eine Frage. Meine Hand lag warm in seiner. Ich drückte seine Finger zurück.

Die Wellen umspielten unsere Füße, wo das Mondlicht aufs Meer traf, glänzte es wie lackiert. Der Strand ging hier ewig weiter und rechts erstreckte sich das Meer, das rauschte, obwohl es dafür, dass es der Atlantik und nicht das Mittelmeer war, gerade sehr zahm war. Es war fast so, als würden wir in den Sternenhimmel hineinlaufen, als wäre der Weltraum viel näher als sonst.

»Es gibt so Momente, von denen weiß ich schon in der Sekunde, in der sie passieren, dass ich mich mein Leben lang dran erinnern werde«, sagte ich. »Das Meer sieht nicht oft so aus wie heute. Oder zumindest sehe ich es nicht oft so. Kennst du das?«

Wir blieben stehen und drehten uns zum Meer.

»Ich habe jetzt schon mehrere Momente davon, in denen du drin bist. Die sind schon alle auf diesem Film, den man im Schnelldurchlauf sieht, bevor man stirbt.«

Seine Finger bewegten sich, während er meine Hand hielt. Er spielte mit meinen Fingern. »Aber ich will nicht ein Kumpel sein, Emma. Ich muss die ganze Zeit an den Morgen denken, als wir gemeinsam am Strand waren. Du ... machst mich verrückt. Und ich kann so tun, als wäre das nicht so. Als würde ich nicht jede Sekunde an dich denken. Ich will mich aber nicht mehr dagegen wehren.«

Ich blickte zu ihm hoch. »Ich habe auch schon welche.«

»Was hast du?«

»Solche Momente, die ich nicht vergesse. Und der Tag am Strand gehört auch dazu. Aber ich will noch viel mehr davon haben. Sollen wir versuchen, so viele wie möglich davon zu machen? Wir können Momente sammeln. Aber wenn es zu viele perfekte Momente sind, verschwimmen sie dann nicht und dann kann man sich am Schluss doch nur wieder an einen erinnern?«

»Ich glaube, das Risiko gehe ich ein«, sagte er. Der Mond leuchtete in sein Gesicht. Ich drehte mich ganz zu ihm und legte meine Arme um seinen Hals, meinen Kopf an seine Brust. Ich hörte, wie sein Herz schlug. Schnell und hart. Er legte seinen Kopf neben meinen, mit einer Hand strich er über meinen Kopf. Seine Lippen trafen auf meine Schläfen.

»Du hast mir so gefehlt. Schon so lange. Ich wusste es nur nicht, weil ich dich noch nicht getroffen hatte«, sagte er.

Ich hob den Kopf. »Ich weiß«, sagte ich, »mir geht es genauso.«

Wir hielten uns fest und ich ließ meinen Kopf wieder an seine Schulter sinken. Im Hintergrund trug der Abendwind leise die Musik der Party über das Rauschen des Meeres hinweg zu uns. Ganz von allein begannen wir uns zur Musik zu wiegen, langsam, und auch wenn die Welt weit weg war, war sie gleichzeitig so wirklich wie noch nie.

Ich dachte an Jen und Lindy, meine Schwester und meine Eltern. Es hatte sich viel verändert und es würde sich noch viel mehr verändern. Leo.

Jen hatte nicht zu viel versprochen, dies war wirklich der Sommer meines Lebens – und er war noch nicht vorbei. Irgendwie hatte ich das Gefühl, dass er nie enden würde, sondern immer ein Anfang bleiben würde – der Anfang von allem.

Danke

Dieses Buch wäre nicht so geworden, wie ich es wollte, ohne die tolle Unterstützung vom Verlag und von meiner Lektorin Christina Rees, die das Manuskript mit viel Liebe und Herzblut in die richtige Richtung geschubst hat. Jetzt ist ein Schmetterling aus dem Kokon geschlüpft, hat sie gesagt, und es stimmt. Danke an Tanja Stein fürs Testlesen, an Christine Drews für lustige gemeinsame Meet & Greets. Danke an Nadja Korthals für das tolle Cover, das mich sofort beglückt und beim Schreiben inspiriert hat, und das gemeinsame Rätseln über Klappentexte. Danke an Christine Härle, meine wunderbare Agentin, die einen so schönen Platz für dieses Buch gefunden hat.

Und danke, ganz vor allem, dir, liebe Leserin oder lieber Leser, dass du meine Bücher liest und für die lieben Kommentare, Postings und Besprechungen. Die Bilder auf Instagram und die Nachrichten. Ich lese alle und das ist eigentlich zu viel! Danke an die großzügige Unterstützung von meiner Familie, ihr wisst, wer gemeint ist.